U0433699

唐音佛教辨思録

（修訂本）

陳允吉◎著

復旦大學出版社

唐龍門奉先寺盧舍那本尊

西方净土變中的舞者形象

敦煌中唐壁畫描繪之維摩詰

西安大薦福寺小雁塔

本書作者在藍田輞川

輞川山谷一瞥

傳爲王維手植之文杏樹

西安盩厔仙游寺法王塔

《唐音佛教辨思録》初版及其韓文譯本（易名《中國文學與禪》）
和臺灣繁體字本（易名《唐詩中的佛教思想》）

目　録

王維"雪中芭蕉"寓意蠡測

王維的"雪中芭蕉圖",作爲一幀很受推崇的名畫,在歷史上久負盛名,現代的某些藝術論著,也都經常提到這幅作品。根據史料的記載,這幅畫在宋明之間還存在。宋人沈括《夢溪筆談》卷十七《書畫》中,記云:

予家所藏摩詰畫《袁安卧雪圖》,有雪中芭蕉。

趙殿成《王右丞集注》卷末引明代陳眉公《眉公秘笈》,又云:

王維《雪蕉》,曾在清閟閣,楊廉夫題以短歌。

涉及"雪中芭蕉"本身情况的材料,能够徵引的衹有這樣兩條,大概明代以後,作品已經遺佚,因此我們無法看到它的真實面貌。從《夢溪筆談》的記述中,可知所謂的"雪中芭蕉",並非包括畫的整體,而衹是《袁安卧雪圖》的一個局部。至於"袁安卧雪"的内容,除了當時極少數詩人在作品中偶有涉及外,一般文士大致多不注意,故現今亦很難從完整意義上去推知它對這個題材如何加以具體的表現。前人談到王維這幅畫,大多是從藝術上對它作了熱情的肯定,至於作品究竟表現了什麽樣的思想内容,則始終没有作過認真而具體的論述。而本文的寫作宗旨,主要想就這個問題做點查考和論證,探索一下王維在這幅畫中所寄託的思想寓意。

一

對於"雪中芭蕉"的評論,時代最早還是沈括,他在談到這幅畫的時候，發表了一通較爲完整的看法，他説：

> 書畫之妙，當以神會，難可以形器求也。世之觀畫者，多能指摘其間形象位置彩色瑕疵而已，至於奥理冥造者，罕見其人。如彦遠畫評，言王維畫物多不問四時，如畫花往往以桃、杏、芙蓉、蓮花同畫一景。予家所藏摩詰畫《袁安卧雪圖》，有雪中芭蕉，此乃得心應手，意到便成，故造理入神，迥得天意，此難可與俗人論也。

沈括舉出“雪中芭蕉”來反駁張彦遠，意在説明繪畫不應拘泥於“形似”，而要大膽發揮想象，力求達到“神似”。儘管沈括在這裏對“雪中芭蕉”的所謂的“意到便成”、“造理入神”作了一番推揚，然而他並没有説明，“雪中芭蕉”的“意”和“理”究竟表現在什麽地方。

沈括以後許多關於“雪中芭蕉”的評論，差不多完全承襲了《夢溪筆談》的看法，它們都强調作品“不拘形似”，構思新穎，而對於這幅畫的思想内容，有的是含糊帶過，有的則根本不談。例如《王右丞集注》卷末所引“山水家法真迹”一條，其云：

> 王摩詰開元中擢進士第，官尚書右丞。以胸中所藴，發於毫端，詩似淵明而聲律整齊，山水法道玄而風致特出。世稱爲詩中有畫，畫中有詩，意到處不拘小節，如雪中芭蕉，脱去凡近，非具眼不能識也。

正是這樣的一種看法轉輾相因，以致後人對於這幅畫的思想傾向，都不感到有什麽問題，而是離開了作品的思想内容，去一味推崇它在藝術上的“創新”。就如明代的積極浪漫主義作家湯顯祖，也曾經援引“雪中芭蕉”，來强調自己的作品具有獨創性，至於這幅畫的思想，他同樣没有加以深究。《湯顯祖集》卷四十七《答凌初成》一信云：

不佞《牡丹亭記》，大受吕玉繩改竄，云便吴歌。不佞啞然笑曰，昔有人嫌摩詰之冬景芭蕉，割蕉加梅，冬則冬矣，然非王摩詰冬景也。其中駘蕩淫夷，轉在筆墨之外耳。

這一則論述，也祇是説明"雪中芭蕉"同他的劇作《牡丹亭》一樣，都是撇開了日常生活中的情理，排擯了世俗淺薄的見解，創造出别開生面的意境，而並未涉及"雪中芭蕉"的思想意義。

到了近代，散見於各種美術和文藝論著之中，也有很多地方提到"雪中芭蕉"，有的説它富有"神韻"，有的稱它是一種"典型"。稍有不同的，是劉大杰先生在其1958年版《中國文學發展史》中，在談到王維"意在筆先"的藝術主張時，説了這樣一段話：

意就是一種意象或境界，使讀者觀者可以在他的作品中得到一種神悟的情味。這一派的手法，同寫實派的手法不同。他有"雪中芭蕉"一幀，極負盛名，這正證明他的藝術是着重於意境的象徵，而不是刻劃的寫實。

這一段論述，談到了"雪中芭蕉"有着某種象徵性的意念在内，開始觸及到了一點作品的思想，然而這種意念的具體内容到底是什麽，劉先生還是没有告訴讀者。

二

藝術允許想象和虚構，當然不能用"形似"來作爲衡量的標準。但是，評價任何一件藝術作品，不能祇停留在藝術方法上，藝術史上大量的事實告訴我們，假使在對一件作品思想内容毫無所知的情况下，要正確地評價它的藝術方法，是根本不可能的。

與古典詩歌中"詠物言志"的傳統相類似，古代的寫意畫描繪自然美的藝術形象，經常通過比興或象徵的手法，寄託着作者的某種感情理念。譬如畫松以象徵堅貞的品格,畫梅以顯示高潔的情操。王維的這幅"雪中芭蕉",同樣也是應該有所寄託的,宋代釋惠洪的《冷齋夜話》卷四"詩忌"一條,説:

> 詩者妙觀逸想之所寓也,豈可限以繩墨哉。如王維作畫,雪中芭蕉,自法眼觀之,知其神情寄寓於物,俗論則譏以爲不知寒暑。

《冷齋夜話》這一評論,强調像"雪中芭蕉"這樣的藝術作品,是"妙觀逸想之所寓",肯定寄託着某種思想意念。作者惠洪是個僧侣,他所説的"法眼觀之",意思就在於要用佛家的眼光去看待這件作品。雖然惠洪並没有直接指出這幅畫的寓意,但是他透露了"雪中芭蕉"的寓意同佛教思想有着關係。

王維誠然是一個佛教的信徒,史書上説他終日"以禪誦爲事",無論他的詩與畫,都滲雜着濃重的佛教思想。就他的畫來説,如同《維摩詰像》、《黄梅出山圖》一類表現佛教題材的作品,在歷史上早就非常出名,單《宣和畫譜》所録當時御府所藏王維一百二十六軸畫中,有一半是表現佛教題材的。聯繫上述《冷齋夜話》所作的啓示,我們就感到有必要去考索一下"雪中芭蕉"同佛家思想的關係。

在這裏,我們不妨先看一下《續高僧傳》的兩條記載,其中一條見於卷十四《道愻傳》,描述高行僧人道愻死後所出現的奇異景象:

> 當夜雪降,周三四里,乃掃路通行,陳尸山嶺。經夕忽有異花,繞尸周匝,披地涌出,莖長一二尺許,上發鮮榮,似款冬色,而形相全異。

另一條見於卷二十一《法融傳》,記云:

> 又二十一年十一月,巖下講《法華經》。於時素雪滿階,

法流不絶，於凝冰内獲花二莖，狀如芙蓉，㯳同金色。

這兩個故事所描述的情況，和“雪中芭蕉”的意境很相類似，旨在説明佛教徒的精進高行，能够爲“冥祥所感”，從而産生出希世罕見的神異現象。因爲它們都是講的雪中開花的情景，這就爲我們瞭解“雪中芭蕉”的寓意從側面提供了一條綫索。

尤其值得注意的是，關於“雪中芭蕉”的寓意，從王維自己的作品中還可以找到更爲直接的材料。

《王右丞集注》卷二十四，有《大唐大安國寺故大德净覺師碑銘》一文，記載僧人净覺修行佛道的行狀。碑銘稱讚這個僧侶矢志精進，修成佛道，其中有一段説：

聞東京有賾大師，乃脱履户前，摳衣座下。天資義性，半字敵於多聞；宿植聖胎，一瞬超於累劫。九次第定，乘風雲而不留；三解脱門，揭日月而常照。

緊接其下面，便有一聯極重要的話：

雪山童子，不顧芭蕉之身；雲地比丘，欲成甘蔗之種。

真是無獨有偶，同“雪中芭蕉”互相對應，這裏所謂的“雪山童子，不顧芭蕉之身”，不正明明是用文字寫出來的“雪中芭蕉”嗎？

《王右丞集注》的注釋者趙殿成，在“雪山童子”條下注云：

佛入雪山修行，故謂佛爲“雪山童子”。《釋氏要覽》：《智度論》云，梵語鳩摩羅伽，秦言童子。……若菩薩從初發心，斷淫欲，乃至菩提，是名童子。

趙注這一條注文，是顯得很爲疏略的，其實“雪山童子”的事狀，具見《涅槃經》卷十四《聖行品》，講述釋迦牟尼在過去世修行菩薩道時，於雪山苦行遇羅刹，爲求半偈而捨身投崖，謂之“雪山大士”，或稱“雪山童子”。

趙注在“芭蕉之身”一條下云：

> 《涅槃經》：是身不堅，猶如蘆葦、伊蘭、水沫、芭蕉之樹。又云：譬如芭蕉，生實則枯，一切衆生身亦如是。

這條注文的意思，是要説明人身空虛不實。佛教主張“緣起無常”説，倡言“諸行無常，諸法無我”，認爲人與一切衆生之身命皆是“四大”、“五蘊”和合而成，没有一個常住不變而能主宰身心的自我。因此人身並不是一個固定的實體，它的本質同樣也是空虛的。上面所引的《涅槃經》經文，就是用蘆葦、芭蕉等不很堅實的東西，以譬喻人身的空虛本質，借助於形象來宣揚佛教建立在對現實生活作出消極判斷基礎上的人生價值理論。

由此可見，王維在《净覺師碑銘》中這兩句話，是表現了這樣的意思：“雪山童子”，是形容堅定地修行佛道；“不顧芭蕉之身”，是指斷然地捨棄自己的“空虛之身”。而這一套思想，同王維自身的行徑十分相合。《舊唐書·王維傳》云：“維弟兄俱奉佛，居常蔬食，不茹葷血，晚年長齋，不衣文綵。”他的《袁安卧雪圖》之所以要在雪中畫上芭蕉，決不是偶然靈機一動的神來之筆，而是深刻地打上了他自身的思想烙印。“雪中芭蕉”這一幅畫，從其藝術形象的外部感性形式中所體現的内在思想本質，同“雪山童子，不顧芭蕉之身”的含義應該是一致的。

三

除了《净覺師碑銘》這一根據以外，我們還可以在較廣一點的範圍内找到其他一些例證，來證實寓託在“雪中芭蕉圖”中的佛家思想。

關於雪中求成佛道的事，不僅在印度佛經中有所記載，就是在王維當世盛行的禪宗的傳説中，也有一個很有名的慧可雪中求法的故事。《景德傳燈録》卷三云：

> 時有僧神光者，曠達之士也。久居伊洛，博覽群書，善談玄理，每嘆曰：“孔、老之教，禮術風規；莊、《易》之書，未盡妙理。近聞達磨大士，住止少林，至人不遥，當造玄境。”乃往彼晨夕參承，師常端坐面墻，莫聞誨勵。光自惟曰：“昔人求道，敲骨取髓，刺血濟饑，布髪淹泥，投崖飼虎。古尚若此，我又何人！”其年十二月九日夜，天大雨雪。光堅立不動，遲明積雪過膝，師憫而問曰：“汝久立雪中，當求何事？”光悲淚曰：“惟願和尚慈悲，開甘露門，廣度群品。”師曰：“諸佛無上妙道，曠劫精勤，難行能行，非忍而忍。豈以小德小智，輕心慢心，欲冀真乘，徒勞勤苦。”光聞師誨勵，潛取利刀，自斷左臂，置於師前。師知是法器，……遂因與易名曰慧可。

慧可是禪宗的“東土第二祖”，他在雪地求法，自斷左臂，結果成爲達磨的衣鉢弟子，其行迹頗與雪嶺投身相類，也可以説是一種捨棄“虛空之身”的表現。敦煌寫本獨孤沛撰《菩提達磨南宗定是非論》，在述及此事時即稱慧可“深信堅固，棄命損身，志求勝法，喻若雪山童子捨身命以求半偈”。如果用《涅槃經》的經義，把“虛空之身”比作芭蕉，那麽這個故事倒是很有點“雪中芭蕉”的意味的。

把“虛空之身”比作芭蕉，遠非衹是趙殿成所引兩例。即以《涅槃經》而論，有關這方面的材料就有許多。如《涅槃經》卷二《壽命品》云：“當觀是身，猶如芭蕉，熱時之焰，水沫幻化。”卷九《如來性品》云：“喻身不堅，如芭蕉樹。”卷三十一《師子吼菩薩品》又云：“亦如芭蕉，内無堅實，一切衆生身亦如是。”而且，在别的佛經和我國古代的詩文之中，還可以舉出不少的例證，説明以芭蕉來代表人的“虛空之身”，是佛教慣用的比喻。

（一）在唐代地主階級中間最爲流行，對王維影響極大的《維摩詰經》（王維的字“摩詰”就是來源於這部佛經）卷上《方便品》

中，就有一段把“虛空之身”進行各種比喻的文字：

> 維摩詰因以身疾，廣爲説法：“諸仁者，是身無常無强，無力無堅，速朽之法，不可信也。爲苦爲惱，衆病所集。諸仁者，如此身，明智者所不怙。是身如聚沫，不可撮摩。是身如泡，不得久立。是身如炎，從渴愛生。是身如芭蕉，中無有堅。是身如幻，從顛倒起。是身如夢，爲虛妄見。是身如影，從業緣現。是身如響，屬諸因緣。是身如浮雲，須臾變滅。是身如電，念念不住。”

上列引文就是著名的“十譬喻”，計有十種譬喻，都是説明人身空虛，其中之一即把“是身”比作芭蕉。

（二）唐譯《大乘本生心地觀經》卷六《厭身品》，又云：

> 出家菩薩，又觀自身，而作是念：我今此身從頂至足，皮肉骨髓共相和合以成其身，猶如芭蕉，中無實故。

比諸《維摩詰經》，這裏不僅將人身比作芭蕉，而且還講了一點所以這樣進行譬喻的原因。

（三）《劉禹錫集》卷二十二，有《病中一二禪客見問因以謝之》一詩，云：

> 勞動諸賢者，同來問病夫。添爐擣鷄舌，灑水洗龍鬚。身是芭蕉喻，行須筇竹扶。醫王有妙藥，能乞一丸無。

很明顯，這首詩中的“身是芭蕉喻”，其思想淵源出自《維摩詰經》中的“十譬喻”。

（四）宋王安石《王文公文集》卷四十三《贈約之》詩云：

> 君胸寒而痞，我齒熱以摇。無方可救藥，相值久無憀。欲尋秦越人，魂逝莫能招。且當觀此身，不實如芭蕉。

這裏，我們能够看出，古代那些同佛教關係比較密切的士大夫，也很喜歡把人身喻爲芭蕉。

（五）蘇轍《欒城集》卷十二，有一首《新種芭蕉》詩，云：

> 芭蕉移種未多時，濯濯芳莖已數圍。畢竟空心何所有，攲傾大葉不勝肥。……堂上幽人觀幻久，逢人指示此身非。

由芭蕉引起空虛的感慨，逢人便要述説一通，簡直成了“是身如芭蕉”的執著説教者了。

上述列舉的一些例證，説明這種宣揚人身空虛的宗教神學觀念，在封建社會知識分子中有相當廣泛的市場。王維作爲一個虔誠地信奉佛教的官僚士大夫，他以《維摩詰經》中的維摩詰居士自比，思想上完全接受了佛教的那一套苦空無常的世界觀，因此他在《净覺師碑銘》中宣揚“雪山童子，不顧芭蕉之身”一類佛義，就不是出於偶然的。事實上，他的詩歌同樣存在這種情況，例如在《與胡居士皆病寄此詩兼示學人》中就説：“一興微塵念，横有朝露身。如是睹陰界，何方置我人。”《飯覆釜山僧》又説：“思歸何必深，身世猶空虛。”它們所宣揚的思想也是“人身空虛”。由此可見，王維對於“雪中芭蕉”的藝術處理，完全可以從他世界觀中找到其根源。這幅作品在描繪自然景物的外衣下，通過某種思辨形式寄託着作者的佛理寓意，它的意思就如《净覺師碑銘》中的“雪山童子，不顧芭蕉之身”一樣，表現了作者的宗教世界觀。

四

前面已經説過，“雪中芭蕉”是《袁安卧雪圖》的一個組成部分，我們要對“雪中芭蕉”的思想寓意具有透徹的理解，最終還必須把問題回到關於“袁安卧雪”的内容上來。

所謂“袁安卧雪”的故事，出於《後漢書・袁安傳》李賢注，其引《汝南先賢傳》云：

> 時大雪,積地丈餘。洛陽令身出案行,見人家皆除雪出,有乞食者。至袁安門,無有行路。謂安已死,令人除雪入户,見安僵卧。問何以不出,安曰:“大雪人皆餓,不宜干人。”令以爲賢,舉爲孝廉也。

從這一段記載中間,當然看不出同佛教思想有什麽關係;東漢初年封建士大夫中間,也根本没有人信奉佛教,因此“袁安卧雪”這一事迹本身,顯然是不包含任何佛教意味的。問題恰恰在於,王維所創作的這幅《袁安卧雪圖》,是出於佛教盛行的唐代一位畫家之手,他完全可以在表現這一歷史題材的同時,把自己的思想意念寄託到作品中去。如果我們認真地研究一下王維的作品中所反映的思想,把他的認識論和生活方式聯繫起來進行探討,就不難發現,王維所理解的“袁安卧雪”那種生活方式,同他世界觀中的佛教思想確實有機地統一在一起。

很有意思的是,《王右丞集》卷七,有一首《冬晚對雪憶胡居士家》詩,其云:

> 寒更傳曉箭,清鏡覽衰顔。隔牖風驚竹,開門雪滿山。灑空深巷静,積素廣庭閑。借問袁安舍,翛然尚閉關。

王維同胡某,都像維摩詰那樣是不出家的佛教居士,他們之間不僅過從甚密,而且在對佛理的信仰上也有很多共同語言。王維的《胡居士卧病遺米因贈》有云:“了觀四大因,根性何所有。妄計苟不生,是身孰休咎。色聲何謂客,陰界復誰守。”其中心思想也是强調“人身空虚”。在上面所引的這首詩中,因爲冬晚對雪,使王維想起了胡居士這位釋門同道,而且又由此聯想起“袁安卧雪”的故事。可見在王維的世界觀中,確實是把他所理解的“袁安卧雪”那種生活方式,同他所信奉的佛教諸法空寂的哲理思想聯繫在一起的。

更其值得注意的,是《王右丞集注》卷十八的《與魏居士書》一文，比較全面地表露了王維作爲一個大乘佛教居士圓融無礙的人生哲學，具體地描述了他所嚮往和追求的生活方式，其中有一段話説：

> 柴門閉於積雪，藜床穿而未起。……雖方丈盈前，而蔬食菜羹；雖高門甲第，而畢竟空寂。人莫不相愛，而觀身如聚沫；人莫不自厚，而視財若浮雲。……

這裏所謂的"柴門閉於積雪，藜床穿而未起"，就是王維所理解的"袁安卧雪"那種生活方式；而下文"人莫不相愛，而觀身如聚沫"一語，顯而易見是出於《維摩詰經》的"是身如聚沫，不可撮摩"，它同"是身如芭蕉，中無有堅"一樣，都是譬喻"人身空虛"的。我們從《與魏居士書》這段話所體現的作者思想，再來看一下《袁安卧雪圖》的"雪中芭蕉"，這幀畫的寓意就顯得益發清楚了。

綜上所述，王維"雪中芭蕉"這幅作品，寄託着"人身空虛"的佛教義學思想。這種哲理寓意的實質，不論從認識論或者人生觀來説，都是體現出一種無常無我的宗教觀念，它的思想傾向是對現實人生的否定。一定的藝術形式，總是爲一定的思想内容服務的，如果説"雪中芭蕉"確實在藝術上具有"不拘形似"的特點，那麽，它同樣也是服膺於表現其宗教寓意而出現的。

明確了這一點，我們就能够在正確的基礎上去理解"雪中芭蕉"這幅作品。

1979 年 1 月

論王維山水詩中的禪宗思想

王維的一部分山水詩，尤其是他中晚年所寫的那些著名的寫景小詩，是否體現着佛教禪宗思想，這並不是什麽現在纔提出來的新問題。譬如明代的胡應麟和高棅，清代的王士禛和徐增，都分别在他們的論詩著作中，明確地指出過王維的這類作品寄寓着禪理。即以近人而論，劉大杰先生在其舊版《中國文學發展史》中，也曾經在論列王維時涉及這個問題，認爲詩人那些流傳人口的寫景小詩，做到了"畫筆禪理與詩情三者的組合"[①]。然而他們對於這個命題的闡述，衹是到此爲止，至於王維山水詩中的禪宗思想究竟表現在哪些方面，以及這種現象同作者自身的生活方式和認識論特徵又有什麽關係，他們都没有做過完整具體的論證。問題的關鍵也就在這裏，要從看來單是描狀自然景物的詩篇裏，較爲充分而準確地揭示其隱寓着的所謂禪理，比起在詩人其他的作品中舉出一些直接宣揚佛理的詩句，顯然要困難得多，因爲這樣就必須透過詩歌描繪的感性形象，進深一層地觸及它所體現的内在含義。本文的寫作宗旨，即是試圖就王維部分有代表性的山水詩，具體地剖析一下其中所包含的佛教禪宗思想，藉以看出王維這個以"詩佛"著稱的山水詩人，他所信奉的那一套主觀唯心主義的哲學思想，作爲一種理念性的東西，是怎樣滲透到他在寫景作品中所描繪的感性形象裏面去的。對於這個問題的探討，誠然不能視爲對王維的山水詩進行全面的評價，但是作爲從一個重要

---

① 劉大杰《中國文學發展史》卷中第 77 頁，古典文學出版社，1958 年。

的方面去研究這類作品的思想本質，無疑是很有意義的。

一

王維是歷史上一位久負盛名的藝術家，自稱"宿世謬詞客，前身應畫師"[①]，他的詩歌和繪畫，藝術上都達到很高的水平，曾經被蘇軾譽爲"詩中有畫"、"畫中有詩"。這一評價，當然同他非常善於描繪山水自然的形象有關。然而要深入研究王維詩歌創作的特徵，問題還不止於此，即使在宋代，也就已經有人對蘇軾的評論進行補充，指出王維那些寫景作品"豈直詩中有畫哉"[②]，認爲在詩人所描繪的山水風景的形象畫面中，時而體現着一種抽象的哲理。實際情況也確實如此，王維的山水詩不可能純屬客觀地去描摹外界事物的面貌，它所塑造的山水自然的藝術形象，不可避免地會打上作者世界觀的烙印。我們說王維的山水詩寓託着佛教禪宗思想，就是指從這些作品塑造的生動具體的藝術形象中，可以在内在意義上找到其哲學思想的淵源，首先是在物質和精神、客觀和主觀這一哲學的基本問題上，體現着禪宗唯心主義的神學觀念。

衆所周知，佛教的理論作爲一種唯心主義哲學，否認現實世界不依賴於感覺和意識而客觀存在，否認世界一切事物的客觀實在性，這是禪宗整個宗教思想體系的根本前提。禪宗屬於大乘空宗，理論上尤重般若智慧，其論證問題的方法務以斥破妄相爲其特色。因此在禪宗看來，世界的一切事物現象都是空虛不實的，外部世界的一切東西，都是由人的主觀精神派生出來的。禪宗的實際創始人惠能就曾經説過："若無世人，一切萬法（注：法，佛教

---

① 《偶然作》，《王右丞集注》卷五。
② 《苕溪漁隱叢話》前集卷一五，叢書集成初編刊行本。

把一切事物通稱爲“法”,這裏泛指各種事物現象)本元不有,故知萬法本因人興。”[①]然而客觀事物既然無所不在地能被人們感觸到,如果把它們説得過於空虚,就明顯地不符合人們一般的日常生活經驗。禪宗爲了彌補這個漏洞,吸取龍樹、鳩摩羅什、僧肇以來般若性空學説的精髓,採用一整套思辨推理,從勝義諦來論證世界的本質空虚。它表面上抽象地承認一切世界現象都是“有”的,但是又説這種“有”就是“空”的,由此把人的主觀精神世界以外的一切事物,都説成衹是感覺上虚假的幻影,即所謂“色(注:色,指有形質而使人能感觸到的東西,一般也指事物的形相)不異空,空不異色,色即是空,空即是色”[②],歸根結柢地否認物質世界的存在。

禪宗這一神學觀念,同王維本身的世界觀是非常契合的。王維生活的時代,正是以惠能、神會爲代表的曹溪宗門(即禪宗,亦稱南宗)盛行的時代,他同當時的禪宗僧侶神會、瑗公、璿禪師、元崇都有不同程度的交往,其中與神會的關係尤爲密切。雖然他早期受過佛教其他宗派的影響,特别是明顯地受過務以《楞伽》印心的北宗的影響,但是隨着當時禪宗日益廣泛的傳播,尤其是在中年同神會在南陽相遇以後,他終於完全接受了禪宗的那一套主觀唯心主義的教義。他應神會的要求,執筆給惠能寫過一篇碑文,鼓吹“五蘊(注:五蘊,指人們從事色、受、想、行、識等五種活動的人身本體)本空,六塵(注:六塵,指色、聲、香、味、觸、法等六種能够“塵污清净本心”的世界現象)非有”、“無有可捨,是達有源”[③],熱衷於從思想上宣傳惠能的神學理論。而在其《謁璿上人序》一文中,又説什麽“色空無得,不物物也”,要人們把一切世界事物現

① 敦煌出土《六祖壇經》,日本東京森江書店印行本。
② 玄奘譯《般若波羅密多心經》,《大正藏》第八册。
③ 《能禪師碑》,《王右丞集注》卷二五。

象,都看成是空虛不實的東西。這種主觀唯心主義的哲學觀點,在他的某些詩篇裏,也通過比較直接的方式表現出來。例如他的《夏日過青龍寺謁操禪師》一詩,就有兩句寫道,"山河天眼裏,世界法身中",這一聯詩的意思,旨在説明佛家的"天眼",能够"悉見三千大千世界",而世界的一切,都包含在人的主觀精神當中。可見在如何看待世界本質這個根本問題上,王維是一個主觀唯心主義者,他的那一套宗教思想作爲其世界觀的重要組成部分,在他的山水詩中間也是有所反映的。我國古代有些詩歌論著,借用禪宗的理論來評論詩歌,它們對於王維山水詩中的"理趣"表示非常推賞,而這種所謂的"理趣",按其實際含義,往往就是指這些作品在描繪山水自然形象的時候,表現了禪宗主觀唯心主義的哲學思想。

王維在山水詩中表現禪宗的哲理,並不是完全採用直接發議論的方式來告訴讀者,他比一般地在詩中談禪説教的作者高明的地方,在於他能够非常熟練地運用藝術創作描繪形象這一特殊手段,善於把抽象的理念寓託在自然美的感性形式之中,從生動具體的形象畫面裏自然地流露出詩人自己的思想傾向。王維從他所遵循的那條認識路綫出發,在描繪山水風景的過程中,時常把自身進行的理念思維和審美體驗結合在一起,在自然美的藝術形象中寄託着唯心主義的哲學思辨,塑造那種虛空不實和變幻無常的境界,從而把禪理有機地"組合"到"詩情畫意"中去。詩人特别喜愛刻畫清寂空靈的山林,表現光景明滅的薄暮,這些從他詩中反映出來的特有現象,都是同他力圖在作品形象中表現禪宗色空思想分不開的。

比較起來,王維中年以後所寫的《輞川集》,不僅在藝術上臻於成熟,而且其中一部分作品在表現禪理方面,也是顯得最爲明晰。例如大家都很熟悉的一首小詩《鹿柴》:

空山不見人,但聞人語響。返景入深林,復照青苔上。

衹是寥寥二十個字,擇取空山密林之中的一隅,寫出傍晚這一時刻瞬息之間的感受,就像小品畫那樣展現了一幀深山静景。作者描繪這樣一幅形象畫面,寄託着特定的宗教哲學理念,因爲他所篤信的佛教神學理論,對於藝術描繪形象的問題,有其唯心主義的理解。自達磨以來傳授的主要經典《楞伽經》,在一段偈語中就説過:"譬如工畫師,及與畫弟子,布采圖衆形,我説亦如是。彩色本無文,非筆亦非素,爲悦衆生故,綺錯繪衆象。"①這也就是説,凡是作品所描繪的藝術形象,並不是本身確實存在的客觀事物的反映,而不過是詩人和畫家"能畫世間種種色故"②,它的本質無非衹是人們心造的幻影。在《鹿柴》這首小詩中,儘管作者寫到一點看不見的"幽人"講話的聲音,點綴上一片深林返景微淡的光彩,但是這種聲音和光彩的描寫,用意却在突出自然界的静謐和空靈。作者一開始就着眼於繪寫"空山"的意境,正是爲了以此説明自然界的空虚;其後又在寂静的深林中添上一筆返照的回光,也是極力强調自然現象不過是瞬息即逝的幻覺。禪宗最爲尊奉的《金剛般若經》,曾經説過"凡所有相,皆是虚妄",王維在這首詩中所寄託的理念,它的思想本質同這個唯心主義觀點是相通一致的。

禪宗所持的色空觀念,在其論證世界究竟是否客觀存在的過程中,總是把"寂滅"作爲一切事物現象的歸宿,也就是通過論辯力圖説明,人們所感受到的一切世界現象,最終畢竟是不存在的。在《輞川集》的另一首詩《木蘭柴》中,就比較充分地表現了這一唯心主義的思辨特徵:

秋山斂餘照,飛鳥逐前侶。彩翠時分明,夕嵐無處所。

---

① 求那跋陀羅譯《楞伽阿跋多羅寶經》卷一《一切佛語心品》,《大正藏》第一六册。

② 般若等譯《大乘本生心地观經》卷八《观心品》,《大正藏》第三册。

詩中同樣是寫黄昏的景色，而把深山幽林换成了廣闊的空間。它用閃爍明滅的筆法，寫到了夕陽的餘光在秋山上收斂了，天空中競相追逐着的飛鳥消逝了，一時看到的彩翠分明的山色又模糊了，自然界所呈現的各種現象，都是隨生隨滅，仿佛衹是在感覺上倏忽之間的一閃，如同海市蜃樓那樣，不過是變幻莫測的假象。在作者看來，一切美好的事物盡屬光景無常，如同夢幻泡影那樣虚空不實，自然界萬象變演的結果亦終歸於寂滅。

像《鹿柴》、《木蘭柴》這樣明顯地體現着禪理的詩篇，在王維的詩集之中當然不是普遍的，但是僅就這兩首詩所顯示的思想特點，就揭示了王維山水詩研究中一個未經認真探索的領域。我們看到，禪宗的神學教義從理論上論證世界的空虚，而上所列舉的這些山水詩則以極大的興趣描繪和表現自然界空靈的意境，這兩者體現在王維這個既是禪宗信徒又是山水詩人的身上，當然不是互爲孤立的現象，而是有機地統一在詩人的世界觀中。早在王維活着的時候，當時人苑咸就稱他“當代詩匠，又精禪理”[①]，詩人在他另外一些詩篇裏，多次直接地宣揚過禪宗那套“五蘊本空，六塵非有”的哲學思想，那就必然會把他所服膺的那條唯心主義認識路綫，貫徹到他的一部分山水詩中間去。清代的徐增曾説：“摩詰(王維的字)精大雄氏(注：大雄氏，指釋迦牟尼)之學，篇章詞句，皆合聖教。”[②]這一説法固然有點一概而論，没有注意到王維山水詩思想内容的多樣性，從而對問題缺乏具體的分析。但是在王維的中晚年，當他越來越把禪宗思想作爲自己的精神支柱，企圖到這套神學觀念中去尋找歸依的時候，所寫的那些有代表性的著名的寫景詩中，的確是處心積慮，借助於藝術形象來寓託唯心主義的哲學思辨，在描繪自然美的生動畫面中包含着禪理的意藴。因

---

① 苑咸《酬王維詩序》，《全唐詩》卷一二九。

② 徐增《而庵詩話》，《清詩話》上册，中華書局上海編輯所，1963年。

此,王維山水詩中所表現的虚空不實和變幻無常的意境,正是從一個很重要的方面表明了他的世界觀和山水詩創作的聯繫,顯示了作品形象的外在感性形式與其内在思想本質的聯繫。

王維在山水詩中表現禪宗思想,必須借助於藝術形象;而描繪了生動具體的美感形象,就不能使讀者直觀地從詩中感受到自然事物的不存在。儘管詩人把自然界説得完全空虚,但他仍然不得不去塑造客觀存在的自然美的感性形態。對於這個問題,他在給一個佛教僧侣的詩所寫的序文中,用佛家的"中道觀"作過這樣的辯解和説明:

> 心舍於有無,眼界於色空,皆幻也。離亦幻也。至人者,不捨幻而過於色空有無之際。故目可塵也,而心未始同。[①]

所謂"中道觀",即指看待任何世界事物現象,都要離開"空""有"二邊,而從"非有非無"或"非非有非非無"的"中道"去認識其畢竟空寂的本質真實。有非真實之有,空非絶對的空,而世界的真體實相就在於色空有無之間。王維上述這段話的含意,是説像他那樣一類領悟佛理的所謂"至人",雖然認爲一切世界現象都是虚幻不真實的,但是完全閉眼不看這種"虚幻的假象"也不行,最好的辦法莫如"不捨幻而過於色空有無之際",不離開幻覺而在有無縹緲之間去認識世界的空虚。這就説明,王維在論證世界本質空虚的時候,並没有絶對排斥和否認事物現象能够被自己所感覺,因此在藝術作品中把它們作爲一種幻覺來進行描寫,也就不等於意味着承認它們的客觀存在。這套從禪宗那裏搬來的主觀唯心主義認識論,誠然完全是從概念當中推導出來的東西,但是王維却把它視作可以包羅萬象的至理,竭盡其可能在他的寫景作品中加以表現。我們讀王維那些有代表性的山水詩,就可以發

---

① 《薦福寺光師房花藥詩序》,《王右丞集注》卷一九。

現,他特别喜愛去表現那種“色空有無之際”的景象,帶着閃爍而朦朧的筆調,在有無縹緲的畫面中,引導讀者去領悟自然界的無常和不真實。他寫的一些所謂的佳句,諸如“白雲回望合,青靄入看無”(《終南山》)、“山路元無雨,空翠濕人衣”(《山中》)、“逶迤南川水,明滅青林端”(《北垞》)、“湖上一回首,青山卷白雲”(《欹湖》),就它們的意境所顯示的共同特徵,都是似有似無,若即若離,隱約而在又不可捉摸,纔臨其境而又景象恍惚。對於這種現象,清人趙殿最在給他弟弟趙殿成《王右丞集注》所寫的序文中,作過非常透闢的辨析,他説:

> 唯右丞通於禪理,故語無背觸,甜徹中邊,空外之音也,水中之影也,香之於沉實也,果之於木瓜也,酒之於建康也。使人索之於離即之間,驟欲去之而不可得。蓋空諸所有,而獨契其宗。[1]

這一論述,非常符合王維部分山水詩創作的實際情况,説明他所描繪的閃現幻化的境界,是爲了表現“空諸所有”的意念,很契合於禪宗對於世界現象的解釋。在這些詩中所表現的作者世界觀,恰恰可以從禪宗思想那裏找到其哲學上的根源。

二

王維的那些有代表性的山水詩作,在其塑造藝術形象方面另一個比較顯著的特徵,在於他非常善於刻畫自然界中一霎那之間的紛藉現象,憑着他細緻入微的筆觸,去精心描繪澗户中的落花,幽谷中的啼鳥,寒燈下的鳴蟲,微風裏的細枝,在静謐的整體意境中表現出一點聲息和動態,從而在這些作品中體現出一種使人感

① 趙殿最《王右丞集注序》,見《王右丞集注》卷首題序。

到很别致的情味。這一特殊的現象,在歷史上就很早被人們所注意,許多論詩著作都曾經對這種描寫表示過欣賞,近人有些評論王維山水詩的文章,也因襲一般傳統的看法,在没有對作品形象進行由表及裏分析的基礎之上,就籠統地認爲這一類詩句"動中有静,静中有動",反映了"自然界中的千變萬化",有的甚至把它們作爲體現"藝術辯證法"的標本來加以肯定。如果按照上述的觀點籠統地評價王維這一部分山水詩,就必然會産生這樣一個疑問,即這類作品大部分寫在詩人中年以後,當時他已經完整地接受了禪宗的那一套唯心主義的世界觀,那他對於世界本質的理解最終是不可能承認自然界本身客觀存在的運動變化的,爲什麽他偏偏又能够運用"藝術辯證法"來指導他的山水詩創作,而在他的作品中反映出"自然界中的千變萬化"呢? 反而言之,如果上述的觀點不完全正確,那麽對於這類作品中所描繪的"動中有静,静中有動"的現象,又應該怎麽準確地去解釋呢?

毋庸置疑,山水詩要表現自然景象,繪寫自然美的各種感性形態,當然離不開動態和静態的描摹,如果不作具體的分析,就在一般的片斷的形象畫面中,硬去求索它們所體現着的哲理性的東西,那就不免會得出牽强附會的結論。問題在於,王維作爲一個禪宗主觀唯心主義思想體系的信奉者,在其山水詩創作中又如此有意識地致力於描繪這樣一類意境,就不能認爲是一個偶然的現象。古代的不少詩人和文藝批評家,論及寫景詩的"動"與"静",在許多情况下是同一定的哲學思想聯結在一起的。宋代王安石評論前人詩歌,也很喜歡講求所謂的"動中有静"和"静中有動",黄庭堅就説他"此老論詩,不失解經旨趣"[①],認爲這種現象反映了王安石受到佛教思想的影響。南宋的辛棄疾是著名的愛國詞人,但是禪宗思想對他也有一定的影響,他在一首《祝英臺近》中,就

① 《苕溪漁隱叢話》前集卷三四,叢書集成初編刊行本。

在“泉聲喧静”問題上進行參禪發揮,大談什麽“維摩説法”和“天女散花”,使整篇作品透露出濃厚的禪學理趣。因此,在王維的這類山水詩中所描寫的“動”與“静”,顯然不單是一個藝術表現的問題,我們衹有根據作品的實際情況,從認識論的角度去揭示它在“動”與“静”的關係上所反映的作者的世界觀,弄清兩種不同的認識方式,纔能正確理解這類作品的思想本質。

在論及“動”與“静”的關係時,應該指出的是,辯證唯物主義並不空泛地談論什麽“動中有静,静中有動”,而是一向認爲,物質世界,包括整個自然界,都處於不斷的運動變化之中。辯證唯物主義承認世界事物在絶對運動之中,存在着相對的暫時的静止狀態,在運動和静止互相依存的對立關係中,運動是絶對的,静止則是相對的,静止不過是運動的一種狀態,絶對的静止是不存在的。

而王維所服膺的佛教禪宗教義,其思想同唯物主義是完全對立的,它不但否認世界的物質性,而且又否認世界的運動。禪宗爲了替它自稱永恒不變的神學理論找尋根據,力圖證明世界没有什麽發展變化,它在“動”與“静”的關係上,同樣也是通過詭辯來抹殺運動的存在。它表面上並不對運動現象採取直接否認的態度,而是把人們所能感知的一切運動變化,都説成是孤立的片斷的“刹那生滅”,而這種所謂的“生滅現象”,本質是空虚不實的,最終也不過是人們感覺上虚假的幻影。輯録惠能言行的《壇經》,中間有這樣一段記載:

> 因二僧論風幡義,一曰風動,一曰幡動,議論不已。惠能進曰:“不是風動,不是幡動,仁者心動。”①

這個有名的故事,表明禪宗在解釋世界運動現象時,總是極力把運動和物質分離開來,認爲運動並不存在於事物的客觀實體之

① 《六祖大師法寶壇經》第一《自序品》,金陵刻經處刊印本。

中，否定運動是物質的存在形式，而是人的主觀精神活動所産生的結果，即所謂“心生種種法生，心滅種種法滅”①，運動變化衹是感覺上暫時的假象，唯有静止和寂滅纔是永恒的。

實際表明，王維所理解的“動”與“静”的關係，確實是承接了惠能的那一套主觀唯心主義的觀點。他在給惠能所製的碑文中，一開頭就在這個問題上對惠能的宗教學説進行發揮。他首先用“無有可捨，是達有源”來否定客觀事物的存在，接着又用“離寂非動，乘化用常”來證明世界本質上没有什麽運動變化。後面這兩句話的意思，在於説明離開了世界不變的本質，就根本談不到任何運動的問題，人們要在能够感知到的各種變化現象中間，去體識世界永恒不變的本質。這樣，他就對於“動”與“静”的關係，作了根本顛倒的解釋，而這種解釋的終極歸宿，是要把人們引導到佛教所謂“常、樂、我、净”的“真如”境界中去。作爲一個禪宗的信徒，王維同樣也很喜歡在其詩中表現某些自然界中的細微變化，描繪一霎那間的紛藉現象，在生動的藝術形象中寄託着作者“離寂非動，乘化用常”的理念思維，以此顯示他不會因爲這種所謂假象的塵擾，從而動摇自己對於禪宗哲學理論的信仰。例如他的一首七律《積雨輞川莊作》，表現了詩人在山林隱居學佛的情景，其中有“山中習静觀朝槿，松下清齋折露葵”一聯，就以現身説法，在“動”與“静”的問題上宣揚他的唯心主義觀點。詩的前面一句，形象地寫出了詩人用“習静”這一佛教僧侣的修習方式，以及與之相聯繫的觀察世界的思想方法，從木槿花朝開夕隕的紛藉現象之中，去體識它們不過是主觀精神上的一種幻覺，衹有佛教宣揚的一切永恒静止不變的理論，纔是符合於世界本來面貌的真諦。

很有意思的是，在王維那些滲透着禪宗思想的山水詩篇裏，作者經常懷有很大的興趣，以極其精巧的藝術構思，去描寫如同

① 《六祖大師法寳壇經》第十《付囑品》，金陵刻經處刊印本。

花開花落這樣一類的現象。這是因爲從他的主觀唯心主義的世界觀來看問題,諸如此類細微得幾乎不容易被人發覺的"刹那生滅"現象,最能用來形象地表現他在詩中寓託的禪理。尤可注意者,他在一首詩中,就很直截了當地寫道,"空虚花聚散,煩惱樹稀稠"①,這兩句詩把佛教理念和自然現象糅合在一起,足見他有時把花的聚散開落,的確看成一種空虚的幻覺。這種唯心主義觀點在其世界觀中顯得非常引人注目,不言而喻會在他描寫這類現象的山水詩中間,通過一定的方式表現出來。姑就《辛夷塢》這首小詩而論:

木末芙蓉花,山中發紅萼。澗户寂無人,紛紛開且落。

乍看起來,這裏似乎寫的是"動",但是衹要認真地分析一下全詩所構成的意境,就不難發現,這首詩並没有真正揭示出自然界運動變化而展現的蓬勃生機,它描寫到的所謂"動",不過是像詩人自己所説的那種"空虚"的聚散生滅,把它當作感覺上引起的一種孤立而片斷的映象,和作者虚融淡泊的思想感情融爲一體,出現在作品寧静的整體意境之中。作者描寫這種"動景"的目的,正是爲了表示自己不受這種紛藉現象的塵染,借以烘托他所認識的自然界,它的真實面貌應該是"畢竟空寂"的。

王維山水詩中那些具有代表性的作品,它們對於"動"與"静"的描寫,不啻是把人們視覺上所看到的某些變化現象看成是假的,而且還把人們聽覺上所感受的某些變化現象説成是假的。如果説前面所引的《辛夷塢》這首詩着重渲染視覺所看到的生滅現象的空虚,那麽他的另一首更爲著名的寫景小詩《鳥鳴磵》,則是主要從聽覺感受方面極力表現自然界的聲息音響都是虚幻和不真實的。這首詩是這樣寫的:

---

① 《與胡居士皆病寄此詩兼示學人二首》,《王右丞集注》卷三。

人閑桂花落，夜静春山空。月出驚山鳥，時鳴春澗中。

同《辛夷塢》的表現手法幾乎如出一轍，詩人在作品中極度地强調了整個意境的空寂之後，轉而寫到了山澗之中的鳥鳴，似乎也寫了點“動”。然而他之所以描寫這種聲息音響，同樣不是表明詩人承認它們是客觀事物運動變化的結果，從而肯定這種聲音是真實存在的。要瞭解這種寫法的真意所在，我們不妨看一下《大般涅槃經》中的一段話：“譬如山澗因聲有響，小兒聞之，謂是實聲，有智之人，解無定實。”[①]這部佛經的另一個地方，還説：“譬如山澗響聲，愚痴之人，謂之實聲，有智之人，知其非真。”[②]《大般涅槃經》作爲禪宗僧侣經常依據的一部經書，王維對它所宣揚的這一套理論心領神會。他在這首詩中所寫的山澗鳥鳴，從其形象中所顯示的内在理念而論，同上面摘引的《涅槃經》中兩段話的思想實質是基本一致的，表明作者並没有把這種“山澗響聲”視作“實聲”，而是作爲“解無定實”的幻覺，放在詩中從反面映襯出“静”的意境。再從全詩的藝術處理來看，詩的前面兩句，已經渲染了夜静山空的環境，桂花悠悠飄落，着地悄然無聲；而“月出驚山鳥”一句，進而微妙地點綴出春夜山谷萬籟無聲，以至月亮升起來會把山鳥驚醒。最後的結句描寫山鳥的驚啼，精心地襯托出廣大夜空無比的沉寂，從而更其加强了全詩表現“静”的效果。由此可見，王維爲了在這首寫景小品中寓託佛教“寂滅”思想，確實是進行了苦心孤詣的藝術構思。

由王維的《鳥鳴磵》，使人很自然地聯想到南朝梁代詩人王籍有兩句很有名的詩：“蟬噪林逾静，鳥鳴山更幽。”它通過描寫蟬噪和鳥鳴，進一步反襯出深山密林幽静的氣氛，因而得到篤信佛教

---

① 曇無讖譯《大般涅槃經》卷二二《光明遍照高貴德王菩薩品》，《大正藏》第一二册。
② 曇無讖譯《大般涅槃經》卷二〇《梵行品》，《大正藏》第一二册。

的簡文帝狂熱的推崇,“當時以爲文外獨絶”[1]。而王維的《鳥鳴磵》這首詩,在歷史上被人反復推賞吟詠,實際它在“動”與“静”的關係上,並没有超出這兩句詩定下的格局,它們在詩歌的形象中曲折地反映出來的共同思想基礎,都是唯心主義的動静觀。就王維全部的山水詩而論,它們對於自然美形象的描繪,不論在内容和形式上都是豐富多樣的,呈現出許多複雜的情况,不能把《鳥鳴磵》這樣的作品當作現成的模式到處亂套。但是,王維確實也有一部分山水詩,在其描繪一種特定的自然現象時,曾經刻畫過與此類似的意境。諸如“野花叢發好,谷鳥一聲幽”(《過化感寺曇興上人山院》)、“谷静惟松響,山深無鳥聲”(《游化感寺》)、“雨中山果落,燈下草蟲鳴”(《秋夜獨坐》),等等。它們在“動”與“静”的問題上所表現的世界觀,都同《鳥鳴磵》中寓託的禪宗思想有着内在的聯繫。

北朝佛學家僧肇所撰的《肇論》,是唐代很爲流行的一部佛教思想論著,其中有一篇《物不遷論》,對於世界是否運動變化的問題,提出了一整套唯心主義形而上學的觀點。它在開頭一段中就寫道:

> 尋夫不動之作,豈釋動以求静,必求静於諸動。必求静於諸動,故雖動而常静。不釋動以求静,故雖静而不離動。[2]

説明世界雖然本質上是不變動的,但又不能脱離了人們經常感受到的變動現象去認識這個問題,而必須在變動現象之中去認識不變的本質。《肇論》精心結構的唯心主義理論體系,論述得十分精巧,加上其文辭優美,在相當長一段時間内被佛教徒和某些封建士大夫認爲至理名言,對於禪宗也有很大的影響。禪宗從主觀唯

---

① 《梁書》卷五〇《文學傳》,中華書局,1973年。

② 轉引自任繼愈《漢唐佛教思想論集》第271—272頁,人民出版社,1973年。

心主義的角度,對這套理論稍稍改頭换面,拿來作爲自己的東西。所以禪宗説:“欲識常住不凋性,向萬物遷變處識取。”[1]這同王維自己説的“離寂非動,乘化用常”一樣,是他在這些作品中描寫自然界動静現象的指導思想。在這樣的唯心主義形而上學觀點支配下所描繪的山水形象,它們所包含的思想本質,當然不能籠統地認爲從中反映了“自然界中的千變萬化”。如果説這體現什麽“藝術辯證法”,那麽作者的目的决不是爲了表現永恒不息地運動着的自然界,它們不過是通過對紛紛藉藉的自然現象的精心描繪,“求静於諸動”,宣揚“雖動而常静”的“寂滅”思想而已。

應該説明,王維山水詩藝術形象中寓託的禪宗思想,主要是通過唯心主義的哲學思辨形式來顯現的,至於這些形象的外在感性形式,當然不能離開自然美的各種動態的描寫,不能使讀者直觀地從中感受到世界的静止和“寂滅”。許多讀者欣賞《辛夷塢》、《鳥鳴磵》等詩,往往比較注意這些作品精巧的形象描繪,未必都能體會到其中的禪學寓意,這在人們一般的審美活動中是常見的。但是,我們對這樣一種特殊的藝術現象進行研究,就不能停留在感性的直覺印象上面,而必須由表及裏地抓住事物的内在聯繫,剖析寓藏在這些藝術形象中間的思想理念。明代胡應麟的《詩藪》,對這個問題就有所觸及,他把《辛夷塢》、《鳥鳴磵》兩首詩稱作“入禪”之作,聲稱“讀之身世兩忘,萬念皆寂”,可見詩中寄託的禪理是確實存在的。問題恰恰在於,有些關於評論王維山水詩的文章,經常引用這兩首詩,但其論述宗旨衹是注意所謂“動中有静,静中有動”的表面現象,而不去揭示寓託在詩歌感性形象中間的禪宗哲理思辨,不去指出詩人塑造形象藝術構思過程中的指導思想。與此相關的,是這些文章對於王維作品中禪宗思想的理解,就認爲禪宗思想衹是存在於某些直接宣揚佛理的詩句裏面,

① 《五燈會元》卷四,清貴池劉氏覆刻宋寶祐本。

而在生動具體的感性形象中間就根本没有什麽禪理可言。這樣的論斷，誠然是不能令人同意的。

三

關於文學作品的藝術形象與思想本質的關係，是一個非常複雜的問題。這裏我們把王維山水詩中形象和思想的關係，放到作者自身創作活動的範圍之内來討論，就必須更多地注意作者創作中所顯示的特殊性，研究詩人特定的生活方式及其在藝術構思中所體現的認識論特徵。衹有這樣，纔能從更加正確的意義上來闡明我們的論題。

王維是一個著名的隱士，在他中年，買進宋之問的藍田别墅，"輞水周於舍下，别漲竹洲花塢，與道友裴迪浮舟往來，彈琴賦詩，嘯詠終日"[①]，過着優游林泉的生活。王維又是一個虔誠的佛教居士，乃至"晚年長齋，不衣文綵"，經常"焚香獨坐，以禪誦爲事"[②]，在唐代那些富有盛名的詩人中間，他又以悉心歸依佛教而著稱。他一方面徜徉山林，另一方面又躬行奉佛，這兩者互爲依輔地結合在他的生活當中，他在傾心奉佛時不忘寄情山水，在欣賞風景時又從事佛教修行。關於詩人這種生活情況，《宋高僧傳》在談到禪宗僧侣元崇的行迹時，就有一段頗有意思的記述：

> (元崇)棲心閑境，罕交俗流，遂入終南，經衛藏，至白鹿，下藍田。於輞川得右丞王公維之别業，松生石上，水流松下，王公焚香静室，與崇相遇神交。[③]

這段記載作爲王維晚年隱居輞川生活的寫照，無疑是非常真實

① 《舊唐書》卷一九〇下《王維傳》，中華書局，1975年。
② 同上。
③ 《宋高僧傳》卷一七，江北刻經處僧傳四種合刊本。

的，詩人那些充斥着禪理的山水詩，當然同他這種在幽美的自然環境中安禪學佛的特定生活有着密切的關係。正因爲如此，王維在其詩中表現自己欣賞自然風景的主觀感受時，經常同禪宗所提倡的那套宗教修養方式聯繫在一起，在精心刻畫自然界清寂空靈意境的同時，又通過巧妙而具體可感的方式，極力表現作者自身正在進行着佛教的“禪悟”。

這裏所謂的“禪悟”，一般也稱之爲“妙悟”，“禪”字作爲梵語音譯“禪那”的簡稱，原義即“思維修”的意思，當然是一種貫穿着唯心主義認識路綫的理念活動。禪宗所理解的“禪悟”，表現在它特别强調“心”是世界的本源，學佛就是認識自己主觀的“心”，認爲衹要堅定自己對於宗教神學理論的信仰，通過内心的所謂“覺悟”，就能在主觀精神世界内到達成佛的彼岸。同别的佛教宗派相比，禪宗尤其注重通過認識論的途徑，來直接否認世界的客觀實在性。它把一切承認世界事物客觀存在的認識和想法，一概説成是由於“六塵”染擾而産生的“妄念”，衹有破除這種“妄念”而達到所謂的“無念”（指内心不受世界現象的塵擾，没有任何承認現實世界客觀存在的念慮），纔算從主觀精神上掃除了成佛的障礙。無論是惠能或者神會，他們都十分强調“無念”的重要性。惠能的《壇經》宣稱，他的教義是以“無念爲宗”①。宗密的《圓覺大疏抄》在論及禪宗七家的異同時，還指出神會一派的理論也是“以無念爲宗”，主張“但無妄念，即是修行”②。可見禪宗所謂的“妙悟”，主旨在於否定主觀自身之外真實存在的客觀世界，反對通過實踐獲得知識，是一套徹底的以主觀唯心主義認識論爲基礎的宗教修養經。而這套修養方式所以能够同王維偃游山林的生活結合起來，在他的山水詩中得到强烈的表現，除了可以在詩人特定

① 敦煌出土《六祖壇經》，日本東京森江書店印行本。

② 轉引自任繼愈《漢唐佛教思想論集》第139頁，人民出版社，1973年。

的生活中找到原因之外,而且,作爲一種唯心主義的意識形態所經常具有的現象,也可以從佛教的傳播和發展過程中找到它的歷史淵源。

前面説過,佛教理論是以否認世界不依賴於感覺和意識而存在爲其基本前提的,因此歸依這種理論的佛教信奉者,通常都要表現出一種超脱現實世間的態度。早在印度的佛教經典中就説過:“智者深觀一切世間,非歸依處,非解脱處,非寂静處,非可愛處。”[①]這是因爲在佛教看來,現實世間繁紛複雜的事物現象,往往導致人們得到同佛經教義完全抵觸的生活經驗,不利於從主觀精神上去領悟世界的空虚,要尋找理想的歸依和解脱的處所,就必須“捨離父母六親眷屬,樂住山林”[②]。由於山林環境清静幽僻,被佛教徒認爲是“静慮”的好地方,便於他們通過哲理思考的方式,獲得所謂的“解脱”。從佛教傳入中國後的情況來看,晉代以來的許多著名的佛教僧侶,一般都很喜歡棲隱山林。《高僧傳》記載晉代僧人于法蘭“性好山泉,多處岩壑”[③],支曇蘭“憩始豐赤城山,見一處林泉清曠而居之”[④];劉宋時代僧人曇諦也是“性愛林泉”[⑤],净度“常獨處山澤,坐禪習誦”[⑥]。《續高僧傳》記載隋代僧人靖嵩“嘉尚林泉,每登踐陟”[⑦],慧曠“協性松筠,輔神泉石”[⑧];唐初僧人智周“久厭城傍,早狎丘壑”[⑨],灌頂“勝地名山,盡皆游憩”[⑩]。在後來的禪宗僧侶中間,山林泉石的愛好者也不乏其人,《五燈會元》記

① 曇無讖譯《大般涅槃經》卷三八《迦葉菩薩品》,《大正藏》第一二册。
② 般若等譯《大乘本生心地觀經》卷五《阿蘭若品》,《大正藏》第三册。
③ 《高僧傳》卷四,江北刻經處僧傳四種合刊本。
④ 《高僧傳》卷一二,江北刻經處僧傳四種合刊本。
⑤ 《高僧傳》卷八,江北刻經處僧傳四種合刊本。
⑥ 《高僧傳》卷一二,江北刻經處僧傳四種合刊本。
⑦ 《續高僧傳》卷一二,江北刻經處僧傳四種合刊本。
⑧ 《續高僧傳》卷一二,江北刻經處僧傳四種合刊本。
⑨ 《續高僧傳》卷二三,江北刻經處僧傳四種合刊本。
⑩ 《續高僧傳》卷二三,江北刻經處僧傳四種合刊本。

載德誠禪師自稱:"予率性疏野,唯好山水,樂情自遣,無所能也。"[①]他們這種愛好山林的行爲,誠然不能單純地作爲一般癖好來理解。因爲中國古代自兩晉以來出現的隱遁山林之風,本身就和佛道思想有着密切的聯繫,譬如著名的山水詩人謝靈運,就是一個佛教的信奉者。這些佛教僧侣這樣嗜愛山林,聲言"崖谷泯人世之心,烟霞賞高蹈之域"云云[②],當然和他們把山林看成歸依和解脱的處所分不開的。因此,把棲隱山林和從事佛教修行聯繫在一起,並不是到了王維纔開始。王維這種特定的生活情況,在他先前許多僧侣身上早已有之,而且從他的唯心主義的世界觀和認識論來看,和這些僧侣同樣有着許多合拍的地方。

問題就在這裏,既然"禪悟"作爲一種理念活動,爲什麽能够同觀賞山水自然風光聯繫在一起?而王維那些描繪山林風景的作品,爲什麽又能够在自然美的具體可感的形象中寓託着禪宗的哲理呢?如果從認識論的角度去研究這種現象,確實是一個十分有趣的問題。我們從大量佛教史料中可以知道,佛教徒進行的所謂"禪悟",作爲一種思維修行,並不絶對而純粹地在概念判斷推理的範疇中進行,它通常要借助於某些具體的感性形象,來説明某種理念性的東西。由於佛教僧侣經常居處山林,他們要在主觀精神世界中論證外部世界的空虚不實,往往從他們的唯心主義世界觀出發,需要到山水自然現象中去尋找契合自己"禪悟"的東西,由此進入他們否定世界事物客觀存在的哲理思考。鑒於這種情況,在許多佛教信仰者的修行生活中,他們進行的所謂"妙悟",時而會同觀賞山水巧妙地結合在一起。《宋高僧傳》記載臨川郡守裴某,"家奉正信,躬勤諮禀","每至海霞斂空,山月凝照,心與

① 《五燈會元》卷五,清貴池劉氏覆刻宋寶祐本。

② 《續高僧傳》卷一二,江北刻經處僧傳四種合刊本。

境寂，道隨悟深"[①]，可見他的領悟佛道，確實要借助於某種特定的自然景象。對於王維來説，他的所謂"禪悟"，在認識論上同樣也具備這樣的特點。王維受他的主觀唯心主義世界觀的支配，常是戴着有色眼鏡去看待自然界中的一切，在對山水自然現象的審美體驗過程中，往往把某些自然景象看成爲一種契合自己主觀"禪悟"的東西，可以用來幫助他進行哲理的思考。譬如他的《青溪》一詩，就有"我心素已閑，清川澹如此"的描述，説明從王維的眼中看來，被他所欣賞的山水景物，時而帶有某種符合詩人主觀感情的意念特徵，所以清澈的川流就能用以寄託自己"閑澹"的思想感情。而在《贈從弟司庫員外絿》這首詩中，又説"清冬見遠山，積雪凝蒼翠，皓然出東林，發我遺世意"，詩人首先賦予遠山以清空超然的意味，進而在主觀精神上引發出一種超越世間的理念。更其可以注意的，是他的《過盧員外宅看飯僧》詩，乃至非常直捷地寫道，"寒空法雲地，秋色净居天"，大自然空曠的天地，竟至被他認爲是超脱塵世之上的佛教理想境界，在這裏描繪自然就和參悟佛理完全融合一體。這種情況説明，王維在這一類寫景詩中描繪某些自然現象，的確同他表現自身的禪悟有着聯繫，從這些作品中所反映的詩人的認識論特徵，同前面談到的"心與境寂，道隨悟深"，是顯得非常一致的。

因此，在王維那些有代表性的山水詩中，它們所精心描繪的自然美的各種形象，經常被詩人賦於某種契合於他主觀禪悟的意味。例如描繪深山就力求顯示其"空靈"，寫到林藪則意在强調其"寂静"，表現明月的景象便聯繫到他主觀精神的"虚融淡泊"，刻畫泉水的聲響又體現"雖動而常静"的哲理。宋人葛立方評論王維的山水詩篇，稱它們"心融物外，道契玄微"[②]，正是道破了這類

① 《宋高僧傳》卷一〇，江北刻經處僧傳四種合刊本。
② 《韻語陽秋》卷一四，《歷代詩話》下，中華書局，1981 年。

作品體現主觀唯心主義認識論的玄機。

王維以高蹈現實世界之上的“超人”自居,聲稱“晚年唯好静,萬事不關心”①,沿着這條主觀唯心主義的認識路綫,最後必然會走進唯我主義的胡同。例如他《輞川集》裏所寫的《竹裏館》一詩,就中寄託的哲理思辨,就非常典型地表現出這種思想傾向:

獨坐幽篁裏,彈琴復長嘯。深林人不知,明月來相照。

在這首詩裏,塑造了一個欣然自得的作者自身形象,他與世隔絶,超然物外,獨自在幽静的竹林裏盡情地彈琴,時而發出長嘯。詩人於此淩駕於塵世之上,對現實世間採取毫不關心的態度,心中没有念慮的牽挂,身上没有俗事的纏繞,好像真是“一刹那間妄念俱滅”②,進入了所謂“消魂大悦”的“無差别境界”。這首詩寫到“明月來相照”,但其主旨在於反襯前句“深林人不知”,以顯示詩人離世絶塵的主觀感情,而並不是從思想上强調作者自我之外還有客觀的東西存在。佛教經常喜歡談論月亮,用它作爲例子來説明世界事物盡屬空虚,一切事物現象都是人們心中的幻影。《涅槃經》的《如來性品》,就專門有一大段文字用月亮來作比喻,借以論證這個唯心主義哲學的基本命題。按照它的説法,世界的各種事物現象,如同月亮一樣,衹是人感覺上見到或者見不到的問題,而其本身並不具有什麽客觀實在性。王維在這裏描繪明月,當然是同整篇作品所表現的離塵絶世的思想密切相關的,而且在詩人藝術構思的意念活動中,也是首先賦予它某種意味,把它作爲契合於自己主觀精神的東西,以此來突出詩人“虚融淡泊”的自我精神本體,最終把客觀事物消融在自己的主觀意識之中。

---

① 《酬張少府》,《王右丞集注》卷七。

② 《六祖大師法寶壇經》第二《般若品》,金陵刻經處刊印本。

四

哲學史上和文學史上的許多事實表明，某一作家從他作品中所反映出來的一定的認識論，總是同他一定的人生觀相聯繫的。王維的那些有代表性的山水詩，不但它所寓藏的哲學思想來源於禪宗的思想體系，而且它所表現的詩人那種徜徉山林、嘯傲烟霞的生活方式，同禪宗所提倡的那套處世哲學也有着密切的關係。毫無疑問，詩人的那一套人生哲學，作爲一種士族名流追求閑逸的思想感情，在他的寫景作品中是表現得非常强烈的，而這種人生哲學所以能够同禪宗思想互相溝通，同樣必須從禪宗思想特有的精神面貌談起。

與其他的佛教宗派相比較，禪宗特别强調"頓悟成佛"，它在理論上把建立宗教唯心主義世界觀作爲成佛的主要途徑，而在形式上則放鬆了對於宗教儀式和清規戒律的要求。禪宗既不主張累世修行，也不注重坐禪誦經，認爲衹要一旦主觀精神上有所"覺悟"，就能立即成佛。按照禪宗的這種説法，修行成佛是非常輕鬆愉快的，"不用讀經看教，不用行道禮拜、燒身煉頂，豈不易邪"[①]，凡是人們日常生活中的細微瑣事，包括"著衣吃飯"、"屙屎送尿"，都可以毫不例外地納入"禪定"的範圍之中。因此禪宗所謂的修行，無異於人們一般的日常生活，就是隨心所欲地做自己想做的事情，即如《景德傳燈録》中所説的"吃茶吃飯隨時過，看水看山實暢情"[②]，游山玩水當然也就成了一種極好的修行方式。在倡行這種修行方式的衆多禪僧中，荷澤神會與其差不多同時代的洪州馬祖道一，在理論上均有一定的代表性。敦煌出土《神會語録》稱：

---

① 《景德傳燈録》卷一二，《大正藏》第五一册。

② 《景德傳燈録》卷二二，《大正藏》第五一册。

“任運修習,爲寂滅法,得成於佛。”宗密《禪門師資承襲圖》謂洪州宗馬祖道一主張“不斷不造,任運自在,名爲解脱人”、“心性之外,更無一法,故但任性即爲修也”。歷史上的封建地主階級,長期過着不勞而獲的寄生生活,他們一方面妄想修行成佛,另一方面又不肯放棄塵世的享樂,在對勞動人民進行敲骨吸髓的剥削又想歸依佛教,夢想進入天堂又怕宗教儀式過於麻煩,禪宗所指出的那條簡單速成的成佛道路,把這兩者並行不悖地糅合在一起,當然會受到他們熱烈的歡迎。

一般地説,王維作爲一個地主階級知識分子,他的階級性格非常樂於接受禪宗的這套人生哲學,因爲禪宗所提倡的這些主張,本身就是爲了迎合地主階級的需要而出現的。特殊地説,王維出身於一個熱心奉佛的家庭,在他個人的具體經歷中,又親身受到過神會等人的直接熏陶,因而在他自己的處世態度中,比唐代其他詩人更加顯著地體現出禪宗思想的特徵。早在開元年間,王維和神會在南陽臨湍驛討論佛道,王維曾問神會:“若爲修道得解脱?”神會告訴王維:“衆生本自心净,若更欲起心有修,即是妄心,不可得解脱。”[①]神會這段話的意思,無非也是説明,人們本身就具備“清净本性”,因此一般的日常生活就是禪宗所理解的修行,衹要“任運自在”,隨心所欲,就可以得到“解脱”,而如果有意識地“起心有修”,則反而不能達到目的。神會的這一回答,使王維聽了以後感到狂喜,乃至對别人説:“此南陽郡有好大德,有佛法甚不可思議。”[②]傾倒折服之情溢於言表。至於王維和道一的關係,有《投道一師蘭若宿》一詩可資參考[③],詩中王維自稱“豈惟留暫宿,服事將窮年”,可見他很佩服對方。根據趙殿成的注釋,認

① 敦煌出土《荷澤神會禪師語録》,日本東京森江書店印行本。
② 敦煌出土《荷澤神會禪師語録》,日本東京森江書店印行本。
③ 《投道一師蘭若宿》,見《王右丞集注》卷一一。

爲詩中所云的“一公”即是馬祖道一,而道一和王維又基本上是同時代人,如果趙殿成的説法正確,那就不能排斥王維思想上受到過道一的某些影響。

在研究王維的人生哲學時,不應忽略一件事情,王維給自己取了一個“摩詰”的字,其來源出於《維摩詰經》。《維摩詰經》的中心人物維摩詰居士,是隱居在天竺毗耶離城的一個大財主,擁有廣大的田園和車馬資財,具備不可思議的“游戲神通”。他“一切治生諧偶,雖獲俗利,不以喜悦”,“雖爲白衣,奉持沙門清净律行;雖處居家,不著三界;示有妻子,常修梵行;現有眷屬,常樂遠離;雖服寶飾,而以相好嚴身;雖復飲食,而以禪悦爲味”[①]。這個居士一方面從事治生而極盡其世俗的享樂,一方面標榜自己有高尚的宗教道德修養,他把佛教的一切戒律都看得滿不在乎,但又最能受到佛祖的敬重,似乎在他順應世情的生活中别有高潔超俗的境界。維摩詰的這一套生活方式,經常得到禪宗的提倡和宣揚,同時也是王維非常嚮往和追求的。没有疑問,王維作爲一個佛教居士,是努力以維摩詰的形象來當作自己的效法榜樣的。他以佛教思想爲主體,又摻合了莊子“齊物”的觀念和儒家“無可無不可”的處世哲學,形成了一整套有閑階級的人生觀。他晚年一方面高官厚禄,一方面又隱居參禪,在過着世俗地主享樂生活的同時又以“居士”自稱,聲言什麽“苟身心相離,理事俱如,則何往而不適”[②],鮮明地反映出禪宗所宣揚的那種“任運自在”的人生態度。

宋代張戒在評論王維的山水詩時,指出詩人在學佛的同時而又“厭飫山林”,在他作品中體現出“富貴山林,兩得其趣”[③],包括了地主階級生活方式多方面的内容。王維這樣一位維摩詰式的

---

① 鳩摩羅什譯《維摩詰所説經》卷上《方便品》,《大正藏》第一四册。
② 《與魏居士書》,《王右丞集注》卷一八。
③ 《歲寒堂詩話》卷上,《歷代詩話續編》上,中華書局,1983 年。

人物,佛教思想深入骨髓,從他的人生觀來看待自己的隱居生活,通常會把山水田園看成符合自己禪悅之心的精神樂園,把欣賞自然風光作爲自己享樂生活的一個組成部分。他的那套生活方式,同禪宗所謂"任心即爲修"的主張非常合拍,他可以很自然地認爲,隨心所欲地玩賞山林泉石,在飽食之餘領略自然風光,除了滿足他感官上的特殊嗜欲之外,還能從精神上去尋找契合自己主觀"禪悟"的東西,這無異也是一種極好的修行方式。他的《偶然作》一組詩,一方面聲明自己"愛染日已薄,禪寂日已固",另一方面又大談"得意苟爲樂,野田安足鄙"的田園樂趣。因此王維的許多山水詩,它們很爲常見的一個思想内容上的特點,就是表現作者在對自然美的欣賞過程中,也流露出很强烈的享樂觀念和悠閑自適的心情,不論是寫景或者抒情,總要顯示出他在遨游山水林泉中如何"任運自在",使封建士大夫的生活情趣和佛教的禪趣有機地結合起來。他的有些山水詩,藝術上達到高度的情景交融,在山水形象的描繪中間,其一山一木,一泉一石,都和作者的自身生活結成不可分離的整體,顯現出作者恣意追賞自然風光、"何往而不適"的生活情調。如"捨舟理輕策,果然愜所適"(《藍田山石門精舍》)、"松風吹解帶,山月照彈琴"(《酬張少府》)、"隨意春芳歇,王孫自可留"(《山居秋暝》),都表現出濃厚的富貴士人追求愜適的閑情逸致,從其形象畫面中透示出來一種如何對待生活的理趣,就它的思想本質來説,非常符合禪宗"任運自在"的要求。

王維在《游韋卿城南别業》一詩中,用"與世澹無事,自然江海人"兩句,表達自己隱逸江湖的生活理想,而所謂的"自然",其思想淵源不僅出於道家,而且也是禪宗神會一派非常强調的口號。神會本人就説過:"衆生本有無師智,自然智,衆生承自然智,得成於佛。"[①]又説:"有自然智,衆生承自然智,任運修習,謂寂滅法,得

① 敦煌出土《荷澤神會禪師語録》,日本東京森江書店印行本。

成於佛。”[①]按照神會的理解，所謂“承自然智”的含義，同“任運自在”、“任心即爲修”是基本一致的，要旨在於説明對待生活應該採取任其自然、到處安適的態度。就如王維的許多作品所表明的那樣，對於這種生活態度，王維是努力把它貫徹到自己的山水詩中去的。因此，從比較廣泛的意義上説，王維的山水詩所描繪的都是“有我之境”，不管哪一首詩所展示的境界，這種“自然江海人”的作者自我形象可以説是無所不在的。而從比較嚴格的意義上説，他的那些有代表性的寫景名篇，通常在對作者自我形象的描繪中，通過生動具體的畫面，把這套充斥着禪宗生活理趣的人生觀巧妙地表現出來。

例如詩人的《終南别業》一詩，在表現禪宗的生活理趣方面，就很值得我們注意：

> 中歲頗好道，晚家南山陲。興來每獨往，勝事空自知。行到水窮處，坐看雲起時。偶然值林叟，談笑無還期。

首先需要説明的，第一句“中歲頗好道”的“道”，並不是指“道家”，而是指“佛教”。佛教經常把它的教義稱作“佛道”，把和尚稱作“道人”，把出家稱作“入道”，而且從王維生活經歷的實際情況看，這句詩的意思指作者信奉佛教是不應懷疑的。全篇詩中塑造了一個逍遥自在的作者自身形象，他徜徉於山水烟霞之間，獨往獨來，優哉游哉，真是“自在”到了極點。除了第一句點明作者和佛教的關係而外，這首詩表面上並没有直接宣揚禪理的詞句，但是恰恰就在詩歌的開端，作者就把一條體現着禪理的思想綫索，一直貫穿全篇始終，使全詩構成的意境，浸透着禪宗的生活理趣。清人徐增在其《唐詩解讀》中，對於這首詩曾經作過研擘入裹的分析，他説：

① 敦煌出土《荷澤神會禪師語録》，日本東京森江書店印行本。

> 右丞中歲學佛,故云好道。晚歲别結廬於終南山之陲以養静,既家於此,有興每獨往。獨往,是善游山水人妙訣,可以適意,若同一不同心之人,則直悶殺矣。其中勝事,非他人可曉得,惟自知而已。既無知者,還須自去適意,於是隨己之意,祇管行去。行到水窮,去不得處,我亦便止。倘有雲起,我即坐而看雲之起。坐久當還,偶遇林叟,便與談論山間水邊之事,相與留連,則便不能以定還期矣。於佛法看來,總是個無我(注:這裏的"無我",即指任其自然,不起心有修),行無所事,行到是大死,坐看是得活,偶然是任運。此真好道人行履,謂之好道不虚也。①

這一段話,把詩中所體現的"任運自在"的處世哲學,已經揭示得很清楚了。詩中最爲警策的一聯,即"行到水窮處,坐看雲起時"兩句,尤其應該引起我們的注意,它用非常形象化的筆法,寫出詩人在縱情追賞自然風光的過程中,一切任其自然,漫無目的,隨遇而安,非常巧妙地表現了禪宗所宣揚的那套"任性逍遥,隨緣曠放"的生活理想。《五燈會元》中有這樣一段記載:

> 曰:"忽遇恁麽人出頭來又作麽生?"師曰:"行到水窮處,坐看雲起時。"②

這條材料的答話,用意也在强調禪宗的那套處世方式,可見後來五宗時期的禪學,也轉而又從王維的山水詩中,汲取了它們所需要的養料。

綜上所述,我們可以清楚地看到,王維那些描繪自然風景的作品,確實在不同程度上反映着他的世界觀,作爲一種觀念形態的東西,同作者自身的那種特定的亦官亦隱的生活是密切相關

① 徐增《唐詩解讀》卷五,上海求古齋石印本。

② 《五燈會元》卷一〇,清貴池劉氏覆刻宋寶祐本。

的。不過上文列舉的王維諸多山水詩作,在藝術上確實顯示了獨特的成就。它們將具備一定佛理内涵的哲學思辨納入摹寫自然美的篇章,使之與詩歌的外在美感形式達成高度的統一,畢竟是一項超越前代的藝術創造。考慮到這一方面,我們就不能忽視這些作品所體現的美學價值和歷史文化意義。

1980 年 4 月

王維與華嚴宗詩僧道光

王維生活在佛教高度發展的盛唐時代，擅名詩壇又以悉心奉佛著稱，一生中間結識了許多佛教名僧，作爲一個很有代表性的歷史人物，我們可以從他身上，看出佛教對於唐代士大夫思想生活所發生的影響。

關於王維同佛教之間的關係，目前所見的論作，凡是談到這個問題，一般衹注意他同禪宗僧侣的接觸，很少有人注意到他與其他佛教宗派的關係。譬如他與華嚴宗的關係，至今尚未有人作過論述，其實這在王維自己的作品裏，就有一些材料可供我們探索考稽。

《王右丞集注》卷二五，有一篇《大薦福寺大德道光禪師塔銘》，文中述及詩人自己同名僧道光的關係，就很值得我們注意。它在概述道光的地望家世之後，接着談到他出家修求佛道："誓苦行求佛道，入山林，割肉施鳥獸，煉指燒臂，入般舟道場百日，晝夜經行。遇五台寶鑒禪師，曰：'吾周行天下，未有如爾可教。'遂密授頓教。"道光禪師修行過程，先學捨身苦行，而及般舟念佛三昧，嗣遇五台寶鑒禪師"密授頓教"，遂得解脱知見。其後爲長安大薦福寺大德，至開元二十七年(739)下世，"門人明空等建塔於長安城南畢原"，由王維執筆撰寫這篇銘文。王維在《塔銘》中説："維十年座下，俯伏受教，欲以毫末度量虛空，無有是處，志其舍利所在而已。"根據作者這一自述，可以推知王維自開元中葉直至道光逝世，曾經師事這位和尚時間長達十年之久，他們兩人之關係密切若此，似乎無需再去作更多的説明了。

然而問題在於,王維在這裏所志銘的道光禪師,究竟是什麼樣的人物?他在盛唐各個佛教宗派競相傳播的情況之下,其宗門地位和義學特點又是如何?這在《塔銘》中間,並未直接告訴我們。

王維的許多詩文,牽涉佛學概念動輒皆是,清人趙殿成的《王右丞集注》,在這方面得力於王琦的指點,王琦精通内典,因此趙注所作的解釋頗有價值。這篇《道光禪師塔銘》,趙殿成注釋尚嫌過於簡略,但有些地方還可參考,他在"密授頓教"一條下注云:"釋氏有頓教、漸教二門。《宗鏡録》云:頓教如《華嚴》,無聲聞乘,故名爲頓。漸教即三藏及《方等》、《般若》。"按照趙殿成的説法,歷史上流傳的佛教各派,按其大旨可粗分爲"頓教"和"漸教"兩大門類,他根據《宗鏡録》援引歷代佛學家判教的一般準則,把《華嚴經》判爲頓教,而以《方等》、《般若》衆經作爲"漸教"。

必須説明,《塔銘》在這裏特地標出的"頓教",同禪宗通常所説的"頓悟"意義並不完全一樣。論王維之與佛徒交往,固然是與禪宗關係最爲密切,但是他生值佛教鼎盛的開元治世,當時除了禪宗以外,其他如天台、華嚴、法相、律宗,乃至净土、密教,都有相當的勢力,這就不能簡單地認爲,凡是王維接觸的佛門子弟,没有例外地都是禪宗僧侣。從趙殿成所引用的判教説法來看,這位服膺"頓教"的道光禪師,倒是應同《華嚴》一類佛經的義學有着比較直接的關係。

所謂判教,其源由最早可追溯到東晉時代。因爲佛教傳入中國以後,各種佛學流派異説並興,它們往往互相矛盾而顯得漏洞百出,需要通過判教"作一整理統一之區劃",來調整佛教内部各個派别之間的關係。湯用彤《漢魏兩晉南北朝佛教史》説,根據我們現在能見的資料,可知東晉時代的僧人慧觀法師,就已經做過判教的工作。慧觀是鳩摩羅什的弟子,後來到南方協助佛馱跋陀羅翻譯六十卷本《華嚴經》,把《華嚴》判爲"頓教"。其後南齊武都山隱士劉虬，又綜合各家異説，判爲頓、漸兩教，同樣也以《華嚴經》作爲“頓教”。這就表明，中國佛教史上最先兩家的判教，早就非常明確地把《華嚴經》同“頓教”聯繫在一起。

慧觀和劉虬這一判别，對南北朝各家進行判教起過很大的影響，唐代華嚴宗實際創始人法藏所著《華嚴一乘教義分齊章》卷一，列舉歷來各家判教之説，就提到南北朝期間護法師的説法：“二依護法師等，依《楞伽》等經，立漸、頓二教。謂以先習小乘，後趣大乘，大由小起，故名爲漸，亦大小俱陳故，即《涅槃》等教是也。如直往菩薩等，大不由小，故名爲頓，亦以無小故，即《華嚴》是也。”在這後面，還特别加以注出：“遠法師等後代諸德，多同此説。”這就可以看出，這樣一種判教的説法，曾經得到後來很多人的認可和附同。

《華嚴一乘教義分齊章》所講的遠法師，即指北周高僧净影寺慧遠。慧遠是北方研究《華嚴》的老宿，曾作《華嚴疏》七卷，《十地疏》十卷，又撰《大乘義章》二十六卷。他在《大乘義章》首卷開頭，即引劉虬等人的判教主張云：“如來一化所説，無出頓、漸。《華嚴》等經，是其頓教，餘名爲漸。”慧遠認爲，劉虬等人的説法“是言不盡”，這是因爲有些特殊情況，不能全用頓、漸兩類籠統概括，但是作爲一個基本的判教標準，他還是加以肯定的。因此慧遠同劉虬、護法師一樣，也把《華嚴》視爲“頓教”。

慧遠生當南北朝之末，在佛教義學方面又有極深的造詣，他的《大乘義章》一書分爲五聚，共二百四十九科（現存前四聚，二百二十二門），綜貫包羅了鳩摩羅什以後佛教各家異説，起着集大成的作用，以至被後世學者稱爲“六朝佛教之總彙”（見陳寅恪《大乘義章書後》）。唐代僧人道宣《續高僧傳》卷一〇《慧遠傳》，談到這部佛學著作，認爲它對各家學説“並陳綜義差，始近終遠”，“則佛法綱要，盡於此焉！學者定宗，不可不知也”。其影響之深遠，致使唐朝一代義學沙門，對佛教各家進行甄别定宗，都要參考慧遠

《大乘義章》的説法。按當時最通常的見解，是以《華嚴經》作爲如來對頓入菩薩乘弟子所説的教義，稱爲“頓教”。

唐代華嚴宗的僧侶，爲了抬高自己的地位，有意標榜《華嚴》“一乘别圓”，把自己一宗説成是凌駕三乘之上的“一乘圓教”，似乎在他們的教義中體現着至高無上的境界。但是這種説法，在其他佛教宗派之中就行不通。至於從不拘一宗的僧徒來看《華嚴》，基本上還是沿用前代的判教標準，並不承認它的特殊地位。所以直至五代，禪宗僧侣延壽著《宗鏡録》，主張禪教統一，“禪尊達磨，教尊賢首”，旨在會通華嚴、禪宗兩家學説，也仍然把《華嚴》歸入“頓教”一類。

即此數端，可知以《華嚴》作爲“頓教”，這是南北朝隋唐佛教義學長期流行的一種説法，也是當時僧徒判教定宗的一大區劃。因此，王維《道光禪師塔銘》所講的“密授頓教”，最合於情理的解釋，應該是指寶鑒禪師向道光密授《華嚴》的教義。從《塔銘》的文意來看，道光入山修煉苦行，這是小乘。般舟念佛雖是大乘，但並非屬於“頓教”。遇見寶鑒禪師之後，旋即改轍，直接學習《華嚴》大乘教義，“直往菩薩等，大不由小，故名爲頓”。這個意思貫串於文中，是顯得非常清楚的。

《道光禪師塔銘》中，有一段文字專門用來發揮佛理，這當然可以認爲概括了道光服膺的宗教思想。儘管在這段文章中，也引用了一些《華嚴》以外的佛經事典，例如“毛端族舉”即出自《大般若經》，“而息化城”則出於《法華經》，以此呈現出較爲複雜的情況。然而，我們注意一下隋唐佛學的特點，即可知道當時形成的幾個佛教大宗，僅是法相一宗力圖保持印度無著、世親瑜伽學説的原來面貌，而其他各宗的理論，大抵都是經過複雜組合的産物。尤其是天台、華嚴兩宗，都非常善於拈取别宗的思想成分，除了專重一二部主要經典之外，還經常套用其他佛經的名相理義。由此可見，像這篇《塔銘》那樣雜引不同經典的東西，這在唐代一般佛學著作中是很普遍的現象，衹要我們注意認真辨析，提挈其要旨所在，就能夠找出它本身在理論上特有的個性。

明確了這一點，我們再來考察王維這篇文章，它在闡發了一通議論之後，進而引申出兩句話説："指盡謂窮，性海而已。"這兩句話，顯示出道光修證佛道的境行歸趣，前者是講緣起因，後者是講果。所謂的"性海"，是《華嚴經》用得極多的一個哲學概念，其要義强調如來法身之境，體現真如之理性深廣如海。關於這個問題，吕澂《中國佛學源流略講》一書評述華嚴宗時説："華嚴宗主張的觀法，要隨順着普賢的境界，也就是緣起因的部分，至於諸佛自境就屬於性海果的部分。"《塔銘》所謂"指窮謂盡，性海而已"云云，實質上就是表現了這一思想。

"性海"以下，文義不貫，趙注謂有闕文，原文還有兩句話，作爲這段闡發佛理文字的結束："焉足知恒沙德用，法界真有哉！"關於"法界"這一概念，在一般佛教義學中誠然用得非常普遍，但是從華嚴宗的特殊情況來看，它同"法界"的關係却又是最爲密切。華嚴宗的神學理論，看起來體系非常龐大，但其最核心的部分則是"法界緣起"説，它以"一真法界"作爲世界的本源，而將世界上的一切事物，一概説成是這個"法界"派生出來的東西。一部《華嚴經》自始至終，講的不外乎都是"法界"之理。法藏在《華嚴游心法界記》中，把《華嚴》作爲"法界無礙門"，又在《華嚴經旨歸》中云："圓教（法藏稱《華嚴》爲"圓教"）微言，必窮法界。"澄觀《華嚴法界玄鏡》卷上云："言法界者，一經之玄宗，總以緣起法界不思議爲宗故。"裴休《注華嚴法界觀門序》又云："法界者，一切衆生身心之本體也，從本已來，靈明廓徹，廣大虚寂，唯一真之境而已。"以此標榜"一真法界"，這是華嚴宗神學理論最顯著的特徵。天台宗也説"法界"，但天台宗屬於大乘空宗，其論證重點在於闡明"畢竟空寂"；華嚴宗則屬於大乘有宗，纔是主張"法界真有"。法藏《修華嚴奥旨妄盡還源觀》云："具足如是過恒沙功德，乃至無有所少義。故經云：如此華藏世界海中，無問若山若河，乃至樹林塵毛等處，一一無不皆是稱真如法界，具無邊德。”推究法藏這段話的含意，同王維《塔銘》所説的大體一樣，即旨在説明真如具有恒沙功德，於一一微塵中間能見“真有法界”。這裏所謂的“真有”，衹是抽象的“有”，而並不具有任何的客觀實在性。這個所謂“真有”的“法界”，被華嚴宗的和尚説得玄之又玄，什麽“如帝網該羅，若天珠交涉，圓融自在，無盡難名”，真是妙不可言。而王維所志銘的這位道光禪師，他在接受“頓教”以後熱切嚮往的，恰恰就是這個不可思議而圓滿成就的解脱境界。

隋唐佛教各家義學的流傳，大致都有一定的地域範圍。當時《華嚴經》的傳法中心，主要有三個地方：一爲并州五台山，二爲關中終南山一帶，三是王維《塔銘》中所説的長安大薦福寺。五台亦稱“清凉”，《華嚴經》的譯文中就提到這個地方，係《華嚴》學説在北方的發祥地，華嚴一宗在此長期得到盛傳，有的華嚴宗佛徒，還寫過一些關於五台寺院僧伽的史傳記載，可想而知唐代華嚴宗在這裏一定有很大的勢力。王維《道光禪師塔銘》，明言道光得法於五台寶鑒禪師，從他的師承淵源來看，也提供了一條道光是華嚴僧徒的證據。至於長安大薦福寺，同華嚴宗的關係尤爲密切，華嚴宗的實際創始人法藏，就是大薦福寺的寺主（見崔致遠《唐大薦福寺故寺主翻經大德法藏和尚傳》），唐譯《華嚴經》的主要翻譯者實叉難陀，也安置在這個寺院。從武則天時代開始，這裏就儼然成爲華嚴宗的一大中心。王維這篇《塔銘》，題目中間就指出道光的身份是“大薦福寺大德”，可知大薦福寺這塊華嚴宗的寶地，是他長期居止的地方。按法藏卒於玄宗先天元年（712），論年輩道光與之差爲相接，道光能够在法藏以後於此立足，不僅生前享有較高的聲望，而且死後還由門人建塔志銘，如果他不是屬於華嚴一宗，這些事實也就無法得到合理的解釋。

綜綮上述所論，我們完全可以斷定，王維所師事禮銘的這位道光禪師,是一個華嚴宗的僧侶。王維這篇《塔銘》寫作的時代,正是盛唐開元年間,雖然這時以普寂和義福爲代表的北宗風靡中原京洛,其勢焰之盛幾乎形成定於一尊的局面,但華嚴宗作爲一個有雄厚基礎的佛教宗派,此際仍在北方處於弘傳的階段,在封建士大夫中還有廣泛的市場。王維出身在一個闔門傾心事佛的家庭,母親崔氏和兄弟王縉,都是北宗教主普寂的世俗弟子,他在開元年間,同北宗高僧普寂、義福,《楞伽師資記》的作者净覺,都有很密切的關係,其受北宗楞伽禪法熏陶之深,自是不待煩言。然而,王維作爲一個維摩詰式的在家居士,誠然無須像某些僧徒那樣嚴守宗門的界限,憑他對於佛教各家義學的融會貫通,完全可以根據自己的興趣别教旁通,兼收並蓄,在極力攀緣接近北宗教主的同時,又不妨拜倒在華嚴名僧座下俯伏受教。王維師禮道光足足十年,正好説明他同華嚴宗也有密切的關係。

道光不啻是華嚴宗的僧人,而且還是一個詩僧。《王右丞集注》卷一九,另有《薦福寺光師房花藥詩序》一篇,述及道光曾寫過題詠花卉藥草的《花藥詩》一帙。王維自己在當時極負詩名,而道光又以能詩爲事,因此他同道光之間的關係,自然還包括詩歌創作方面的交流往還。

唐代詩歌達到高度繁榮,作者遍及社會各個階層,而當時出現詩僧之多,也是極其令人注目的。清代編集《全唐詩》成九百卷,其中所録僧人的作品,就有四十五卷。關於唐代的詩僧,范文瀾在《唐代佛教》一書中,專門談到這個問題,其中不少意見足資我們參照。然而范老僅據《五代詩話》"可朋"一條中"南方浮屠,能詩者多矣",隨即斷言唐代詩僧多是南宗禪僧,這一結論似不全面。其實,詩僧並不一定全出南方,南方的詩僧也並不盡屬南宗。固然,南宗到了中唐以後,其勢力熾盛遍及南北各地,成爲中國佛教史上影響最大的宗派,此後一些有名的詩僧,如皎然、貫休、齊己之輩,確係出自曹溪宗門。但就整個唐代的情況來説,還有許多詩僧並非南宗僧侣,略舉其知名者,寒山、拾得即屬天台,靈徹則爲雲門律僧,寶月又是密教和尚,而我們這裏所説的道光,恰恰又是華嚴宗的禪師。可見唐代佛僧酷愛詩歌,絶非某一宗派擅善特據的專長,而是普遍盛行於緇流之間的一種風尚。

唐代人數衆多的詩僧,有着廣泛的社會聯繫,他們有的居止游歷於都會,有的棲遲偃息於山林,經常出入公卿權貴之門,結交當時文士名流,説有談空,附庸風雅,互相酬答唱和。《全唐文》卷三三四陶翰《送惠上人還江東序》,載及王維同詩僧惠上人的交往:“今錢塘惠上人,捉一盂,振一錫,則呼吸詞府,頡頏朝顔。長江之南,世有詞人舊矣。於是侍御史王公維,太子舍人裴公總,寄彼好事,於焉首唱。賢才翕集,文墨敷芬,作者爲之不寧,詞林爲之一振。”一個詩僧能够招致一大批名流,使得“作者爲之不寧,詞林爲之一振”,可見他們同唐代士大夫關係是十分密切的。我們從王維與道光的詩交,亦可略窺當時社會風氣之一斑。

道光所作的《花藥詩》,早已散佚不存,我們無從詳論。但據王維這篇序文,可知長安大薦福寺種植許多奇花異卉,“瓊蕤滋蔓,侵回階而欲上;寶庭盡蕪,當露井而不合”,“群艷耀日,衆香同風”,道光“在雙樹之道場,以衆花爲佛事”,在觀賞花草時參悟佛理,把吟詩題花和修行佛道兩者結合在一起。王維對道光這種精神生活,表示極度的神往,他在這篇序文的結尾説:“道無不在,物何足忘,故歌之詠之者,吾愈見其嘿也。”王維這幾句話的用意,在於説明像道光那樣歌詠題詩,這與佛教修行並不矛盾。王維認爲,從佛教的唯心主義觀點來看一切自然現象,不論花鳥草木山水,雖然它們本質盡屬虚空,但是作爲一種幻象,人們却不能與之完全絶緣。這是因爲,佛教所講的本體之道,總是不離開事物的形態現象,大自然千變萬化的各種形象,中間無不包含着某種冥契佛教理念的東西,所謂“青青翠竹,盡是法身;鬱鬱黄花,無非般若”,世間萬法都是佛教真理的顯相。人們從感覺上接觸這些自然現象,衹要認真思索體識其中無所不在的“道”,即色而達於真際,就能由此翻然發悟,加深人們對於佛教唯心主義哲學的領會。由此王維斷言,道光品題群花而發詠爲詩,這非但與佛教主張的“斷言語道”不相冲突,而且愈加説明道光的内心世界淵泊無爲,體現出高深莫測的宗教修養。

像道光這樣借自然景象領悟佛理,從認識論上來説,其實質就是把佛教理念作爲宇宙萬物的本體和主宰,人們接觸自然現象,目的衹是從中尋找契合自己主觀禪悟的東西,以此進入神秘的宗教哲理體驗。這種僧侶主義的精神生活方式,在古代的佛教史籍和某些詩文中,多有這一方面的記載。《祖堂集》卷一九記述靈雲和尚:“偶睹春時花蕊繁花,忽然發悟,喜不自勝。”《宋高僧傳》卷一〇記述佛教信士裴某:“每至海霞斂空,山月凝照,心與境寂,道隨悟深。”唐代詩僧皎然,有《答俞校書冬夜》一詩,中云:“月彩散瑶碧,示君禪中境。”吕温《戲贈靈徹上人》云:“僧家亦有芳春興,自是禪心無滯境。君看池水湛然時,何曾不受花枝影。”這些記載,都可説明佛家悟禪,往往需要借助某種特定的自然景象,在自然美的感性形象中間體識某種佛理的意藴,把欣賞景物同修行學佛融合一體。這種精神生活特點,在唐詩中間經常有所反映,如張説《江中誦經》云:“澄江明月内,應是色成空。”常建《題破山寺後禪院》云:“山光悦鳥性,潭影空人心。”杜甫《上牛頭寺》:“青山意不盡,衮衮上牛頭。無復能拘礙,真成浪出游。”皇甫曾《贈鑒上人》云:“樹色依禪誦,泉聲入寂寥。”綦毋潜《登天竺寺》云:“雲向竹溪盡,月從花洞臨。因物成真悟,遺世在兹岑。”李端《寄廬山真上人》云:“月明潭色澄空性,夜静猿聲證道心。”靈徹《送道虔上人游方》云:“烟景隨緣到,風姿與道閑。”這些詩作藝術構思共同的特點,即是通過繪寫景色表現一種神悟的意境,在自然美的形象中滲透着濃重的佛教哲學理念,它們所呈現的精神面貌,清楚地反映出佛教思想對於唐代詩歌的影響。

至於王維自己的作品,表現這一特點就顯得愈加深刻。王維在盛唐號稱“當代詩匠,又精禪理”,他一方面徜徉山林,恣情游賞自然美景;另一方面又躬行奉佛,以禪誦作爲生活中不可缺少的組成部分。這兩者互爲依輔地結合在一起,構成了他詩歌中間一個最主要的内容。《王右丞集》中許多寫景作品,非常真實地透示出作者“道無不在,物何足忘”的人生態度,它們塑造的一系列自然美的形象,都被賦予某種特定的佛學理念。例如《鹿柴》一詩云“空山不見人,但聞人語響。返景入深林,復照青苔上”,即是通過深山密林境界之空靈,聲音色彩給人感受之恍惚微緲,以顯示出世界一切事物都不過是虛假的幻覺。《過香積寺》云“薄暮空潭曲,安禪制毒龍”,則由潭曲止水的清徹空澄,契合虛融淡泊的精神世界,表現作者内心在一刹那間消除妄念而進入安禪。《竹里館》中“深林人不知,明月來相照”兩句,就是展現了皎然“月彩散瑶碧”的同一個“禪中境界”。《鳥鳴磵》中“月出驚山鳥,時鳴春澗中”,又與李端“夜静猿聲證道心”寄寓着同一種佛教理趣。王維喜歡描寫一瞬之間的花開花落,因爲這種紛紛藉藉的“刹那生滅”現象,最能用來形象地表現詩中的佛理,讓人體會到一切事物的“聚散無常”。他還很喜歡描寫空中的飛鳥,因爲《涅槃經》説過“如鳥飛空,迹不可尋”,《華嚴經》也説“了知諸法性寂滅,如鳥飛空無有迹”,空中的飛鳥迅速消逝容易使人聯想世界萬類的“虛空寂滅”。因此王維集中許多描寫自然美的篇什,都被後人稱爲“一味妙悟”的“入禪之作”,在它們清空澄淡的畫面中,經常體現着一個佛教居士對周圍世界的觀想和静慮。

這就證明,王維在《光師房花藥詩序》中所發表的那一套詩歌理論,正是他自己創作中所遵奉的指導思想。他與道光之間密切的關係,對於他的詩歌創作影響的深刻顯著,這是毋庸置疑的。

1981年5月

王維與南北宗禪僧關係考略

王維(701—761)生活的盛唐時代,正是處在中國佛教發展的鼎盛階段。這一時期禪宗的迅速傳播,以及“南能北秀”兩家争奪宗教正統地位的鬥争,成爲有唐中葉思想領域中的一件大事,它對當時的社會生活和知識分子的精神面貌,産生過深遠的影響。王維是一個聲名卓著的詩人和藝術家,又是一個禪門的信徒。他熱心崇奉佛教,廣泛結交緇屬僧侣,同當時南北兩宗的勢力,都曾有過極其密切的關係。爲了弄清這個問題,因作《王維與南北宗禪僧關係考略》。

一

從王維出生到唐玄宗開元末際,約有四十年左右的時間,是以北宗爲代表的楞伽禪法,在中原京洛一帶熾盛暢行的階段。近世在敦煌文獻中,發現當時僧人净覺所著的《楞伽師資記》,記述了這一時期北宗弘傳的盛況。北宗早先的領袖神秀(606—706),是菩提達磨以下五代弘忍的首座弟子,自稱繼承達磨的傳統,倡行四卷本《楞伽》作爲印心的禪法。他在生前享有極高的聲望,被唐代統治階級尊爲“兩京法主,三帝門師”,武后親自向他作過禮拜。神秀死後,弟子普寂嗣其法統,聚徒開講,在社會上贏得了更多的信衆,造成了楞伽禪法至於極盛的局面。普寂與神秀的另一弟子義福,是盛唐時代北宗的兩大代表,他們繼續得到統治者的青睞,王公貴族競相執禮於門下,所遇的尊榮並不亞於神秀。

盛唐的地主階級知識分子,多數對於禪學理論具有一定的愛好,至於同佛教僧徒的游處往還,更其蔚爲一時的風尚。王維出身於一個悉心奉佛的家庭,自幼受到佛教思想的熏陶,《舊唐書》本傳稱其“居常蔬食,不茹葷血”,“在京師日飯十數名僧,以玄談爲樂”,處在當時上層社會普遍佞佛的環境之中,他尤以精熟禪理而著稱於世。我們尋檢王維的詩文和其他有關史料,可以考知他在開元年間,與北宗的僧侶有着很深的交誼。特別需要注意的是,他與普寂和義福,以及《楞伽師資記》的作者净覺,都曾發生過程度不同的關係。

(一) 普寂

普寂(651—739)是開元年間北宗最有影響的領袖,也是神秀一系公認的正統法嗣。唐人李邕的《大照禪師塔銘》,王縉的《大證禪師碑》,獨孤及的《三祖璨大師塔銘》,都把普寂視爲達磨以來的七葉正傳。《宋高僧傳》記載,普寂在神秀死後,成爲北宗教主,這時“天下好釋氏者咸師事之”,“王公大人競來禮謁”,相傳其門徒有萬人之多。普寂卒於開元二十七年,謚爲大照禪師。在他出喪之日,“河南尹裴寛及其妻子,並衰麻列於門徒之次,傾城哭送,閭里爲之空焉”。説明他在士大夫和一般庶民中間影響之大。

根據現有的史料,似乎還看不出王維與普寂有過什麼直接的交往,但是細加稽考,仍有若干綫索,能够幫助我們瞭解他們之間的關係。這裏最主要的材料有二。其一是王維自作的《請施莊爲寺表》,表中詩人自謂:“臣亡母故博陵縣君崔氏,師事大照禪師三十餘歲,褐衣蔬食,持戒安禪,樂住山林,志求寂静。”其二是他兄弟王縉所撰的《大證禪師碑》,這篇碑文主要爲曇真禪師而作,文中涉及普寂及其弟子廣德,其云:“縉嘗官於登封,因學於大照,又與廣德素爲知友。”這兩條材料,清楚地告訴我們,王維的這個家庭與普寂的關係,包括他的母親和兄弟,都是這位大照禪師的世俗弟子。史稱王維奉母至孝,“閨門友悌”,與王縉尤其情趣相投,他在早年也同王縉一樣,在普寂的住地嵩山一帶隱居學佛,在這種情况下,他自己不會不受到普寂的某些影響。

在王維的作品中,還有兩篇文章也可參考。《王右丞集注》卷二六《贈太原郡夫人京兆王氏墓志銘》,記述王氏兄妹“同德大師大照和尚,睹如來之奥,昭群有之源”,説明在王維相識的顯貴達宦之間,宗師普寂是當時一種很時髦的風氣,而像他這樣一個棲心禪學的佛門信徒,按理不大可能與這種社會習尚絶然無關。另外一篇,是《集注》卷一七《爲舜闍黎謝御題大通大照和尚塔額表》。此文的製作年代,應爲安史亂後肅宗乾元元年(758),文中所云的舜闍黎等,自然是屬於北宗神秀(大通)、普寂(大照)的後輩,他們之所以委託王維捉筆代寫這篇謝表,除了因爲作者文辭華贍之外,更主要原因,恐怕還是出於他們認爲,王維之於神秀、普寂相承的禪門宗風,算得上是一位深有所得的人物。

(二)義福

義福(658—736)在北宗的地位,名義上僅次於普寂,吕澂先生的《中國佛學源流略講》,則認爲他更能得到神秀的嫡傳。義福卒於開元二十四年,時間略早於普寂,身後謚爲大智禪師。《宋高僧傳》稱其“葬於伊闕之北,送葬者數萬人,中書侍郎嚴挺之躬行喪服,若弟子焉”。嚴挺之所撰的《大智禪師碑銘》,是研究義福生平的一篇較爲可靠的材料。

義福在當時,號稱“道望高峙,傾動物心”,其聲譽學問對於世俗官僚乃至文人學士,都有很大的吸引力。譬如王維的好朋友韋陟、房琯兩人,就深受義福的信重,而且成爲他的登堂弟子。至於王維本人同義福的關係,《王右丞集注》卷七有《過福禪師蘭若》一詩,可供研究推考。

嚴挺之《大智禪師碑銘》述及義福生平,其云:“神龍歲,自嵩山岳寺爲群公所請，邀至京師，游於終南化感寺，棲置法堂，濱際林水，外示離俗，内得安神，宴居寥廓二十年所。”《宋高僧傳》也説他：“初止藍田化感寺，處方丈之室，凡二十餘年，未嘗出房宇之外。”自神龍下推二十年，時當開元中葉，這就表明義福在這一長段時間内，一直是在藍田化感寺宴居安禪。王維歸隱藍田輞川别業，當然是較晚的事情，但是他在《請施莊爲寺表》中提到爲母親在藍田購買山居一處，作爲崔氏“宴坐之餘經行之所”，時間可能更早一些。而且藍田鄰接長安，風物佳麗，又當商山大道冲要，爲一般官僚士子經常行涉游憩之地。因此王維極有可能在這段時間之内，在藍田同義福有過某種接觸。

王維《過福禪師蘭若》一詩，自述經過“福禪師”的住寺，其中描摹頗爲具體細緻，詩謂：

> 巖壑轉微徑，雲林隱法堂。羽人飛奏樂，天女跪焚香。竹外峰偏曙，藤陰水更凉。欲知禪坐久，行路長春芳。

細察這首詩的意境，我們就很容易發現，它同《大智禪師碑銘》所説的義福在化感寺宴居的情形很相仿佛，甚至在細節上也有着異乎尋常的相合之處。首先，這首詩中所描寫的寺廟周圍的自然環境，山水樹木，景物氣氛，與碑文所説的情况十分相像。其次，詩中還有“雲林隱法堂”一句，也和《碑銘》“棲置法堂，濱際林水”彼此互相照應。第三，這首詩的結句，明云“欲知禪坐久，行路長春芳”，極力形容這位禪師因爲長期宴坐不出門户，乃至行路爲之芳草叢生，這樣恰恰就把義福“宴居寥廓二十年所”，“未嘗出房宇之外”的實狀，很形象地表現了出來。《王右丞集注》中間，還有《游化感寺》、《過化感寺曇興上人山院》等詩兩首，記述詩人的游蹤，由此足見義福長期安居過的化感寺，是王維經常往來的地方。關於義福的稱謂，劉長卿集中有《龍門八詠》一組詩，其中《福公塔》一首，確定是指龍門伊闕義福的葬身之塔，可知在盛唐和中唐間，人們通常都把義福稱爲“福公”或者“福禪師”,參據以上數點,我們可以斷定,王維這首詩中所謂的“福禪師”,就是大智禪師義福。

(三)净覺

與王維有關的禪僧中間,净覺也是一個不可忽略的人物。净覺出於玄賾之門,是弘忍的再傳弟子,不屬於神秀這個系統。但是玄賾、净覺同樣標榜楞伽禪法,承認神秀是弘忍門下的首座,其禪學理論宗旨也大致相仿,因此不妨把他同普寂、義福放在一起討論。

净覺出身顯貴,是唐中宗韋皇后的兄弟,中宗在位時出家,曾在東都傳法,後居西京大安國寺。他根據玄賾的《楞伽人物志》寫成《楞伽師資記》一書,是研究唐代中葉北方禪學比較完整的史料。關於他的事迹,現存的僧傳譜録均無記載,衹有王維寫過一篇《净覺師碑銘》,可使我們略知梗概。王維這篇碑文,見《王右丞集注》卷二十四,其中於佛理上面多有發揮,例如它在稱贊净覺矢志修行佛道時説,“九次第定,乘風雲而不留;三解脱門,揭日月而常照”,就明顯地反映出楞伽禪法在理論上的特徵。

在涉及净覺的具體事狀時,《碑銘》寫得比較簡單,但有兩點頗可參考。第一,碑文講到净覺死後出葬,僧俗送喪,“城門至於谷口,幡蓋相連”,“故惠莊某氏、某郡主,賢者某乙等,各在衆中,共爲上首”。這裏所謂的“故惠莊”其人,即指唐玄宗已故之兄惠莊太子李撝,《舊唐書·睿宗諸子傳》載其薨於開元十二年(724),以此净覺之卒,肯定應在是年之後。第二,碑文論述净覺生前的情況,乃謂“外家公主,長跽獻衣;薦紳先生,却行擁篲”,“不窺世典,門人與宣父中分;不受人爵,廪食與封君相比”。這就説明净覺兼有貴戚和高僧雙重身份,門下有很多信徒,在當時享極榮貴,外戚士流無不爲之傾倒。王維之於净覺,論年齒固爲晚輩,但基本上是同時代人,他以才華炳焕,在開元年間已經極負盛名,《佛祖通載》卷十三稱其"豪英貴人虚左以迎之,寧、薛諸王待以師友",時常出入勢要之家和佛教寺院。像净覺這樣一位出身貴族,地位又很隆崇的名僧,正是他所攀緣接近的對象。按照當時通行的習慣,某一個高僧即世,邀請當代名士製作碑文,一般都是請對於死者比較瞭解的知友或者世俗弟子執筆,例如張説爲神秀撰《大通禪師碑銘》,李邕爲普寂撰《大照禪師塔銘》,嚴挺之爲義福撰《大智禪師碑銘》,王縉爲曇真撰《大證師禪碑》,均屬這種情況。所以净覺死後,由王維來撰寫這篇碑文,就很清楚地説明,他與净覺有過很深切的關係。

(四)惠澄

《神會語録》記載,神會到南陽,在臨湍驛與王維相遇。王維邀請神會以及另一位惠澄禪師,一起"語言數日",當地的官吏和佛教信衆也都趕來參加,這實際上是一場探討佛理的辯論。神會其人,是當時大名鼎鼎的南宗高僧;惠澄禪師則是北宗一方大德,在南陽一帶也有相當的聲望。惠澄和神會這次争論的話頭,主要是定慧止觀這一佛教禪行經常碰到的問題。惠澄根據北宗通行的説法,認爲禪行應該首先修定,"得定以後發慧",即强調通過坐禪入定然後再在内心發慧;神會則力闢其説,主張即定是慧,"定慧俱等",認爲定慧没有什麽先後次第之分,反映出兩家在對待"定"與"慧"的關係上不同的見解。而王維自己的態度,他開始似同惠澄的看法比較一致,在辯論中又受到神會的影響,轉而接受了神會的主張。關於這場争論,我們認爲時間應在開元末年,這在後文涉及王維與神會的關係時再作説明。

胡適早年研究敦煌寫本中的禪宗史料,寫過一篇《楞伽師資記序》,文中説道,八世紀的前四十年,真是楞伽禪法"勢焰熏天"的時代。侯外廬等同志的《中國思想通史》也指出,神秀的北宗被武則天選爲新的國教,在很長的時間内持續不衰。實際情況也確實如此。開元年間，普寂和義福的勢力籠蓋京洛，楞伽禪僧遍及北方勝地名刹，王維早年隱居過的嵩山，更是北宗傳法的一大中心。可以想見，同王維有過交往的北宗僧侣，一定還有很多。譬如《王右丞集注》卷四《留别山中温古上人兄》一詩，提到王維早先曾同温古一起在嵩山一帶學佛。温古曾參與密教經典譯事，爲盛唐時代一位兼通禪密的沙門，王維在詩中稱他爲“兄”，説明他與詩人的交誼頗爲深厚，以此參考儲光羲的《至岳寺即大通大照禪塔上温上人》詩，這位温古很可能就是儲詩中所説的普寂的弟子温上人。再如《青龍寺曇壁上人兄院集》、《過化感寺曇興上人山院》等詩中提到的曇壁、曇興，我以爲也極有可能是北宗僧侣，長安青龍寺在盛中唐間爲密宗一大道場，而普寂、義福的門下弟子後來兼學密法者人數也不少，衹是由於材料短缺，無法進行確考。但是僅從上面所列舉的四人而言，就比較清楚地顯示出王維在開元年間同北宗之間的關係。在王維交往或崇拜的北宗僧侣中，有普寂和義福這樣的宗教領袖，也有净覺這樣的高僧和佛教史學家，作爲體現一個時代宗教精神的代表人物，他們對於王維所能發生的影響，顯然是不應加以低估的。

二

正當楞伽禪法暢行北方之際，以惠能(638—713)爲代表的南宗，開始衹在嶺南曹溪一帶闡化。惠能也是出於弘忍門下，《楞伽師資記》中説，弘忍在臨死時，列數神秀爲首的傳法弟子十人，惠能名列第八。根據《壇經》的説法，惠能曾得到弘忍的特殊傳授，在理論上改用《金剛般若經》作爲主要依據，主張與神秀有明顯的不同。中國歷史上的禪宗，嚴格地説要到惠能才正式形成。

惠能死後，南宗的勢力逐漸擴展到江湘流域，在南岳、洪州兩地尤爲盛行。開元年間，惠能的弟子神會北上，鼓吹惠能的頓門學説,挑起南北兩宗是非之争,同北宗争奪地盤。由於神會的努力顯揚,多次迫使北宗僧侣在辯論中處於被動的地位,加上南宗其他派系不斷向北滲透,這樣就逐漸打破了北宗獨占京洛的局面。安史亂中,原來北宗所據的名刹大寺,很多毁於兵燹,寺院經濟遭到嚴重的破壞,北宗賴以生存的基礎大爲削弱,由是就給南宗造成可乘之機,使它終於取代北宗的地位,發展成爲中國最有影響的佛教宗派。

王維與南宗的關係,我們首先要注意一下神會。

(一) 神會

神會(668—760)雖屬惠能的末後弟子,但一般的佛學研究工作者都認爲他最能得到惠能的嫡傳,在南北兩宗的鬥争中,他是風雲一時的關鍵人物,也是在北方的南宗領袖。王維爲惠能寫的《能禪師碑》中説,神會"遇師於晚景,聞道於中年;廣量出於凡心,利智逾於宿學。雖末後供,樂最上乘",推揚他在惠能的許多弟子中間後來居上,作了極高的評價。神會從南方北上河洛,開元八年(720)敕配南陽龍興寺,此後又到洛陽活動。開元二十二年(734),他在滑臺大雲寺設無遮大會,同北宗崇遠禪師展開南北邪正是非的辯論,他攻擊神秀、普寂屬於旁門,宣稱衹有惠能才算得到達磨以來的正傳。由於神會特别富有詭辯的才能,善於虚張聲勢,先聲奪人,運用各種縱横捭闔的手段,來達到排擠削弱北宗的目的,所以他的一些言論行動,在當時很能起到聳動人心的作用。

在敦煌卷子中輯成的《神會語録》,有一則非常具體的記載,談到神會"於南陽郡見侍御史王維,在臨湍驛中,屈神會和尚及惠澄禪師語言數日"。在這場辯論中,王維曾問神會:"若爲修道得解脱?"神會告訴王維説:"衆生本自心净,若更欲起心有修,即是妄心,不可得解脱。"王維聽了神會這一回答,大爲驚愕地説:"大奇。曾聞諸大德言説,諸大德皆未有作此説法者。"以爲這同原來他所接受理解的北宗修習主張大不相同。繼而又覺得神會的話又有道理,於是對南陽的地方官吏説:“此南陽郡有好大德,有佛法甚不可思議。”而後神會又爲王維等人説法,具體闡述南宗“定慧等學”的主張,批駁了惠澄“先定後慧”的觀點。他對王維説:“言定者,體不可得,所言慧者,能見不可得體。湛然常寂,有恒沙妙用,即是定慧等學。”又説:“澄禪師先修定,得定以後發慧。會即不然,正共侍御語時,即是定慧俱等。”他在定慧問題上的這些見解,同前面所説的不主張“起心有修”,是有着密切聯繫的,無疑也會給王維留下深刻的印象。

王維與神會這次會面的具體時間,前文談及惠澄時,我們把它定在開元末年。這一判斷的主要依據是,《神會語録》説得非常明確,王維這時所擔任的官職是侍御史。考察王維生平事迹,他於開元二十八年(740),爲侍御史知南選去襄陽,至天寶元年(742),即轉官左補闕,又遷庫部郎中。可見王維以侍御史的身份在南陽遇見神會,時間衹能在開元二十八、二十九兩年之内。王維這次遠行襄陽,適值孟浩然去世,他曾往郢州畫孟浩然像於刺史亭,途中行止經過很多地方,往返歷時甚久,他詩集中《漢江臨泛》、《登辨覺寺》、《哭孟浩然》諸作,都是寫在這段時間。從地理位置看,南陽距離襄陽不遠,王維不可能在南選事畢覆命之後,隨後即有專程再去南陽之行,因此王維與神會的相遇,肯定與他知南選一事有關。根據唐代驛道交通情况,由長安去襄陽一般都走商山大道,從藍田逾熊耳山,經商洛、内鄉、新城、鄧州直至襄陽,中間不須經過南陽,而且這時王維有知選公事在身,不容繞道逗留遷延。而在南選結束之後,則可由鄧州經南陽,再過襄城、方城、郏城,取道洛陽再回長安,南陽是這條驛路的必經之地,可以在此稍事歇息。從神會這一方來説,雖然開元末年他的活動中心已經移至洛陽,但南陽是他過去長期經營的地方,當地的門徒信衆仍然同他保持密切的聯繫。他這時重來南陽,正好王維由襄陽北上路過南陽，兩人於是相遇論道。這從他們各自的行蹤來考慮，都是顯得非常合理的。

王維這次見到神會，是他一生中具有特殊意義的事件，在思想上受到神會很大的影響。神會以顯揚南宗自命，這一段時間活動相當頻繁，他自然要利用這個機會，兜售自己的主張，盡力向王維做争取説服工作。結果王維答應神會的要求，親自執筆爲惠能撰寫一篇碑文。他在碑文中説，神會因爲“先師所明，有類獻珠之願；世人未識，猶多抱玉之悲。謂余知道，以頌見託”。意謂惠能那一套學説，當時相信的人還不很多，所以要請王維出來作一番弘揚。這篇《能禪師碑》，是研究惠能生平思想最原始的資料，其材料來源當然是出於神會口授，但從中也表現出作者自己的態度，碑文在禪學理論方面，着重闡述了惠能“定慧等學”和“見性頓悟”兩大主張，同時又説：“世之至人，有證於此，得無盡不盡漏，度有爲非無爲者，其惟我曹溪禪師（即指惠能）乎！”作者用了許多推崇褒美的詞句，把惠能吹得神乎其神。這就表明，神會在王維身上所灌輸的那些東西，已經産生了顯著的效果，在唐代的著名詩人中，王維是第一個出來吹捧南宗學説的人。王維晚年所作的《胡居士卧病遺米因贈》、《與胡居士皆病寄此詩兼示學人二首》等詩，是效仿佛偈的説理之作，它們在理論上宣揚觀身無相，兼遣空有而證得實相，在學佛修行方面則主張迷悟無别、無住無念而達到絶慮忘言的境界。這些純粹都是説的南宗法理，對惠能、神會的思想作了很得其要領的歸納和闡揚，如果我們把它們和敦煌發現的神會《南宗定邪正五更轉》相對照，則益發可見神會對於他的影響是何等深刻了。

（二）燕子龕禪師

《王右丞集注》卷五有《燕子龕禪師》一詩，記述王維與這位禪僧的交游。據趙殿成注，可知燕子龕即在長安驪山附近，關於這個和尚的具體行迹,則無從實考。唯一可供推究的,是詩中有兩句云:"救世多慈悲,即心無行作。"所謂"即心",就是"即心成佛"之旨,這在禪學理論上反映出明顯的南宗的特點。至於"無行作"一語,原出《維摩詰經》"無取無捨,無作無行,是爲入不二法門",正是神會反復强調的主張。胡適輯校《神會和尚遺集》第一殘卷《與拓跋開府書》云,"不作意即是無念","所作意住心,取空取净,乃至起心求證菩提涅槃,並屬虚妄","但莫作意,自當悟入"。《頓悟無生般若頌》又云,"無念爲宗,無作爲本","心本無作,道常無念"。《景德傳燈録》卷二十八也記載神會説過:"自净則境慮不生,無作乃攀緣自息。"又説:"告諸學衆,無外馳求,若最上乘,應當無作。"由此可知,燕子龕禪師應該屬於南宗。前面説過,王維在開元末年遇到神會,神會告訴他不要"起心有修",其意思就是"無作無念",當時王維竟然大爲驚奇地説"諸大德皆未有作此説法者",足見他在此前從未聽説過這種主張。因此我們可以推定,王維與燕子龕禪師的交往,是在開元末年以後。

(三)瑗公

同王維交游的南宗僧侣,瑗公也是其中之一。《王右丞集注》卷一九《送衡岳瑗公南歸詩序》,談到瑗公原在衡岳學道,天寶十二載(753),"始游於長安,手提瓶笠,至自萬里,宴居吐論,緇屬高之",與王維等人過從甚密。是年秋天,瑗公"杖錫南返,扣門來别",王維與崔興宗爲他送行,各有題詠。《集注》卷八《同崔興宗送瑗公》一詩,即是當時所作,其後又附録崔興宗同詠一首,亦可一並參考。

瑗公學道於衡岳,那裏正是惠能的後輩聚集的地方,南宗的名僧南岳懷讓(惠能的弟子)和石頭希遷(出青原行思門下,惠能的再傳弟子),先後都在這一帶傳授。王維《同崔興宗送瑗公》詩稱道瑗公"一施傳心法,惟將戒定還",趙殿成於"傳心"下注云:

"神會禪師《顯宗記》：自世尊滅後，西天二十八祖，共傳無住之心，同説如來知見。"惠能的宗教學説，主張以"無住爲本"，其所説的"無住之心"，來源還是出於《金剛般若經》"應無所住而生其心"這一句話。傳説惠能早年聽人誦《金剛經》，聽到這句話時旋即有所領悟。據此則知，瑗公所施的"傳心之法"，就是惠能提倡的那套東西。

瑗公雖屬南宗，但顯然不是出於神會，他在南方自當别有師受。很有意思的是，王維在《送衡岳瑗公南歸詩序》中，還特别附帶提了一筆："滇陽有曹溪學者，爲我謝之。"所謂的曹溪學者，當然是指南宗和尚。王維送别瑗公，專門請瑗公向南方的惠能法裔們表示致意，他這時與南宗關係之密切即可想見。崔興宗的詩中，感情尤加懇切，有云"南歸見長老，且爲説心胸"，極意抒寫自己的向慕之情。崔氏詩中所稱的"長老"究竟是誰？一時恐怕難以考求，但從他們兩人的詩文中間，至少可以證明，王維與南宗僧侣的接觸，並不單單限於神會一系。

（四）璿禪師

關於璿禪師的情况，《宋高僧傳》衹在《元崇傳》中略予涉及，其生卒年月均不可詳考。我們從《宋高僧傳》可以考知，他在早年曾與著名密宗僧人一行共習禪於普寂門下，可見他最初是屬於北宗一派。《王右丞集注》卷三《謁璿上人》詩一首，爲詩人謁見璿禪師時所作，清楚地説明王維曾經與他有過交往。但從此詩篇首一段序文所寫的内容來看，這位璿公當時奉行的禪風，似與北宗的主張已反映出顯著的不同，其云：

> 上人外人内天，不定不亂，捨法而淵泊，無心而雲動。色空無得，不物物也；默語無際，不言言也。故吾徒得神交焉。

這些奉承對方的話，看來全是抽象的説教，但是它却從理論上提挈了璿禪師的宗風特點，有助於我們增進對他的瞭解。

仔細尋繹這一序文的含義，有三個地方值得注意。第一，我們知道，在中國歷史上流行的各個佛教宗派，要以惠能的南宗最接近中國本土固有的道家思想。譬如王維所撰的《能禪師碑》，揭示惠能的思想宗旨，即稱其“離寂非動，乘化用常”，從中透露出一種“隨緣乘化”的人生態度，這在禪理當中又夾雜着濃厚的莊子思想色彩。王維此詩的序，開宗明義即云“上人外人内天”，而後又説什麽“捨法而淵泊，無心而雲動”，同樣也是概括着這種處世哲學，同當時有些南宗僧侶所説的“任運自在”的説法是很類似的，顯示出道家思想對於佛理的影響，尤其是“外人内天”的概念，其語源意義便可直溯《莊子》。毫無疑問，北宗僧侣並非不説“任運自在”，其義學中也包含了不少老莊思想的成分。但北宗教人的方便法門，畢竟是以“凝心入定，住心看净，起心外照，攝心内證”十六字爲其重點，主張坐禪和修習應有次第地進行，這就衹能算是“起心有修”而不是“無心而雲動”了。按上述這段序文中所點明的璿公禪法特點，看起來似應更接近於南宗惠能與神會等人的主張。第二，更爲重要的是，從南北兩宗義學的經典淵源來看，惠能創立的南宗，不主《楞伽》而重《般若》，其對待客觀事物的態度是主張“無住無相”，强調人們參禪學佛，首先必須確立般若空觀。王維此詩序文中説，璿禪師對於世界事物的態度，能够做到“色空無得，不物物也”，這種色空觀念，主要來自《般若》經典，實際上也就是惠能“無住無相”的另一翻版。第三，在這段序文中間，還有所謂“不定不亂”的説法，趙殿成注認爲其出典源於《維摩詰經》“我觀如來，不定不亂”，這恰恰又是反映惠能南宗禪的一個明顯的特點。五代南唐招慶寺静、筠兩僧合編的《祖堂集》，是一部譜録體的禪宗史料，它的成書時間，要比《景德傳燈録》早五十年，在中土久已失傳，現今日本已據花園大學圖書館藏高麗覆刻本影印成册。此書卷三記載，弘忍的弟子智皇問智策和尚：六祖（惠能）

“以何法禪定?”智策回答説:“妙湛圓寂,體用如如,五陰本空,六塵非有,不出不入,不定不亂。”同書卷二又記載惠能自稱:“住煩惱而不亂,居禪定而不寂。”足見瑨禪師當時所行的禪法,同惠能有着一脈相承的聯繫。要而論之,王維在這一序文中,對瑨禪師作了許多稱頌,中間所涉及的有關禪理,其淵源都是出於惠能,因此完全可以肯定,在王維撰作此詩之際,瑨禪師已是一個傾向於南宗的僧侶。

據《宋高僧傳》,可知瑨禪師於開元末年曾在金陵瓦官寺住持,金陵爲南北佛學交會之地,易於受到南方曹溪一宗的影響,其禪學信仰之轉變或即始於此時。王維生平足迹未履江東,當然不可能於開元年間同他在金陵見面。他與王維之徒神交云云,大概是他此後曾經北上游歷或者移居京洛,藉此能同王維等一班名流搭上關係。王維《謁瑨上人》詩云:“少年不足言,識道年已長。事往安可悔,餘生幸能養。誓從斷葷血,不復嬰世網。浮名寄纓珮,空性無羈鞅。”詩人自言年事已長,乃不復以世情爲意,希望在佛道中間寄託餘生,充斥着消極厭世情緒,反映出他中年以後的精神面貌。特别是其中“浮名寄纓珮”一句,更是他後期半官半隱生活的絶妙寫照,由此推測,王維之遇瑨公,大概是在天寶年間。

(五) 元崇

元崇(713—777)是瑨禪師的高足,有關他的事狀詳見《宋高僧傳》。開元末年,他於金陵瓦官寺從瑨公“諮受心要”,“日夜匪懈,無忘請益”,瑨禪師“因授深法”,而後配居金陵棲霞寺,號爲“彝倫有叙,時衆是瞻”,在當時的南宗僧侣中間,負有一定的聲譽。

王維與元崇的結交,《宋高僧傳》有明確的記載。元崇在至德之初,“杖錫去郡,歷於上京”,游歷長安一帶,“遍奉明師,棲心閑境，罕交俗流”，並且在藍田輞川遇到王維，其云：

> (元崇)遂入終南，經衛藏，至白鹿，下藍田。於輞川得右丞王公維之別業，松生石上，水流松下，王公焚香静室，與崇相遇神交。

推考元崇游歷行蹤，他於至德初年北上，適值安史亂軍横行河洛，至德二載(757)唐軍方纔收復西京，而王維因署安禄山僞官事，明年責授太子中允。直至乾元二年(759)始轉尚書右丞。以此斷定，他們這一次“輞川之會”，至少不會早於乾元二年，此時詩人已及桑榆之年，對於南宗佛理益發深信不疑。王維與元崇相見之後，邀集起居舍人蕭昕，一起“抗論彌日”，“鈎深索隱，襟期許與”，彼此相得甚歡。然而這時安史之亂尚未平息，山東、河北一帶滿目瘡痍，整個社會處於動蕩之中，王維却心安理得，與和尚泰然高談佛理，詩人晚年精神狀態，由玆可見一斑。

與王維有關的南宗禪僧，我們目前能够考實者屬此五人。他們中間，除了神會在開元末際已和王維發生關係外，其餘四人大致都要到天寶以後纔與王維有所交往，這同詩人與北宗高僧的接觸主要在開元年間相比，其交游的對象前後有着明顯的變化。王維集中另有《投道一師蘭若宿》一詩，趙殿成注認爲詩中“道一”其人，即指南宗馬祖道一。馬祖是惠能的再傳弟子，密受心印於南岳懷讓，爲南方洪州宗一代大師，如果趙注的説法確鑿，那麽王維之於南宗的關係，又增加了一條很重要的綫索。問題在於，馬祖道一在禪宗史上有很高的地位，涉及他的生平行迹，權德輿的《唐故洪州開元寺石門道一禪師塔銘》，以及有關的禪宗史料記載十分詳細。他“初落髮於資中，進具於巴西”，後至衡岳從懷讓學道，繼而闡化閩中、江西，論其活動範圍，始終没有到過北方。但是王維的這首詩，明明是講長安終南山一帶的事迹，兩者地域迥不相及。又按顧可久本《王右丞集》，此詩題作“投福禪師蘭若宿”，與所見通行本文字互有不同。因此趙注的説法是否能够成立,還有很大的疑問。

三

王維一生所交往的僧侣人數甚多,本文僅就他與南北宗禪僧的關係作一初步的考察,還有不少問題尚待今後深入研究。綜合以上兩個部分所述的情況,我們對於王維同當時南北兩宗僧侣之間的關係,就有了一個粗具輪廓的瞭解,從文章已經觸及的材料來看,我們可以得出幾點初步的認識。

第一,王維生活在佛教高度發展的盛唐時期,受到佛教意識形態極大的影響,同當時的禪學有着密切的關係。他與南北兩宗禪僧頻繁的交游往還,在其生平經歷中間占據極其重要的地位。

第二,王維所接觸的禪僧,有一部分人是北宗和南宗最著名的代表人物,各自都有一大批世俗信徒,他們必然會對王維産生深刻的影響。王維早年受到普寂、義福宗風的熏染,開元末年在南陽參加了神會和惠澄的辯論,接受神會之託撰寫《能禪師碑》,宣揚惠能的南宗學説,表明他在事實上已經卷入當時禪僧内部兩派的鬥争。

第三,從時間上來看,王維與北宗僧侣的交往,主要是在開元年間。開元末際以後,他同北宗禪僧雖然還有一定的聯繫,但是這時他的主要交游對象,已經轉向南宗僧侣。開元末年,他與神會的"南陽之會",就是他與南北兩宗關係中的一大轉折。這種交游對象前後的變化,一方面反映出唐代禪學兩家勢力消長更替的真實情況,另一方面也顯示出王維對禪理的信仰愛好,有一個由北宗向南宗的轉變過程。

第四,研究王維與南北宗禪僧的關係,涉及許多問題,這不僅可以爲弄清王維的生平事迹,補綴若干很有價值的材料,而且對於探討詩人的世界觀及其作品的思想本質,也有十分重要的意義。

1981年6月

王維"終南别業"即"輞川别業"考

王維號爲隱逸詩人之宗，中年以後思想消沉，即長期過着亦官亦隱的生活，在不放棄功名利禄的情況下標榜自己超塵出世。關於他這一長段時間裏的隱居處所，現在的文學史家一般都認爲有兩個地方，即先隱"終南别業"，後來又到藍田的"輞川别業"。

但是，從前的人講到王維隱居的事迹，對"終南别業"和"輞川别業"本來並不區分，包括像李肇《唐國史補》、張彦遠《歷代名畫記》以及《册府元龜》轉録的唐代國史的舊文，都祇提到王維在藍田輞川有一處别業。這些原始材料，並未把所謂的"終南别業"作爲輞川以外的另一個隱居别業來看待。上述的這種看法，一直要到最近二三十年纔開始流行；而最早，則是由陳貽焮先生明確地提出來的。

一九五八年，陳貽焮先生在《文學遺産》增刊第六輯發表了一篇《王維生平事迹初探》，即根據《王右丞集》卷三《終南别業》一詩，推定詩人在開元末年到天寶三載之間，應在"終南别業"隱居，此後始隱藍田之"輞川别業"。到一九六二年，陳貽焮先生發表在《中國文學》英文版上的《山水詩人王維》一文，再次申述了他的這一主張。後來出版的一些詩歌選本和文學史著作，幾乎毫無例外地把這種意見作爲一項新的研究成果來加以肯定和採用。

毋庸諱言，在王維自己創作的山水詩中，確實出現過"終南别業"和"輞川别業"這兩個説法不同的名稱。但是，這兩者之間究竟是什麼樣的關係？是否因爲它們名稱的不一致，就肯定意味着這是兩個處在不同地點的隱居别墅呢？這些問題，從進一步弄清王維這位詩人的生平事迹來看,似有必要再作一番探討。我個人認爲,出現在王維詩中的"終南别業"和"輞川别業"兩個名稱,指的是他同一個隱居處所,所謂的"終南别業"就是藍田"輞川别業"。而在藍田縣的輞川之外,詩人並没有另一個什麽"終南别業"。爲了闡明這個議題,今略徵舊籍作點稽考和分析,把自己不成熟的想法全都寫出來,向陳貽焮先生和其他方家請教。

一、輞川爲終南山之一隅

王維入中年後,確實曾在長安南郊終南山一帶隱居,這從他本人的詩集中,可以找到不少確鑿的證據。除上述陳貽焮先生所舉到的《終南别業》這一首外,其他如《答張五弟》、《戲贈張五弟諲》、《送陸員外》等詩,也在這方面提供了一些可靠的綫索。如《答張五弟》云:"終南有茅屋,前對終南山。"《戲贈張五弟諲》云:"我家南山下,動息自遺身。"又《送陸員外》云:"行當封侯歸,肯訪南山翁。"張諲是盛唐著名的畫家和書法家,《唐才子傳》謂其"與李頎友善,事王維爲兄,皆爲詩酒丹青之契"。王維在前兩首和張贈答的詩中,明説自己嘗卜居於終南山下。而後面一首《送陸員外》,則是他在陸某赴河北時送别之作,詩人在其中即以終南山(即南山)中老翁自居。這些,都能説明王維在鄰近終南山的地方,確實有一個隱居的處所。然而,從這裏會很自然地引出一個問題,這個隱居别業到底是在終南山的什麽地方呢?對此,陳貽焮等先生却没有作過一點交待。

如果撇開具體的地理環境不管,僅僅根據從王維某些作品的表面文字所得到的印象來判斷,那麽在《王右丞集》中確實既講到一個"終南别業",又講到"輞川别業",好像真是指的兩個不同的隱居處所。但是,衹要我們做些細心的考察,結合有關資料去查證一下這個"終南别業"的實際含義,就可知道輞川之與終南,從它們的地理位置上説,却有着不可分離的關係。

我們先來看一看終南山的地理位置。《王右丞集》卷一有《贈徐中書望終南山歌》一首,清人趙殿成《集注》於此詩“終南山”一條下,引《雍録》注云:

> 終南山,横亘關中南面,西起秦隴,東徹藍田,凡雍岐郿鄠,長安萬年,相去六百里,而連綿峙據其南者,皆此之一山也。

在這條材料中,我們特别要注意一下“東徹藍田”這句話,其意思是説終南山由西而東貫徹於藍田縣的全境。徐堅《初學記》卷五“終南山”條下,亦引《福地記》云:

> 其山東接驪山、太華,西連太白,至於隴山,北去長安城八十里,南入楚塞,連屬東西諸山,周迴數百里。

庾信《終南山義谷銘序》云:“(終南)東出藍田,則控灞乘浐;西連子午,則據涇浮渭。”柳宗元《終南山祠堂碑》亦云:“惟終南據天之中,在都之南。西至於褒斜,又西至隴首,以臨於戎;東至於商顔,又東至於太華,以距於關。實能作固,以屏王室。”又《太平御覽》卷三八云:“蓋終南,南山之總名。”參據以上這些材料的敘述,我們可以明瞭古代人習慣上所説的“終南山”,是指長安及關中以南,“西起秦隴”,“東徹藍田”這一長段“連綿峙據”的群山,它所包羅的地區是極爲廣大的。按照唐朝京郊的府縣建制,此山所經涉的地域,包括了藍田、萬年、長安、鄠縣、盩厔、武功、郿縣及其以西一大片地方。所謂“帶雪復銜春,横天占半秦”(張喬《終南山》詩),“雨侵諸縣黑,雲破九門青”(李洞《終南山二十韻》),凡屬長安及關中南面的諸山,都可總攝於“終南山”或者“南山”這一名稱之下。韓愈曾寫過一首著名的《南山詩》,極力鋪陳終南山的巨大氣魄和各種恢宏奇險的壯觀,他在詩的一開頭就説:“吾聞京城南，兹惟群山囿。”就十分形象地説明了這一情況。

至於藍田和終南山的關係，地志説得非常明確。因爲終南山東徹於藍田縣境，以此古代人講到藍田的一些地方，往往就直接把它們同終南山聯繫在一起。如《史記·李將軍列傳》記載李廣的事迹，云：“頃之，家居數歲。廣家與故潁陰侯孫屏野居藍田南山中射獵。”又《魏其武安侯列傳》云：“孝景七年，栗太子廢，魏其數争不能得。魏其謝病，屏居藍田南山之下數月。”這《史記》的兩條材料中，都提到了“藍田南山”，頗可説明藍田與終南山有密切的關係。按李廣屏居射獵，是後世詩人文士很喜歡借用的事典，其具體地址應在藍田之覆車山，覆車山亦稱藍田山。唐李吉甫《元和郡縣圖志》卷一云：“藍田山，一名玉山，一名覆車山。”因覆車山爲終南山伸入藍田縣境最東部分之一山，故後人也常説李廣“射獵南山”。韓愈《南山詩》中，嘗列寫終南山的方亘連隅之所，亦云：“初從藍田入，顧眄勞頸脰。”這兩句詩，是韓愈自叙貞元末際他由監察御史貶陽山令，在遷謫途中便道往游終南，行至藍田縣境，就感到終南山群峰叠起使人仰首顧盼不暇，表示到這裏已經進入了此山的地域範圍。

藍田既爲終南山的東阯，那麽王維的藍田“輞川别業”又在什麽地方呢？我們從有關的地志中知道，唐代的藍田是京兆府之畿縣，其縣治設在嶢柳城，嶢柳城俗亦稱青泥城，也就是現在的藍田縣城。而終南山的位置，則連綿聳峙於縣城之南面，自西向東横貫於整個縣境。至於王維“輞川别業”的所在地，趙殿成《王右丞集注》卷七引《雍録》云：“輞川在藍田縣西南二十里，王維别墅在焉，本宋之問别圃也。”又引《陝西通志》云：“輞川在藍田縣南，嶢山之口。”清代編修的《嘉慶一統志·西安府》，轉引《藍田縣志》的記載，對於“輞川别業”所處的地理位置叙述特詳，其云：

輞川在縣正南，川口即嶢山之口，去縣八里。兩山夾峙，

> 川水從此北流入灞,其路則隨山麓鑿石爲之,計五里許,甚險狹,即所謂匾路也。過此則豁然開朗,四顧山巒掩映,若無路然,此第一區也。團轉而南,凡十三區,其景愈奇,計地二十里而至鹿苑寺(唐代稱清源寺),即王維别業。

按顧祖禹《讀史方輿紀要》卷五三,上面引文中提到的嶢山之口,就是輞谷之口,輞水由此流出直注藍溪,北流至縣城西南復匯入灞水,即所謂"谷口"是也。進入了谷口,便到達輞川的地界。谷口是嶢山和簣山的相接處,凡去此以南的藍田境内諸山(包括方位稍偏東的藍田山在内),皆屬於終南山的範圍。王維的"輞川别業",其地點即在谷口以内,亭館相望,向南團轉而行二十里而至文杏館,恰好處於終南的北麓。以此,王維在"輞川别業"居住,南向即可望見終南山綿延不斷的峰巒。其《答張五弟》詩云:"終南有茅屋,前對終南山。"《山中示弟等》詩云:"山陰多北户,泉水在東鄰。"這兩首詩有關的描述,實質上都點明了他的這一處别墅即在終南山陰。又《王右丞集》卷三有《崔濮陽兄季重前山興》一首,詩云:"悠悠西林下,自識門前山。千里横黛色,數峰出雲間。"作者在此詩題下自注曰:"山西去,亦對維門。"大約崔季重的山居,即在王維"輞川别業"以東不遠,故詩人有"悠悠西林下,自識門前山"之謂。所以在他們的家門口,都可以看到終南山"千里横黛色,數峰出雲間"的景象。王維的這首詩作於天寶十二載,是時他正隱居在輞川。我們從上面所作的一些稽考中,可以推定王維藍田"輞川别業"具體的地理位置,當在終南山之東緣北麓(藍田山在縣城之東南,雖然不在輞谷内,但從整個終南山的大範圍來説,它基本上是屬於此山的東部邊緣),應當和終南山相當靠近。真是難得的巧合,在錢起的詩集中,有一首《游輞川至南山寄谷口王十六》,其中記述作者在輞川一帶的游蹤,對我們瞭解"輞川"和"終南山"的關係很有幫助。詩中寫道:

山色不厭遠，我行隨處深。迹幽青蘿徑，思絶孤霞岑。獨鶴引過浦，鳴猿呼入林。褰裳百泉裏，一步一清心。王子在何處，隔雲鷄犬音。折麻定延佇，乘月期招尋。

這裏説的王十六不知爲何人，但從這首詩的題目和整篇作品來看，表明作者在游輞川時，尋幽探勝，信步而行即可到達終南山。

王維《輞川集序》云："余别業在輞川山谷。"所謂"輞川山谷"者，即是"輞谷"。宋敏求《長安志》卷一六云："輞谷水，出南山輞谷，北流入灞水。"十分明確地把輞谷包羅在終南山的範圍之内。談到這裏，問題就很清楚了，王維的這個"輞川别業"，從地理位置上説同終南山有着不可分割的關係，它們基本上是連在一起的。但是，前人關於王維詩歌的一些注本，在注釋到"輞川别業"這一條時，大多數衹注意到它地屬藍田縣境，而往往忽略了這個隱居别業就在終南山的下面。這樣的疏忽容易使人産生一種錯覺，好像這"輞川别業"與終南山並不相干，而當發現王維的詩裏還提到一個甚麽"終南别業"，就遽然誤認爲這是説的另外一個地方。近檢金啓華先生和臧維熙同志合編的《古代山水詩一百首》，他們注釋到王維《輞川閑居贈裴秀才迪》一詩，即在"輞川"一條下注云："輞川，水名，在今陝西省西安市南的終南山下。"並在後面又説明它地屬藍田縣。這一條注解，就顯得較爲切實具體，注意到了把輞川别業同在它近旁的終南山挂起鈎來。

我們上面所説的這一些，都是爲了證實王維的"輞川别業"就在終南山下，其具體的地理位置，實處於整個終南山東北邊緣之一隅，它之屬於此山的範圍以内應無問題。但有些同志考證王維的隱居蹤迹，却忽視了這一基本事實，這樣就不可避免地會造成一些地理概念上的模糊不清，僅僅抓住王維詩中有一個"終南别業"的名稱，便想捨開輞川去替詩人另覓一處隱居别業。而他們所提出來的一些證據，實際上都是靠不住的。如陳貽焮先生曾舉出裴迪《輞口遇雨憶終南山因獻絶句》和王維《答裴迪》這兩首贈答詩，挑出其中“憶終南山”這一方面的内容，認定王、裴兩人在閑居輞川之前，還有一段所謂“俱隱終南”的經歷。其實，他的這種想法，顯然是對這兩首作品本身内容的誤解。在此，我們不妨把裴迪和王維的詩都引出來看一看。裴迪詩云：

積雨晦空曲，平沙滅浮彩。輞水去悠悠，終南復何在？

王維詩云：

淼淼寒流廣，蒼蒼秋雨晦。君問終南山，心知白雲外。

以上這兩首詩，其中的意思是很明晰的。由於輞川地處終南山麓，於天氣清朗之時，人們在這裏翹首即可望見終南山諸峰。然而，我們要注意一下這兩首詩的寫作時間，却是在秋雨蒼茫、景色晦冥之際。裴迪詩中云“積雨晦空曲，平沙滅浮彩”，王維詩中亦云“淼淼寒流廣，蒼蒼秋雨晦”，説明此時輞川周圍的景物都很晦暗。在這種氣氛下，終南山當然也被烟雨所遮蓋而無法看到。唯因如此，纔引起了這兩位詩人對它的憶念。裴迪在雨中有感於“空曲”既“晦”，“浮彩”亦“滅”，望着悠悠而去的輞水，心中就想起本來近在即目的終南山，現在還在哪裏呢？王維答詩的前兩句，也極寫秋雨中輞水淼茫的景象，後兩句則根據他平日所見到的終南山“數峰出雲間”的印象，用“心知白雲外”一句詩來回答裴迪。很明顯，他們心中所牽挂的終南山，實際上就在他們的近旁，不過是在這時被晦冥的雨色遮蓋起來罷了。就從這兩首詩的内容看，絶對不包含着什麽對於另一個遠離輞川的隱居處所的懷念。但陳貽焮先生却認爲，從這裏證實王維在隱居輞川以前，還曾經在終南山隱居過，這是由於他對作品做了不正確的纂解。而問題的要害，恰恰在於他忽視了“輞川别業”就在終南山旁。他硬是要將王維中年以後的隱居生活從時間上分成兩個階段，却没有顧及到

“終南”和“輞川”在地域上本來是連成一體的。

二、“終南别業”與“輞川别業”名異實同

通過上述論證,我們判明了王維於藍田輞川的隱居别業,其地位即在終南山東北邊緣之一隅。那麽,接下來還要解决一個問題,這就是按照當時人對藍田一帶地方的稱名習慣,是不是可以把“輞川别業”直截了當地呼爲“終南别業”呢?

關於這個問題,回答也是肯定的。我們去尋檢一下與此有關的史料,可以發現一個很有趣的現象,就在王維的這一所輞川隱居山莊的附近,或者相距不遠的地方有一些佛寺、别業等游止勝迹,被唐代人在它們前面加上一個“終南”來稱呼的情形是屢見不鮮的。這裹限於説明本題,我們不擬列舉很多事例,僅取王維在輞川的隱居生活關係較密切的三個例子,來作些簡單的叙述以略窺其一斑。

(一) 藍田悟真寺

《王右丞集》卷一二,有《游悟真寺》詩一首(一説此詩爲王維的兄弟王縉所作)。關於這所佛寺的地址,明人顧起經《類箋王右丞全集》卷七引《長安志》云:“崇法寺,即唐悟真寺也,在藍田縣東南二十里王順山。”按王順山爲藍田山(即覆車山,亦稱玉山)的最高點,錢起有《登玉山諸峰偶至悟真寺》一詩,可證悟真寺的所在地與藍田山諸峰是連在一起的。白居易《游悟真寺詩》云:“我游悟真寺,寺在王順山。去山四五里,先聞水潺湲。自兹捨車馬,始涉藍溪灣。”又云:“回首寺門望,青崖夾朱軒。如擘山腹開,置寺於其間。入門無平地,地窄虚空寬。房廊與臺殿,高下隨峰巒。”張籍《使行望悟真寺》詩:“採玉峰連佛寺幽,高高斜對驛門樓。”王順山正當由長安通向山南東道的商山驛路之東側,悟真寺在其上

擘山鑿石而築，地勢極爲高峻，故張籍使行道中在驛路上望悟真寺，謂其“高高斜對驛門樓”云。而王維的“輞川别業”，則在驛路西邊一側的輞川谷内，谷地南部有小路與驛道相通。中唐時白居易貶謫潯陽和出刺杭州，都經由商山大道南行，曾兩次留宿於王維故宅清源寺。其《宿清源寺》詩云：“往謫潯陽去，夜憩輞溪曲。今爲錢塘行，重經兹寺宿。”今計悟真寺的方位，與“輞川别業”相去徑直不過二十里許，應當講是靠近輞川的一處名勝。這座寺院建立於隋代，是當時著名高僧凈業所開創和住持的伽藍，以後三論宗的僧人慧遠，其晚年亦到這裏居住和講論佛法。隋末唐初，又有一位高僧慧超來這裏作了一番結構經營。從此這座寺院在隋、唐之際，成爲長安一帶很有名的佛刹。關於凈業、慧超二僧，唐代釋道宣所撰的《續高僧傳》中均有記載，此書卷一四有《終南山悟真寺釋凈業傳》，同書卷三八有《終南山藍谷悟真寺釋慧超傳》。至於慧遠其人，在三論宗的創始人吉藏之後敷傳化法，在當時亦頗聞其名，《續高僧傳》卷一三《吉藏傳》附録其行事云：“末投迹於藍田之悟真寺，時講京邑，亟動衆心。”按《續高僧傳》的作者道宣，是南山律宗的創始者，他長期住在終南山一帶，對於這裏的地名稱呼習慣應該非常熟悉。我們從上面《續高僧傳》中引出的幾條材料考知：因悟真寺在藍田縣境，故可稱“藍田悟真寺”；但又因爲它地處於終南山的大範圍内，以此亦可稱爲“終南山悟真寺”。這個情況，爲説明輞川近處的勝迹可在前面加一個“終南”來稱呼它們，提供了一條很明確的證據。

（二）藍田化感寺

在通行本《王右丞集》中，化感寺均作“感化寺”，今據别本與《文苑英華》、《宋高僧傳》及嚴挺之《大智禪師碑銘》改正。這一座化感寺規模可能不及悟真寺，但它“濱際林水”，環境幽美，是王維隱居輞川期間經常往來游憩的地方，《王右丞集》中即有《游化感寺》、《過化感寺曇興上人山院》等篇，説明他曾多次到過這裏。唐代其他的一些詩人，如裴迪、元稹、白居易等，也有在這座寺院游處的經歷。王維的《游化感寺》，嘗描述此寺的地勢方位云："瓊峰當户拆，金澗透林鳴。郢路雲端迴，秦川雨外晴。"裴迪《過化感寺曇興上人山院》亦云："不遠灞陵邊，安居向十年。"從這兩首詩中寫明的情况來判斷，化感寺的位置當與灞陵相距不遠，鑒於這一帶地勢較高，故在寺中北可遥望秦川，向南則可遠眺通往郢州等地的商山大道高路入雲的景象。輞川谷内周匝群山屏障，於此根本無法看到秦川與商山驛路，上面所説的這種情景，應是人們處在谷口以外高端的寓目所見。白居易謫遷潯陽時所寫的南行詩中，有一首《初出藍田路作》，記叙他行至藍田縣南看到的商山驛路的情景，云："停驂問前路，路在秋雲裏。蒼蒼縣南道，去途從此始。絶頂忽上盤，衆山皆下視。"這與王維詩中説的"郢路雲端迴"正好相合。我們由此推斷出化感寺處的地點，宜亦在藍田縣南驛路的附近，這裏林水縈映，依傍岩壑，地勢相對高敞。王維《過化感寺曇興上人山院》云："暮持筇竹杖，相待虎溪頭。"明言化感寺的曇興上人乃於薄暮時分倚杖溪頭等待詩人的到來，説明這所佛寺與"輞川别業"相距不會甚遠。化感寺在唐代佛教史上，也有一定的地位，這是因爲盛唐時期北宗高僧義福，曾在這裏長時期地坐禪安居，以此成爲楞伽宗在長安附近的一處重要據點。贊寧《宋高僧傳》卷九《義福傳》云："初止藍田化感寺，處方丈之室，凡二十餘年，未嘗出房宇之外。"而開元時中書侍郎嚴挺之，篤信佛教，爲義福門下的世俗弟子。義福死後，他曾撰《大智禪師碑銘》一篇，是研究盛唐北方禪學的重要材料。《碑銘》中述及義福到化感寺後的事狀，云："神龍歲，自嵩山岳寺爲群公所請，邀至京師，游於終南化感寺，棲置法堂，濱際林水，外示離俗，内得安神，宴居寥廓二十年所。"以上這兩條材料，均與義福在這裏坐禪安居的修行生活有關，講的是這同一所化感寺，但《宋高僧傳》稱它爲"藍田化感寺",而嚴挺之《大智禪師碑銘》則稱它爲"終南化感寺",亦表明這兩個名稱之間,是可以互相通融的。

(三)錢起的藍田别業

錢起係"大曆十才子"之一,爲盛中唐之交著名的詩人,其年齒晚於王維,在創作上也受到過王維山水詩較深的影響。高仲武《中興間氣集》評論到他的詩歌,云:"員外詩,體格新奇,理致清贍,越從登第,挺冠詞林。文宗右丞(指王維),許以高格,右丞没後,員外爲雄。"可見王維對他的詩頗多推挹。在王維和錢起的詩集中,兩人相互贈答應酬之作頗多,這些詩大率寫在藍田輞川一帶。今考錢起的行止,其於安史亂後曾任藍田縣尉,故此時他和王維的交往比較繁密。然而錢起之與藍田發生關係,實不限於他擔任藍田尉這一階段。這是因爲他在藍田縣境内,亦曾營置自己的别業,作爲一個比較固定的居止,在他一生經歷中有很長一段時間同它保持着聯繫。按《錢考功集》中,即有《谷口新居寄同省朋故》、《谷口書齋寄楊補闕》、《藍上茅茨期王維補闕》、《歲暇題茅茨》、《晚歸藍田舊居》、《歲初歸舊山》、《暮春歸故山草堂》等詩,皆可説明錢氏的這個别業,就在藍田縣内的山谷溪澤之間。他集中並有《藍田溪雜詠》二十二首,這一組詩在形式、風格上與王維的《輞川集》很相像,似亦與他别業附近的一些游止勝迹有關。我們看到,錢起在詩中把他的别業稱爲"谷口新居",又稱之爲"藍上茅茨",它的地點當然是在谷口以外濱臨藍溪的地方。谷口即前面講到的嶢山之口,也是由商山驛道向西南進入輞川的隘口,而藍溪就在這兒附近匯納輞水向北流去。王維詩云"貧居依谷口,喬木帶荒村"(《酬虞部蘇員外過藍田别業不見留之作》),"谷口疏鐘動,漁樵稍欲稀"(《歸輞川作》),其中所謂的"谷口"亦即此地。錢起述寫藍田景物的一些詩裏,還多次提到"覆釜山"和"東溪",這也是在王維閑居輞川時所作的詩中經常出現的地名。依據以上這一些綫索,我們可以斷定錢起在藍田縣的這個别業,當即在王維"輞川别業"谷口的外面,彼此往來非常方便。弄清楚了這點之後,我們再來注意一下錢起另一首《晚出青門望終南别業》詩。僅從此詩的題目就可知道,這是詩人至長安青門外遠望其别業時所作。這題目中説的"青門",即長安城的"東出南頭第一門",亦叫霸城門,或稱青城門。顧祖禹《讀史方輿紀要》卷五三云:"霸城門色青,民間因以名也,或曰青門。"按藍田縣所處的方位,正在長安的東南,故自京中往灞橋、驪山、藍田等地,或者由商山大道去山南,一般都是由青門出城。王維《輞川閑居》詩云:"一從歸白社,不復到青門。"證明青門確是長安和藍田之間的必經之地。大概錢起此時因供職滯留長安,一時無法即歸山居,於是在傍晚出城遠望而有是作,故自謂"晚出青門望終南别業"云云。顯而易見的是,錢起至青門眺望的"終南别業",應該就是他在藍田谷口附近的别業。這一事實又明確地告訴我們,像錢起的這個與王維"輞川别業"靠得很近的山居,同樣也是可以被稱爲"終南别業"的。

綜合以上三例,我們可以找到一點共同的東西,即説明在王維"輞川别業"周邊的一些游止勝迹,在當時均可用"終南"這一名稱來標誌它們所屬的地域範圍。如悟真寺可稱"終南山悟真寺",化感寺可稱"終南化感寺",錢起的藍田别業可稱"終南别業"。按照這種通行的稱名習慣,那麽王維之"輞川别業"可以稱爲"終南别業",這當然是不成問題的。"輞川别業"地在終南山下,而按當時的習慣又可稱爲"終南别業"。這就進一步證明,王維在他自己詩中所説的"終南别業"和"輞川别業"二者,它們名稱雖異,實則相同,指的應該是同一個隱居處所。所以"終南别業"即是"輞川别業",而捨輞川外别無另一個"終南别業"。在這個問題上,陳貽焮等先生所以硬把它們拆成兩個在不同地方的别業,除了地理概念的模糊以外,恐怕也和他們没有注意到當時人的這種稱名習慣有些關係。

三、與此有關的幾個問題

前面兩個部分的考述,已證明王維詩中所説的“終南别業”,就是他在藍田終南山下的“輞川别業”。王維早歲曾在嵩山棲隱學佛,但到中年以後的隱居處所,就衹有“輞川别業”一處,並不存在着什麼“先隱終南,後隱輞川”的問題。可見現在的很多文學史著作採用陳貽焮先生的説法,把“終南别業”作爲輞川以外的另一個隱居地,這是殊爲不妥的。然而,我們要充分地證明這個論題,還牽涉到若干與此有關的材料和看法,需要在這裏再做一些交代和説明。

(一) 關於王維的《終南别業》詩

考察王維入中年後的出處行止,《終南别業》詩是一篇很重要的材料。陳貽焮先生主要就是根據這首詩,推斷出王維在這一階段有兩個隱居處所,其結論現在看來是不確切的。但是,這首作品寫到的一些内容,對我們瞭解王維的隱居事迹確有幫助,所以還得在此稍説幾句。詩云:

中歲頗好道,晚家南山陲。興來每獨往,勝事空自知。行到水窮處,坐看雲起時。偶然值林叟,談笑無還期。

這一首詩,曾收入王維同時代人芮挺章所編的《國秀集》中,而《國秀集》收詩時間的下限則迄於天寶三載,因此它的寫作時間至遲應在是年之前。即使在這一年,王維也不過四十多歲,故詩中所云之“晚”,大略就如“晚近”、“最近”的意思,並非實指詩人此時已至晚年。總之,這一首詩是寫在王維入中年後的轉折時期,它對研究這位詩人的生平思想具有特殊的意義。

在《終南别業》八句詩中,與考定王維之隱居事迹最有關係的地方，是“晚家南山陲”一句。“南山”，自然是指終南山，而“陲”者則是“邊緣”的意思，全句合起來是説，王維的這個别業，位於終南山的邊緣。正如我們在前面已經證實的，“輞川别業”的地理位置即處於終南山的東緣北麓，這與《終南别業》詩中所述的地點恰好相合。本來，這句詩應該是説明王維的“終南别業”即是“輞川别業”的一個很有力的證據，可惜它並没有引起陳貽焮等先生足够的重視。其次，我們還應注意這句詩中的“晚家”二字，當指詩人在此並非一人獨居，而是把他的家屬亦安置在這裏。考王維盛年喪偶，此時他的妻子已歿，亦無子息，在其親屬中關係最深的是他母親。王維晚歲所作的《請施莊爲寺表》，嘗自述其經始“輞川别業”之緣起，云：

> 臣亡母故博陵縣君崔氏，師事大照禪師三十餘歲，褐衣蔬食，持戒安禪，樂住山林，志求寂静。臣遂於藍田縣營山居一所，草堂精舍，竹林果園，並是亡親宴坐之餘經行之所。

《表》中提到的“大照禪師”，即開元時代北宗的教主普寂。普寂和義福（大智禪師）都出自神秀的宗門，他們提倡以四卷本《楞伽經》作爲印心的禪法，在當時被認爲得到達磨以來的七葉正傳。王維的母親崔氏，對普寂十分崇拜，在其宗門下爲世俗弟子達三十餘載。而他的兄弟王縉所撰的《大證禪師碑》中，亦云：“縉嘗官於登封，因學於大照。”王維自己在開元年間的佛教信仰，主要是受到了當時流行在京、洛一帶的北宗和華嚴宗的影響，其中與北宗的關係顯得愈加密切，一直要到開元末年在南陽遇到神會和尚後，他纔逐漸轉向於信奉南宗的大乘空宗學説。可見王維的這個家庭，長時期來同普寂、義福的北宗保持着極深的關係，而藍田輞川一帶恰好又是北宗勢力很盛的地方。因此，王維在輞川爲母親經營一所“安禪宴坐”的山居，顯然同這裏的宗教氣氛也是分不開的。我們把這篇《請施莊爲寺表》和《終南别業》詩對照起來讀，即可知上面所引的《表》中的這一段話，實際上就是對“晚家南山陲”這句詩的背景作了一個極好的説明。從以上所講的這兩層意思來看，足見《終南别業》一詩寫到的内容，非但不能成爲斷定王維在輞川以外還有一個别業的根據，相反衹能證明，這個“終南别業”的地址非在輞川不可。而從這首詩的寫作時代來推考，亦可知王維至遲在天寶三載以前，就已經在“輞川别業”有過隱居的經歷。

(二) 關於《唐詩紀事》的一條記載

計有功《唐詩紀事》卷一六裴迪條下，有一處記載涉及到王維與裴迪一起隱居的事迹，其云：“迪初與王維、(崔)興宗俱居終南。天寶後爲蜀州刺史，與杜甫友善。”在陳貽焮先生《王維生平事迹初探》一文中，也用過這條材料，把它作爲王維經始輞川前曾在“終南别業”隱居的一個旁證。這同樣是出於誤會。按《唐詩紀事》這一記載，有兩點值得我們注意。其一，《紀事》謂裴迪天寶後爲蜀州刺史，這是發生“安史之亂”以後的事情，而在此前，他正與王維同在輞川閑居。《紀事》衹説裴迪與王維等“俱居終南”，而未有隻字涉及輞川，其原因很簡單，就是因爲輞川就在終南山，講到“終南”實際上已經講到了“輞川”。其二，《紀事》云裴迪和王維“俱居終南”，但接着在這下面逯録反映王、裴兩人隱居生活的作品，又恰恰就是他們在閑居輞川時所賦的《輞川集》各二十首。可見《紀事》所説的“俱居終南”，其地點最後還是落實到輞川。

爲了弄清《唐詩紀事》這條記載的意義，我們遍考王維及裴、崔兩人的詩作，實在找不出一條確切的證據，能够證明他們這段“俱居終南”的經歷不是在輞川一帶，倒是證實就在王維“輞川别業”的附近，裴、崔兩人都有自己的别業。王維和裴迪在輞川有那麽多的贈答詩，還有很多詩作反映他們一起在輞川周圍的勝景游歷，王維《輞川閑居贈裴秀才迪》云：“復值接輿醉，狂歌五柳前。”

描寫裴迪在傍晚時到輞川莊來拜訪王維,説明他在這附近應該有一個居止。《王右丞集》卷九《登裴迪秀才小臺作》一詩,很可能同裴氏的别業有關。至於崔興宗其人,則是王維的内弟,在藍田輞川附近確有他的别墅。杜甫於乾元元年,至藍田訪問崔興宗和王維,曾作《九日藍田崔氏莊》、《崔氏東山草堂》兩詩。按《嘉慶一統志·西安府》云:"崔氏莊在藍田縣東南玉山下,唐博陵崔興宗宅,亦曰東山草堂。"杜甫《崔氏東山草堂》詩云:"何爲西莊王給事,柴門空閉鎖松筠。"當時王維復拜給事中,所以杜甫稱他爲王給事。大約杜甫到崔氏草堂以後,即去輞川探望王維,適值王維不在。仇兆鰲《杜詩詳注》引《杜臆》云:"王維輞川莊在藍田,必與崔莊東西相近。草堂在東山,可稱東莊,則輞川固可稱爲西莊矣。"從杜甫這兩句詩看,崔興宗的這個"東山草堂",地點應即在王維所居的輞川山谷以東不遠。既然輞川屬於終南山的地界,而王維、裴迪、崔興宗又都在這一帶隱居,謂之"俱居終南"本無不可,何勞從《唐詩紀事》這一記載中還要去尋覓另外的一個隱居處所呢?辛文房《唐才子傳》卷二云:"(王維)别墅在藍田縣南輞川,亭館相望,嘗自寫其景物奇勝,日與文士丘丹(疑當作丘爲)、裴迪、崔興宗游覽賦詩,琴樽自樂。"《唐才子傳》中的這條材料,實際上與《唐詩紀事》的記載講的是同一件事情,也是王維與裴、崔等人"俱居終南"的更具體化的寫照。我們把這兩處記載聯繫起來看,衹能得出這樣一個結論,即《唐詩紀事》當中講到的"終南",也就是《唐才子傳》中所説的輞川。如果按照陳貽焮等先生的説法,王維"先隱居終南,後隱輞川",把"終南别業"和"輞川别業"當作兩個在不同地方的别墅,就勢必出現這樣的情形:即王維、裴迪、崔興宗先在終南山的某地一起隱居,並且各人在那裏都已有了一處别業,後來王維又在藍田縣輞川購置一份産業營建山莊,於是乎裴迪和崔興宗也跟着急急忙忙來一次大搬家。王維在"終南"時大家都在"終南",王維到輞川後大家都到藍田,這從情理上講得通嗎?

且不論廢棄一份産業,而重新營置一處山莊在經濟上要承擔偌大的損失,就從他們這三個人的行止蹤迹來看,在實際生活當中,恐怕也很難做到這樣“形影不離”和“步調一致”的。

(三) 關於王維的“亦官亦隱”與“輞川别業”

現在許多文學史家評論王維中年以後的生活方式,都稱之爲“半官半隱”或“亦官亦隱”。其實,所謂的“亦官亦隱”,乃是唐代士大夫普遍嚮往的一種生活方式,而在王維的身上體現得尤其明顯。王維隱居山林,是同做官互爲依輔地結合在一起的,絶對不是埋名隱姓“伏處於大山堪岩之下”,亦不同於陶淵明棄官歸里不復再有出仕之意。他既要做官,又要當隱士,追求“富貴山林,兩得其趣”,就衹能在魏闕與江湖之間來回周旋,而不可能真正離開官場去當一個逸民。縱觀王維一生的仕途經歷,雖曾遇到多次挫折而不算太順利,但總的趨勢還是逐步有所遷升,而且其中大部分的時間都在長安供職。開元末年,他曾幾次奉使外州,但其身份還是京官。王維在長安任職期間,當然需要在休沐假日到别墅去領略山水風光,有時也可能由於某些特殊的原因在别業居住較長的一段時間。但從他進入仕途開始,特别在開元末至天寶間,他大部分的時間仍在長安做官,而在當時做官又不能衹挂虚銜。王維在長安城中,無疑還保留着他的第宅,由於職務的關係,使他在一般情況下不能長時期地離開京中流連忘返於山林。鑒於這些原因,王維要在終南山範圍内選擇一個理想的隱居處所,藍田輞川一帶則是非常合適的地點。這不僅由於這一帶風物佳麗,尤有林泉澗壑之美,而且還有一個極其重要的原因,就是因爲這裏離開長安不遠,又當商山驛路之冲要,交通甚爲方便。倘從長安騎馬而行,不消半日便可到達輞川。盛唐時代貴戚官僚在京郊的别業山莊,其中有相當大的一個部分都在從驪山到藍田縣境的靠近商山大道一綫。王維把自己的别業安置在這裏,既可以終南山中的隱士自命，又不妨礙他做朝廷命官，這最能符合他“亦官亦隱”的生活理想。要是他跑到終南山的一個交通不便的地方躲起來，怕就無法做到山林鐘鼎兩全其美了。即使從這點來看，我們覺得把他所謂的“終南别業”理解爲即是“輞川别業”，也是顯得比較合理的。

1985 年 3 月

略辨杜甫的禪學信仰

唐代中葉，是我國歷史上佛教極爲興盛的時期，特别是由南北朝菩提達磨開創的一支禪學，據稱經過了六傳，到這時正式分化成爲南、北兩宗，顯示出一種新的發展趨勢。以神秀、普寂爲代表的北宗，同惠能、神會爲代表的南宗，爲争奪正統地位進行長期的論争，雙方勢力交替消長，直至南宗取得最後勝利，幾乎經歷了一個世紀。這種佛教禪學的傳播發展，對於當時社會生活的各個方面，及至文人學士的思想創作，都産生過廣泛縱深的影響。生活在這個時代的大詩人杜甫，他的一部分作品就寓有明顯的禪學理趣，説明在盛唐士大夫信禪成風的環境中，他也不能置身此外。

關於杜甫的禪學信仰，清代錢謙益、仇兆鰲、楊倫等人，都曾作過一些探討，但成績並不可觀。晚近諸家評論杜甫，則很少去研究詩人與佛教的關係，有的甚至根本不承認他受過佛教的熏染，這種認識顯然不大符合杜甫的實際情况。郭沫若同志《李白與杜甫》一書，重新提出這個問題，作了專門的論列，這對開拓讀者的眼界，無疑是很有積極意義的。但是郭老的論述，却有不少輕信武斷的地方，譬如他沿襲清代注家的説法，斷然認定杜甫是一個"追隨神會的南宗信徒"，硬把詩人同南宗挂起鈎來，就是其中突出的例子之一，於此不可不加一辨。

一、盛唐禪學傳播的歷史背景

杜甫早在青年時代，即受過禪宗思想的陶冶，現存杜集中第一首詩《游龍門奉先寺》，就分明是一首入禪之作。以後他在各個不同時期所寫的作品，如《巳上人茅齋》、《游修覺寺》、《後游》、《江亭》、《上牛頭寺》等篇，也清晰地反映出禪理對他的影響。但他一千四百多首詩中，有兩篇最能説明他同禪宗的關係。一篇是天寶年間寫的《夜聽許十一誦詩》，詩中作者自稱："余亦師粲可，身猶縛禪寂。"另一篇是他晚年寓居夔州時所作的《秋日夔府詠懷》，其中追述自己昔日的禪學愛好，又云："身許雙峰寺，門求七祖禪。落帆追宿昔，衣褐向真詮。"這幾首詩，可以互相發明參照，以此推斷杜甫在開元、天寶年間，就對佛教禪學産生信仰，應該是没有什麽疑問的。

但是問題在於，杜甫所處的開元、天寶時期，禪宗本身就分爲"南能北秀"兩家，他所仰止的禪學，到底是屬於北宗還是南宗，却是一個大可研究的疑點。爲了弄清這個問題，我們首先要從盛唐南、北兩宗傳播的背景談起。

《李白與杜甫》斷言杜甫是"南宗信徒"，對於當時南、北兩宗的發展情勢，説了這樣一段話：

> 北宗以普寂爲第七祖，曾盛極一時。開元中，惠能弟子神會入東都，住荷澤寺，面抗北祖，大播曹溪頓門，把普寂的門徒們争取過去了。

按照郭老的這一説法，似乎北宗雖然"盛極一時"，但開元中神會入洛以後，"大播曹溪頓門"，普寂的北宗隨即望風披靡，門徒亦被神會争奪一空，南宗由此而立刻得到弘傳大行。所以杜甫之接受南宗的影響，從這樣的歷史背景下來推斷，想起來也很有道理。然而不幸的是，郭老在這裏所描述的情景，恰恰是對當時歷史情況的一種誤解。

誠然，郭沫若同志的這種見解，並非屬於他的創造，早在《宋高僧傳》、《景德傳燈録》等佛教史籍當中，就有與此類似的説法。

例如《宋高僧傳》卷八《神會傳》云：

> (神會)開元八年,敕配住南陽龍興寺,續於洛陽大行禪法,聲彩發揮。先是兩京之間,皆宗神秀,若不淰之魚鮪附沼龍也。從見(神)會明心,六祖之風,蕩其漸修之道矣,南、北二宗時始判焉。致普寂之門,盈而後虛。

清人錢謙益箋注《杜工部集》,以及楊倫的《杜詩鏡銓》,指議杜甫信仰南宗,其根據大要不出這些史料範圍。但是這裏有一個問題,禪宗内部各派勢力的盛衰,前後經過很大的變化,起先是北宗得勢,爾後逐漸轉向南宗,失勢一方的資料由於不受重視,多數喪失湮没。像《宋高僧傳》、《景德傳燈録》等書,産生於南宗早已成爲中國佛教最大一宗的宋代,這時禪僧中間傳授相承盡是偏袒南宗的説法,它們的記載真實性究竟如何,却是極可置疑的。五代南唐招慶寺静、筠兩僧所撰的《祖堂集》,是南宗第一部譜録體的史料,它的成書時間要比《景德傳燈録》早五十年,比《宋高僧傳》也要早一些。此書在中土久已失傳,現今日本已據高麗覆刻本影印成册,其中談到神會入北以後的情況,就同《宋高僧傳》的記載稍有不同。《祖堂集》卷三云：

> (神會)自傳心印,演化東都,定其宗旨。南能北秀,自神會顯揚,曹溪一枝,始芳宇宙。

静、筠兩僧都是南宗和尚,他們叙述史事不免要爲南宗張本,但在論及神會入北顯揚頓門時,也衹是説“曹溪一枝”,始在中原得到流傳,爲天下所知聞,而並没有什麽“把普寂的門徒們争取過去”的説法。

如果我們接觸一些唐代的原始資料,就會對郭老的説法益發産生疑問。開元、天寳之際,當時名士李邕曾爲普寂撰《大照禪師塔銘》,嚴挺之爲義福撰《大智禪師碑銘》。他們兩人,分别是北宗教主普寂、義福的世俗弟子,其所作之碑塔銘文,可見盛唐北宗在京洛一帶正處熾盛大行的階段。普寂在神秀之後,使北宗在社會上贏得了更多的信衆,《全唐文》卷三九〇獨孤及《隋故鏡智禪師碑銘》,就説普寂的弟子有萬人之多,其門下之盛空前未有。普寂卒於開元二十七年(739),唐玄宗親自下詔慰賵,《舊唐書·方伎傳》載:"時都城士庶曾謁者,皆制弟子之服。有制賜號爲大照禪師。及葬,河南尹裴寬及其妻子,並衰麻列於門徒之次,士庶傾城哭送,閭里爲之空焉!"這就説明,普寂一直到他去世,還有大量的信衆,這時北宗在中原一帶的勢力,還不是神會一系所能比擬的。

至於神會,他開元中到河南洛陽一帶宣揚南宗頓門,挑起南、北兩家的論戰。儘管神會很有辯才,善於使用各種縱横捭闔的手段,來達到削弱排擠北宗的目的,但他的活動却進行得並不順利。最明顯的一個證據,是王維曾應神會之約,爲惠能作過一篇《能禪師碑》。王維與神會在南陽相遇,時間應在開元二十八、二十九兩年之内,這時北宗普寂、義福都已去世,《能禪師碑》一文,亦是此時所作。碑文在頌揚一通惠能的宗教學説之後,最後述及神會:

> 弟子曰神會,遇師於晚景,聞道於中年,廣量出於凡心,利智逾於宿學。雖末後供,樂最上乘。先師所明,有類獻珠之願;世人未識,猶多抱玉之悲。謂余知道,以頌見託。

王維的這篇碑文,出於神會之邀,它對研究惠能的學説,和南宗在盛唐的傳播情況,都有重要的價值。從上述所引的這段文字中,非常清楚地表明,神會所鼓吹的南宗主張,這時還没有受到世人的賞識,因此頗有寥落之感,需要請王維出來作一番弘揚。假定神會真的能使普寂門下"盈而後虚",那就根本用不着再有什麽"抱玉之悲"。天寶中,神會在洛陽聚徒傳道,遭到北宗僧侶的迫害,即被放逐到弋陽、荆襄,無法再在中原立足,從這件事情,也可看出當時北宗勢力十分强大。因此，在唐代安史之亂以前，“南能北秀”兩派在北方争奪正統地位的鬥争，北宗還是占據着明顯的上風。

還有一點，特别應該引起我們注意。這就是近世在敦煌卷子中，發現了盛唐北宗僧侣净覺撰寫的《楞伽師資記》，這對我們了解當時北方禪學發展的背景，具有很重要的價值。净覺是玄賾的弟子，出於五祖弘忍的再傳，《楞伽師資記》一書，詳細記述了盛唐時代北宗盛傳的情况。書中提到，神秀、玄賾、慧安等北宗大師，前後都應召入京，充當武后、中宗、睿宗的“三主國師”，北宗被定爲新的國教而得到統治者的大力提倡。這一史料又稱，北宗傳法之盛，到開元年間至於登峰造極，神秀的弟子普寂、敬賢、義福、惠福，也被時人仿照六朝品題，目爲“法山净，法海清，法鏡朗，法燈明”，在社會上都有極大的影響。

《楞伽師資記》的發現，澄清了宋代以來佛教史籍中的一些錯誤的説法，引起國内外許多研究者的注意，我國現近的學者研究唐代禪宗的歷史，所以取得較好的成績，是同這一史料的發現分不開的。例如侯外廬主編的《中國思想通史》、吕澂的《中國佛學源流略講》，都十分重視《楞伽師資記》提供的材料，把南、北兩宗代興的轉折關鍵放在安史之亂中間，確認盛唐時期北宗仍然處於弘傳的階段，從而對於南、北兩宗消長盛衰的情勢，作了比較符合歷史事實的闡述。鑒於這樣一個歷史背景，可知杜甫在盛唐所受到的禪學思想影響，其最大的可能，按理應該來自北宗一方。但是郭老研究杜甫與禪宗的關係，對於禪宗史研究的歷史和現狀不做一點調查研究，也不去查一查有没有什麽新的史料可資依憑，以致在《李白與杜甫》中，竟完全忽略現近學術界業已肯定的成果，還把那些早被證明不合事實的傳聞記載，照樣拿來作爲自己的立論根據，這樣的結果，就不能不使他的論證帶有很大的盲目性。

二、關於“身許雙峰寺”

上文叙述了盛唐禪宗傳播的背景,現在我們要把話題回到杜甫的作品上來。杜甫在《秋日夔府詠懷》一詩中感慨話舊,説他自己“身許雙峰寺,門求七祖禪”,略述他對佛教禪學的嚮往。要辨别詩人的禪學信仰,當然不能離開他的這一自述。在這裏馬上就會遇到一個問題,即杜甫所説的“身許雙峰寺”,究竟是指什麽意思呢?

在前兩年,吕澂先生曾經發表一篇《杜甫的佛教信仰》(《哲學研究》一九七八年第六期),就詩人與佛教的關係作了簡括的論述,認爲杜甫早年信仰北宗,晚年轉而歸依彌陀净土,和郭沫若同志的看法有着明顯的不同。吕澂在談到“身許雙峰寺”這句詩時,指出:

> 神秀一系(北宗)的禪法以“東山法門”爲標榜,而東、西山寺通稱雙峰寺,杜説“身許雙峰”,即表示他對這一法門的歸命。

關於“雙峰”這一名稱的由來,始於禪宗的四祖道信,唐代獨孤及《隋故鏡禪師塔銘》説:“雙峰大師,道信其人也。”《續高僧傳》卷二一《唐蘄州雙峰山釋道信傳》云:“蘄州道俗,請度江北黄梅縣衆造寺,依然山行,遂見雙峰,有好泉石。即住終志。”其後道信傳弘忍,弘忍傳神秀。《舊唐書·方伎傳》云:

> 僧神秀,姓李氏,汴州尉氏人。少遍覽經史,隋末出家爲僧。後遇蘄州雙峰山東山寺僧弘忍,以坐禪爲業,乃嘆伏曰:“此真吾師也。”便往事弘忍,專以樵汲自役,以求其道。

《楞伽師資記》載,武則天曾問神秀:“所傳之法,誰家宗旨?”神秀回答説:“秉蘄州東山法門。”武則天説:“若論修道,更不過東山法門。”《舊唐書·方伎傳》又云:“神秀,禪門之傑,雖有禪行,得帝王重之,而未嘗聚徒開堂傳法。至弟子普寂,始於都城傳教,二十餘年,人皆仰之。”從武則天後期到唐玄宗開元年間,北宗作爲佛教的正統,幾乎形成定於一尊的局面,盛唐北宗的僧侣,通常都以“東山法門”或者“雙峰門學”來標榜自己的宗旨,這一説法風靡於關河京洛,在杜甫的前半生可説是盡人皆知的事實。因此吕澂先生對於杜甫這句詩的解釋,確實是講到了問題的點子上面。

爲了説明這個問題,我們不妨從盛唐的史料中再找一點證據。盛唐的一些佛學史料,它們談到“東山法門”或者“雙峰門學”,其確意所屬,一般都是指道信、弘忍直至神秀、普寂這一法統。譬如《全唐文》卷二三一張説《唐玉泉寺大通禪師碑銘》,即云:

> 自菩提達磨天竺東來,以法傳惠可,惠可傳僧璨,僧璨傳道信,道信傳弘忍,繼明重迹,相承五光。

這裏所謂的“大通禪師”,就是北宗神秀的謚號。這篇碑文叙述這一條師承源流,目的是要肯定神秀是這一法統的嫡嗣。而且文中還有一處,提到五祖弘忍對於神秀的贊揚:

> (弘忍)大師嘆曰:“東山之法,盡在秀矣。”

這一條材料,可以説明弘忍在世的時候,就把神秀看作“雙峰門學”的嫡傳弟子。

另一篇材料,是《全唐文》卷三九六宋儋所作的《嵩山會善寺故大德道安禪師碑銘》。道安也是弘忍的高足,係北宗名僧之一,嘗言“教必稱師,是有雙峰之學”,强調“雙峰門學”得自道信、弘忍,其宗門主張與神秀同出一轍。《碑銘》中云:

> (弘忍)大師每嘆曰:“予嘗有願,當令一切,俱如沙門,獲

> 所安樂。"學人多矣,□(神)秀、□(道)安,□徵請之入,師受禪要。(道安)禪師順退避位,推美於玉泉大通(神秀)也。

從這一段話中,我們也可看出,如道安這樣得法於弘忍的高行弟子,也是"推美於玉泉大通",把神秀一系看成是"雙峰門學"的正統繼承者。這種看法流傳了相當長的時間,又同盛唐北方士大夫的精神生活有着密切的聯繫,在當時人的心目中,神秀和普寂的北宗即是"雙峰門學","雙峰門學"也就是北宗。

杜甫在開元、天寶年間,汲汲於中原京洛一帶,深受盛唐文化的熏陶,當時正值北宗勢焰極盛的時期,在士大夫普遍崇信"雙峰門學"的情況下,他自己同北宗僧侶不會没有接觸。經過安史之亂這一劇變,他又流離隴蜀,晚歲漂泊西南天地之間,處境極其窮愁潦倒。他在夔州所作的《秋日夔府詠懷》一詩,充滿着世變滄桑之感,詩中追話宿昔舊事,對於"開元盛日"的情景流露出深切的懷戀,他在詩中自稱"身許雙峰",這自然是指歸命北宗而言的。這同他《夜聽許十一誦詩》中所説的"余亦師粲可,身猶縛禪寂",一樣都是旨在説明自己歸依北宗這一法統。惠可和僧璨,係禪宗的二祖、三祖,"身猶縛禪寂",猶言禪悟尚未透徹。在這裏杜甫也是"言必稱師",非常符合北宗信徒强調達磨以來師承源流這一特點。

關於這句詩的含意,本來不勞别生異解。但是郭老出於他杜甫是"南宗信徒"的先入之見,硬要把"雙峰"説成是指"南宗",他在《李白與杜甫》中説:

> 一説"雙峰寺"是指北宗。……但南宗的發祥地也可稱爲"雙峰寺"。《寶林傳》云:"惠能大師傳法衣在曹溪(廣東曲江縣東南)寶林寺,寶林後枕雙峰。咸淳中,魏武帝玄孫曹叔良住雙峰山寶林寺,人呼爲雙峰曹侯溪。"

《寶林傳》一書,係中唐南宗僧侶智炬所作,現今已佚。郭老轉手引述,抓住其中這一段話,自以爲找到"雙峰"這句詩的正解,可以輕而易舉地將杜甫與北宗的關係撇開,因而他就滿有把握地宣布:杜甫爲"南宗信徒"是毫無疑問的。

然而,我們衹要考察一下郭老這種説法的曲折原委,偏偏就會發現疑問。因爲用《寶林傳》的材料,來推斷杜甫信仰南宗,其實不是始於《李白與杜甫》,宋代姚寬的《西溪叢語》就早已開了先例。姚氏的這個説法,仇兆鰲《杜少陵集詳注》和楊倫《杜詩鏡銓》都曾作過引録,不論在觀點和材料方面,郭老都受到它們的影響。但是對於這種説法,前人多有批駁,認爲不可輕信,仇兆鰲《杜集詳注》引周篆的話説:

> 昔至嶺南,見曹溪地形,前對三峰,後擁兩峰,但不名雙峰寺。

周篆指出,曹溪寶林寺雖然"後擁兩峰",但這衹是地形上偶然的巧合,寶林寺並不稱爲"雙峰寺",他經過親身實地調查,所作的結論應該可信。另外還有浦起龍的《讀杜心解》,箋解到《秋日夔府詠懷》一詩,也將《續高僧傳》和《寶林傳》兩種關於"雙峰"的説法進行比較,認爲:

> 據二説,則雙峰有兩,但曹溪不名雙峰寺,定指蘄之雙峰。

浦起龍氏的這一結論,也對《寶林傳》的説法作了否定。他所説的"定指蘄之雙峰",即是指道信所居的黄梅東、西山寺,這與北宗所標榜的"雙峰門學",意思原無二致。可見郭老轉引《寶林傳》一書,斷言"南宗的發祥地也可稱爲雙峰寺",這是没有任何可靠的事實依據的。

我們對待舊史的記載,必須注意鑒别真僞。細按中唐以前的南宗史料,從未有過甚麽曹溪稱爲"雙峰"的記述,何以到了智炬《寶林傳》中,忽然冒出這樣一種説法?這種來歷不明的現象,本身就使人感到大有問題。這裏問題的關鍵是,“雙峰門學”作爲北宗禪法的標誌,在盛唐時代具有極其廣泛的影響,此後南宗得勢,極力要在師授源流方面貶低北宗,必然通過曲解比附的方法,把“雙峰門學”這面旗子搶到自己手裏。吕澂在《杜甫的佛教信仰》一文中説:

> 雙峰寺專指黄梅東西山寺而言,本無異解,後來智炬撰《寶林傳》,欲爲南宗增光,説曹溪也有雙峰,附會混淆,不可輕信。

吕澂先生專力於佛學研究數十年,對各種佛教典據竟委窮原,做了大量的考訂鑒别工作,使一些長期弄錯或者模糊不清的史實,得到比較合理的答案。他對《寶林傳》這一記載的分析,真是洞悉歷史實情的知言。因此杜甫詩中説的“身許雙峰”,絶對不會是指曹溪的寶林寺。

至於《寶林傳》一書,實則是一本極其糟糕的東西,在佛學史工作者中間素來信譽掃地。陳垣《中國佛教史籍概論》提到這一本書,曾引《傳法正宗記》的材料,指出:“其文字鄙俗,序致煩亂,不類學者著書,或錯誤差舛,殆不可按。”並説,“今觀其書,即以年代一節論,舛誤者十之八九”,而其中鄙俚作僞之處,“此真可爲噴飯者也”。湯用彤《漢魏兩晉南北朝佛教史》中《四十二章經考證》,論及《寶林傳》時,乾脆把它稱爲“造謡作僞之寶庫”。對於這樣一本聲名狼藉的書,郭老的態度是很不審慎的,不但不做一點辨别真假的工作,反而把它當作信史而享若神明。這從治學態度來看,也難免使人感到不無遺憾。

三、關於“門求七祖禪”

杜甫所説的“身許雙峰寺”,既然是指他歸依北宗,那麽此詩下面"門求七祖禪"一句,其含義又該怎樣理解? 這一句詩,標誌着杜甫所求禪法的宗門特點,所以準確地解釋這個問題,對於我們弄清詩人的禪學信仰,同樣也有極重要的意義。

這句詩中所説的"七祖",到底是指誰? 郭老和吕澂的看法亦有不同。郭老直指南宗神會,吕澂則認爲應指北宗普寂,這兩種意見"南轅而北轍",存在着明顯的分歧。倘要判斷他們孰是孰非,還得要從研究史料入手。

我們知道,普寂在開元年間,是北宗最有影響的領袖。《宋高僧傳》記載,普寂在神秀死後,"統其法衆",聚徒開講,這時"王公大人,競來禮謁","天下好釋氏者,咸師事之",成爲北宗聲勢顯赫的一代教主。《全唐文》卷二六三李邕《嵩岳寺碑》云:

> 達磨菩薩傳法於可,可付於璨,璨授於信,信資於忍,忍遺於秀,秀鍾於今和尚寂。

又《全唐文》卷二六二李邕《大照禪師塔銘》(普寂死後,謚爲大照禪師)云:

> 重玄門深,□□(爲)四海大君者,我開元聖文神武皇帝之謂也;入佛之智,赫爲萬法宗主者,我禪門七葉大照和尚之謂也。

《大照禪師塔銘》作於天寶元年(742),李邕在碑文中,把普寂同當世在位的唐玄宗相提並論,此時他的地位之高崇,遠非神會等其他僧侣所能比侔。這篇《塔銘》,記述普寂對自己的弟子説:

> 吾受託先師,傳兹密印。遠自達磨菩薩導於可,可進於璨,璨鍾於信,信傳於忍,忍授於大通,大通貽於吾,今七葉矣。

李邕是盛唐時代的名流,也是杜甫一生崇拜的對象,他的這一記載,寫在北宗的弘傳階段,反映了當時人的普遍看法。

《金石萃編》卷八一，載嚴挺之《大智禪師碑銘》一篇。碑文所説的"大智禪師"，即是神秀的另一弟子義福，他在盛唐與普寂同爲北宗法主。這篇《碑銘》叙及北宗傳授源流云：

> 始自天竺達磨，大教東派，三百餘年，獨稱東山學門也。自可、璨、信、忍，至大通遞相印屬。大通之傳付者，河東普寂與禪師二人，即東山繼德，七代於兹矣。

《金石萃編》卷八七，又有佚名《净藏禪師身塔銘》一文，係時人爲弘忍的再傳弟子净藏所作，中云：

> 可、璨、信、忍，宗旨密傳，七祖流通，起自中岳。師亦心苞萬有，慧照五明，爲法侶津梁，作禪門龜鏡。

嚴挺之爲北宗的熱烈信奉者，同杜甫的先人係世家之好，開元二十四年(736)義福即世，他以中書侍郎的身份，"躬行喪服若弟子焉"。他在《大智禪師碑銘》中，條辨達磨以來七世正傳，仍把普寂放在義福前面。而净藏其人，則是慧安禪師的弟子，按照北宗所説的法統，他與普寂同爲達磨以來的第七代。但是《净藏禪師身塔銘》一文，述及北宗傳法世系，在談到净藏以前，首先肯定了普寂"七祖"的地位。普寂居於嵩山岳寺，"七祖流通，起自中岳"，是對普寂弘揚北宗楞伽禪法的贊美。從這些材料中，我們都可看出，盛唐北方士人對普寂爲禪宗"七祖"一説，是不存在什麽疑問的。

反過來，我們注意一下唐代某些南宗史料，同樣也可從側面考知這種説法影響之廣。敦煌出土《神會禪師語録》一書，記載神會在滑臺大雲寺與北宗僧侣辯論，曾對普寂爲"七祖"一説提出挑戰，他説：

> 今普寂禪師自稱爲第七代，妄豎秀和尚爲第六代。

又神會的後嗣圭峰宗密所著《圓覺大疏鈔》卷三下，嘗叙及惠能、神會兩位禪師之略傳，中間也談到惠能死後很長一段時間，普寂的北宗在中原傳播的盛況，其中説道：

> 曹溪頓旨（南宗）沉廢於荆吴，嵩岳漸門（北宗）熾盛於秦洛。普寂禪師，秀弟子也，謬稱七祖，二京法主，三帝門師，朝臣歸崇，敕使監衛。雄雄若是，誰敢當冲。

以上幾行文字，轉引自胡適《荷澤大師神會傳》。神會站在南宗的立場上，極力攻擊北宗宣傳的法統，目的是要讓南宗取而代之。他説普寂"自稱第七代"，企圖改變這一世俗流行的説法，剛好説明以普寂爲"七祖"，正是代表了當時北方禪學的正統觀念。而宗密《圓覺大疏鈔》的這一記載，也很清楚地反映出普寂極受當時統治者的尊重，在佛教僧侣中獨踞至高無上的地位，"朝臣歸崇，敕使監衛"，"雄雄若是，誰敢當冲"，致使南宗僧侣們也感到很難動摇他的權威。

杜甫在開元年間，以洛陽作爲他的活動中心，廣泛交游和接觸社會生活，深受盛唐文化和社會生活習慣的熏陶。與洛陽相距不遠的嵩山，正是北宗的一大傳法中心，普寂本人就在那裏，他以"二京法主，三帝門師"的崇望，在這時"名字蓋國，天下知聞，衆口共傳爲不可思議"（《神會語録》第三殘卷引崇遠禪師語），成爲僧俗士庶頂禮膜拜的偶像。當時北方許多封建士大夫，都以師事普寂作爲榮耀，譬如李邕、王縉等人，即是普寂的門下弟子，連王維的母親崔氏，也是"師事大照禪師三十餘歲"。這種特定的現象，顯示出盛唐一代縉紳士流的風氣所尚。杜甫處在這種環境下，自然也會受到潛移默化的影響，他在詩中所説的"門求七祖禪"，放在這一背景下來考察，無疑應該是對普寂北宗禪門的嚮往。

郭沫若同志認爲，杜甫《秋日夔府詠懷》一詩，作於唐代宗大曆二年（767），於時北宗早已衰落，所以詩中所説的"七祖"，也就不會再指北宗普寂。郭老這一説法，純粹是出於自己的主觀臆想,没有一點事實根據,我們尋檢有關史料,即可發現恰恰是在大曆二年,明明白白地還有人把普寂作爲“七祖”。《全唐文》卷三七〇王縉《大證禪師碑》,寫作時代即爲是年,其中有云:

> 始自達磨傳付慧可,可傳僧璨,璨傳道信,信傳弘忍,忍傳大通,大通傳大照。

這篇碑文所肯定的,還是北宗宣傳的師承源流,把普寂作爲達磨以來的七葉嫡傳。《全唐文》卷三九二獨孤及《三祖璨大師塔銘》,則作於大曆七年(772),其中也説:

> (僧璨)大師遷滅,將二百年,心法次第,天下宗仰。(神)秀和尚、(普)寂和尚傳其遺言。

又《全唐文》卷五〇一權德輿《契微和尚塔銘》,其著作年代遲至建中二年(781),猶云:

> 自菩提達磨,七葉至大照,祖師皆以心法秘印,迭相授受。

以上三文,一篇作於大曆二年,其他兩篇年代更晚,它們一概都將普寂作爲達磨以下的七葉正傳,可見普寂之爲“七祖”一説,在此時仍未銷聲匿迹。郭老提出《秋日夔府詠懷》的寫作年代,本來想把杜甫與北宗的關係一筆勾銷,但結果却使自己的論證,出現了一個無法彌補的漏洞。

郭老把杜甫詩中的“七祖”説成神會,其來源可以追溯到《錢注杜詩》。神會在當時南北兩宗的鬥争中,確實是風行一時的關鍵人物,也是南宗在中原河洛一帶的實際領袖,但是他在貞元十二年(796)以前,却始終没有正式得到“七祖”的稱號。郭老爲了把“門求七祖禪”同神會扯在一起,在《李白與杜甫》中説:

> 神會雖於德宗時始正式立爲“七祖”,但在肅宗時已召入

宮中供養,是事實上的南宗七祖。

細按這一推論,實在不能成立。因爲唐肅宗其人,非常宗奉佛法,曾把許多和尚召入内宫,譬如當時的禪僧慧忠,也曾被他迎請入宫,"待以師禮",所遇的尊榮並不亞於神會。何以見得唯獨神會一入宫中供養,就非是"事實上的南宗七祖"不可呢?其實在惠能死後,南宗内部也派系分立,在他的弟子中間究竟由誰來作爲正宗嫡傳,這個問題長期没有得到解決。儘管在同北宗的鬥争中,神會所起的作用最爲顯著,但當時南宗闡化的地域主要還在南方,其中南岳、青原兩家擁有的勢力,要大大超過神會一系,神會要協調南宗内部各派的關係,取得公認的領袖地位是很不容易的。一直到神會死後三十六年,即貞元十二年,纔由唐德宗親自下令,邀請諸禪師共同議論協商,方始確立神會作爲禪宗"七祖",欽定他是惠能的正傳法裔。這時離開杜甫逝世已經二十六年,歲月相隔如此邈遠,在詩人生前所寫的作品中間,怎麼可能懸知後事,預先把神會稱作"七祖"呢?

再論杜甫與神會的各自行迹,我們也没有看到任何迹象,表明他們兩人有過關係。開元、天寶年間,神會在南陽河洛宣傳南宗主張,結識接待了一批官僚士子,這在《神會禪師語録》中,自有比較具體的記載,例如王琚、崔日用、蘇晉、王維、苗晉卿、王怡、張萬頃等人,都與神會有過接觸來往。但在《神會禪師語録》中間,却未見隻字涉及杜甫。天寶十二載(753)後,神會被放逐到弋陽、荆襄,兩人不能再有見面的機會,等到安史之亂後期,神會釋歸洛陽,因收"香水錢"以助軍餉而得到統治者的重視,那時杜甫已經輾轉入蜀。所以吕澂認爲,杜甫在禪法上可説没有受到神會宣傳的影響,這是一個比較可信的見解。相反,郭老單憑自己的主觀想象,硬把杜甫説成是神會的追隨者,就未免顯得有點捕風捉影的味道了。

綜合本文以上的論述,我們對於詩人杜甫的禪學信仰問題,至此可以作一簡要的結論。杜甫生活在唐代中葉佛教發展鼎盛的時期,早年就受到佛教思想的熏染陶冶,而在開元、天寶間盛行於中原京洛的北宗禪學,給予他的影響尤其顯著,因此論杜甫的禪學信仰,毫無疑問應該屬於北宗。但是我們探討這個問題,並不是像郭老那樣,要把杜甫説成是一個“極端信佛”的教徒,更不是旨在以此概括詩人的全部思想。杜甫作爲一個偉大的現實主義詩人,具有兼濟天下的廣闊胸懷,在國破家亡的艱危時世中,敢於直面慘淡的人生,終生堅持進步的理想,在他的世界觀中,禪學思想的影響衹是一個很次要的方面。如果我們對於這個問題作出不合實際的估量,那就同樣不能從真正意義上來認識杜甫。

1983 年 4 月

從《歡喜國王緣》變文看《長恨歌》故事的構成

——兼述《長恨歌》與佛經文學的關係

唐代的變文,是伴隨着佛教傳播而發展起來的一種通俗講唱文學。它以佛寺廣場爲基地,普遍流行於都會通衢街坊,傳誦於閭井婦孺細民之口,其魔力足以傾倒世俗,影響之大竟能聳動宫廷和整個上層社會,成爲唐人精神文化生活的一個重要組成部分。我們現在從續宋《高僧傳》、《樂府雜録》、《酉陽雜俎》、《因話録》、《北里志》、《杜陽雜編》、《南部新書》的記述,以及日僧慈覺大師圓仁《入唐求法巡禮行記》和韓愈《華山女》詩中,還可窺見當時京師長安演唱變文熱烈盛況之一斑。

廣義地講,"變文"是流行在唐五代間佛教通俗宣傳講唱的一個總名稱。但從嚴格的意義上説,所謂的"變文",是必須以轉變故事(主要是佛經中的緣起)爲其圭臬的。它們一般都體現出較强的叙事文學特徵,具有首尾完篇的故事情節,在刻畫人物形象、描寫心理活動方面,也與那些純屬弘宣佛理的講經文不同。據梁慧皎《高僧傳》卷十三《唱導篇》載,像這類利用説故事形式來達到一定化俗目標的宗教宣傳,在東晉、劉宋間就早具雛形,當時被稱爲"轉經唱導",即通過轉變佛事緣起"宣唱法理,開導衆心"是也。根據晚近一些變文研究者的説法,及於佛教鼎沸的初、盛唐之交,最遲至七世紀末,由於各方面因素的促進,又在唱導的基礎上發展成爲具有完整俗講儀軌、内容和語言都更加接近普通群衆生活的變文講唱,隨着它文學創作自覺意識的增强而展示出一種新面貌。

變文這一文學形式的出現,爲中國的俗文學開闢了一個紀元。鄭振鐸先生《中國俗文學史》談到變文,就形象地把它們稱之爲聯結古代和近世文學的“連鎖”。敦煌學者王慶菽先生《試談“變文”的産生和影響》(見《敦煌變文論文録》上册)一文,也認爲變文是“唐代以前和唐代以後的新生文學的一種橋梁”。就是這些不登大雅之堂的作品,不僅直接關係到後世白話小説及衆多民間説唱藝術的形成,同時又爲唐代其他各種文學樣式的演進灌注了新鮮滋養和活力,推動着它們朝着叙事化、通俗化的方向發展。如千百年來一直極負盛譽的唐詩名篇《長恨歌》,就是在當代的變文講唱深刻影響之下所産生的一首代表作。

關於《長恨歌》受到變文的沾溉,晚唐孟啓《本事詩》及五代王定保《唐摭言》中,就有兩條内容相仿的記載:在白居易生活的當世,詩人張祜同他開玩笑,曾把《長恨歌》這首詩拿來和《目連變》相比擬。對此,過去一般都衹是看作文人之間的相互調侃,直至本世紀初敦煌石室裏的變文卷子重見天日,纔引起學術界人士的重視。約從三十年代始,一些中外學者即引證敦煌出土的變文資料,着手探討《目連變》與《長恨歌》的關係,想從中找出一點它們在文學創作上的内在聯繫。

但是,從那時到現在,一晃就是五十多年過去,這項研究工作却並没有得到多大進展。《長恨歌》與變文之間的關係究竟如何,至今仍是懸案。造成這種情況的原因,恐怕與大家未能從一個較爲廣闊的背景上去觀察問題有關。其實,對於《長恨歌》起影響最大的變文講唱,恰恰不是《目連變》而是另外一篇作品——《歡喜國王緣》。從《長恨歌》本身所叙述的故事來看,也主要是在摹襲和附會《歡喜國王緣》的基礎上形成的。對於這樣一個重要的問題,迄今爲止竟没任何人作過片言隻語的論述。本文就想在這方面歸納一些材料,着重探討一下《歡喜國王緣》故事與《長恨歌》中間的來龍去脉,順此亦涉及一些本詩與佛經文學的關係問題,粗陳管見以質正於海内方家。

一

按《歡喜國王緣》變文，亦稱《有相夫人生天因緣變》，它在敦煌發現的許多變文卷子中，是一篇兼有講唱、體制比較完備的作品。這個變文的原卷，出土時已裂爲兩段。前段爲上虞羅振玉舊藏，曾印入羅氏《敦煌零拾》之《佛曲三種》，現保存在上海圖書館。後段則爲伯希和所劫，藏於法國巴黎國家圖書館（P.3375 背）。五十年代，我國學者向達、周一良、王重民等六人對敦煌變文作了一次系統的整理，經過啓功先生校録，把這兩個部分合併復原，一起編入《敦煌變文集》。此外，上海圖書館還有一個甲卷，因殘缺而不能睹其全貌。

關於《歡喜國王緣》演繹的故事，是説西天有位歡喜王，夫人名曰有相。有相夫人長得容儀窈窕，且能歌善舞，深受國王之寵愛。自從有了這位夫人，國王心念“日夕不離椒房，旦暮歡於金殿”。一日，國王在殿中觀看有相夫人起舞，正歡樂之次，忽見夫人面上、身邊有一道氣色，預知她在七日後必當身亡。待他向有相講明此情由，夫妻兩人相顧回惶，彼此十分悲切，但亦感到無可奈何。過了兩天，夫人拜辭國王，回到家裏與父母訣别。家中人聞訊此事，都很着急，設法替她延命消災。這時有人告訴她，附近山中有個石室比丘尼在修行，甚通法道，勸她前去禮拜。有相夫人即往山中，懇請比丘尼授以延壽之法，比丘尼告誡她莫求浮世壽命，而應求生天上，並讓她受如來清凈八戒。夫人歸來七日期滿身亡，即生天受諸快樂。但國王因夫人夭折，内心亟爲痛切，朝臣爲之落泪，闔宫一片悲哀。半載之後，有相夫人在天上因入定觀想前世因緣，也對歡喜王不勝思念，爲了報答國王昔日的“天恩供養”，遂率領衆天女一起下凡，於是一對分隔在天上人間的夫婦又復相見。夫人即勸國王勿戀閻浮世間,修行求生天上"與爲同止"。國王從諫回向禮佛,亦設八關齋受戒,因緣福德自隨,最後兩人一起生天。

類似於這樣的經變題材,在唐代佛教藝術中有極普遍的表現。如敦煌卷子中的《目連變文》、《醜女緣起》、《難陀出家緣起》,及當時兩京伽藍壁畫所繪的《除災患變》、《業報差别變》等,其敘述摹寫之故事均與這方面的内容有關,透露出很濃重的宗教出世思想。《歡喜國王緣》主要是通過演述一對貴族夫婦生死悲歡離合的曲折遭遇,來宣揚世間萬事皆由因果,人生變異遷滅苦空無常,唯有一心皈依佛門修行持戒,纔能超拔三界輪轉沉溺之苦,上生天國獲得永恒的安樂。變文演述到故事終了,有一段唱詞説道:

> 勤發願,速修行,濁世娑婆莫戀營。便須受戒皈正法,净土天中還相逢。無限難思意味長,速須覺悟禮空王。

這段唱詞對全篇變文的内容做了一個佛教信仰主義的歸結,頗能體現作者轉變這一故事的真實意圖。由此可以想見,當時一班俗講法師在大庭廣衆之中宣唱這個緣起,其第一位的目標是要向群衆灌輸這種出世主義思想,以誘導他們厭棄和否定現實人生,像故事中的主人公那樣,去嚮往"光明遍照"的佛國境界而成爲宗教的徒衆。

然而,《歡喜國王緣》並不是純粹的宗教宣傳材料,它畢竟還是一篇訴諸生活感性形式的文學作品。這個故事描述的一系列具體事件和人物的感情活動,無疑要比裏面抽象的宗教理念更易於爲群衆所接受。對絶大部分的人來説,他們接觸這個變文能留下最深切印象的地方,顯然不是關於"業報輪回"的神秘暗示和説教,而是在它活生生的故事情節中自發地顯現出來的感人藝術力量。試想一對養尊處優的夫婦,正沉浸在綢繆的宫廷熱戀氣氛中,却突然有一場大禍降臨在他們身邊,有相夫人生命即將結束,美即將毁滅,如此震撼心魄的構思怎能不吸引聽衆的注意。而變文所反復渲染了的有相夫人的求生意志,又在客觀上肯定了人們世俗生活中的感情。作品叙述到女主人公死後,把國王哀痛講得那麽深切;有相夫人縱然身居天庭,精神上仍背着沉重的負荷,在她痛苦、寂寞的心坎裏依然滲融着對歡喜國王的誠摯與一往情深,而且終究動了下凡報恩的心念。最後,這對痴心溺愛而生死不渝的情人,終於在經受許多磨難之後冲破天上人間的隔限而幸福地會合在一起。這裏透露出來的一股生離死别的留戀和感傷,在極鮮明的程度上增强了故事悲劇性的抒情氣氛,使之成爲全篇作品的基調,對人們發生着强有力的感染。鄭振鐸先生在《中國俗文學史》中論及《歡喜國王緣》,就把它稱爲一首“抒情詩”,並認爲其中抒寫的主人公對於生命的留戀,很像希臘古典悲劇《Antigone》和《Ajax》。這就充分證明,《歡喜國王緣》這個變文故事所以能盛傳於當世,同它本身包涵着濃厚的人情味和世俗生活氣息有絶大的關係。

宗教是矛盾着的世界的顛倒反映,而它本身也充滿着各種矛盾和顛倒。歷史上出現過的無數宗教文學作品,爲了在更大的範圍内召感信衆,通常都要給自己披上一件世俗化的外衣,好讓一般人對它感到親近一些,但結果却適足掩蓋和冲淡它們原來的主題。向達先生《〈敦煌變文集〉引言》談到變文的精神面貌,就指出這些作品中間“宗教的意義幾乎全爲人情味所遮蓋了”。《歡喜國王緣》中反映出來的世俗生活情味與其宗教主題的矛盾,其實在它的佛經原型中就已經存在。陳寅恪先生的論文《〈有相夫人生天因緣曲〉跋》(見《敦煌變文論文録》下册)述及這個變文的故事來源時,曾列舉四種經典,指出它們均記載過與《歡喜國王緣》内容大同小異的故事,其云:

案魏吉迦夜、曇曜共譯之《雜寶藏經》卷十《優陀羡王緣》有相夫人生天事,適與此合。石室比丘尼之名亦相同。惟國王名稍異,或别有所本,未可知也。又義净譯《根本説一切有部毗奈耶》卷四十五《入宫門學處第八十二之二》仙道王及月光夫人事,亦與此同。梵文 Divyāvadāna 第三十七 Rudrāyaṇa 品(見一九〇七年《通報》Prof. Sylvin Lévi 論文),西藏文《甘珠爾》律部第九卷,均載此事。

除陳先生所舉的這四種外,我們從東晉平陽沙門法顯譯的《佛説雜藏經》中,亦見到有一條《優達那王妻學道生天緣起》,其故事内容與《雜寶藏經·優陀羡王緣》大略相似。這一條材料,曾被梁寶唱、僧旻編入《經律異相》卷三十。又唐代道世撰集的《法苑珠林》卷二十二、《諸經要集》卷四,還分别照《雜寶藏經》的原樣迻録過這個緣起。像這樣同一物語在不同佛教典籍中多次重複地出現,説明《歡喜國王緣》轉演的這一宣傳"有情皆得果,無處不消災"的因緣,在佛教的發祥地印度應是一個傳播很廣的故事。經過佛經翻譯和某些中國佛教著作的弘揚,到唐代已在中土有了較長時間的流傳。

那麽,在前面羅列的這些佛典中,究竟哪一部經是《歡喜國王緣》變文故事的直接來源呢?關於這個問題,陳寅恪先生最後並没有作結論,故《敦煌變文集》也把這個問題作爲疑點而未予注明。但衹要我們認真考察一下唐代變文所處的具體環境,結合這些經書記載的内容與變文做些對勘比較,就不難發現:(一)陳先生文中提到的梵文 Divyāvadāna 第三十七 Rudrāyaṇa 品,承饒宗頤先生指出應當譯爲《天譬》第三十七《黑天衍那品》。《天譬》係印度古書之一種,在一九〇七年《通報》上發表的法國著名學者烈維(Sylvin Lévi)的論文《Divyāvadāna 構成的因素》,即從根本説一切有部律書中發現了有關 Divyāvadāna 的二十六個故事。按此書原典,有 E. B. Cowail 氏的校訂本,一八八六年於劍橋出版,而從來没有用漢文譯入中國,故絶對不可能被唐代講僧當作行業所控引的典據。(二)西藏佛教崇奉一切有部戒律主張,《甘珠爾》律部中譯出的最早經典,主要有《根本説一切有部十七事》、《毗奈耶》等,其譯入西藏的時間都在墀松德贊弘法時期(相當於漢地的中唐)。且亦很難設想,當時漢地的佛僧會輾轉依據藏文經典去演繹他們的演唱。(三)唐代義净所譯的有部律,内容比較完備,是漢譯律藏的重要組成部分。這裏面記述的某些故事,確有可能成爲變文講唱的濫觴。我國臺灣學者羅宗濤先生嘗撰文考定,敦煌出土的《祇園因由記》(P.3784),即是由《賢愚經》和義净譯的《根本説一切有部毗奈耶破僧事》中有關内容改編而成的(參見耿昇《一九七九年巴黎國際敦煌學討論會概況》,敦煌文物研究所《敦煌研究》第二期)。但是我們看到,《根本説一切有部毗奈耶》卷四十五《入王宫門學處》叙述的仙道王與月光夫人事,國王、夫人的名稱皆與變文不同,"石室比丘尼"亦作"世羅苾芻尼",即證明《歡喜國王緣》並非取材於此。(四)東晉法顯譯的《佛説雜藏經》,主要叙述目連與五百餓鬼之答問,經文頗爲雜碎,篇幅亦止有一卷,至唐世已不爲一般僧人所重視。它記述的那個《優達那王妻學道生天緣》中,還講到月明夫人出家之後滿六個月纔命終生天,此與《歡喜國王緣》的内容顯有抵觸,其女主人公亦不稱"有相夫人"。(五)剔去以上這幾條綫索,最後衹剩下一部《雜寶藏經》。此經在北魏時期已由吉迦夜、曇曜全本譯出,以後一直是衆多釋徒及文士愛讀的典籍,流播的範圍亦相當廣。而愈爲重要的是,我們從這部佛經本身的性質來看,它和唐代變文通常所演繹講唱的東西,還存在着一層很特殊的親緣關係。

按《雜寶藏經》十卷,總共搜集了一百二十一條佛事緣起,是記載緣起最多的一部經書。這些因緣叙事簡潔雋永,大抵都有首尾連貫的情節,實際上是一部佛教文學故事的彙集。爰論此經故事内容之有趣豐富，真可謂琳琅滿目，完全能與佛藏中的《生經》、《六度集經》、《賢愚經》、《撰集百緣經》、《雜譬喻經》等相媲美。透過它們表面涂抹的宗教意味，可以看出古印度人民非凡的智慧和奔放的藝術想象力。近人常任俠先生的《佛經文學故事選》，從《大藏經》本緣部選編七十八個故事，就有十七個出自《雜寶藏經》。這些生動活潑的故事傳入中國，爲本地的佛徒從事化俗宣傳提供了大量素材，也對中國通俗叙事文學的發展起到一定的作用。《續高僧傳》談到唐初俗講僧人寶巖，即謂："巖之制用，隨狀立儀。所有控引，多取《雜藏》、《百譬》，《異相》、《聯璧》。"所以《雜寶藏經》流傳到唐代，即與俗講僧人結下不解之緣，成爲他們十分注意掌握的一部經典，他們登座講唱的一部分經變故事，來源可能就在這裏。例如此經卷二《波斯匿王醜女賴提緣》，卷七《佛在菩提樹下魔王波旬欲來惱佛緣》，卷八《佛弟難陀爲佛所逼出家得道緣》，在敦煌變文中就能找到與之相應的故事。如果我們把《歡喜國王緣》所演的整個故事，分别與《雜寶藏經》、《佛説雜藏經》、《根本説一切有部毗奈耶》逐一勘合比較，即能發現它和《雜寶藏經·優陀羡王緣》的記載最爲近似，這兩者中間的宛轉影合之迹是極其明顯的。而唯一留下來的障礙，是變文所説的"歡喜王"，似與佛經中的名稱稍異。但我們不妨注意一下，《雜寶藏經》"優陀羡王"這一名字，與《大寶積經》卷九十七《優陀延王會》中的"優陀延王"梵音就很相似。這一位"優陀延王"，是佛陀時代憍賞彌國(亦譯成拘睒彌國)的國王，他屢屢出現在佛經記載之中，其翻譯名則常有不同。例如《優填王經》稱"優填王"，《根本説一切有部毗奈耶》稱"鄔陀延王"，也有的經典稱他爲"鄔陀那磋伐"或"鄔陀衍那王"。這位國王後來被寫進文學作品，成爲長詩《故事海》、戲劇《驚夢記》中的主要人物，他一生風流浪蕩的歷史經過藝術家們的渲染，在南亞次大陸久久被傳爲佳話，與中國的唐明皇極有相似之處。至於他與優陀羡王是否同一人，現在還没有找到確鑿的證據加以考實,但其梵音之一致却是事實。案玄奘《大唐西域記》卷五"憍賞彌國"條云:"鄔陀衍那王,唐言出愛。舊云優填王,訛也。"而"出愛"所包含的意思與"歡喜"正同。這就可見變文"歡喜王"這一名字之由來,應是變文作者取"優陀羨王"梵音的近似意義給它换上的一個通俗稱呼,同《醜女緣起》把《賢愚經》中醜女"波闍羅"的名字改爲"金剛"屬於同一種情况。了然於此,我們就可肯定,《歡喜國王緣》這一變文所叙述的故事内容,無疑是根據《雜寶藏經·優陀羨王緣》的記載來進行轉變和敷演的,《優陀羨王緣》就是這個變文故事的原型。爲了清楚起見,兹將變文與上述諸經的關係略作圖示如下:

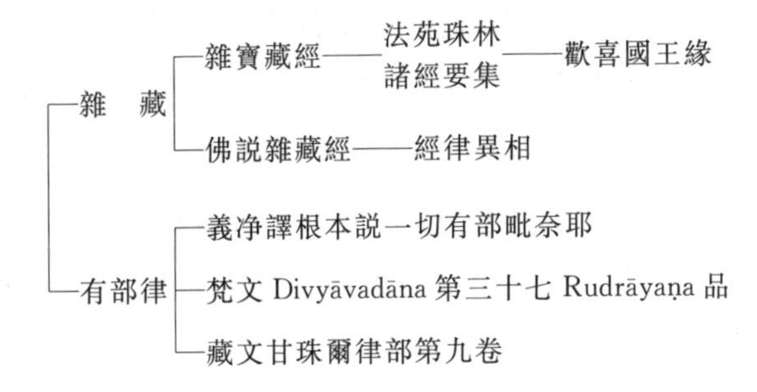

我們考覈《雜寶藏經·優陀羨王緣》與變文的異同,證明在由佛經文學故事向變文通俗講唱的轉化過程中,有不少地方體現着講唱者的剪裁、鋪演和藝術加工。首先是,變文從佛經中所取的故事内容,僅止於《優陀羨王緣》的前面三分之一。這一部分在佛經裏衹有六百餘字,但經過變文的作者之手,就從中鋪展出一卷篇幅很可觀的講唱文學作品。同時,變文作者很善於運用韻散間隔的文體,説唱結合的方式,對佛經故事中的情節很細緻地加以敷演,其講論、拾綴都有自己的路數。其中還穿插了不少作者所做的烘托和發揮,也時而夾雜一些俗情世態的描繪,在叙述人物對話和刻畫心理活動方面,則顯得尤其到家,使整篇講唱委婉動人而富有跌宕起伏的波瀾。變文中述及有相夫人回家,到她往山中禮拜石室比丘尼的一段,差不多全是作者的自由撰造,饒有世俗生活趣味,較能適應唐代社會衆多市民群衆對生活的理解和他們在藝術欣賞方面的要求。

但這些情形,僅顯示佛經故事向俗講文學演變的大勢,要是我們針對某些具體的變文寫本深究一層,又能發現另一種情況:佛經故事原型在有些場合下,亦有勝過變文講唱本的地方。例如敦煌變文《八相變》叙述的釋迦成道故事,就與《佛本行集經》精彩旁魄的描寫不能相比。而在《雜寶藏經·優陀羡王緣》中,也有兩處緊要而頗能感染、警動人心的情節,是爲我們所見的這個敦煌《歡喜國王緣》寫本所闕如的。

其一,《雜寶藏經·優陀羡王緣》原文演及有相夫人在殿中起舞,對這一事件發生的起因和過程作了很明確的交代。經中有一段文字説:

> 時彼國法,諸爲王者,不自彈琴。爾時夫人,恃己愛寵,而白王言:"願爲彈琴,我爲王舞。"王不免意,取琴而彈,夫人即舉手而舞。王素善相,見夫人舞,睹其死相,尋即捨琴慘然長嘆。

根據這段叙述可知,佛經故事對於這場慘劇發生的真正原因業已指明。正是由於女主人公"恃己愛寵",受情欲的驅策而無所顧忌,硬要國王違反法度親自爲她彈琴,從而在一瞬間引來了懲罰她自身過失的災殃。按照佛教的説法,世間一切有情衆生所作的身、口、意三業,都會招集感致相應的果報。即所謂"因情致報,乘感生應","自作其業,還自受報",人生命運中間的苦樂禍福,皆由其自身的行爲、言説、思想産生的"業力"是依。既然有相夫人自己作下了罪業,那還得由她自己來承擔這份惡報。像佛經故事這樣一種情節搭配,就顯得有因有果。變文寫本莫名其妙地將這段表現女主人公恃寵的内容删去,不僅使故事情節前後銜接不緊,就從宣揚因果報應故事本身的性質來看,無疑也表現了一定程度的背離。

第二,《雜寶藏經・優陀羡王緣》中還講到,當有相夫人得悉自己七日後必當身亡,她的靈魂爲一種恐懼所震蕩,即向國王要求出家修行,在出家前嘗與國王一起鄭重立誓,發願命終生天以後一定再回來見他。佛經這段内容演述較詳,其原文云:

> 夫人聞已,甚懷憂懼,即白王言:"如王所説,命不云遠。我聞石室比丘尼説,若能信心出家一日,必得生天。由是之故,我欲出家,願王聽許,得及道次。"時王情重,恩愛不息,語夫人言:"至六日頭,乃當聽爾出家入道,不相免意。"遂至六日,王語夫人:"爾有善心,求欲出家,若得生天,必來見我,我乃聽爾得使出家。"作是誓已,夫人許可,便得出家受八戒齋。

經中這段文字,真是至情洋溢,表現了這一對貴族夫婦深摯的愛。他們不幸面臨存亡歧路,却不甘彼此永久離絶,還要發弘誓願,期待着有朝一日重新會面。後來有相夫人"乘是善緣,得生天上",因觀想前世因緣"具知本緣並與王誓",遂"以先誓故來詣王所",使整個緣起到最後翻演了一齣"人天會合"的大團圓結局。可見按照佛經故事原來的構思,此節夫人與國王之"共立誓約"與後來的"人天會合",本是一條因果業報鏈帶上互相緊扣着的兩個環節,二者不可缺一。但是到敦煌所發現的這個《歡喜國王緣》寫本中,偏偏没有關於兩位主人公"共立誓約"的叙述,這仿佛就在血脉相連的軀體上面從中間截去了一段,致使讀者衹能够在作品末了感受到它那種"人間天上喜相逢"的熱烈氣氛,却看不出導致他們命運發生根本轉變的"本緣"究竟在哪裏。這不免使它的講唱内容露出某些破綻,亦不大符合一個佛教化俗布道故事的性質規範。但諸如此類問題,出現在變文講唱當中並不足怪。因爲變文就是一種俗文學,它有賴於許多講僧進行口頭創作,還必須依靠無以數計的群衆口傳來發揮它的影響。俗文學史上大量事實證明,那些傳播極廣的通俗故事,它們自身的内容即是經常在變化着的東西。顧頡剛先生在《孟姜女故事研究》(見《孟姜女故事研究集》)一文中説:"我們可以知道一件故事雖是微小,但一樣地隨順了文化中心而遷流,承受了各時各地的時勢和風俗而改變,憑藉了民衆的情感和想象而發展。"鄭振鐸先生《中國俗文學史》第一章《何謂"俗文學"》中,談到俗文學的特點,就指出它們是"隨時可以被修正,被改樣"的。如唐代家喻户曉的目連救母這個傳説,在敦煌藏經洞裏就發現多種不同的變文卷子,其中有《大目乾連冥間救母變文》(S.2614)這樣體制宏偉、叙事贍詳的長篇,也有《目連緣起》(P.2193)這樣内容簡約的本子。從這兩個講唱本中分别敷演出來的故事,情節取捨暨叙事的結構均有不同,甚至連開頭、結尾都不完全一樣。要是把它們和另一個《目連變文》殘本(成 96)相比,則又能發現許多歧異。這證實在唐代的變文講唱中,即使是演同一個故事,它的各個講唱本轉變出來的内容,也往往是"八仙過海,各顯神通"的。我們不能拿其中任何一個本子,籠統地用來替代或概括其他一些本子的面貌。

論有相夫人故事在唐世傳播之廣,幾可與目連救母差相比肩。陳寅恪先生的《〈有相夫人生天因緣曲〉跋》,嘗述及德國柏林人類博物館吐魯番部壁畫中,有《歡喜王觀有相夫人跳舞圖》一鋪,因指出:"可知有相夫人生天因緣,爲西北當日民間盛行之故事,歌曲畫圖,莫不於斯取材"。其實漢地的情況,亦未嘗不是如此。上述故事的完整形態,早在東晉、北魏時期已譯入中土,至唐世又迭經《法苑珠林》與《諸經要集》等書的宣揚,而《珠林》與《要集》又是當時"大行天下"的讀物。可以相信這一緣起在唐代,當同樣有多種不同的表現形態在社會上並行地流布,而作爲俗講僧所掌握、依據的變文講唱本,其間之情節取捨與叙事結構,也經常會有一些出入。可惜這些本子俱已失傳,使我們無法看到它們的本來面目。而現存的這個五代敦煌三界寺僧戒净抄出的寫本,僅僅是歷史上淘汰殘留下來的唯一的幸運兒,絶非演繹有相夫人故事"定於一尊"的"樣板",我們不能因爲這個本子删去了佛經原型中間的兩處情節,就認爲當時所有本子的面貌一概都是這樣。總而言之,在變文最發達的中唐時期,像長安這樣一個寺刹林立、講唱大德望風雲集的地方,就一定會出現某些述説《歡喜國王緣》故事的講唱文學底本,它們大體保持着佛經故事情節配置上的優點,而把上面提到的"恃寵"和"立誓"兩項内容完好地包括在自己的敘述裹面。從這些講唱本中演繹出來的故事,其結構之臻於完整固不待言,也較能代表有相夫人生天因緣這一物語在唐代多數人中間流傳的樣子。明乎此節,我們就可以將《歡喜國王緣》這個變文故事,同《長恨歌》一詩貫通聯繫起來,從思想内容及故事情節結構上,認真地探索一下兩者之間存在的淵源繼承關係。

二

《長恨歌》問世於中唐元和初年,這正是唐王朝經過了安史之亂後整個社會騷動不寧的時刻,鑒於這首詩觸及時代最敏感的問題,立即引起無數讀者思想上的共鳴和强烈的精神反響。

《長恨歌》不是一首旨在深刻地揭露和解剖社會政治弊病的"諷諭詩",也没有像杜甫的作品那樣用巨大的現實主義筆觸去描繪出壯闊的歷史風雲畫卷。此詩之所以能成爲"當時之人所極欣賞,且流播最廣之作品",主要還是靠它抓住現實生活中某些真人真事作爲憑借,大膽運用超現實的想象和虚構,演繹出一個富有傳奇色彩的通俗故事來打動讀者心靈的。在這個傳奇故事中,不但彌漫着濃重的悲劇氣氛,亦明顯地帶有一種世俗化了的宗教意味。而其中之暢述主人公"人天生死形魂離合之關係"(見陳寅恪《元白詩箋證稿》第一章《長恨歌》),則尤其能引起一般市民群衆和文人士子的興趣。

《長恨歌》描寫的通俗故事,其實並不是白居易本人的首創獨造,而在詩人創製此詩之前,早就有一個内容與此大率相同的民間傳説,流傳於安史亂軍蹂躪踐踏之餘的京師長安一帶,並逐步蔓延到其他地區。白氏之執筆寫作《長恨歌》,恰恰就是在這個民間俚俗傳聞的基礎上進行提煉和加工的。

關於《長恨歌》的這一來歷,長時期來曾有不少學者作過探討。例如清人趙翼《甌北詩話》卷四論及白詩,即指出《長恨歌》中極意抒寫的某些情節,蓋"本非實事","特一時俚俗傳聞,易於聳聽,香山竟爲詩以實之,遂成千古耳"。趙氏的這個看法,表現了高度的識見,不妨説是最早對《長恨歌》的創作問題提出有價值的推斷。王運熙先生的《略談〈長恨歌〉内容的構成》(載《復旦》一九五九年第七期)一文,則據明刻《文苑英華》附録《麗情集》與《京本大曲》之别本《長恨傳》,證實白居易就是在長安附近仙游谷的游歷途中,從友人王質夫的口述中聽到這個民間傳説後,遂因感慨而有《長恨歌》是詩之作的。考《麗情集》本《長恨歌傳》,較白集中附於《長恨歌》前之傳文稍繁,似更接近於陳鴻當時所作之原文,它提供的證據應當可靠。又錢鍾書先生《管錐編》第二册關於《太平廣記》部分之二一〇則,另據董逌《廣川畫跋》卷一《書馬嵬圖》轉述《青城山録》的記載,及《廣記》卷二〇《楊通幽》條,進一步勾稽出當時民間流傳的明皇、太真故事的某些片斷。至於近年,如馬茂元先生和張安祖同志等,也分别在他們所寫的論文中查考分析過若干史料,證明《長恨歌》這首詩,確是對風行於當代的一個民間傳説的加工和再創作。

《長恨歌》故事來源於民間,已爲確鑿的事實所證明,但這不等於已經弄清了這個故事淵源由來的全部事實。如果我們將上述結論作爲起點,繼續刨根究底地找一下這個民間傳説本身的來源,即可以考明其中演繹的一系列情節(包括它的整體藝術構思在内),又主要是從當時廣大群衆熟悉的變文故事中脱胎而來的。這種由此及彼的嬗變之所以有可能,從一般意義上説,一方面是由於李、楊這個傳説孕育、誕生在許多無名作者的交口傳授中,很自然地會體現出絶大多數民間傳説互相"輾轉鈔襲"的特點,在一個故事裏時常容納着多量民間故事的成分(參見鄭振鐸《中國俗文學史》第一章《何謂"俗文學"》)。另一方面,也因爲這時長安的變文講唱正處於熱烈繁榮的時期,某些由俗講法師世俗化了的佛經故事,幾乎深入到社會每個角落而在潛移默化地干預着人們日常的精神生活。這些宗教故事有驚人的想象力,變演的情節新奇有趣,極符合世俗口味而常爲群衆所喜聞樂道,久而久之就往往成爲另一些新生的民間故事學習和參照的榜樣。從特殊意義上説,《歡喜國王緣》這一感傷意味極濃的變文講唱,在這時對《長恨》故事之創作、形成起到關鍵的作用,還可以從中唐這一時期特定的悲劇氣氛,和當時人對李、楊兩人的感情評價中得到合乎情理的解釋。

衆所周知,《長恨歌》描寫的這個民間傳説,它的全部内容,都離不開"安史之亂"這一導致唐王朝由盛而衰的歷史轉折。就在這場廣大人民慘遭荼毒的大變故中,發生在馬嵬坡的兵變和楊玉環的死,是最使人感到怵目驚心而富有戲劇性的一幕,也在許多普通群衆和知識分子精神上留下了深刻的傷痕。歷史的進程居然提供出這樣一個强烈的對比:昨天的明皇和貴妃還在香霧氤氲的深宫之中尋歡作樂,一轉眼之間又備嘗到生離死别的巨大慘痛。這一對帝、妃夫婦命運的劇變,當然很容易在飽經世亂滄桑的人們心中唤起一種世態無常的感喟。儘管從道義上講,李、楊對這場災禍的發生應負有重大責任,他們的不幸説到底還是自取其咎。但這樣一件事情,放到封建時代世俗生活的圈子裏去評判,特别是在衆多市民和文人的心目中,感情的天平却總是傾向於同情的一面。當時已滲入整個民間生活肌體的佛教"業報輪回”觀念,甚至比嚴肅地探討國家治亂興亡的原因更有支配人的力量。而且毋庸否認,像貴妃這樣一位代表盛唐女性美的人間絶色,也頗能在人們的潛在意識中贏得較多的憐憫和寬恕。就在這種整個社會爲一股感傷主義思潮所籠罩的情況下,楊玉環的死被普遍地看作象徵着一個值得懷戀的時代已經過去,從這裏在不斷地激發起人們懷舊和傷逝的情緒。《唐詩紀事》卷五六云:“馬嵬太真縊所,題詩者多悽感。”短短兩句話就寓意深長地顯示出了這一代人情勝於理的傾向。即使像天寶年間作《麗人行》諷刺過楊氏姊妹的大詩人杜甫,當他在淪陷中的長安聽到貴妃慘死的消息,也噙着眼泪寫下了《哀江頭》這一感人肺腑的詩章。所謂“明眸皓齒今何在,血污游魂歸不得”,詩人懷着極大的同情,把“明皇倉卒蒙塵,馬嵬慘變”描寫爲一個“兩不相顧,一死一生”的悲劇(參見陳訏《讀杜隨筆》卷上)。生活在這一痛定思痛、長歌當哭的時代,要是有一些人想把李、楊的題材擴展成爲一個傳奇式的故事,無疑可以從《歡喜國王緣》中找到與它息息相通的聯繫。

《歡喜國王緣》這個變文講唱,也是一個“兩不相顧,一死一生”的悲劇。不但它感傷悱惻的抒情味與當時的思潮非常合拍,而且由於其中主人公遭罹的生死離別與人天阻隔之種種悲痛,同李隆基、楊玉環一樣是他們自身的過失所鑄成的。他們都是悲劇的製造者,又都是悲劇後果的直接承擔者。許多熟稔於變文講唱内容的群衆,完全可以憑自己的生活經驗和藝術聯想,很敏鋭地從歡喜王和有相夫人身上看到現實生活中李、楊的影子。有鑒於此,這個故事無論從它的題材、人物、情節,在中唐時代極容易觸發起人們感時傷亂的情思而獲得創作的靈感,也會很自然地把變文中那些藉助於宗教想象而構思出來的情節移栽到李、楊的身上,正是這種現實感遇和文藝作品欣賞體驗的交融,時代思潮烙印和世俗觀念影響的結合,終於造成《歡喜國王緣》變文被世人當作敷演《長恨》故事的一個最主要的藍本,通過群衆集體口頭創作的俚俗傳聞做媒介，把它成熟的藝術經驗遞送給了《長恨歌》這首詩。

祇要用敦煌出土的《歡喜國王緣》寫本做主要依據，並參考《雜寶藏經・優陀羡王緣》的記載，使之構成一個有相夫人生天因緣比較完整的形態，拿來和《長恨歌》所描述的故事内容進行對照研究，就會發現，《長恨歌》加工、提煉的這個風靡一代的民間傳聞，竟有絶大部分情節内容是在附會《歡喜國王緣》的基礎上形成的。這種影似、摹襲的情況，不啻表現在這首詩想象豐富的後半部，就是從它的前面一半，即人們通常所説的"寫實"部分來看，也異常清晰地反映出它對變文有意模仿的痕記。

先從兩個故事的開頭説起。《歡喜國王緣》開宗明義有如下一番叙述：

> 謹案藏經説：西天有國名歡喜，有王歡喜王。王之夫人，名有相者。夫人容儀窈窕，玉貌輕盈，如春日之夭桃，類秋池之荷葉。盈盈素質，灼灼嬌姿，實可漫漫，偏稱王心。

這一段開場白叙事的次序，是首先講歡喜王，再由歡喜王述及有相夫人，接着便描摹夫人容色儀態之美，以後又講她如何得到國王的愛幸。作爲整篇變文的引子，採用了佛經緣起和變文通常使用的直陳其事的方法，一上來就把作品人物的身份和他們之間的關係作出交代。介於這段説白之後，變文還進一步運用唱詞來做渲染："若論舞勝當如品，縱使清歌每動頻，出入排房嬪彩亂，安存宫監惠唯新。"説明這位女主人公受到的恩寵，在歡喜王宫中没有一個人能與她倫比。再看《長恨歌》，也同樣是採取這種直接敷陳的寫法。此詩自首句"漢皇重色思傾國"至"始是新承恩澤時"止，大抵是屬於故事的開頭部分。其叙事的前後層次，亦是先從"漢皇"説起，然後由明皇涉及貴妃，以下描摹貴妃之絶頂美麗，又寫她入宫以後馬上得到明皇的眷眄。如果細加比較，還可以發現它們所叙述的某些很具體的細節,有時也是互爲相應對稱的。例如《歡喜國王緣》稱有相夫人"盈盈素質",《長恨歌》云楊玉環"天生麗質";變文用"安存宫監惠唯新"顯示夫人之受寵,詩歌則以"始是新承恩澤時"來形容貴妃之得意。浸透在這些描寫裏的,是一種對外在感受逼近的追求,和對於世態人情的親切玩味,這恰好是俗文學所共有的東西。由此足以表明,《長恨歌》寫的這個故事從它一開始,就是仿照着《歡喜國王緣》情節結構的内在邏輯來展現其自身内容的。

《歡喜國王緣》變文接下去的一段故事,主旨仍然是在講國王對夫人的溺愛。"王之顧念,日夕不離椒房,旦暮歡於金殿。如斯富貴,可笑殊嚴。"有相夫人亦倚恃自己的寵遇,竟然置國法於罔聞,非要國王親自爲她彈琴不可。變文所做的這一些叙述,顯然是被作爲招集惡果的原因而與後來的悲劇之展開取得呼應的。在《長恨》故事中,也有這麽一段衍叙與此性質相仿。從"雲鬢花顔金步摇,芙蓉帳暖度春宵",到"遂令天下父母心,不重生男重生女",是這首詩又一個叙事段落。其叙述的重點,亦在表現李、楊於升平之世游宴無度,恣情極欲地追求世俗的享受,唐玄宗沉湎於聲色之娱竟不惜荒廢國政,楊玉環也滿足於愚妄的榮華而活現出一副嬌奢恃寵的情態。然而這兩個人誰也没有料到,就在這種眩人眼目的縱樂生活中,却已經潛伏着禍亂的胚胎,無邊的放蕩終將釀成不測之變。正像釋慧遠在《明報應論》中所説的:"無明爲惑網之淵,貪愛爲衆累之府,二理俱游,冥爲神用,吉凶悔吝,唯此之動。"這些事迹在《長恨歌》的整體構思中,也同樣是被作者當作招致災殃的原因來加以描寫的。唯有看到了這一點,我們纔能理解,爲什麽這一段詩中"姊妹弟兄皆列土,可憐光彩生門户"這兩句話,會與變文所謂的"如斯富貴,可笑殊嚴"那種清醒的冷誚語調也顯得何其相似乃爾!

《歡喜國王緣》全篇的轉折,是歡喜王觀看有相夫人跳舞這一節。就在有相夫人舉手而舞的一刹那,便立即出現一道“死相”宣告她的生命衹剩下七天期限。所有的富貴榮華,連同她和歡喜王朝夕互相繾綣的愛情在内,都如烟消雲散那樣將迅速地變滅。從這裏顯示的人物命運的劇烈冲突,正是他們自身行爲引起的矛盾發展到飽和狀態,不得不採取殘酷的破裂形式來尋求一種解决。《長恨歌》叙述到悲劇的驟然發生,亦有一段詩寫道:

驪宫高處入青雲,仙樂風飄處處聞。緩歌慢舞凝絲竹,盡日君王看不足。漁陽鼙鼓動地來,驚破《霓裳羽衣曲》。

這裏叙述的一場驚天動地的大禍,不遲不早地恰恰發生在女主人公縱情歡舞的時刻,而她的身邊也有一位觀看、迷戀其優美舞姿的“君王”在。幾乎無須再做證明,像這樣極端影似、雷同的情節描寫,顯然是《長恨歌》故事的結撰者對《歡喜國王緣》的移植和附會。

任半塘先生《唐聲詩》上編云:“《霓裳羽衣》之歌舞聲容,被古今論者用作玄宗溺聲色、招禍亂之一大象徵,唐人詩歌於此寓諷刺者,不可勝計!”這説得非常中肯。但是這種很有意思的現象,究其始恐怕還是由《長恨歌》首先開了風氣。要之在《長恨歌》問世以前,却從未有人將《霓裳羽衣曲》同玄宗之“溺聲色”、“招禍亂”這樣直接地串連在一起。惟有經過《長恨歌》這一番移花接木的結撰之後,纔演成一種固定的格式而被後來的詩人賦予特殊的象徵意義。包括杜牧詩中“霓裳一曲千峰上,舞破中原始下來”(《過華清宫》),李商隱詩中“當日不來高處舞,可能天下有胡塵”(《華清宫》),這些旨在警動人心的詠史名句,其實都是有意無意地效仿了《長恨歌》的筆法。倘求索其更早的淵源,則亦可説是受到了有相夫人生天因緣關於女主人公跳舞一段描述間接的傳遞影響。

《歡喜國王緣》和《長恨歌》均着力於渲染故事中人生死離别

的場面。變文講到有相夫人得悉自己將不久於人世,頓時由歡樂的頂峰掉進了不幸的深淵,儘管歡喜王貴爲一國之主,亦無法拯救、護持夫人使之免受厄運的摧折;有相夫人也徒有其“盈盈玉貌”,最終還得由她自己吞咽下這顆業報帶來的苦果。變文有一段唱詞説:“有相夫人報大王,盈盈玉貌也無常,傾國傾城人聞説,尚與國王有分離。”語近意淺,却道出了這種慘别離異場面所包含的真正理諦。與變文相比,《長恨歌》寫到明皇與貴妃的訣别,則其情勢愈爲遽惶。詩云:

> 六軍不發無奈何,宛轉蛾眉馬前死。花鈿委地無人收,翠翹金雀玉搔頭。君王掩面救不得,回看血淚相和流。

這一段可慘可悲的描寫,主旨也在表現主人公“自食惡果”,用佛教因果報應的緣起來衡量,是屬於其“核當果”的部分。《大般涅槃經》卷四〇《憍陳如品》云:“若一笑一啼,當知一切悉從因緣。”《雜寶藏經》卷二《二内官諍道理緣》亦云:“佛語爲實,自作其業,自受其報,不可奪也。”一旦大禍臨頭,雖有楊玉環這樣“傾國傾城”的絶世丰姿,終究要用自己的生命和血淚來補償自己作下的罪孽;而身爲大唐天子的李隆基,面對着這種怛心慘目的景象,竟也衹能無可奈何地掩面不忍觀看而已。李商隱《馬嵬》詩云:“如何四紀爲天子,不及盧家有莫愁。”就是一針見血地寫出了唐明皇這種無能爲力的情狀。而楊玉環在這時的處境,也正像《大寶積經》卷九七《優陀延王會》一段偈頌中所説的:

> 昔同歡愛者,今於何所在,我獨受其殃,而不來相救?由於先世中,自作如是業。

難怪《麗情集》本《長恨歌傳》叙述到這裏,會情不自禁地説:“嗚呼!蕙心紈質,天王之愛,不得已而死於尺組之下。”這一飽含同情的感嘆,把李、楊在“無常逼奪”下的恩愛離别講得多麼悲慘,而其中所説的“天王”云云,則明明是佛經故事和通俗講唱中對帝王常用的稱謂。我們把這一段故事同《歡喜國王緣》比較,確實不難發現其中包含着的佛教因果無常思想。

《長恨歌》演繹至女主人公之死,並不是整個悲劇的告終,而藉此在讀者面前轉現出一片虚幻迷離的天國疆土。它不僅意味着貴妃經過了靈魂的净化到達現世的彼岸,也是她和明皇兩人不幸遭遇的進一步深化。從此以後,他倆就得像《歡喜國王緣》裏那對貴族情侣一樣,被某種冥漠神秘的力量分隔在人、天兩個世界,各自在感情上陷入了悵恨綿綿的巨浸而不能自拔。民間層面的佛教主張靈魂再生説,認爲一切衆生都是循環往復地在天、人、阿修羅、畜生、餓鬼、地獄這“六道”中生死流傳,像《長恨歌》寫的這種所謂“人天阻隔”,受過“業報輪回”思想的影響是不成問題的。而且其中兩個主人公所承擔的這種痛苦,在佛教闡述人生之苦諦時也被稱爲“愛别離苦”。《出曜經》卷八《念品》説:“恩愛合會皆生愁憂苦惱。”《佛所行贊》卷二《車匿還品》説:“長夜集恩愛,要當有别離。”《法句譬喻經》卷三《好喜品》亦稱“愛欲恣情”爲“苦惱之本”。這兩個人現時的困境,與這首詩歌前半部分描述的那種花團錦簇的生活相比,恰恰又是對他們往日“愛欲恣情”、逞欲無度懲罰的繼續。如《法苑珠林》卷四十七《懲過篇·述意部》引《無量壽經》云:“苦樂之地,身自當之,無有代者。幽幽冥冥,别離長久,道路不同,會見無期。甚難甚難,復得相值。”《大目乾連冥間救母變文》云:“生死路隔,後會難期。”《伍子胥變文》亦云:“幽明路隔不相知,生死由來各異道。”一落到這悲慘的田地,縱有良心的發現和理智的蘇醒,也已經追悔莫及。這真是俗語所講的“一失足成千古恨,再回頭已百年身”,他們就惟有含悲飲恨地去備嘗這一“别離長久”而又“會面無期”的苦惱了。

自楊貴妃死到“悠悠生死别經年,魂魄不曾來入夢”兩句,是《長恨歌》後半篇叙事的一個層次。這一段詩中牽合事情很多。

但目的都是爲了襯托玄宗失去貴妃後的感愴和轉側不寧。從此節物語演繹之生者與死者兩方面關係的這條主綫看,大致上亦是仿襲了《歡喜國王緣》變文的構思。就譬如,《歡喜國王緣》講完有相夫人的死,衹是用"生在天上,受諸快樂"簡單兩句話交代她的去處,隨即把話題轉到形容歡喜王的悲哀上來:

國主乍聞心痛切,朝臣知了淚摧摧。六宫慘切情何極,九族臨喪盡悲哀。揀日擇時便殯葬,凶儀相送塞香街。

這段唱詞藴蓄着極濃的抒情味,但究其實質性的内容,無非包括三方面:(一)講歡喜王哀悼與感念之痛切;(二)講由國王的痛苦轉而引起朝臣、宫女的悲哀;(三)講歡喜王如法殯葬有相夫人。變文在一一述完這幾項内容後,旋即提醒大家,有相夫人生在天上轉瞬"又過半年",由此帶出下面的講唱。細揣《長恨歌》述及楊貴妃死,雖然没有隨即交代出她的去向,但聯繫作品之後文,讀者自能明瞭她已"往生天界"。接下來一長串詩,其中主要也是講三方面的内容:(一)這一整段詩描寫的中心,是極意形容玄宗的痛苦和思念;(二)詩云:"君臣相顧盡沾衣,東望都門信馬歸。"則明叙由於玄宗的悲哀,又轉而引起他周圍臣僚亦爲之"摧摧"泪下。《麗情集》本《長恨傳》則云:"天顔不怡,侍兒掩泣。"説明這個故事在民間流傳中原來也可能叙述到宫女的"慘切";(三)詩中還講到玄宗自蜀返京途中,至馬嵬坡改瘞貴妃遺體的事迹。而以上一段故事和下一段故事之間的轉變,也同樣是通過"悠悠生死别經年"這一句表明時遷事異的詩來進行過渡的。

《長恨歌》以下一段繪寫,旨在暢述方士爲明皇求覓貴妃亡靈的經過,其間交替使用佛、道兩家宗教幻想,故事情節之演變尤顯得跌宕騰挪,非常引人入勝。關於這一段詩前後的内容,曾有一些學者企圖從史實方面去探索其中的"微意",如俞平伯先生在一九二七年寫的《〈長恨歌〉及〈長恨歌傳〉的傳疑》(見俞先生《論詩詞曲雜著》)一文,即從詩中推斷出馬嵬之變中楊貴妃可能没有死,明皇密遣方士到處尋訪,後來在女道士院找到她,而“唐之女道士院迹近倡家”,貴妃或“不免有風塵之劫”,所以詩中頗有“弦外之音”。俞先生的這一論斷甚不足信,其症結在於他把《長恨歌》視爲一篇“詩史之巨擘”,而未嘗看到它描寫的是一個在變文講唱影響下形成的俚俗傳奇故事。細考這一段故事情節的來歷,實得益於李夫人故事和《目連變文》的啓示。關於漢武帝和李夫人的傳説,在唐代仍流傳不衰,它雖然屬於記瑣掇異的“叢殘小語”,但其中涉及兩個主人公某些生死形魂離合的内容,和《長恨歌》寫的東西本來就很接近。陳鴻《長恨歌傳》嘗謂貴妃“舉止閑冶,如漢武帝李夫人”,據此,陳寅恪先生曾多次强調它對白《歌》、陳《傳》的影響。如白《歌》中“臨邛道士鴻都客,能以精誠致魂魄,爲感君王輾轉思,遂教方士殷勤覓”四句,就是從李少君爲武帝求致李夫人亡魂這一傳説中蜕變出來的。至於《目連變文》,其中述及佛的弟子目連爲尋訪死去的母親,憑借法力上天入地到處求覓,結果於“六道生死都無蹤迹”。這一段變文故事,乃是《長恨歌》“上窮碧落下黄泉,兩處茫茫皆不見”的真正來源。《目連變文》的故事原型,主要是《佛説盂蘭盆經》,但上述一段升天入地的描寫,其前身可以追溯到《撰集百緣經》卷五《目連入城見五百餓鬼緣》。這種多方面的借鑒擇取與構思上的巧妙穿插,使《長恨》故事成爲一篇精妙的佳構而增色不少,也表明這一傳説在民間醖釀及流傳中,確實經過了許多人的祖構、增飾和加工。但儘管如此,《長恨歌》所演的這對中國貴族夫婦“人天阻隔”的故事,至此依然没有擺脱《歡喜國王緣》這主要藍本的左右。當故事敷演至方士歷盡周折,終於在海上蓬萊宫訪得貴妃的仙蹤,從女主人公親口對這位使者的訴述中,忽然引出一段她生前與明皇在長生殿七夕“密相誓心”的回憶。這段久爲世人津津樂道的情節,正好爲我們探索《長恨歌》與有相夫人生天因緣的關係,提供了又一個非常有説服力的證據。

《長恨歌》中描述方士在蓬萊仙宫謁見貴妃的一段,是全詩風調最爲優美而極能扣人心弦的筆墨。銜命而來的使者出現在"太真玉妃院",無疑使貴妃煩雜的心緒受到更大的攪擾。在經過一番通問款答之後,詩歌即以女主人公自述的口吻,寫下了這麽一段足以使普天下有情人爲之感嘆歔欷的至文:

> 含情凝睇謝君王,一别音容兩緲茫。昭陽殿裏恩愛絶,蓬萊宫中日月長。回頭下望人寰處,不見長安見塵霧。惟將舊物表深情,鈿合金釵寄將去。釵留一股合一扇,釵擘黄金合分鈿。但令心似金鈿堅,天上人間會相見。臨别殷勤重寄詞,詞中有誓兩心知。七月七日長生殿,夜半無人私語時。在天願作比翼鳥,在地願爲連理枝。

以上這一長段詩,除前面幾句抒泄貴妃對明皇的思念外,基本上都是圍繞女主人公生前與明皇所立的一個誓約來寫的。詩歌的整個情節發展到這裏,就好像在原來順勢而漲的潮水中,突然加上一股回向的力而濺激起洶涌的浪濤,一下子使後半篇詩的感情升華達到了最高點。但問題在所謂李、楊"密相誓心",本來是一件虚無縹緲的事,這在現實生活當中絶無根據可找,如史家之指摘其"失實"固然是一種拘墟之見,而某些論詩家把它解釋爲方士回來欺誑玄宗的託詞亦未必合理。這裏面的全部奥秘,實際上也離不開《長恨》故事對有相夫人生天因緣的附會。

前面説過,一個結構完整的《歡喜國王緣》變文故事,應該把它故事原型中有相夫人與國王立誓的一節包括在内。有相夫人臨終前,曾應國王的要求和他一起立下深誓大願,答應生天以後一定再回來見他。這個誓願,表明這一對夫妻熱烈嚮往冲破人天生死的隔閡,好讓他們的愛情擺脱時間空間的束縛而得到無限的延伸。等到夫人七日期滿身死,果真"生在天上,受諸快樂"。事隔半載之後,因觀想前世因緣,“具知本緣並與王誓,以先誓故,來詣王所”,於是萌動了一念之心下凡來報答國王昔日的恩愛。其結果,當然是像變文唱詞中所説的那樣:“王與夫人兩不同,人間天上喜相逢。”一對被分隔在人、天兩處的鍾情者又會合在一起,本來充塞着悲劇意味的《歡喜國王緣》到此時就在“皆大歡喜”的氣氛中拉下了帷幕。變文的這一些情節設置,對於《長恨歌》所起的感染影響是毋容忽視的,這主要表現在:第一,《長恨歌》在明皇、太真“悠悠生死别經年”之後,特意插入一段女主人公在天上回溯其生前的經歷。這處補叙,就很能顯示出變文中叙述有相夫人在天上“觀想前世因緣”所呈現的特徵。第二,詩中着意描寫的“在天願作比翼鳥,在地願爲連理枝”這個誓詞,説穿了不過是有相夫人故事的那一個誓約的翻版。第三,陳鴻《長恨歌傳》謂太真説完這段夙世因緣,以下又説她因自泣言:“由此一念,又不得居此,復墮下界,且結後緣。”《麗情集》本《長恨傳》則云方士纔向女主人公傳達明皇給他的使命,貴妃即“退立慘然”,“憶一念之心,復墮下界”。以上兩處記載稍有不同,但均能補充《長恨歌》的語焉不詳。而這些描寫,又顯然是從變文有相夫人憶及“本緣”而萌動下凡的一念心移借過來的。第四,《長恨歌》中“天上人間會相見”一句詩,則明明白白地是套用了變文“人間天上喜相逢”這句唱詞。變文末尾的唱詞中亦云“净土天中還相逢”,上海圖書館藏甲卷本作“净土天堂會相見”,均可作爲旁證。綜緊上述四點,我們就有足够的理由認爲,《歡喜國王緣》中有關立誓及此後有相夫人在天界觀想前世因緣的一段描摹,也曾確定無疑地被後者拿過來作爲借鑒、取法的榜樣。

然而,《長恨歌》整個故事演述到最後,並没有像《歡喜國王緣》那樣出現一個“人天會合”的大團圓結局。“天長地久有時盡,此恨綿綿無絶期”,這兩句點明《長恨歌》全篇題意的詩,便意味着這一對夫婦需要久久飽嘗這種互相輾轉想念、但又彼此無法見面的痛苦。一直到故事結束,他們還是悲慘地分隔在兩個不同的世界。詩歌的這一藝術處理,誠然已經跳出了一般消災除患的變文在末了總要宣揚一番"因緣福德"的窠臼,也清楚地顯示出這個貫穿始終的悲劇故事同時代保持着的聯繫。

衆所周知,李唐王朝經過"安史之亂"這場浩劫,從此就失落了它早先的聲威而顯得一蹶不振。在這以後數十年間混亂窒息的政治局面,又導致任何一點"中興"的理想結果總是歸於破滅。對生活在這個時期的大多數群衆和知識分子來説,他們憶念中的"開天盛世"畢竟已經一去不復返了,在其哀悼理想社會失去的同時,嚴峻的現實生活又迫使他們無法對前景進行樂觀的眺望。整個大唐帝國氣運之日趨衰薄黯淡,確是一件沉重地壓在人們心頭但又無可挽回的恨事。《長恨歌》作爲一首"感傷詩"所以能激起如此巨大的反響,根本原因就在它通過李、楊這個具有象徵意義的悲劇故事的叙述,傳遞和宣泄出了中唐整整一代人嘆恨時世變遷的感傷情緒。這種從現實生活觸發起來的思想冲突,是不可能簡單地用某些宗教慰安内容來取得調和的,《長恨》故事到最終保持一個悲劇的結局,無疑是它的作者忠於客觀實際生活的表現。正因爲如此,儘管這一故事在極大程度上受到過變文和佛經緣起的濡染熏陶,差不多它的整個藝術構思都是貫穿着因果緣起和苦空無常的人生觀,的確從它的母胎裏帶來許多佛教意識形態的斑記,但是它終究還是反映了它所賴以產生的那個時代。人們從這個"時俗訛傳"的故事中,可以清晰地感受到一個巨大的封建王朝由極盛轉向頓衰的氣象。

中唐元和年間的詩人,幾乎都受到過"安史之亂"餘波的震蕩,而惟獨酷愛民間文學的白居易,憑着他對現實生活的體驗和他過人的敏感,很及時地從這個被雅士們斥爲淺薄的世俗感傷故事中發現了它深邃的意義,經過他的精心提煉寫出了《長恨歌》這首不朽之作。詩人作爲一個誠摯的歌手,運用他天才的藝術筆鋒去撥動時代的琴弦,從而在千百萬讀者的心靈上蕩起了時久不息的回聲。這篇號稱"獨出冠時"的傑構,兼融詩歌與變文之長,體現着外來文化影響與本民族文化傳統的結合。它通過描繪一個在中國文學史上很少表現的一對貴族夫婦由自身原因所造成的命運悲劇,把抒情和敘事渾然無間地交織在一起,又在超塵陟天的浪漫幻想中充溢着世俗社會的人情味。因此從它問世之日起,就以一種過去還未曾有過的姿態,在姹紫嫣紅的中國詩苑裏放出異樣的光輝。雖然後代也有一些論詩家出於雅俗判别的成見,曾經對它作過嚴厲的貶斥和譏評,但《長恨歌》畢竟獲得了最大多數讀者的喜愛,并且伴隨着中國封建社會後半期浪漫、感傷和世俗文學的洪流,把它深遠的影響一直傳到元代白樸的《梧桐雨》雜劇,清代洪昇的《長生殿》傳奇,吴偉業的《永和宫詞》和《圓圓曲》。甚至於近代王闓運寫的《圓明園曲》等作品,還繼續不斷地在發揚着它的餘韻和聲彩。

根據以上的論述,證明《長恨歌》這首膾炙人口的傑作出現在文學藝術高度發展的唐代,確有廣泛縱深的思想文化背景,同當時方興未艾的通俗講唱文學發生過極密切的關係。特别是它敘述的這個美麗曲折、又摻雜着佛教因果報應和諸行無常思想的故事,則十分明顯地受到了《歡喜國王緣》、《目連變》等一些變文講唱的影響,其文學淵源可以追溯到印度佛經中的有相夫人生天緣起和關於目連的若干傳説。從這一演進嬗變的全過程中顯示出來的複雜的多層次關係,反映了古代印度人民所創造的一些文學故事,是怎樣通過佛教東傳和佛經翻譯而逐漸爲中國讀者接觸和瞭解,以後又借助於變文的弘宣和群衆的廣爲傳揚,終於把它們特有的精神面貌刻烙在一首中國文學史上流播最廣的詩作上面。這也説明《長恨歌》不僅是佛教深刻影響於唐代文學的一個典型例證,也是中印兩大民族文化交流之樹上結出的一大耀眼的碩果。

如果我們撇開《長恨歌》中隱含着的佛教因果業報思想,把視野更擴大一點,那麽從這首詩所表現的一對貴族夫婦悲歡離合的題材來看,就可以在悠久的印度文學史上找到它更早的淵源。早在梵語文學黎明時代産生的兩大史詩,即《摩訶婆羅多》和《羅摩衍那》,其主要部分就是描述演繹這樣的物語。例如《摩訶婆羅多》中間《那羅傳》所述的國王那羅和王后達摩衍蒂的故事,同書《莎維德麗傳》中叙述的瞎眼國王王子和莎維德麗的故事,《羅摩衍那》中叙述的國王羅摩和王后悉達的故事,都是在展現人物巨大命運簸蕩中去描寫這些貴族男女之間各種曲折的遭遇,賦予主人公以堅守信義和誓死不渝的精神品質。印度早期史詩中呈現的這種叙述故事上的特點,對於産生在次大陸的佛經文學故事和迦梨陀娑《廣延天女》《沙恭達羅》、蘇般度《仙賜傳》這樣的作品,其影響之深固然是無須懷疑的,而且還隨着印度和境外的文化交流與希臘、波斯的文學交互取予。西方的學者温德尼兹(M. Winternitz)在一九二三年寫成的《印度文學和世界文學》(見金克木《印度文化論集》附録)一文,就指出印度《佛本生經》某些情節結構上的特點,也同樣呈現在《Antigone》等一些希臘悲劇中間。從印度的西鄰波斯歷史上留傳下來衆多的文學故事看,亦有相當大的一部分是演述一對貴族男女的愛情和聚散離合。而《長恨歌》這首擷取過印度文學滋養的中國的詩歌,又曾經對日本文學發生過特别重大的影響。我們閲讀日本兩大古典小説《源氏物語》和《平家物語》,就可以發現其中也演繹了不少與李、楊遭遇相仿的古代日本貴族男女生死悲歡離合的故事,其中有“在天願作比翼鳥,在地願爲連理枝”的盟誓,也有“芙蓉如面柳如眉,對此如何不淚垂”那種物是人非的感觸。至於《源氏物語》的第一回《桐壺》,就更是有賴於《長恨歌》而成立的。日本學者丸山清子即指出,循着《源氏物語》貫穿全書主題的綫索,通篇都能發現作者從

《長恨歌》中汲取影響的痕迹。如果我們注意對這些現象做點綜合的研究,則未嘗不可從歐亞大陸一直到日本的各國文學發展道路中,尋找和揭示出它們之間的相互關連和一些帶有共同性的東西。

1985 年 5 月

附記: 茲文寫作期間,曾就涉及的梵文問題向香港中文大學饒宗頤教授請教,承饒先生多次熱情指點,俾筆者獲益良多。文中關於 Divyāvadāna 的述介,則完全是根據饒先生的提示寫成的,謹志謝意。

論唐代寺廟壁畫對韓愈詩歌的影響

唐代佛教盛行，促成了宗教文化藝術的高度繁榮，其中的寺廟壁畫這一部分，尤其顯示出它光華閃灼的成就。佛教的壁畫，是佛教傳播過程中伴隨出現的産品，它的基本内容離不開宣傳神學迷信。但作爲塑造具體形象的藝術，唐代寺廟壁畫把宗教的想象和繪畫技法上的進步結合在一起，凝注着無數畫師的智慧和創造精神，以此成爲反映一個時代社會審美意識的重要標誌，給當時整個文化藝術領域帶來了一股新的氣息。

根據朱景玄《唐朝名畫録》、段成式《酉陽雜俎》續集《寺塔記》以及張彦遠《歷代名畫記》的載述，唐代畫壁之風趨於極盛，自兩京至於外州的佛刹道觀，幾乎都有通壁大幅的圖畫供人瞻觀。俞劍華《中國繪畫史》也説："唐朝佛教道教既極興盛，故佛寺道觀，亦風起雲涌，而壁畫亦隨而發達，所畫寺壁之多，爲歷代之冠。"這時的一批畫家，如尉遲乙僧、張孝師、吴道子、盧稜伽、尹琳、楊庭光、王韶應、皇甫軫等，他們都是援毫圖壁的能手，馳名丹青的大師。其中僅吴道子一人，就在兩京寺觀"圖畫墻壁三百餘間"。這些衆多的壁畫琳琅滿目，如同規模宏大的畫廊交相輝映，通過它多彩的畫面吸引着廣大的觀衆，也使得文人士子服膺心折而嘆爲觀止。而韓愈，這位號稱攘斥佛教不遺餘力的人物，恰恰又是這些壁畫的愛好者，他的一生中同佛畫藝術發生過最爲密切的關係。

韓愈是詩人和散文家，在繪畫方面兼有很高的鑒賞水平，我們從他《畫記》一文及《桃源圖》等詩，即可約知其中的消息。至於他對寺廟壁畫的愛好，尤其是他生活中引人注目的現象。一部《韓昌黎詩集》中，就有不少記録他觀賞寺廟壁畫的作品在。例如《山石》云："僧言古壁佛畫好，以火來照所見稀。"《謁衡岳廟》云："粉墻丹柱動光彩，鬼物圖畫填青紅。"《陪杜侍御游湘西兩寺》云："深林高玲瓏，青山上琬琰。路窮臺殿闢，佛事焕且儼。"《納凉聯句》云："大壁曠凝净，古畫奇駁犖。"《游青龍寺贈崔大補闕》云："光華閃壁見神鬼，赫赫炎官張火傘。然雲燒樹大實駢，金烏下啄赬虬卵。魂翻眼倒忘處所，赤氣冲融無間斷。"這些同壁畫有關的詩句，均出於韓愈一人之手，不論其數量之多或描摹壁畫的精妙動人，都是在唐代的詩家中罕有其匹的。

然而，韓愈與唐代佛寺壁畫的關係，不僅是表現爲一般的欣賞和愛好，他以一個詩人對壁畫觀賞之富，從進一步的意義上説，乃是一種深入滲透到他詩歌創作中間的内在的聯繫，也是一種體現着畫與詩兩種不同藝術之間的相通相生的關係。這種畫與詩的感通，是文化藝術史上很有意思的現象，也在形成韓詩藝術特點過程中起過重要的作用。我們從韓愈的詩中，就可以找出好多的事例，説明它們在藝術形象的塑造上，確實受到當時壁畫很大的影響。如果把這些感性材料歸納起來作點研究，對於我們從繪畫與詩歌的關係來認識韓詩的特點和來源，無疑會有一定的幫助。

爲了敘述的方便，我們按照唐代壁畫題材和形象特徵上的差别，從"奇蹤異狀"、"地獄變相"、"曼荼羅畫"三個方面來作些具體的探討。

一、奇蹤異狀

所謂"奇蹤異狀"，就是指各種奇形怪狀的鬼神動物畫。唐代的寺廟壁畫,絶大多數是體制宏大的經變圖畫,其主體部分當然是畫諸佛菩薩,但其餘的大部分篇幅,則是用來描繪由佛經故事演變的"奇蹤異狀"。《唐朝名畫録》稱,尉遲乙僧於光宅寺畫《降魔象》,"千怪萬狀,實奇蹤也"。《後畫録》説張孝師的圖變,"鬼神之狀,群彦推雄"。《益州名畫録》謂張南本所作的壁畫,"千怪萬異,神鬼龍獸,魍魎魑魅,錯雜其間"。《酉陽雜俎》續集《寺塔記》下,叙述西京净域寺的壁畫,還有一段具體的記載:

> 禪院門内外,《游目記》云王韶應畫。門西裏面,和修吉龍王有靈。門内之西,火目藥叉及北方天王甚奇猛。門東裏面賢門也,野叉部落,鬼首上蟠蛇,汗烟可懼。東廊樹石險怪,高僧亦怪。西廊萬壽菩薩。院門裏南壁,皇甫軫畫鬼神及雕,形勢若脱。

綜上所述,可知唐代佛寺所畫的奇蹤,大要不離"神鬼龍獸,魍魎魑魅",這些怪誕的事物大量地出現在伽藍的佛殿神廊,成爲中國繪畫史上的一代奇迹。

這些神鬼與動物的圖畫,夾雜着遠古人類的原始崇拜,被佛教用來當作顯示法力的手段,其内容之荒怪是不言而喻的。但是唐代的畫家表現這些題材,善用遒勁的筆法,鮮麗的色調,把這些怪異的形體畫得活靈活現。《歷代名畫記》論及吴道子的畫,稱其"筆迹磊落,遂恣意於墻壁,其細畫又甚稠密"。這一評述,恰到好處地指出了當時壁畫的共同特點。因此唐代寺壁所畫的"奇蹤異狀",一般都有巨大的篇幅和嚴密的結構,在鋪展恢張之中不放棄對每一細部的雕繪,體現着恣縱豪放與法度森嚴的統一。這樣描繪出來的各種景象,往往使人在熒煌亂眼的直觀感受中,愈加覺得畫面的恐怖和荒幻,具有一股攫人心弦的魅力。

由於韓愈經常接觸這一類圖畫,在趣味感情上與此忻合無間。這種長時期來形成的美感體驗,竟能在一定程度上牽制着詩人的藝術創造。真是有趣得很,就在韓愈談到詩歌創作的某些問題時,這些"奇蹤異狀"會同他忽然發生精神上的聯繫。其《調張籍》云:"我願生兩翅,捕逐出八荒。精誠忽交通,百怪入我腸。"這幾句詩,是指韓愈自己作詩的構思,追蹤李白、杜甫的詩境,時而産生各種超邁恍惚的想象,心馳於八荒之外,這時如壁畫裏的那些怪物,就聯翩不斷地出現在他浮想之中。顯然,這種現象之所以産生,是與他受到壁畫圖象反復的灼染濡烙分不開的。唯其如此,在韓愈的寫詩實踐中,纔會激起一種神鬼龍獸的創造冲動,使他努力去表現這一類"奇蹤異狀"。

在有唐一代的詩家中,把這類"奇蹤異狀"放在詩裏大量地描寫的,韓愈應是第一人。張戒《歲寒堂詩話》謂韓詩"姿態横生,變怪百出",恐怕主要是指它這一特點而言的。這裏我們僅舉神龍爲例。據不完全的統計,韓愈詩中直接或間接地寫到龍的,多達二十餘篇,而且有的詩作描摹的神龍形象,尤爲精彩旁魄。如《龍移》云:"天昏地黑蛟龍移,雷驚電激雄雌隨。"《赤藤杖歌》云:"共傳滇神出水獻,赤龍拔鬚血淋漓。"《月蝕詩效玉川子作》云:"赤龍黑烏燒口熱,翎鬣倒側相搪撑。"這一些詩,能够把神龍描繪得這樣富有逼真感,從當時的文化藝術環境中頗有原因可找。我們知道,唐代寺廟壁畫所描繪的事物,對神龍變相的刻畫尤爲精妙。《歷代名畫記》述及兩京壁畫,就多次讚嘆吴道子畫龍的神妙。《唐朝名畫録》也説,當時的畫家馮紹政畫龍,"其狀蜿蜒,如欲振涌"。《圖畫見聞志》載景焕尤好畫龍,"有《野人閑話》五卷行於世,其間一篇,惟叙畫龍之事"。這就可見,把神龍作爲一種藝術形象來刻畫,實由唐代佛教壁畫首開其端。韓愈這樣喜歡在詩中寫龍,毫無疑問是受到了這一風氣的影響。

韓愈的詩受影響於"奇蹤異狀",不僅表現在塑造個别的事物形象方面,而且也影響到他詩歌的意境。他之論及作詩,嘗稱"規模背時利,文字覷天巧"。這兩句詩,反映出詩人創作構思中的反俗傾向,他不願意受“時利”的拘限而另有所追求。按韓愈心目中的所謂“天巧”之境,實則就是如壁畫中的那種遠離現實生活而虚荒誕幻的世界。因此韓愈寫詩,尤好搜索各種怪異的事物,使他的作品在意境上蒙上一層宗教式的想象。譬如《答張徹》云:“魚鬣欲脱背,虬光先照硎。”《遠游聯句》云:“魍魅暫出没,蛟螭互蟠蟉。”《喜侯喜至贈張籍張徹》云:“地遐物奇怪,水鏡涵石劍。荒花窮漫亂,幽獸工騰閃。”《詠雪贈張籍》云:“岸類長蛇攪,陵猶巨象豗。水官夸傑黠,木氣怯胚胎。”《劉生詩》云:“青鯨高磨波山浮,怪魅炫耀堆蛟虬。山獠讙譟猩猩游,毒氣爍體黄膏流。”以上這一些詩所鋪展的畫面,顯得情狀離奇而又光華閃灼,透示出一種原始生命的蠢動。從這種蛟龍異獸、魍魅精靈的潑辣表現裏,似乎使人返回到茫茫的遠古世界。此中的情景,就像《益州名畫録》所説的那樣,“千怪萬異,神鬼龍獸,魍魎魑魅,錯雜其間”,鮮明地帶有宗教神魔性動物圖畫的特徵。

值得注意的是,韓愈詩集裏描寫“奇蹤異狀”的作品,形式上多數是篇幅較長的古體詩。這是因爲作者要在詩中進行鋪陳,自然不能囿於篇幅狹仄的近體詩,而衹有那一些古體大篇,纔能像壁畫那樣不受限制地鋪現出各種繁富的奇觀。韓愈稱孟郊的詩“横空盤硬語,妥帖力排奡”,這未嘗不是他的自譽之辭。事實上他所寫的一些五、七言古體長篇,就最能體現他這一主張。所謂的“横空盤硬語”,除了語言之奇硬以外,也是指他的詩在整體上如横空盤礴顯得豪健恣肆。而“妥帖力排奡”這一句,則是指對每一局部細節都要注意嚴密的刻畫和安排。這種恣縱豪放與法度森嚴相結合,寓繁富於整一的特點,多少也反映出壁畫的布局結構對他發生的影響。爲了説明這個問題,在此要着重談談《南山》這首詩。

《南山》是韓愈的名作,也是他五言古體中最長的一篇。這首詩以長安城南的終南山作爲描繪對象,寫得雄奇恣縱,窮極狀態,爲詩家獨辟蠶叢。韓愈創作這一首詩,其措思深受繪畫藝術的啓發,詩中寫到南山的景物有云:“横雲時平凝,點點露數岫。天空浮修眉,濃緑畫新就。”即是作者受圖畫的形象感通啓發的證據。此詩的布局結構,首先總叙南山的大概,接着列寫山中四時變幻的不同氣象,承此指明它的方亘連隅之所,轉而又形容登山跋涉之艱危,最後寫到詩人到達絶頂,“乃舉憑高縱目所得景象,傾囊倒篋而出之”,一連用了五十一個“或”字來盡情鋪排山勢的險怪。如同鋪展一幅宏大而層次嚴密的圖畫,使人一覽無餘地看到終南山萬象森羅的奇觀。

從這首詩塑造的形象來看,雖然它並没有專門去寫“神鬼龍獸”這類東西,但它所揭示的各種自然美的景象,却無一不是帶有壁畫中的那種光怪陸離的氣氛。這裏需要特别指出,即是《南山》中連續使用五十一個“或”字的一長段詩,它用如此的方法來鋪寫南山奇峰異壑的變態,與一般的詩歌尤爲迥異。考這種寫法的直接淵源,應是來自佛經偈頌,與佛教藝術之羅列鬼神形象頗有關係。饒宗頤先生《韓愈〈南山詩〉與曇無讖譯馬鳴〈佛所行贊〉》一文(日本京都大學《中國文學報》第十九册),曾指出曇譯《佛所行贊·破魔品》中有一長段偈頌,用叠句的方式連續出現“或”字三十餘次,以此證明韓愈《南山》這一段詩在寫法上受到佛經偈頌的影響。《破魔品》的這段偈頌,内容是寫釋迦牟尼證成佛道時,魔王波旬率領衆多的魔鬼前來擾亂,結果悉爲佛陀用法力降伏。這三十餘處“或”字,主要用來逐個羅列魔衆的怪相。前文提到尉遲乙僧畫的《降魔象》,就是取材於這個故事,而且通過更加直觀的形式,把這些“奇蹤異狀”一一展現在人們的眼前。可見《南山》的這一段詩,與壁畫描繪的“奇蹤異狀”仍有關係。蓋韓愈在語言上效仿佛頌的同時,亦從形象的塑造上參用了壁畫的技法。過去有人提到韓愈的《南山》詩,就認爲應該把它當作一幅畫觀。如顧嗣立説:“公以畫家之筆,寫得南山靈異縹緲,光怪陸離。”這一評述,實際上已經觸及到了寺廟壁畫對於韓詩的影響。

二、地 獄 變 相

唐代佛寺還有一類壁畫,專門描繪陰司中地獄的圖變形相,號爲“地獄變相”。所謂地獄,是古印度人根據“三世輪回”説虚構的一個恐怖世界。佛教主張“業力”説,認爲人們所作的善業惡業都會得到報應,凡在陽世作惡的人,死後都要墮入地獄,在那裏受到各種刑罰的折磨。因此唐代佛寺所畫的地獄變,盡是描繪一些使人目不忍睹的“怖畏之相”。杜牧的散文《杭州新造南亭子記》,就有一條“地獄變相”的記載,其中説到畫中描繪的刑罰非常可怕,“人未熟見者,莫不毛立神駭”。董逌《廣川畫跋》卷一《書楊傑摹地獄變相後爲王道輔跋》,亦云地獄變畫“陰刑陽囚,衆苦具在,酸慘悽惻,使人畏栗”。這些圖畫,把現實生活中統治階級摧殘人民的各種慘狀集合在一起,在黑暗的宗教世界底層來伸張奴役者的權力意志,顯得非常陰森可怕。

唐代畫師之圖形地獄,要爲一時風氣所趨,其中尤以張孝師、吴道子、盧稜伽三家最爲擅長。《唐朝名畫録》云:“張孝師畫亦多變態,不失常途,惟鬼神地獄,尤爲最妙。”吴道子曾得到張孝師的傳授,所畫的“地獄變相”益發傳神,唐代兩京的許多寺廟,都有吴畫地獄變圖。《宣和畫譜》説,在吴道子的作品中,“世所共傳者,惟地獄變相”。近人潘天壽先生《吴道子的生平概況》一文(見《美術研究》一九五七年第一期),也説他“不但特長人物道釋,尤工地獄變相”。盧稜伽是吴道子的弟子,亦以善畫地獄變聞名於世。他們所作的這一類壁畫,由於内容通俗,影響之大幾乎達到婦孺皆知的程度。《唐朝名畫録》云:“又嘗聞景雲寺老僧,傳云吴生畫此寺地獄變相時,京都屠沽漁罟之輩,見之而懼罪改業者往往有之。”説明這類描繪“陰刑陽囚”的圖畫,作爲一種宣傳佛教道德觀念的手段，很能起到震懾人心的作用。

關於“地獄變相”的內容，當然絶少可取之處。但是從中國繪畫史上來看，却不能不承認它在藝術上有很大的創造性。儘管這些圖畫都是描繪一些醜惡和可怕的東西，然而經過畫師們的慘淡經營，却能化腐朽爲神奇，從中産生驚心動魄的藝術效果，以其巨大而慘酷的力量展示出一種雄桀怖厲之美。《廣川畫跋》卷一《書摹本地獄變相》云：“此膽力奕奕壯哉！非能撅拽含元殿、添修五鳳樓手，亦不敢擬議於此也。”在唐代社會審美意識急劇變化的情勢下，這些壁畫早得風氣於先，它們一反南北朝以來流行的藝術趣味，把一切清空圓熟的作品當作淺俗的東西撇在一邊，以其傲視傳統的姿態崛起於唐代的藝術之林。

韓愈生活在這樣的環境中，時代的烙印和本人的遭遇形成了他乖戾和木强的性格，他的倫理道德觀念本來就同這種新的審美要求很相契合。作爲一個地主階級在意識形態領域中的代表，他眼看唐王朝江河日下的趨勢，寄希望於通過强化封建統治權力，來尋找一條擺脱日益深重的危機的出路。從韓愈身上反映出來的氣質，是多少帶有一點封建專制主義的特徵的，似乎對權力和暴殄有一種特殊的愛好。這樣使得他的藝術趣味，極易同這類歌頌野蠻、顯示權力意志的作品融合在一起，也極易從這些慘栗的畫面裏激發起自己的詩情。在韓愈的詩集中，就有那麽一些作品，直截了當地去寫地獄的事物。如《嘲鼾睡》云：“有如阿鼻尸，長唤忍衆罪。馬牛驚不食，百鬼聚相待。”《送無本師歸范陽》云：“衆鬼囚大幽，下覷襲玄窨。”《城南聯句》云：“裂脅擒摚振，猛斃牛馬樂。”詩人在此，把阿鼻地獄中的死囚，面目猙獰的牛頭馬面，一一搬演到了作品裏面。假如他不熟悉“地獄變相”的圖景，恐怕就未必能克臻於此。

從整體上看，韓愈的詩受這一類壁畫的影響，首先是表現在作品所體現的美感特徵方面。韓愈有一些詩，素有“狠重奇險”之稱，作者尤喜搜羅各種醜惡和可怕的事物，把它們放在詩裏作爲藝術美而給予强有力的表現。劉熙載《藝概》嘗云："昌黎詩，往往以醜爲美。"舒蕪先生的近作《論韓愈詩》(《中國社會科學》一九八二年第五期)一文亦認爲在韓愈的作品中，那些可怕的、可憎的、野蠻的、混亂的東西，都被作者運用藝術的强力納入了詩的世界，使之成爲一種"反美"之美，"不美"之美。這一些精到的論述，有助於我們瞭解韓詩與當時社會審美意識變化趨向之間的内在聯繫。從一定意義上説，韓愈正是把"地獄變相"所顯示的"不美"之美，即那種變醜爲美的雄桀怖厲之美，成功地移植和體現在詩歌的領域。

從韓詩的構思和塑造形象的具體特徵看，受"地獄變相"的影響也很深刻。聯繫到他的一些作品，有兩個問題值得我們注意。

第一，關於火的描繪。

在"地獄變相"中，火的描繪占據顯要的地位。杜牧《杭州新造南亭子記》談到地獄畫時説："其尤怪者，獄廣大千百萬億里，積火燒之，一日凡千萬生死，窮億萬世，無有間斷，名爲無間。"可見唐代描繪的無間地獄圖景，一般都離不開畫火。

關於"地獄變相"畫火，其具體情狀可藉佛經作些間接的推考，因爲這些圖畫的繪製，是以佛經有關地獄的演述作爲根據的，如果弄清了佛經的記載，也就瞭解到"地獄變相"的梗概。在有關佛典中，這方面的記載頗詳。如《長阿含經》卷一九《世紀經·地獄品》云：

> 復次無間大地獄，有大鐵城，其城四面有大火起。東焰至西，西焰至東，南焰至北，北焰至南，上焰至下，下焰至上。焰熾迴遑，無間空處。罪人在中，東西馳走，燒炙其身，皮肉焦爛。

又《地藏本願經》卷上《觀衆生業緣品》云："獨有一獄，名曰無間。

其獄周匝萬八千里,獄墻高一千里,悉是鐵爲。上火徹下,下火徹上。”《目連救母》變文形容地獄景象亦云,“此獄東西數百里,罪人亂走肩相𢵧”,“烟火千重遮四門”,“骨肉尋時似爛焦”。參據這些材料,我們可以推知“地獄變相”的輪廓,大略在於描繪其周圍有高大的獄墻,“四面有大火起”,“上火徹下,下火徹上”,“罪人在中,東西馳走”,“燒炙其身,皮肉焦爛”。這幾方面組合起來,形成一幅誕幻慘烈的畫面,這就是無間地獄圖的一大特徵。

我們考察韓愈的詩,就能發現一個有趣的現象,詩人在他某些作品中寫火,竟會表現出與此絶爲相似的意境,如《陸渾山火》的第一大段,即有這樣一節驚心動魄的描寫:

> 擺磨出火以自燔,有聲夜中驚莫原。天跳地踔顛乾坤,赫赫上照窮崖垠。截然高周燒四垣,神焦鬼爛無逃門,三光弛隳不復暾。虎熊麋豬逮猴猿,水龍鼉龜魚與黿,鴉鴟雕鷹雉鵠鵾,燖炰煨爊孰飛奔。

詩人在這裏極力夸示山中野火之煊赫,寫出天地間一大奇觀。從這一節詩所展現的畫面來看,有三點應該注意。其一,詩中寫的環境,是群山之中的一片“莫原”,四面都有高大的山崖把它包圍在中間,詩人特別用了“四垣”兩字,這很明顯地把四周的山崖同“獄墻”聯繫在一起。其二,詩云“截然高周燒四垣”,“赫赫上照窮崖垠”,這與“地獄變相”之畫火的具體勢態,也是顯得貌合神似的。其三,詩中寫到“虎熊麋豬”等一大串動物在火中游竄奔走,終於被“燖炰煨爊”而“神焦鬼爛”,其構思實與地獄畫中之“罪人在中,東西馳走,燒炙其身,皮肉焦爛”如出於一轍。這樣我們可以肯定,韓愈在這首詩中所以能够寫出如此一幅大火的圖景,應該是有“地獄變相”爲其構思加工的基礎的。

第二,關於行刑的場面。

唐代的“地獄變相”除了畫火以外,還大力鋪衍用各種酷刑摧

殘人體的慘狀,這對韓愈所起的影響也很顯著。例如《元和聖德詩》中,就有一段極端恐怖的殺人描寫:

> 取之江中,枷脰械手。婦女累累,啼哭拜叩。來獻闕下,以告廟社。周示城市,咸使觀睹。解脱攣索,夾以砧斧。婉婉弱子,赤立傴僂。牽頭曳足,先斷腰膂。次及其徒,體骸撑拄。末乃取闢,駭汗如瀉。揮刀紛紜,争刌膾脯。

這一段詩,作者津津有味地備寫劉闢舉家就戮的情景,先寫一個孩子被腰斬,次寫劉闢的同伙一個個被殺而尸體縱横,最後把劉闢凌遲臠割,連劊子手揮刀的動作也描摹得十分具體。其形象之慘酸可怖,令人不堪卒讀。無怪宋代蘇轍讀到這首詩,不禁感慨地説:"此李斯頌秦所不忍言,而退之自謂無愧於雅頌,何其陋也。"細按這些描寫,其於塑造形象實得法於"地獄變相"。因"地獄變相"所畫的東西,就是這一類恐怖景象,它之刻畫縶縶罪人與磔裂肢體,尤爲窮形極相。這些用來恐嚇群衆的壁畫,作爲一個先例很早就作俑於前,很自然地成爲韓愈作詩翻新出奇的楷模。韓愈《元和聖德詩》中這一段行刑的描寫,正是他借鑒了佛教壁畫恐嚇群衆的舊模式,轉而在詩歌領域中展現出"警動百姓"的新場面。

三、曼荼羅畫

關於韓詩與密宗"曼荼羅畫"的關係,這是近代學者沈曾植先生最早提出的一個論題。沈先生在《海日樓札叢》中説:"吾嘗論詩人興象與畫家景物感觸相通。密宗神秘於中唐,吴(道子)、盧(楞伽)畫皆依爲藍本,讀昌黎、昌谷詩,皆當以此意會之。"在談到韓愈《陸渾山火》詩時,《海日樓札叢》又云:"作一幀西藏曼荼羅畫觀。"沈氏的這兩處論述,從詩畫與佛教的關係來立論,觸及了韓詩某些要害問題,爲後人的研究指出了一條新的路徑。這一問題,近幾年來日益得到學術界的注意,如錢仲聯先生《佛學與中國古代文學的關係》(《江蘇師院學報》一九八〇年第一期)、江辛眉先生《論韓愈詩的幾個問題》(《中華文史論叢》一九八〇年第一輯)等文章,都肯定和申述過沈氏的這一主張。

唐代密宗的興盛,始於玄宗開元年間,是時善無畏、金剛智、不空三名梵僧相繼來華,受到統治者的禮遇,在長安、洛陽先後開譯密教經典,很快在社會上得到風行。密宗的法門有胎藏界、金剛界兩部,自稱顯教是釋迦牟尼對一般凡夫所説的法,而密教則是大日如來對自己眷屬所説的奥密大法。按照密宗的儀軌修行,都要設立壇場供奉諸尊,"曼荼羅"的意譯即爲"壇場"。在胎藏界的"曼荼羅"裏,以大日如來爲中心,供奉菩薩尊神四百十六位;而金剛界的"曼荼羅",亦以大日如來爲本尊,供奉菩薩尊神一千四百六十一位。所以,不論是密宗的説教和儀式,都充滿着詭秘和怪力亂神的色彩。

密宗倡行直觀主義的施教,它所設立的祭神道場,就是古代的圖騰崇拜在新的條件下的復活。所謂"曼荼羅畫",即密宗用來描繪其壇場,以及供奉諸尊一一形貌的畫像。密宗把繪製這種"曼荼羅畫",視爲弘揚密教的重要手段之一,規定凡是傳授密法的僧侣,都要掌握製作"曼荼羅畫"的技巧,以密印諸尊的儀形色像及壇法、標誌。釋一行《大日經疏》卷三云,密宗僧侣"須解漫荼羅圖像","此中一一方位相貌,調布衆色,繢畫莊嚴,皆應自善其事"。這種"曼荼羅畫",有的畫在布上,有的直接圖形寺壁,成爲唐代佛教繪畫重要的組成部分。釋行琳《秘密藏陀羅尼集序》説,唐世密宗熾盛,"秘教大行於支那,壇像遍模於僧宇",可見這類畫在當時是十分風行的。

但密宗在漢地傳播,僅盛中唐的一二百年,以後即漸告式微,所以"曼荼羅畫"在我國大部分地方早已絶迹。而密宗影響比較深遠的西藏,現在却還能看到。《美術研究》一九八一年第三期刊載葉欣生同志《西藏壁畫的歷史沿革及其藝術特色》一文,其中提到西藏寺廟中有一幅壁畫《壇城》,就是比較完整的"曼荼羅畫"。葉欣生同志説:

> 《壇城》由變形的四色火焰、金剛杵墻、蓮瓣,分别構成四層圓形圖案。環形以内,則以直綫將畫面分割爲類似"井字形"的幾何體。滿底布以卷草植物圖案。而主尊,護法,佛塔,寶傘等衆多的物象則分門别類,以對稱的形式納入各種形體之中。

雖然這一作品産生的時代頗晚,其具體畫法與唐代漢地的壇像可能有些不同,但是它的基本構成和描繪的主要事物,仍可作爲我們瞭解唐代"曼荼羅畫"的參考。

我們根據《壇城》一畫的特點,並參酌密教經典的有關記載,可以考知"曼荼羅畫"的具體圖像,約有以下幾個特徵。(一)密宗的"曼荼羅畫",把虚幻的密宗世界理想化和圖案化。它迎合封建社會的等級制度,由畫面中心逐次向外鋪排主尊、菩薩、金剛護法的形象,其主從尊卑的方位都有嚴格的規定,實際上是一幅衆多的神靈按其等級享受供養的聚集圖。(二)"曼荼羅畫"中繪的菩薩,一般都爲露胸袒腹之相,多有寶珠、蓮花以爲莊嚴。《大悲心大陀羅尼曼荼羅儀軌》謂千臂千眼觀音的畫像云:"右慧大蓮花,右智寶數珠。左定開敷蓮,定慧合掌印。"而金剛護法,則多從武士裝束,身上常帶"雷電之相"。(三)對於蓮花的描繪,在"曼荼羅畫"中十分注重。《大日經》卷五《秘密漫荼羅品》稱,"曼荼羅畫"的圖像爲"其上妙蓮花,花開含果實"。《大教王經》卷十九《大曼荼羅廣大儀軌分》云:"或居地上或空中,衆色蓮華想畫遍。隨見隨取悉如應,即得成就衆色相。"《不空羂索神變真言經》卷十三《普遍心印真言出世間品》云,在繪製"曼荼羅畫"時,需要"模畫花印”在圖案中“標郭界道”。(四)密宗盛行火祀之法,故“曼荼羅畫”中也很注意畫火。《大毗盧遮那佛眼修行儀軌》云,“曼荼羅畫”四邊畫火,“周匝熾焰”。前面提到的《壇城》一畫,就畫了許多變形的火焰。綜合以上四個方面的物象,再加衆多的旗幡、寶傘、佛塔、樂隊儀仗的點綴,合成一個熱鬧而怪險的場面,這就是“曼荼羅畫”鮮明的標誌。

弄清了這個問題,我們要回過頭來再談韓愈。韓愈生活的時代,距善無畏等來華相隔不到一個世紀,這時密宗還處於弘傳的階段。他在詩裏所提到的長安青龍寺,即是中唐密教最重要的一個據點,當時著名的密僧惠果,就在這裏設立大曼荼羅灌頂道場。惠果是不空的弟子,因其弘揚密法有功,歷受中唐數朝君主的優遇,貞元中屢入禁中祈雨。惠果把密宗胎藏、金剛兩部合併爲一,廣泛進行傳授,中外道俗士流從其學者甚衆。例如《文鏡秘府論》的作者日僧空海,亦曾來中國向惠果學習,以後開日本真言一宗。可見惠果之在中唐,乃是一個很有影響的人物。韓愈本人在元和元年到過青龍寺,此時與惠果去世之年僅隔一載,他詩裏提到這所佛寺裏的壁畫,極有可能就是“曼荼羅畫”或表現密宗其他神變故事的圖畫。在當時所謂“壇像遍模於僧宇”的情況下,韓愈能够看到“曼荼羅畫”,這是不成問題的。而且他本人的詩,也提供了確鑿的證據,表明他受過這類密宗圖畫相當深刻的影響。下面我們根據沈曾植氏指出的綫索,就《陸渾山火》詩作一些具體的分析。

《陸渾山火》詩,是韓集中七言古體最長的一篇,也是詩人傾其身心去描繪怪異之觀的一首力作。前文我們説過,此詩的第一大段寫火之盛,在構思上受到“地獄變相”的影響。而現在我們需要注意的,是從詩的第二大段的開始,詩人把筆鋒一轉,在一片大火的烘托下,又揭示出一幅無比怪誕的新圖景。詩中寫道:

> 祝融告休酌卑尊,错陳齊玫闢華園。芙蓉披猖塞鮮繁,千鐘萬鼓咽耳喧。攢雜啾嚄沸篪塤,彤幢絳旃紫纛旛。炎官熱屬朱冠褌,髹其肉皮通髀臀。頹胸垤腹車掀轅,緹顔靺股豹兩鞬。霞車虹靷日轂轓,丹蕤縓蓋緋繙帑。紅帷赤幕羅脤膰,衁池波風肉陵屯。谽呀巨壑頗黎盆,豆登五山瀛四罇。熙熙釂醻笑語言,雷公擘山海水翻。齒牙嚼齧舌齶反,電光䃢磹頳目暖。

以上一大段詩,實際上是寫一次衆神宴飲的聚會。在這一幅光怪陸離的形象畫面裏,四面都有大火“周匝熾焰”,中心是火神祝融在主持這次宴會,其他與宴的“炎官熱屬”之徒,分别按其位次的尊卑就坐,其中有的如菩薩那樣“頹胸垤腹”,有的如金剛護法那樣衣甲莊嚴。“紅帷赤幕羅脤膰,衁池波風肉陵屯”兩句詩,旨在表現這次宴會飲啖酒肉之豐盛。而這些神靈以五岳爲豆,以四瀛爲尊,以巨壑爲頗黎盆,笑語熙熙,釂酬喧雜,齒牙嚼嚙,大肆饕餮,從他們的眼裏還發出閃閃的電光,實質上就是寫了衆多的神靈按其等級與宴聚集的場面。這就很明顯,韓愈在這裏所作的描繪,並不是什麽“憑空結撰”,而是有密宗的“曼荼羅畫”作爲原型供其依傍的。至於這段詩裏另外的一些描寫,我們也能從“曼荼羅畫”裏一一找到與之相對應的東西。如“錯陳齊玫闢華園”,是指宴客的園中寶珠錯落照眼。“芙蓉披猖塞鮮繁”,是説到處有鮮艷盛開的蓮花。“彤幢絳旃紫纛旛”,是寫色彩斑爛的旗幡寶傘。“霞車虹靷日轂轓,丹蕤縓蓋緋繙帑”,是形容車蓋儀仗之華麗。“千鐘萬鼓咽耳喧”及“攢雜啾嚄沸篪塤”,又是描述鐘鼓音樂之填咽沸天。以上這一系列明顯的模印刻似之迹,説明這些具體的細節描寫,同樣也是出自“曼荼羅畫”這一藍本,足見沈曾植氏把此詩比作“曼荼羅畫”這個論斷之不虚。而《陸渾山火》這首詩,一方面受到“曼荼羅畫”的影響,另一方面又受到“地獄變相”的影響,它之作爲最能體現韓愈險怪風格的一首代表作,非常典型地顯示出詩人的興象與佛教壁畫的景物之間感觸相通的關係。

韓愈的詩歌受到唐代寺廟壁畫的影響,主要表現在上述三個方面,此外還有一些問題,非兹文所能一概論及。但僅從這裏,我們已經清晰地看到,有唐一代高度發展的寺廟壁畫,其焕然的藝術成就和詭怪的造型特點,曾廣泛而縱深地影響着當時人們的精神生活,在唐代整個文藝領域引起一種新的變化,也通過審美意識的感染而在韓愈詩中打上深刻的烙印。詩人韓愈作爲時代美學理想遷異的敏鋭感受者,正是從這些寺廟壁畫中間吸取豐富的養料,打破詩與畫的界限,大膽地借鑒和運用它的創作經驗,在開拓詩歌的藝術形象方面作了許多探索和嘗試。他的這一努力,同其他諸方面的條件結合在一起,從而使他的作品呈現出一種嶄新的氣派,以其鮮明而不可替代的特點,在中國詩歌史上立下了一塊路碑。

對於韓愈的詩,歷來軒輊不一,然而不管怎麽説,他總是我國古典詩歌領域中的一位大家。他努力尋求詩歌創作的新道路,立志於改革詩體,其中固然有若干不成功的教訓,但對唐宋詩歌的演進發展,確實做出過重大的貢獻。從中國古典詩歌漫長的變遷過程中看,韓愈是一個轉折時期的關鍵性人物,也是一個承前啓後的作家。李肇《國史補》談到唐代中葉詩文變化的趨向時,説過一段很概括的話:“大抵天寶之風尚黨,大曆之風尚浮,貞元之風尚蕩,元和之風尚怪也。”這就很深刻地指出,在韓愈所處的時代,整個社會的藝術審美趣味在發生急劇的變化,詩文創作中出現了一股尚怪的潮流,例如盧仝和李賀的詩,就明顯地表現出這種趨向,但最能代表這一潮流動向的作家,還得要數韓愈自己。韓愈的詩,尤以雄桀險怪而著稱,而這種險怪特點的形成,又是同寺廟壁畫給他的影響密切相關的。因此,我們要追尋中唐文學尚怪之風的由來,寺廟壁畫乃是其中的一大淵藪。唐代寺廟壁畫的出現,首先影響到杜甫,杜甫詩集中有少數作品,已經顯露出尚怪的端倪,這種現象似與寺廟壁畫不無關係。以後又影響到韓愈、盧仝和李賀,這在他們詩中就表現得愈加顯著深刻。饒宗頤先生曾經指出,盧仝的《月蝕詩》,即參用地獄鬼神的形象來描寫天上的魔鬼。而李賀詩中亦多寫神仙鬼魅,它們的原型好多就是佛寺道觀中的鬼神圖像。李賀的詩歌,本身受到過韓愈的影響,轉而又影響到李商隱和温庭筠,又影響着韋楚老、莊南傑及趙牧等人。而以韓詩影響之深遠,不但波及孟郊、張籍、皇甫湜的一部分詩歌,而且又開了宋詩一代風氣之先。總之,這種由寺廟壁畫在詩歌創作中所引起的連續性的反應,就像一水牽波而形成浪峰叠起,甚至在一定程度上牽制着當時詩歌發展的趨向。

在這裏,也能反映出佛教的流傳與唐宋文學藝術之間關係的一個側面。

1983 年 1 月

韓愈的詩與佛經偈頌

韓愈,是中唐詩壇的一位大家,他的詩歌雄怪高踔,縱横奥衍,大力鋪陳排奡而自成一體。從文學史上看,韓愈處在李杜兩大詩人之後,此時正值詩至極盛而後繼爲難,經過了數十年的相對消沉與摸索,是他吸取了杜甫詩中某些新特點,變本加厲地朝着尚怪和散文化的方向發展,致使唐詩到他手裏益極其變。宋人陳師道《後山居士詩話》云:"退之以文爲詩,子瞻以詩爲詞,如教坊雷大使之舞,雖極天下之工,要非本色。"這一段話,對於韓愈的這種作詩方法不無微詞,却很能説明他在唐詩轉變中的地位。

毫無疑問,韓愈對自己的詩是很重視的,但他並不單以作詩著名。作爲一個兼擅古文的詩家,韓愈在寫詩中間有意識地貫徹他的作文主張,憑其腹笥之贍博精熟,力求在詩中摒棄陳言而一震世人的耳目。他在唐詩已發展到十分成熟的階段,還能翻新出奇,在作品當中另闢一條蹊徑,以其與流俗風尚迥異的面貌深刻影響於中唐詩壇,這顯然是同他不受"詩有别材"這一觀念的束縛,放手地到古今各種韻散文體當中去攝取滋養分不開的。

論昌黎作詩熔煉語言取材之廣,可以一直追溯到漢世的散文和辭賦,先秦諸子的哲學著作,上古的廟堂文學,乃至商周的典誥文章。特别是一些爲歷來詩家所忌用的艱澀奇奥的字眼,他也肆意予以羅織,以所謂"險語破鬼膽,高詞媲皇墳"的特色,來標榜他與世俗愛好之不同。馬位《秋窗隨筆》云:"退之古詩,造語皆根柢經傳,故讀之猶陳列商周鼎彝,古痕斑然,令人起敬。"就指出韓詩這種取博用宏的特長。關於這方面的問題,目前已有許多論著述及,無須在此多作補充。我們這一篇文章所要討論的題目,是反映在韓愈詩歌創作中這種借鑒繼承關係的另一個側面,即想談一談佛經偈頌在語言上對於韓詩所發生的影響。我們討論上述問題的目的,主要是想從這個容易被人忽視的方面,比較具體地摸索一下韓詩與佛頌之間的來龍去脉,藉此亦可略見佛典與文學關係之一斑。

我們知道,佛經所用的文體,不外乎有兩種,一種是偈頌,另一種是長行。所謂偈頌,是與長行相對的一種文體,它與長行近乎散文形式相反,比較起來更加接近於詩。漢譯佛經當中所見的偈頌,一般都被譯爲五言、七言,而以五言的句式數量最多,亦有一些被翻成四言或六言等形式。這些偈頌共同的特點,是句式非常整齊,也在一定程度上體現出它的音節之美。但在押韻、平仄方面,偈頌却無法做到和諧叶調,讀起來使人感到生硬拗折,這一點用中國古典詩歌的要求來衡量,就顯得不大符合。因此,這種譯文體制的出現,就成爲一種多少帶有一點散文特點的"非詩之詩",實際上已經開了"以文爲詩"的風氣。由於佛經在中國盛行,而偈頌亦爲佛僧通過唱詠廣爲宣傳,從而引起人們對於區別聲調的注意,這對中國詩歌影響之深遠,乃至直接促成隋唐近體詩的完成。陳寅恪先生的《四聲三問》一文,就用很多有趣的材料揭示了其中的消息。至於談到韓愈與佛經偈頌的關係,這同樣也是陳先生首先提出的一個論題。

陳寅恪先生是我國著名的史學家,他在研究佛典與文學的關係上,亦有蓽路藍縷的功績。他所寫的《論韓愈》(刊《歷史研究》一九五四年第二期),迄於今日還是韓愈研究中寫得最好的一篇文章。這篇論文從歷史的宏觀來看待韓愈,不爲他之高唱反佛的現象所惑,而從多方面的論證,指出韓愈的整個思想體系以及文學創作,也不可避免地受到佛教傳播的影響。從思想上看,韓愈實質上就是用佛教的禪宗思想來改造儒學,摒棄章句之學而直談性理,以此奠定後來宋代理學的基礎。在談到韓愈對文體的改革時,陳先生還説,佛經經文兼備長行和偈頌兩種體制,長行多係改詩爲文,而偈頌亦可視爲以文爲詩,以此來解釋韓愈詩歌散文化等特點的由來。他的這一論述,把握到了事物之間相反相成的關係,從深廣處爲韓愈研究提供了新的一解。

陳寅恪先生的治學特點,主要表現在他具有過人的遠見卓識,至於在細密的史料考據方面,倒並不是他最注意的。因此他所提出的一些新見解,往往帶有某種預見或推導的成分,需要後人根據他提供的綫索去發掘、研究有關史料,纔能得到實際的證明。例如陳先生關於韓詩與佛經文體關係的這個觀點,開始並未引起大家的重視,甚至反而被某些學者以爲詬病。直至一九六三年,香港中文大學教授饒宗頤先生纔又重新論及這個問題。饒氏所作的《韓愈〈南山詩〉與曇無讖譯馬鳴〈佛所行贊〉》一文(刊日本京都大學《中國文學報》第十九册,一九六三年十月),把《南山詩》與《佛所行贊》這兩篇作品進行比較研究,指出韓愈《南山詩》中描寫終南山奇峰異壑各種態勢的一段,其中一連用了五十一個"或"字,像這樣在每一句詩的開頭都用"或"字來作排比鋪張,蓋脱胎於曇無讖譯《佛所行贊》的一段譯文。《佛所行贊》爲古印度馬鳴所著,是描述佛陀傳記故事的一部長篇叙事詩,文字恢張華美,被稱爲梵語佛教文學中的第一作品。而北凉曇無讖的漢譯本,通篇都以五言偈頌的體裁貫穿始終,這同韓愈《南山》之爲一首五言古體長詩,自形式上來看是非常接近的。在曇譯《佛所行贊》中,經常出現連續在句首使用"或"字的句式,如《嘆涅槃品》、《離欲品》、《父子相見品》等都有這種情形。而在《破魔品》中的一長段偈頌,叙述釋迦牟尼在菩提樹下證成佛道,魔王波旬率衆眷屬前來破壞,其中描述衆多魔鬼之奇蹤異狀,竟至叠用"或"字三十餘處,與《南山詩》中的這段文字極相仿佛。以此證明韓昌黎之作詩,實際上頗受啓發於佛經偈頌。逮至近年,日本的研究者井口孝氏,也在論述玉川子盧仝的詩時(井口孝《玉川子的詩》,刊日本京都大學《中國文學報》第二十八册,一九七七年十月)間接地談到韓愈的詩。他在這個問題上得出的結論,同饒宗頤先生的觀點是完全一致的。

饒氏及井口氏的這些發現,不僅爲陳寅恪先生的説法提出一些有力的證據,而且對我們加深對韓詩的認識亦有意義。過去的注家尋找韓愈《南山詩》中這一段文字的淵源由來,一般衹注意到杜甫的《北征》,以及《詩經·小雅》中的《北山》,用這兩篇詩來説明諸如這一類寫法,在韓愈之前早有先例。這種説法固然不錯,但畢竟還是不全面的。因爲杜甫《北征》這首詩,僅僅衹用"或"字兩處,顯然不大能够説明問題。而《北山》一篇,雖然一連用了十二個"或"字,但與《南山》的這段文字誇張地描繪怪異的形象,相比之下尚有很大的差異。如果把這兩首詩當作《南山》最直接的繼承淵源,總使人感到説服力不强。惟曇譯《佛所行贊·破魔品》中這一長段偈頌,不啻在連續使用數十處"或"字上與《南山》絶爲肖似,而且在用這種方式描繪事物形象之詭異險怪上,這兩者亦有一脉相承的聯繫。由此就可以肯定,《南山》的這一段詩,主要還是受到了佛經偈頌的影響。

其實,如這一種連續使用"或"字的排句形式,是佛經偈頌的譯文中鋪衍事物所普遍採取的一種寫法,在這方面我們從佛經中能够找到的例證,要比古典詩歌多得多。例如鳩摩羅什譯《妙法蓮華經》的《普門品》,佛馱跋陀羅譯六十卷本《華嚴經》的《盧舍那佛品》,實叉難陀譯八十卷本《華嚴經》的《賢首品》及《入法界品》,寶雲譯《佛本行經》的《升忉利宫爲母説法品》及《嘆無爲品》,提婆訶羅譯《方廣大莊嚴經》的《詣菩提場品》,僧伽斯那譯的《菩薩本緣經》,都曾經出現過這樣的一類句式。又《大寶積經》中玄奘所譯的《菩薩藏會》,有一段篇幅很長的偈頌,甚至在每一句之首連續地用了六十四個"或"字。這就表明,陳寅恪先生提出韓詩受佛頌影響的看法,决非憑空臆造的子虚烏有之談,而是在一個極爲深廣的背景下提出的孤明先發之見。我們順着他指出的這條綫索繼續進行探討,就可以對於韓詩的藝術特點和表現形態,取得比較契合實際的理解。

應該指出,韓愈之借鑒並吸取佛經偈頌語言形式上的特點,作爲一種反映到文學創作上由此及彼的感通融會,這在詩人的作品中具有一定的普遍性。今考韓昌黎詩集,其中凡能見出其受佛頌的影響者,其數量尚不止《南山詩》一篇。祇要我們留心一下韓詩中比較特殊的行文句式及修辭方法,並追究一下這些特點形成的由來,在這一方面就屢有草蛇灰綫可供檢討。兹文特不遺其瑣屑,在這裏撮録一些事例來做點説明,以爲進一步論證我們所要探討的這個問題提供一些感性材料。

(一) 關於連續使用"何"字反復提問的句式

韓愈的以文爲詩,在於努力促成詩歌語言風格的散文化,因此他在謀篇造句方面,都有意與盛唐詩人立異,譬如他很喜歡連續地使用"何"字來反復提問,就是他的詩歌在句法上的特殊點之一。其《贈别元十八協律》詩云:

> 子兮何爲者?冠珮立憲憲。何氏之從學?蘭蕙已滿畹。於何玩其光?以至歲向晚。……子兮獨如何?能自媚婉娩。金石出聲音,宫室發關楗。何人識章甫?而知駿蹄踠。

此詩之篇幅不長,但在一首詩中"何"字反復迭用多達五處。像這樣一種詩句結構出現在韓愈的詩集中,並非僅此一例。如《孟東野失子》詩,亦云:

> 失子將何尤?吾將上尤天。女實主下人,與奪一何偏?彼於女何有,乃令蕃且延?此獨何罪辜,生死旬日間?

同樣也在八句詩中,以隔句的形式一連用了四個"何"字。這兩首詩,其句法基本相同,都是通過使用"何"字來反復提出問題,在充分伸展詩意的過程中注入散文化的氣脉,使作品體現一種理性的求索和思緒轉折之美。這在韓愈以前的唐代詩歌中,確實是絶爲少見的,江辛眉先生《論韓愈詩的幾個問題》一文(刊《中華文史論叢》一九八〇年第一期),在談到韓詩的藝術特色時就强調指出,這種通過在詩中連續使用"何"字來反復提問,是詩人的一種創新的句法,是他實踐以文爲詩的主張而在一個方面所作的嘗試。他的這個看法,從唐代詩歌發展的全過程來考察,無疑是正確的。

然而韓愈在詩歌領域從事這種句法上的創新,並不是一無依傍的憑空結撰。約而言之,實亦有佛偈之始作俑於前。按佛經中演述佛理,大率具備佛徒與釋尊互相問答的形式,即由佛徒提出疑難,再由釋尊爲之説法開示究竟。就在佛的弟子問法於世尊時,其偈頌多有連續使用"何"字的句式,例如南朝劉宋時代求那跋陀羅所譯的《楞伽經》四卷本,是一部在唐代士人中間影響很大的佛典,李賀《贈陳商》詩云:"《楞伽》堆案前,《楚辭》繫肘後。"白居易《見元九悼亡詩因以見寄》云:"人間此病治無藥,唯有四卷《楞伽經》。"略可見其流傳之廣。此經的卷首有一段長篇偈頌,即所謂"百八句"中間,就連續用了許多"何"字,如謂:

> 云何净其念,云何念增長?云何見痴惑,云何惑增長?何故刹土化,相及諸外道?云何無受次,何故名無受?何故名佛子,解脱至何所?誰縛誰解脱,何等禪境界?云何有三乘?唯願爲解説。

又《無所有菩薩經》卷一云:"菩薩游何處,何者是父母?住止於何處,何等爲眷屬?"《大般涅槃經》卷三《壽命品》云:"云何得長壽,金剛不壞身?復以何因緣,得大堅固力?云何於此經,究竟到彼岸?"卷九《如來性品》云:"云何見所作,云何得善法?何處不怖畏,如王夷坦道?”這一些佛頌,全部是五言體,并且都是迭用“何”字來反復提出問題。韓愈上面的兩首詩與此比較,其影響傳遞之迹看來尤爲明顯。

按《大般涅槃經》卷十《一切大衆所問品》中,還有一段偈頌也屬使用“何”字提問的句法,其云:

云何敬父母,隨順而尊重,云何修此法,墮於無間獄?

這四句偈頌,是説有的人對父母隨順敬重,並按照佛法修習善行,結果反而墮入阿鼻地獄受苦。佛的弟子在偈中提出這個問題,表現他們對善惡業報之説的懷疑。這樣的一層含意,實則同樣也櫽括在《孟東野失子》一詩之中。韓愈寫這首詩,乃有感於孟郊喪子的慘痛,從而爲人生命運之榮悴禍福發出了不平之鳴,極言上天對人與奪之不公,反映出作者思考這些問題而不得其解的困惑和苦悶。這同《涅槃經》上述的四句偈,在精神實質上是互相通融的。宋代黄庭堅讀韓愈的詩,嘗謂《孟東野失子》中的一段文意,“乃是《涅槃經》中佛語”。考其立論根據,大概就在這裏。從上所述,可見韓愈喜歡在詩中連續使用“何”字來反復發問,作爲一種詩的行文句式上的創新,其規模還是出於佛頌的塗轍。

(二) 關於“悉”與“恒”

韓愈是一個很有魄力的詩人,他的作品氣勢盤礴,牢籠萬象,能造前人未到之境。他之作詩,好用一些帶有概括和引申性的語言。如《憶昨行和張十一》云:“近者三姦悉破碎,羽窟無底幽黄能。”又《鄭群贈簟》云:“倒身甘寢百疾愈,却願天日恒炎曦。”詩中所謂的“悉”,乃是强調空間上的概括;而所謂的“恒”,則是表示時間上的延伸。這兩句詩,分别在第五字處使用“悉”或“恒”,頗能加强作品的表現力度,而且與佛經偈頌亦有一定的關係。

在漢譯佛經中,七言偈頌成立頗早,譬如漢魏兩晉時代翻出的若干佛典,就已具備比較完整的七言頌體。關於這一點對中國的七言詩所產生的影響,值得列爲專題進行研究。按釋典論述其教義,比較注意時空觀念的辨析,對於事物發展的形態和程度,需要作出帶有强調性的判斷,以此在佛經譯文中多用"悉"字和"恒"字。如韓愈上面這兩句詩的格式,這在早期傳譯的某些佛典中已有出現,這裏我們不擬一一涉及。本文僅舉實叉難陀譯的八十卷本《華嚴經》爲例,擇取其中有關的偈頌例句,來與韓愈的這兩句詩作些比較。八十卷本《華嚴經》中的偈頌,絶大部分都是七言,在形式上也臻於成熟。由於這部佛經譯成於唐代,文辭奇壯華贍,具有豐富的想象力和一定的文學價值,因此把它作爲一個例子來同韓愈的作品比較,就更能看出佛頌與詩歌之間的關係。

今按唐譯《華嚴經》中,其偈頌在一句之中第五字處用"悉"字或"恒"字的,數量之多實不可勝計,於此衹能略舉其隅。如第五字處用"悉"字者,即有卷十一《毗盧遮那品》:"光明所照咸歡喜,衆生有苦悉除滅。"卷十三《光明覺品》:"至仁勇猛悉斷除,誓亦當然是其行。"卷二十五《十回向品》:"十方所有衆魔怨,菩薩威力悉摧破。"卷二十九《十回向品》:"彼能如是善回向,世間疑惑悉除滅。"卷八十《入法界品》:"宫殿山河悉摇動,不使衆生有驚怖。"再如第五字處用"恒"字者,亦有卷八《華藏世界品》:"無量光明恒熾然,種種莊嚴清净海。"卷十四《賢首品》:"若以智慧爲先導,身語意業恒無失。"卷二十《十行品》:"於一世界一坐處,其身不動恒寂然。"卷三十五《十地品》:"三毒猛火恒熾然,無始時來不休息。"卷五十《如來出現品》:"真如離妄恒寂静,無生無滅普周遍。"以上十個例句,其中五例是用"悉"字的,其餘五例則用"恒"字。這樣一種普遍出現的句法,可以説是一部分佛經中七言偈頌的一個特點。例如罽賓三藏般若所譯的《華嚴經・普賢行願品》中的一段偈頌,就有"願諸智行悉同彼"、"一念一切悉皆圓","未來際劫恒無倦"、"我願究竟恒無盡"等這樣一些類似的句子構成形式。很明顯,韓愈上面的兩句詩,就是摹仿了佛頌的這一特點寫成的。這不但表現在它們之間句法結構上的一致,而且從"悉"與"恒"後面的句尾來看,韓詩中所云的"破碎"和"炎曦"兩詞,與上述有些偈句中的"摧破"和"熾然"兩詞,在意思上也是差相近似的。這一事例,可爲我們説明韓詩之受佛頌的影響補充一證。

(三) 關於在詩中鋪列動物的名稱

韓愈的性格逞博好奇,在詩中多寫各種怪異的事物,甚至接二連三地鋪列一些動物的名稱,例如"蚌螺魚鱉蟲"之類,殊爲出人意表。其中最突出的一例,即是《陸渾山火》詩。此詩寫到山中野火之煊赫,有四句詩云:"虎熊麋豬逮猴猿,水龍鼉龜魚與鼋。鴉鴟雕鷹雉鵠鵾,燖炰煨爊孰飛奔。"這四句詩,寫各種動物在火焰中游竄飛奔而不免化爲灰燼,其中有三句連續鋪列了一長串動物的名稱,在讀者面前呈現一大奇觀。關於這一寫法,何孟春《餘冬詩話》曾舉《柏梁詩》中"柤梨橘栗桃李梅"爲例,説明這種以七物聯綴爲句的形式,在漢世的聯句當中已有濫觴。韓愈《陸渾山火》中這一描寫,與此頗多承借。何氏的這個解釋,從詩的句式結構上説當然很有根據。但是《柏梁詩》中所寫的東西,均屬木本植物的果品一類,這與《陸渾山火》之鋪列各種動物,似嫌尚有一間之隔。我們細考這段詩中的句法意象,疑此亦與佛頌中的某些描寫有關。

按佛書所載的内容,多述神魔化現各種奇禽異獸的故事,或者誇示諸佛菩薩悉能調伏衆生,故其行文中間,時常鋪排一些動物的名稱,以展示一個荒幻恐怖的宗教世界。如《修行本起經》卷下云:"圍繞菩薩,三十六由旬,皆使變成師子熊罴兕虎,象龍牛馬犬豕猴猿之形。"又《佛説睒子經》云:"師子熊罴虎狼毒蟲,慈心相向無相傷害。”《賢愚經》卷十《迦毗黎百頭品》在一句長行之中，即有“驢馬駱駝虎狼豬狗猿猴狐狸”等一連串動物的名目。如這樣的情形，在偈頌中間亦往往有之。例如《大寶積經》卷八《密迹金剛力士會》云：“師子虎狼，熊罴猿猴，麀鹿騾驢，野狐諸兔，象馬狗犬，牛羊豬類，聞其聲音，可意喜悦。”唐譯《華嚴經》卷四十四《十通品》云：“幻作男女形，及象馬牛羊。”卷七十二《入法界品》云：“合掌恭敬禮，牛馬犬豚類。”《大集經》卷四十九《鬼神集會品》云：“師子象虎豹，非時惡風雨。”《辯意長者子經》云：“牛馬象驢駱駝，豬羊犬不可數。”《寶星陀羅尼經》卷三《魔王歸伏品》云：“我今化現可畏事，師子駝象虎水牛。”《大寶積經》卷八十一《護國菩薩會》云：“汝今云何不愛樂，鵝雁鸚鵡及鴻鶴。”《如來不思議秘密大乘經》卷三《菩薩語密品》云：“迦陵頻伽拘枳羅，鵝雁鸚鵡並鶖鷺。”又云：“師子虎豹熊獐鹿，象馬犀牛猫犬豬。”以上所舉的這一些偈頌，其體制自四言、五言、六言及七言，都以接二連三地羅列動物名稱爲其特點，尤其是後面幾個七言偈的例句，與韓愈《陸渾山火》詩中的描寫相比，乃恍然如出於一轍。因此韓愈的這幾句詩，極有可能就是承襲了佛頌的這種手法。

對於這個問題，我們之所以作如是觀，還有另外一個原因。因爲韓愈《陸渾山火》這首詩的意境，曾受到過佛教繪畫很深的影響，它所描繪的一系列光怪陸離的形象，即是以佛畫作爲其加工和藝術上再創造的藍本的。近代學者沈曾植先生在《海日樓札叢》中談到這首詩，就認爲應當把它當作“一幀西藏曼荼羅畫觀”。而所謂“曼荼羅畫”，即是佛教密宗的神變圖畫。沈氏着重在佛畫與韓詩的關係上來立論，是從另一個角度觸及了韓詩的要害。由於韓愈一生嗜好佛畫，其詩集中屢有自己觀覽佛寺壁畫的記載，這種藝術形象的長時期的浸潤感染，使他一部分詩歌之造物賦形，頗能融會佛教繪畫中的景象。我們注意一下《陸渾山火》整篇作品所描寫的事物，真是充滿着怪力亂神的色彩，像這一類虛荒誕幻的境界,也惟有佛教繪畫中的形象纔能與之比擬。關於這個問題,在近幾年來發表的研究韓愈的一些論文中,也偶有涉及。如錢仲聯先生的《佛學與中國古典文學的關係》一文(刊《江蘇師院學報》一九八〇年第一期),其中專門論及韓愈,非常明確地肯定了沈曾植氏的這一論點。江辛眉先生的《論韓愈詩的幾個問題》一文,也談到這個問題,認爲《陸渾山火》一詩中鋪叙火神宴客的場面,有繁花、音樂、旗幡、賓從、儀仗、酒肉、飲啖等方面的描寫,使讀者如同看到一幅西藏曼荼羅畫。這一首詩既然受佛畫之影響如此深刻,那麽就完全有這樣的可能,作者在這裏鋪列一連串動物名稱的描寫,乃是他有意識地取法於佛頌的結果。我們把《陸渾山火》詩的藝術形象與語言特點統一起來考察,這個問題就能得到正確的解釋。

韓愈的詩與佛經偈頌的關係,作爲一個詩人對一種文體在語言形式上的吸收借鑒,應該表現在很多方面,本文挂一漏萬,僅舉上面三個例子來作一點初步的探討,所謂蠡海於一勺,實不足以概括這兩者關係之全貌。但是通過上述的分析,至少能使我們掌握一些事實,説明韓愈有一部分詩,確實受到過佛經偈頌的影響。而這種影響,不僅表現在作品散文化的句式上,而且對於形成韓詩險怪的風格,也起到一定的作用。唐詩到韓愈産生一大轉變,與此當有密切的關係。

韓愈其人,號稱攘斥佛教不遺餘力,但他自己偏偏受到佛教的潛移默化,這是一個很有趣的現象。馬永卿《懶真子》轉引王抃語曰:"退之號毁佛,實則深明佛法。"這種説法固然不無過當,但從説明韓愈之曾經接觸過佛經這一點上看,還可以當作我們的參考。韓昌黎爲了闢佛,很自然地會去涉獵若干佛典,這同他的愛好佛畫放在一起來看是顯得非常合於情理的。而這樣做的後果,又反過來在相當深刻的程度上影響着他的詩歌。所謂"反其道以行也是模仿",韓愈就是其中之一例。這種否定之中還有肯定的相反相成的現象,對於文學史的研究者來説,亦是亟應注意的問題。唯其如此,我們纔能對於韓愈這樣一類充滿矛盾的詩人及其作品有一個如實的估計。

1985 年 7 月

李賀與《楞伽經》

李賀集中《贈陳商》一詩，是他二十餘歲時所寫的一篇作品，詩中除了涉及陳商的某些行迹之外，還包括若干作者的自述，對於研究詩人的生平和思想，具有較高的材料價值。在這裏特别需要提出來的，是這首詩中的三、四兩句，詩人自云："《楞伽》堆案前，《楚辭》繫肘後。"這短短的兩句詩，作爲詩人很形象的自我寫照，不僅能够表明李賀在閱讀書籍方面的興趣愛好，而且還有着它廣泛縱深的思想背景，爲我們全面地瞭解李賀這位作家提供了一條非常重要的綫索。倘若我們從這兩句詩出發，聯繫詩人其他有關作品進行分析綜合研究，往往就會觸及李賀研究中的一些新的問題，譬如對於我們準確把握李賀的世界觀，探明詩人的思想同古代某些思想學派的淵源繼承關係，以及揭示他的詩歌中塑造的美感形象所體現的理念本質，都是顯得很有意義的。

一

在中國文學史上，論才華之卓犖超絶，李賀是屈指可數的一位詩人。他構思新穎，别出杼軸，在作品中塑造出一系列個性鮮明的藝術形象，顯示出豐富而獨特的美學意義，千百年來長期得到讀者的激賞。然而閱讀《李長吉歌詩》，經常會碰到一層困難，這就在於這些作品語言曲折隱晦，景象恍惚迷離，詩人描繪的具體的美感形象中間，究竟體現了什麽樣的思想本質，不免費人苦猜。這個問題的存在，除了李賀的詩本身比較晦澀之外，還同我們對於詩人的思想面貌瞭解不透大有關係。因此,我們要使李賀的研究工作在現有的基礎上向前推進一步,就必須認真地從整體上探討一下詩人的世界觀。

關於李賀的世界觀,尤其是他詩歌創作的哲學思想基礎,這在一定意義上來説,還是一個尚待充分研究的領域,到目前爲止還有許多問題没有搞清。我們引述"《楞伽》堆案前,《楚辭》繫肘後"這兩句詩,正是試圖把它作爲一條綫索,從詩人同《楞伽》和《楚辭》的思想繼承關係,來對這個命題進行一點初步的探索,在這裏需要注重研究一下李賀同《楞伽》的關係。我們這樣做,並不是要把上面所引的兩句詩割裂開來,更不是忽視或低估《楚辭》給予詩人的影響。而是因爲從李賀研究的實際情况來看,詩人同《楚辭》之間的關係,這一直是大家都很注意的議題,在這方面已經作過不少的論述,我們不妨於此暫置勿論。至於李賀同《楞伽》的關係,情况就顯得大爲不同,儘管歷來研究李賀的著作數量甚多,却從來没有哪一個注家和論者,去留心注意到《楞伽》這部佛經對於詩人的影響。正是這樣,致使這個很有意義的課題,至今尚且完全付之闕如,這就不能不給研究李賀的工作帶來一定的局限。所以在這個問題上作點討論,就更加具有其迫切的意義。

然而,我們要探明李賀與《楞伽》之間的關係,同樣也存在着不少困難。因爲《楞伽經》作爲一部佛教的哲學理論著作,它的性質同《楚辭》不盡相同,我們不大可能在李賀的作品中間,比較直接地看到它對詩人所起的影響。而且像李賀這樣一位詩人,自稱所謂"筆補造化天無功",專心致力於藝術美的創造,從他身上根本看不出有什麽信奉佛教的行迹,他何以會對這部佛經産生如此濃厚的興趣,這個問題本身就很難以理解。爲了從仿佛間隔迷離的情况中理出一點頭緒,真正找到李賀所以愛讀《楞伽》的原因,我們首先要從《楞伽經》和《李長吉歌詩》各自的精神面貌談起。

我們知道,佛教作爲一種宣揚涅槃解脱的宗教,從它的初期形態開始,直至其後小乘、大乘的各個佛教派别,它們所闡發和論證的唯心主義哲理,其核心内容最終都是歸結於解釋人的生死問題。大乘佛教的義理當然要回答世界的本原和真實性的問題,但仍然是以人生爲本位來觀察一切世界現象。《楞伽》這部佛教經典,其精神面貌也是大體不離其宗,雖然它的篇幅並不算多,但是它以論述世界萬物的生滅現象爲中心,精心構置了一個繁瑣而難懂的神學思想體系。我們細按這部典籍的經義,可以概括出它的最基本的思想,是要説明人們生活在世界上,隨時面臨着種種生滅現象,各種變化流注不斷,萬物生成毁壞相續,人有生老病死的痛苦。處在這種情况下,人們必須努力擺脱世俗的通常見解,消除對於死亡的恐懼,按照它所指點的佛教思維修行方式,去尋找一條超脱生死的道路。《楞伽經》第一卷開端的兩句偈語説,"世間離生滅,猶如虚空華",就非常簡括地揭示了這部佛經的大旨所在。

基於這一思想,《楞伽經》在哲學理論上所討論的主要命題,就集中在解釋世間萬物的生滅變異和人的生死現象上面,它力圖闡明在人們的精神意識領域,應該怎樣在這些問題上確立唯心主義的宗教世界觀。在這種宗教世界觀看來,世間萬物皆由心造,凡是人所感知、認識的對象,並不在外界而在心内,森羅萬象的外境不過是心識變現的東西,要獲得真理性的認識,完全取决於對精神領域中的阿賴耶識的主觀體認,由此最終肯定一切衆生"如來藏"的常恒實有。《楞伽》四卷,主張所謂"唯心直進",思維證覺,特别强調通過認識論的途徑來解决生死大事。由此,它在各個部分所作的一系列論證,廣泛涉及有無、生滅、時空、動静、數量等等哲學上的範疇,自始至終都是圍繞着這一主要命題展開的。《楞伽經》竭力要人相信,衹要人們根據它的一套唯心主義哲學理論去認識思考,領悟世界和人生的真諦,那就能够最終從生死當中得到解脱。

在弄清了《楞伽》的基本思想之後,我們轉而來看李賀的詩歌,透過其具體的美感形象進行由表及裏的剖析,也能發現它們有一個重要的思想特徵。這個特徵就是在於,在《李長吉歌詩》中,竟有近乎半數的作品,内容都與生死問題有着直接或者間接的關係。早在三十多年前,錢鍾書先生的《談藝録》一書,就已經注意到這個問題,指出"長吉詩屢悲光陰之速與年命短促",他説:

> 細玩《昌谷集》,舍侘傺牢騷,時一抒泄而外,尚有一作意,屢見不鮮。其於光陰之速,年命之短,世變無涯,人生有盡,每感愴低徊,長言永嘆。

這一論述在分析了李賀大量作品的基礎上,言簡意賅地指出了它們的一大内容特徵,確實説到了問題的點子上面,對於我們理解李賀許多詩歌的精神實質,極其富有抉疑蘇隱的啓發意義。

我們細緻地味索李賀的詩篇,尋繹其間的作意寄悰所在,就可以對他的精神面貌得到一個輪廓性的瞭解。由於詩人多病早衰,仕途牢落,這兩方面的原因,形成了他極其憂鬱的性格,對於生死問題顯得特别敏感。他從自己的生活環境中,感受到世界變遷無窮,目睹萬物興榮消歇,念慮人有生老病死,心裏鬱結着人生短促的悲哀。他在詩中説,"吾不識青天高,黄地厚,惟見月寒日暖,來煎人壽"(《苦晝短》),"暘谷耳曾聞,若木眼不見,奈爾鑠石,胡爲銷人"(《日出行》),"日夕著書罷,驚霜落素絲。鏡中聊自笑,詎是南山期"(《詠懷》之二),"客飲杯中酒,駝悲千萬春。生世莫徒勞,風吹盤上燭"(《銅駝悲》),可見那種焦慮衰老和死亡的念頭,幾乎無時不在纏擾着詩人的靈魂。他有時甚至於因爲秋風吹落一片桐葉,就會驟然感到驚心動魄;頭上掉下幾莖華髮,也能給他帶來無法抑制的憂愁。在李賀的詩集之中,用了很多的"老"字和"死"字,其中"老"字多達五十餘個,"死"字也有二十餘個,僅在外集一首題爲《南園》的短詩裏,就出現了三個"老"字。而且他在詩中描寫自然美的形象時，非常喜歡刻畫衰敗的草木、枯萎的花朵，表現所謂“幽蘭露，如啼眼”，“啼蛄吊月勾闌下”這樣一類景象，賦予自然事物以一種衰敗凄冷的特徵。這種耐人尋味的用字習慣和審美趣味，作爲詩人内心世界的曲折顯現，反映出在他的思想之中，時常充滿着迫蹙於衰老和死亡威脅的憂思。

在古代封建社會，人們對於許多自然現象還缺乏正確的認識，生死問題往往成爲人生中間很大的事情，難免會由此産生各種各樣的消極情緒。像李賀這樣通過詩歌來抒發自己年命短促的悲哀，從文學發展史上來看，這並不是一個罕見而孤立的現象。譬如在漢代末年的詩歌中，就唱出了“生年不滿百，常懷千歲憂”這樣的人生奄忽的悲歌，使後代的衆多詩人文士産生深切的共鳴。而在魏晉南北朝整整一個時代，當時文學作品的一個最普遍又是震栗人心的主題，就是對於生死問題表示嚴重的關切，發泄那種光陰消逝和人生倏忽的感情。如曹操、曹植、孔融、阮籍、嵇康、陸機、劉琨、郭璞、陶潛、鮑照這些著名的詩人，他們的作品都有這方面的内容。這種反映在文學創作中的思想潮流，一直影響到初唐文學的精神面貌，如在張若虚的《春江花月夜》、劉希夷的《代悲白頭翁》等名篇中，都表現出濃厚的光陰消逝的感傷情緒。包括後來李白和白居易、韓愈這樣一些大詩人，他們的詩集當中，同樣也有很多感慨生命短促的篇什。這些情況足以表明，李賀在他的詩裏表現出强烈的生命留戀，對於不可避免的自然命運流露出恐懼和憎恨，誠然是一種社會意識形態的反映，放在當時的歷史條件下來看是毫不足怪的。

李賀的這些詩歌，還有一些特殊的地方值得我們注意。他對生死問題的考慮，顯得十分沉著低徊，其思想凝聚於一點而鬱結不解，形之於詩，數量極多，這在中國文學史上是表現得非常突出的。而且這些作品所顯示的具體思想形態，也同一般古代作家所寫的同一類詩歌有點不同。比較起來，李賀表現生死問題的詩歌，思想内容要顯得更加深刻一些。它們並不是單純地嘆息光景無常，也不是一味地宣揚肆志及時行樂，而是從中深潛地透露出詩人彷徨於生死之間，在苦心思索着人生的奥秘，體現出更爲顯著的哲理意味。錢鍾書氏《談藝録》在論及這個問題時説："他人或以吊古興懷，遂爾及時行樂，長吉獨純從天運著眼，亦其出世法、遠人情之一端也。"我們讀李賀的詩，可以看出在這些作品的塑造美感形象的藝術構思中，時常閃現出詩人各種抽象的邏輯的理念活動，表現他在努力探討"天道"與"人生"的關係，出入於"時間"和"空間"的範疇，追索"永恒"和"短暫"的意義。這種幽緲深邃的思考和遐想，其目的也是試圖通過認識論的途徑，來尋找一條能够擺脱死亡的道路。

經過上面的比較，我們就能清晰地看到，李賀的詩歌與《楞伽經》，雖然它們一者是訴諸塑造美感形象的文學作品，另一者則是闡發抽象哲理的宗教論著，但是歸結到思想本質上來説，這兩者的内容却有着相通契合的地方。很顯然，李賀詩中所寫的一個最常見的主題，正是《楞伽經》所反復論證的一個主要命題，而兩者所涉及的哲學上的範疇又是基本一致的。就在這裏，正好顯示出李賀的世界觀和創作方法的聯繫，説明他的藝術創造活動，有其一定的哲學思想基礎。在長期的古代社會裏，人們感於生死問題所引起的痛苦，往往企圖尋求某種寄託藉以自慰，或者到宗教哲學典籍當中去求索人生疑問的答案。然而不管如何，人的生命有限畢竟是個現實問題，包括世界上許多國家産生的古典文學名著，都曾經異常尖鋭地觸及死亡這一攪動着人類意念的絶大惶惑。《楞伽經》所提出和論證的那個解脱生死的問題，對於李賀這樣一個朝夕焦慮於死亡的人來説，自然會在思想上感到是很容易接近的。我們明白了這個原委，不惟李賀之所以喜愛《楞伽》可以得到比較合理的解釋，而且使我們在進一步研究李賀與《楞伽》的思想聯繫時，也摸索到了一個大體的範圍。

二

我們綜觀《李長吉歌詩》,把其中相當一部分作品聯繫起來,從它們塑造的藝術形象的美感特徵,進而剖析其間的思想本質,就會發現一個非常有趣的現象。這就是在李賀的許多詩篇中,經常通過大量生動而具體的形象化描繪,巧妙地顯現出作者思索天道年命的理念活動,作爲一種從具體到抽象的哲理,其宇宙論和人生觀,往往同《楞伽》的思想有着比較密切的關係,從一定程度上來説,也可以在《楞伽》中間找到它們的思想淵源。

(一)對宇宙和人生的看法

李賀的不少詩篇,在思想内容和藝術手法上有一個顯著的特點,它們在表現人生短促這一主題時,經常把人的生死現象,有意識地放在無始無終的天道變化中來描寫。這樣一個特點,作者所寄託的含義,是在於表現宇宙變化無窮和人生年命有限的矛盾。錢鍾書的《談藝録》講到這一點時,列舉出《天上謡》、《浩歌》、《秦王飲酒》、《古悠悠行》、《三月過行宫》、《後園鑿井歌》、《日出行》、《拂舞歌辭》、《相勸酒》、《夢天》等篇,指出其間所櫽括的意藴,“皆深有感於日月逾邁,滄桑改换,而人事之代謝不與焉”。這些作品繪寫天運世變,就極力顯示其悠遠浩茫而永無際極,言及人之生存於世界,則反復强調這猶如翕忽的一瞬間,其宗旨都是爲了説明,人以短促須臾的生命,處在曠大無邊、層出不窮的自然界變化之中,其意義是顯得極其渺小的。

從一定範圍來説,李賀看到“世變無涯,人生有盡”,是符合客觀世界的本來面貌的,在自然界和人類的關係中,確實普遍而永遠地存在着宇宙無限和人生有盡這對矛盾,古往今來誰也無法逾越生命衹有一定限度的規律。唐代詩人陳子昂的《登幽州臺歌》云:“前不見古人,後不見來者。念天地之悠悠,獨愴然而涕下。"正是寫出了他對這一矛盾的認識和感慨。問題在於,李賀在他的作品中間,對比"天道"的悠遠和"人生"的短暫,是用十分消極的觀點去看待這一矛盾,於此引發出來的是一種虛無主義的思想感情。這種空虛悵惘的情緒,促使他在觀察世界一切事物現象的時候,總是離不開人生無常的觀念,把世間種種變化都同死亡的悲戚聯繫在一起,覺得榮華富貴難以持久,官街鼓聲不能常聽,青春華顔易於衰謝,英雄美人終歸黄土。在他看來,由於世界上存在着海生陸沉,日月遞嬗,四季代謝,滄海桑田,使得一切東西都經不起光陰的消磨,所謂"海沙變成石,魚沫吹秦橋。空光遠流浪,銅柱從年消"(《古悠悠行》),時間的作用衹是毁滅一切理想和美好的事物,自然界的一切變異現象,都是對於人們生命的虛耗和消蝕。李賀的這種對宇宙和人生的看法,把它和歷史上流行的思潮進行比較,它不僅同道家莊子的思想很相近似,而且同佛家無常的觀點也是相通一致的。

按照佛教的説法,認爲世界上所有的一切事物,無不處於流注相續的變滅過程之中,包括人的生命在内,都是因緣和合、展轉即壞的東西,所謂"四大無主,五藴本空",本質上並不具有什麽客觀實在性。《楞伽經》正是根據這種觀點,把人之生死置於世界萬物無始無終的過程中間,用空虛無常來解釋人的生死現象,認爲在這不斷流注的生滅變異中,人的生存和死亡,猶如"來者趣聚會生,去者散壞"。它有一段偈語,將衆生的生命同廣大的宇宙對比,稱言"諸山須彌地,巨海日月量,下中上衆生,身各幾微塵",這實際上也是講的宇宙無窮和人生有盡的矛盾,按其論旨所歸,同樣在於極度貶低人生的意義。李賀這些詩歌的内容,同《楞伽》的這種論證,從思想形態上來看,有着共通相類的地方。

(二) 關於相對主義

同上面所説的密切相關,李賀詩歌中間還有一個很爲特殊的現象,它們在把天道世變和人生年命對比描寫時,往往先由抒寫天道變化悠遠無窮,感嘆人生寄世短促渺小,進而推衍到强調任何一個具體的事物和過程,其終極意義都是顯得很微小和短暫的。例如《相勸酒》一詩,首先從"羲和騁六轡,晝夕不曾閑"寫起,表現光陰飛馳,人壽短促,進而又從人生短促,聯想到"堯舜至今萬萬歲,數子將爲傾蓋間",把堯舜以來這段很長的歷史過程,也説成如同傾蓋一會那樣稍縱即逝。再如《古悠悠行》,則由"白景歸西山,碧華上迢迢"開始,發泄詩人日月遞嬗、光景遷流的感觸,接着就用"今古何處盡,千歲隨風飄"兩句,又把千年之長講得如同一風吹過。其他像《天上謡》云:"東指羲和能走馬,海塵新生石山下。"《夢天》則云:"黄塵清水三山下,更變千年如走馬。""遥望齊州九點烟,一泓海水杯中瀉。"《浩歌》又云:"王母桃花千遍紅,彭祖巫咸幾回死。"這些氣魄恢宏的神異之筆,表現霄壤之間寥廓壯闊的美景,寫得的確饒有特色,然而滲透在這一類形象描繪中間的思想實質,却是旨在顯示自然界的滄桑之變衹是恍如走馬,漫長的歷史過程也是轉瞬而過,以九州之大不過是幾點微烟,以滄海之廣却好像一泓杯水。作者由感念人生之短促渺小,進一步感到世界的一切事物和過程,都是相對地顯得短小的,這樣在他的"宏觀世界"裏,除了宇宙本體以外,就根本不存在什麽可以被他認爲巨大和長久的東西。

誠然,世界上的任何事物,都是在可以比較的情况下存在的,在時間和空間的範疇中,不論長短和大小,都是相對而言的。但是時間、空間作爲運動着的物質的存在形式,它的"數"與"量"在其相對之中又包含着絶對,事物本身還是有其質的規定性,如果否定這一點,就會陷入哲學上的相對主義。李賀詩中所反映出來的認識論特徵,在一定程度上説,正是否認了時間和空間本身有着"數"和"量"的客觀規定性,抹煞了世界事物在其相對性中又包含着絶對性,乃至認爲漫長緩慢的滄桑變化過程,就如短促渺小的人生一樣,在實質上也不存在什麼差别。這不是什麼真正科學地反映宇宙世界事物關係的辯證法,而是明顯地帶有莊子的那種相對主義的思想傾向。姑且就舉《浩歌》"王母桃花千遍紅,彭祖巫咸幾回死"兩句爲例,它的意思在於説明,同仙界王母能够長生不死相比,那麽即使像彭祖、巫咸這些號稱長壽的人,其生存於世間也是極爲短暫的。在《莊子》的《逍遥游》中,恰恰就有這樣的一段話:

> 楚之南有冥靈者,以五百歲爲春,五百歲爲秋;上古有大椿者,以八千歲爲春,八千歲爲秋,此大年也。而彭祖乃今以久特聞,衆人匹之,不亦悲乎!

在這裏,我們就能找到李賀這種哲理觀點的原型了。

這種相對主義觀點,同樣是《楞伽經》的一個很重要的思想。《楞伽》所提出的觀察世界的認識方法,它自己歸納成"離四句":(1) 離"一異"(意思是超離於事物之間的一致和差别之上),(2) 離"俱不俱"(超離事物的聚合與分散),(3) 離"有無非有非無"(超離事物的所謂存在和不存在),(4) 離"常無常"(超離事物的所謂不變和變化)。它把任何不同事物之間的關係,都説成是"非異非不異",最終是不存在什麽差别的。《楞伽經》在表述這些觀點時,曾舉泥團和微塵爲例,用以説明它們表面上雖有大小之别,但是泥團最終可以析爲微塵,從相對主義的觀點來看,兩者在數量上的大小差異,並不具有什麽實在的意義,泥團之與微塵,説到最後應無分别。所以,《楞伽經》鼓吹"長短有無等,展轉互相生",甚至把"數"和"量"看成一種"因緣鈎鎖",是展轉相生的虚假現象,宣稱人們如果依憑它們來觀察世界,那就衹能得到錯誤的認識。譬如,前面所舉到的這部佛經中"下中上衆生,身各幾微塵"兩句偈語,也是意在説明,處於廣大宇宙的無窮變化之中,一切有生命的東西,不管其壽命多長,其最終意義都是微渺短暫的。

根據佛教的説法,將"衆生"分爲上、中、下三類,上者易於修行成佛,下者則成佛極其困難,任其壽夭懸殊,長短不一,這在《楞伽》看來,一概如同微塵一樣顯得渺小。儘管從程度上説,李賀詩歌當中反映出來的相對主義傾向,遠不如《楞伽經》那樣明確徹底,但是作爲一種對世界事物現象的看法,無疑是與之一脉相承的。

(三) 超世間的思想

李賀在他的詩中,還描寫了許多自然界滄海桑田的變化現象,諸如《天上謡》、《浩歌》、《夢天》、《古悠悠行》等篇,都以異常廣闊浩莽的境界,去描繪一系列滄桑轉換的神奇形象,顯示出世界循環往復、永恒不息的變化。有些評述李賀的文章,僅僅據此一點,就遽然斷定詩人對於自然運動規律有着比較清晰的認識,甚至認爲李賀的世界觀中有着鮮明的辯證法思想,其實這種説法,並不符合李賀思想的實際面貌。這是因爲,"滄海桑田"作爲自然界客觀存在的一種普遍現象,在人們長期積累的生活經驗中是一個很早就被認識的問題,唯物主義和辯證法固然可以用它來説明自然界運動變化的規律,唯心主義也可以用它來闡發空虚無常的思想。我們在前面説過,不論是道家還是佛家,它們在表面上都並不否認自然界存在着運動變化,然而在它們解釋這些變化的原因和本質時,却在理論上得出同唯物主義完全相反的結論。李賀詩中寫了許多滄桑塵水之變,同樣衹是作爲一種現象來加以描繪,並没有把它看成是物質世界本身固有的客觀規律,他反而認爲有着一種超越於自然世間之上的"元化之心",作爲精神力量在主宰和支配着萬物的變化生滅。他在《浩歌》一詩中又云:"南風吹山作平地,帝遣天吴移海水。"表明他在解釋世界運動變化的原因時,不但没有使他在思想上走向唯物主義,倒是反映出一定的客觀唯心主義的特徵。

更有意思的是,李賀在作品中表現滄海桑田的變化,同他對於生死問題的考慮,總是緊密地聯繫在一起的。我們於此追溯一下"滄海桑田"這個成語的來源,它最早出於《神仙傳》,這部道書描述麻姑三見東海變爲桑田的故事,本意是要説明,在滄海桑田生死相續的塵寰之上,還存在着一個永恒不變的神仙境界,人們衹要超離現實世間,與種種塵世變化斷絶關係,就可以在仙境當中得到永生。李賀喜歡描寫滄海桑田現象,他所寄託的寓意正是順着這一思想發展而來的。在詩人看來,人們所以在生命問題上得不到自由,就是由於自然界存在着這種滄海桑田的變化,他在詩中描繪這些現象,實際上是把它視爲通向長生之路的障礙而極度悲嘆的。他從這一思想邏輯考慮問題,認爲要使自己的生命獲得永恒的意義,就必須像傳説中的神仙那樣,超出塵寰滄海桑田的變化,擺脱時間和空間的限制。他有近四十篇詩,内容都與神仙有關,顯現出作者各種超氛絶塵的想象,就不能不説同他這種超世間思想有着密切的聯繫。例如《天上謡》和《夢天》兩詩,作者想像自己凌空遨游天國,徜徉於霄漢之間,遇到嫦娥、弄玉等神仙,俯視世界滄桑塵水變化無窮,構思確實新巧奇恢,然而究其思想本質,還是表現了他以神仙自比,幻想輕舉高蹈於變化無涯的塵世之上,不受時間和空間的束縛,可以在生命問題上追求絶對的自由。詩人在這兩首詩裏,用色彩繽紛的筆墨,把神仙境界渲染得非常美麗,在作品生動而具體的美感形象中,清楚地反映出他對人生的理想和憧憬。

由李賀的超世間思想,很容易使人聯想到莊子的《逍遥游》,而且我們進一步推究,還可看出它同《楞伽》之間的内在聯繫。《楞伽》這部佛經,同其他的佛經一樣,它們論證世間種種生滅變化,都是宣揚一種"出世間法"。在《楞伽》的第一段偈語中,就開宗明義地指出:"世間離生滅,猶如虚空華。智不得有無,而興大悲心。"其後又説:"真實無生緣,亦復無有滅。觀一切有爲,猶如虚空華。"可見它的論述主旨,在於强調主觀精神上超離生滅有無，這同樣也是一種超世間的思想。《楞伽經》認爲，現實世間無數生滅變化現象，本質上都是虚幻不實的東西，而在流注相續不斷變異的現世之上，也存在着一個圓滿地體現着宗教精神的天國。衹要人們在主觀精神上超離生滅有無，“一切法相無所計著（執着），得如幻三昧身，諸佛地處進趣行生”，“觀察開覺歡喜，次第漸進，超九地相，得法雲地”，這樣就能在思想上逐步接近天國，最終從生死當中得到解脱。當然，《楞伽》所宣揚的出世間法，主要是指精神上得到超脱，而李賀的超世間，除了精神上的超脱之外，還幻想肉體飛升登仙。但是，這兩者同樣作爲超世間思想，對於哲學上基本問題的回答，終究還是一樣的。

三

如上所述，我們可以看到，李賀由於考慮生死問題，從而在他的作品裏呈現出一種特有的精神面貌，其思想本質確實同《楞伽》有着内在的聯繫。《楞伽》這樣一部旨在解釋世界萬物生滅和人之生死現象的佛經，無論在宇宙觀問題和人生觀問題上，都在李賀的作品中間打上了深刻的烙印，它與李賀之間的那種特殊的思想淵源繼承關係，是不能加以抹煞和忽視的。所以李賀在《贈陳商》一詩中，極力强調自己對於《楞伽》的愛好，就不是一個孤立偶然的現象，而是在很大程度上反映出詩人思想和創作的實際情況。

然而，我們在這裏討論這個問題，在任何意義上來説，都不是旨在把李賀的世界觀與《楞伽》的神學體系等同起來。應該看到，李賀並不是一個佛教的信徒。他對《楞伽》的愛好，最主要的原因是由於他苦心思索生死問題，這同《楞伽》所論證的命題有着很大的一致性，在他對於世界萬物變遷和生命現象感到迷惑不解的時候，就企圖從這部佛經當中找到某種答案。但是，李賀與《楞伽》

的關係,還遠未達到那種宗教信仰的程度,他從這部佛經當中吸取某些思想成分,是在一定的條件下經過了自己的取捨委納,在有所抉取繼承的情況下又包含着懷疑和否定。因此,在李賀的作品中間,所受到的《楞伽》的思想影響,經常是作爲世界觀的一般形態而出現的,並不包括那種特定的宗教含義。李賀與他同時代的詩人相比,他的思想有其獨特的個性,他曾經接受了多方面的思想影響,又不是任何一個思想流派所能完全概括的。他的許多詩篇,還明顯地帶有作者世界觀尚未真正定型的特徵,既有深潛的哲理思考,也有天真的想入非非,顯示出與衆不同的風貌。他的思想同《楞伽經》比較,除了有着顯著相同的地方之外,還有着迥然不同的地方。

(一) 從思想體系來看

李賀的思想與《楞伽》的不同,首先表現在《楞伽經》具備一個比較完整的思想體系,有着一條貫串始終的思想主綫,它對世界萬物生滅變異和人的生命現象的解釋,觀點基本上是首尾一致的,而李賀的宇宙論和人生觀,則顯得非常駁雜混亂,在有些具體問題上根本没有形成確定的看法。

《楞伽經》這一部佛教哲學著作,雖然因爲它宣揚的是唯心主義,決定了它最終不可能在理論上是没有漏洞的,但是就其自身範圍來説,顯然是經過了比較縝密的考慮,運用了許多精巧的唯心主義的哲理思辨,力圖在各方面儘量做到自圓其説。例如,它所鼓吹的那條超脱生死而成佛的道路,就是首先在主觀精神上消泯"生"與"死"的界限,超離生滅,通過漸修漸悟在内心證覺,獲得所謂"一乘自覺聖智性",從而達到成佛的境地,即:

無分别心→去妄念→精神上離生滅→則知自心現量→得一乘自覺聖智性→解脱生死→到達佛地

這條思想主綫,非常清楚地體現在全書之中,它在其餘有關問題上所作的論證,又都是有機地圍繞着這條主綫進行的,從而構成了它自身比較統一完整的佛學思想體系。

李賀的情況則不然,他在詩中表現其思考萬物生滅和人的生死現象,其精神面貌雖然同《楞伽》一樣具有明顯的相對主義和出世思想,但是他並沒有完整地接受《楞伽》的這一思想體系。李賀的宇宙論和人生觀,不啻受到《楞伽經》的影響,同時還從《莊子》中間吸取了許多思想成分,整個魏晉南北朝時期士族精英在生死問題上所表現出來的各種意識形態,在他的作品裏幾乎都有不同程度的反映。比較起來,道家和神仙家對他所起的影響,也許是更加顯著一點。詩人感於生死問題的嚴重和逼迫,極力尋找一條可以擺脱自然命運的途徑,内心是極度不平静的,他對各種以超世間形式出現的解釋生死大事的説法,都會在思想感情上覺得易於親近。然而每當這些學説同他的日常生活經驗發生尖鋭的矛盾時,他又不能不對它們産生一定的懷疑,轉而又企圖從别的方面去追求開釋其疑慮的出路。因此李賀的世界觀,是顯得非常複雜淆亂的,甚至在對待許多具體問題上,在他作品中會反映出兩種看來完全不相同的想法,給人一種難以捉摸的印象。

譬如,李賀爲了企求生命得以長存,對於神仙一途,曾經寄予極大的希望。他在詩中描寫了形形色色的神仙,不論是西王母、東王公、嫦娥、弄玉、瑶姬、青琴、王子喬、李少君、萼緑華、博羅老仙、蘭香神女、貝宫夫人,都是同他這種特定的思想背景分不開的。他的《貝宫夫人》詩云:“長眉凝緑幾千年,清凉堪老鏡中鸞。”《假龍吟歌》則云:“木死沙崩惡溪島,阿母得仙今不老。”《瑶華樂》一詩又云:“鉛華之水洗君骨,與君相對作真質。”表明他對神仙能够長生多麼地艷羡,乃至在《天上謡》和《夢天》中幻想自己靈魂連同肉體一起輕舉,到天上的仙境去求得永恒的快樂逍遥。僅從這一點來看,就同《楞伽》單純强調精神的解脱有着明顯的不同。

然而，就在對待神仙這個問題上，李賀的態度也是經常發生矛盾的。縱然他對長生的企望時時溢於言表，把神仙境界形容得無比美妙，無奈這條微茫的路途，並没有使他的精神得到真正的寄託。在他熱烈地嚮往追蹤神仙的同時，嚴峻的生活實際又使他作出一些稍爲冷静的思考。因爲神仙長生一説，實在過於荒誕無稽，詩人歷數古往今來，追求神仙的人固然不少，但是畢竟没有一個成功的例子。即使像秦皇漢武那樣英雄豪縱的君主，任其權勢顯赫，千方百計求仙採藥，夢想延齡千祀，最終還是不免一死。這些按之確有實據的體驗，都會使他感到神仙之渺茫難求，從而產生愈來愈多的苦悶和煩悵。他在《苦晝短》一詩中，情不自禁地發出了"神君何在，太一安有"的疑問。他一方面羨慕神仙能够長生不老，另一方面又感慨仙境之恍惚難求；一方面竭力尋求一條擺脱死亡的道路，另一方面在思想上時而籠罩着宿命論的陰雲。凡此種種現象，都是説明李賀對於生死問題的思考，並没有一個一以貫之的確定的思想，而是在其靈魂深處，充滿着"生"與"死"的冲突所激起的彷徨和翻覆，經常糾纏於不可解决的自相矛盾狀態之中。

（二）從思想方式來看

李賀的思想與《楞伽》的不同，還表現在《楞伽經》這部講究禪法的佛經，它對解脱生死問題的論述，非常强調主觀上的思維修行，把消除所謂精神上的"妄念"作爲得到解脱的一項必不可少的要求；而李賀之探索生命現象的秘密，並不服膺於這種特定的宗教要求，他的思想和生活實際表明，他對《楞伽》所宣揚的這種思維修行方式是不能接受的。

在《楞伽經》看來，人們由於受到世界各種事物現象的影響，由此而產生的與佛教理念相違背的想法，包括樂生畏死、企求長壽在内，一概都屬計著（執着）於假象的"妄念"。所謂"世間言論，種種辯說，不脱生老病死，憂悲苦惱，誑惑迷亂”，都是“心爲識浪所轉”的結果，“如彼妄想，心意來去，漂馳流動，一切無有得涅槃者”。由此《楞伽》認爲，那些留戀生存憎惡死亡的想法，本身就是超脱生死的最大迷障，人們要從生死波浪當中得到解脱，必須在主觀精神上堅决摒斥這些思想意念，做到“於一切衆生界，皆悉如幻，不勤因緣，遠離内外境界，心外無所見”。把它的意思説得更明確一點，就是鼓吹要把生死問題完全置之度外，明明是很怕死，又偏要裝得滿不在乎的樣子，思想上不起一點煩惱和念慮，“虚空無雲翳，妄想净亦然”，精神境界保持絶對的安静。而且，《楞伽經》還認爲，人們的一切美感體驗和藝術創造活動，也是一種“妄念”的表現，“謂種種妙音歌詠之聲，美樂計著，是名言説妄想”，都應屬於擯斥之列。

與此剛好相反，我們讀李賀那些表現自己探索天道年命的詩歌，在其中所能看到的最明顯的東西，恰恰就是這種被佛家稱之爲“妄念”的“憂悲苦惱”，他爲年命短促而“感愴低徊，長言永嘆”，有時真的到了“誑惑迷亂”的程度。李賀其人，總的來説是感情勝於理智的，他要比《楞伽經》的作者直率得多，他有强烈的生存願望和創作熱情，毫不掩飾他對人生的眷戀，從來没有試圖斂攝自己的靈魂，他嘔心鏤骨，刻苦吟詩，力求“筆補造化”，把藝術美的創造作爲他最主要的生活内容，詩人的各種想法，都在作品中間得到充分的表現。他徘徊於生死兩端，感念人生短促的煩亂和痛苦，使他的精神境界始終無法得到安寧。清人張簣齋的《澗于日記》説，在李賀的這一部分詩歌裹，寄託着作者很深遠的“雲愁海思”，這是一個很有見解的看法。關於詩人的精神狀態，他在許多作品中間自己講得相當坦白，他一則感慨仕途厄塞慘淡，二則憂慮生命短暫無常，這兩者交織在一起，無可排遣地在擾亂和震蕩着他的心靈。《自昌谷到洛後門》云：“淡色結晝天，心事填空雲。”《贈陳商》云：“長安有男兒，二十心已朽。”《梁臺古意》云：“朝朝暮暮愁海翻。"《開愁歌》云:"一心愁謝如枯蘭。"可見他的心情煩惱之極而無法自抑,根本不會按照《楞伽》所提出的那套消除"妄念"的思維方式,去從事什麼主觀精神上的修行。

李賀爲生年短促而感愴低徊,其思想却顯得譎異高緲,他一心尋找掙脱自然命運羈縻的途徑,在他的詩中充溢着神馳聯翩的異想。譬如他爲時間的不斷流逝,感到焦急萬分,竟至想象能够駐息日月的運行,停滯光陰的奔馳,使循環無窮的天道變化突然中斷,意想這樣就能使人得到長生。如《後園鑿井歌》云:"一日作千年,不須流下去。"《苦晝短》云:"吾將斬龍足,嚼龍肉,使之朝不得回,夜不得伏。自然老者不死,少者不哭。"《日出行》云:"羿彎弓屬矢,那不中足,令久不得奔,詎教晨光夕昏。"《相勸酒》云:"彈烏崦嵫竹,抶馬蟠桃鞭。"《拂舞歌辭》云:"東方日不破,天光無老時。"《秦王飲酒》云:"洞庭雨脚來吹笙,酒酣喝月使倒行。"《梁臺古意》云:"朝朝暮暮愁海翻,長繩繫日樂當年。"詩人採用了許多有關日月運行的神話傳説,描繪一系列生動而離奇的感性形象,其旨趣在於表現詩人企圖擺脱時間的束縛,從而肯定自己的生命具有永恒的意義。然而,這種"感流年而駐急景"的想法,在《楞伽經》中,却被認爲是一種"意斷流注"的"妄念",同它所主張的思維修行方式,是怎麽也不能通融的。

(三) 從思想歸宿來看

李賀的思想與《楞伽》的不同,又反映在兩者對於人之生死現象所作的思索和論證,其哲學思想上各自的具體歸結之點,也是顯得很不一致的。

《楞伽經》根據它的宗教思想體系,把所謂"離生滅"作爲精神上解脱生死的主要途徑,稱言"真實無生緣,亦復無有滅","不生不滅,是如來異名"。它認爲人們要從因緣生死當中超脱出來,必須熟視無睹世間一切生滅變化現象,在思想上不承認"生"與"死"

有什麽差別，衹有這樣，纔能使自己的精神境界逐步接近於佛教圓滿的真如世界，最後在那種"不生不死"、"非生非死"的涅槃狀態中得到"安隱快樂"的歸宿。《楞伽》所指點的這條解脱的道路，在理論上是以完全否認事物之間的一切差别爲其特徵的，它向人們所展示的一幅皈依佛教真如世界的圖景，實質上就是所謂的"無差別境界"。

在李賀的世界觀中，誠然有着一定的相對主義傾向，而相對主義往往很容易走向無差別論。但是，李賀的相對主義，是顯得很不徹底的。他固然嗟嘆光陰之速，感到人生長短壽夭都如倏忽一瞬，似乎没有什麽差別。然而他對現世生活畢竟非常留戀，他不會像莊子那樣聲稱"大塊勞我以生，息我以死"，以達觀來取得自我安慰，更不足以使他按照《楞伽》的宗旨，在思想上完全消泯"生"與"死"的界限。他的求生願望如此之強烈，決定了他絶不可能皈依那種"不生不死"的涅槃狀態。明代李世熊的《昌谷詩解序》説：

> 意賀所最不耐者，此千年來擠賀於鬱晵沈屯中，非死非生，若魘不興者。

這一段話，對於李賀特有的思想性格，真是刻畫得惟妙惟肖，生動地説明了他對《楞伽經》所吹噓的那種不死不活的境界，非但毫無欣羨之心，反而大有抵觸之意。他在這部佛經中間，終於没有找到關於人生疑問的解答。

我們把李賀一系列的作品聯繫起來看，可見詩人對於天道年命進行冥思苦索，精神狀態處於極度的遽遑和迷惑之中。他有時嚮往神仙長生，又感到神仙境界恍惚難求；有時意想阻止光陰的奔馳，又嘆恨這種想法畢竟無法實現；有時聲言不如縱酒及時行樂，又認爲這也不能消除自己的憂愁。他的《秦王飲酒》一詩，就是作者有感於光陰消逝，年命短促，世變無窮，人生有盡，於此借秦始皇内宫夜宴爲題,顯示出他自己思索生死問題而在内心引起的冲突。詩中描寫秦王企求長生,試圖阻擋時光的行馳,轉而浸沉聲色之樂借以解憂,最後表現宫娥跪舞捧獻壽觴,祝他千秋萬歲長生無極。但這一切,終究不能排除他生命短促的悲哀。詩人在這裏表現秦始皇追求長生而不得實現的悲劇,實際上寄託着自己的感傷情緒,流露出他多方尋求擺脱死亡之路的幻想遭到破滅的悲哀。這種百慮而無一得的思考,衹能使他越來越感到死亡的不可避免,從而在他的詩中發出無可奈何的呼喊,“神血未凝身問誰”(《浩歌》),“何用强知元化心”(《相勸酒》),感到主宰和支配萬物遷異的所謂“元化心”,説到底是一個無法理解的東西,終於導致他由不可知和絶對的悲觀主義,在思想上陷入對死亡的神秘的幻覺之中。

李賀探索生死問題的秘密,思想上經歷了一個痛苦而曲折的過程,最後却是通向虚無和幻滅,這一可悲的結果,在他的詩裏就作了真實的記録。他嘆息美麗絢爛的神仙境界難以到達,就把注意力移到棘草叢生的墓場;他無法肯定生命可以得到長存,就轉而歌頌死亡的永恒,歌頌操縱命運的神秘力量。他在許多詩中,描寫精靈鬼魅,描寫墳墓,描寫陰風鬼火,把人們日常生活中一般都認爲醜惡的東西,作爲藝術美來加以表現。如像“呼星召鬼歆杯盤,山魅食時人森寒”(《神弦》),“石脉水流泉滴沙,鬼燈如漆點松花”(《南山田中行》),“秋墳鬼唱鮑家詩,恨血千年土中碧”(《秋來》),“百年老鴞成木魅,笑聲碧火巢中起”(《神弦曲》)等一類詩句,在文學史上别成一格,帶有濃重的神秘詭譎意味。這一奇怪現象的出現,正是他思想中“生”與“死”的冲突不可調和的産物,有着詩人自身深刻的世界觀根源。他在一首《感諷》詩中,極力渲染人死之後進入墳墓的情景,其云:

南山何其悲,鬼雨灑空草。長安夜半秋,風前幾人老。

低迷黄昏徑,裊裊青櫟道。月午樹無影,一山唯白曉。漆炬迎新人,幽壙螢擾擾。

在這裏,就非常形象地揭示出了詩人哲學思想的最後歸宿。

四

談到這裏,我們要把問題重新回到"《楞伽》堆案前,《楚辭》繫肘後"這兩句詩上來。李賀在這一聯對句中,非常明確地將《楞伽》和《楚辭》相提並論,説明他對這兩部書有着同等的愛好。那麽,於此就産生了一個新的問題,即李賀對於《楞伽》的愛好,是否同他對《楚辭》的愛好有着聯繫呢。過去許多關於李賀的論著,在這個問題上同樣没有作過任何論述,它們在談到詩人和《楚辭》的關係時,一般衹是限於從政治倫理範圍和作品語言風格、創作方法等方面,去研究《楚辭》給予李賀的影響。其實,這樣的探討還不足以揭示出這一關係的全部意義,由此也就必然無法涉及和回答上述這個問題。

毋庸置疑,《楚辭》是一部偉大的文學作品,作爲我國古典詩歌的兩大源流之一,幾千年來滋養和啓迪了無數傑出的詩人,對於後代文學的發展産生過巨大的作用。李賀這樣熱烈地激賞《楚辭》,當然會在思想藝術上從《楚辭》中間吸取許多有益的養分,他之所以成爲一個名聲卓犖的詩家,是同他認真向《楚辭》學習分不開的。因此從文學發展史的角度去研究兩者之間的繼承關係,應該是一項必不可少而且很有意義的工作。

但是,我們必須看到,像《楚辭》這樣一部宏偉的巨著,它所包羅的問題,並不僅僅限於文學藝術通常涉及的範圍之内,而且從哲學思想方面來説,它也是一部研究古代意識形態的重要材料。偉大的屈原,不啻是一位才華横溢的時代歌手,同時也是一位見識深湛的哲人巨子。他生活在上古社會,囿於當時的生産水平和自然科學的發展狀況,對於自然現象、歷史規律和人生問題,誠然不可能超越歷史條件的限制而産生透徹的理解。但屈原不甘心因襲舊有的信念,敢於大膽提出自己的懷疑,在其作品當中,極呼天人而窮究本原,體現出强烈的追尋真理的求知精神。單是《天問》一篇,作者就接連提出了一百六七十個問題,廣泛涉及自然現象、歷史政迹、神話傳説以及對於生命現象的探索。其云:"何所不死,長人何守","彭鏗(彭祖)斟雉帝何饗,受壽永多夫何久長","黑水玄趾,三危安在,延年不死,壽何所止","安得夫良藥,不能固藏","天式從横,陽離爰死,大鳥何鳴,夫焉喪厥體",都寓託着作者對天道年命、生死壽夭的思考。他的另外一篇作品《遠游》,則是寫自己因爲思索生命問題而想象"輕舉",詩中有云:"惟天地之無窮兮,哀人生之長勤。往者余弗及兮,來者吾不聞。"其實質也是在於揭示宇宙變化悠遠無窮和人生年壽短促有限的矛盾,這同李賀一部分詩歌的内容,就有着很直接的思想聯繫。詩人在《遠游》中又云:"聞赤松之清塵兮,願承風乎遺則。貴真人之休德兮,美往世之登仙。""吾將從王喬而娱戲,飡六氣而飲沆瀣兮,漱正陽而含朝霞。保神明之清澄兮,精氣入而粗穢除。"其他如《離騷》云:"吾令羲和弭節兮,望崦嵫而勿迫。""折若木以拂日兮,聊逍遥以相羊。"《涉江》云:"吾與重華游兮瑶之圃,登昆侖兮食玉英。與天地兮比壽,與日月兮齊光。"這些詩句牽涉到天人關係、時空觀念,均同作者考慮生命問題密切相關。雖然屈原對於現實人生充滿着熱烈誠摯的深情,不像李賀那様想到死亡就顯得惶恐不安,他之感觸人生短暫時常會激發起努力進取的精神,但是他的思想並非没有矛盾。就在這些作品中間,詩人抒發自己關切政事、憤世嫉俗的感情的同時,還反映出古代神仙思想給他的影響,在有的場合,也會流露出一定的超世間思想。

很有意思的是,恰恰就是這種人生哲理的思考和超世間思想,《楚辭》對於後代的社會意識形態和若干知識分子的精神面貌,也曾經起過不可忽視的影響。譬如漢代初年的賈誼,他的政治遭際很不得志,論其氣質人格與作品精神,同屈原最爲近似,他的《吊屈原賦》和《鵩鳥賦》兩篇,就是有意效仿《楚辭》之作。《史記·賈生列傳》談及這兩篇作品時説:"賈生既辭往行,聞長沙卑濕,自以壽不得長,又以適去,意不自得。及渡湘水,爲賦以吊屈原。"又云:"賈生爲長沙王太傅三年,有鴞飛入賈生舍,止於坐隅。楚人命鴞曰'服'。賈生既以適居長沙,長沙卑濕,自以爲壽不得長,傷悼之,乃爲賦以自廣。"可見賈誼創作這兩篇辭賦,其思想動機除了屈原遭到貶斥的命運引起他的共鳴,借以抒發自己懷才不遇的鬱抑情緒之外,同樣也包括着他對於人生年命的思考。其《鵩鳥賦》云:

> 真人恬漠兮,獨與道息。釋知遺形兮,超然自喪;寥廓荒忽兮,與道翱翔。乘流則逝兮,得坻則止;縱軀委命兮,不私與己。

這一段話,就吸取了《遠游》和《莊子》有關生命問題的看法,帶有明顯的超世間思想。稍後的司馬相如,則比賈誼更進一步,模擬《遠游》寫了《大人賦》,極事渲染"輕舉"成仙之樂,誇揚所謂"乘虚無而上假兮,超無友而獨存","必長生若此而不死兮,雖濟萬世不足以喜"。這一篇賦,竟至使漢武帝讀後感到"飄飄有凌雲之氣,似游天地之間意"。作者摹仿《楚辭》的思想宗旨,則是完全取其神仙長生的觀念和超世間的思想。

到了魏晉南北朝時期,社會風氣崇尚通脱,在動蕩不安的局面下,知識分子精神面貌顯得十分低沉,他們服藥求仙,沉湎酒色,好談玄理,對於生死問題的態度一般都很消極。他們愛讀《楚辭》,往往主要是從這個方面去尋找某種思想寄託。《世説新語·任誕篇》稱:"王孝伯言名士不必須奇才,但使常得無事,痛飲酒,熟讀《離騷》,便可成名士。"這種放任曠達的人生態度,對後世文人的熏陶至爲深遠。例如宋代陸游《閉門》詩云:"研朱點《周易》,飲酒讀《離騷》。"《自貽》云:"病中看《周易》,醉後讀《離騷》。"《小疾謝客》云:"痴人未害看《周易》,名士真須讀《楚辭》。"《讀書》云:"病裏猶須看《周易》,醉中亦復讀《離騷》。"《雜賦》云:"體不佳時看《周易》,酒痛飲後讀《離騷》。"質其思想來源,都可以追溯到這裏。王瑶先生《文人與酒》一文,談到《世説新語》這條記載,他指出:"痛飲酒是增加享受的,讀《離騷》是希慕游仙的,這是當時名士們一般的心境;而其背景則正是時光飄忽和人生無常感覺的反應。"所以,這個時期出現的大量的游仙詩,就同《楚辭》有着比較密切的關係,它們不但採用了許多《楚辭》中間的神話傳説,而且在幻想"輕舉",以及作品的語言風格等方面,也有同《楚辭》相仿的地方。這些情況表明,魏晉南北朝時代的知識分子,他們愛讀《楚辭》這部作品,其側重點並不十分强調它的現實政治内容,而是經常同他們嗜酒痛飲、企慕神仙的精神生活聯結在一起,把它看成一部與生死問題有關的哲理書籍。

李賀雖然青年夭折,但身上很有一點名士風度,他不僅企羡神仙,而且嗜酒成癖。他在詩中聲稱,"會須鍾飲北海,箕踞南山"(《相勸酒》),"勸君終日酩酊醉,酒不到劉伶墳上土"(《將進酒》),乃至縱情痛飲不惜虚生浪死,其精神面貌同魏晉文人很相彷彿。我們在上文剖析了他世界觀的一些主要特徵之後,再來觀察這種現象,就不難明白李賀之所以酷愛《楚辭》,同樣有着這一方面的思想背景。由此足見,李賀把《楞伽》與《楚辭》相提並論,一併作爲自己經常閲讀的必備書籍,這不但並不矛盾,而且在他的世界觀中,是通過詩人對天道年命的考慮這個共同因素聯結在一起的。

我們研究李賀與《楞伽經》的關係,以此作爲一條綫索,對於他的宇宙論和人生觀作了初步的探討。結果説明,從李賀詩中反映出來的哲學思想面貌,以及他在描繪藝術形象中間所體現的審美趣味,都帶有鮮明的唯心主義色彩,這是一個毋庸諱飾的事實。但是我們指出這個問題,絶對不是從整體上來否定李賀及其詩作。這是因爲,《楞伽經》完全是一部唯心主義的宗教哲學著作,李賀的詩歌則主要是文學作品,這兩者有着共同涉及的方面,又有其各自不同的範疇,在其普遍性中又包含着具體各别的特殊性。文學史上有不少作家,他們的哲學思想固然是唯心主義的,在文學上却取得了卓越的成就。作爲一種觀念形態的東西,李賀的詩當然同一定的哲學思想有着聯繫,但它既然具備文學藝術本身的特殊性,就不能完全用哲學問題來概括和衡量它的價值。而且,從李賀世界觀自身的情況來看,也是充滿着各種複雜的矛盾現象,他的獨特的思想發展變化經歷,對於構成他詩歌的内容特徵,起着非常重要的作用。其中有些情形,是非常值得我們加以研究的。

第一,李賀深有感於年命的短促,冥思苦索人生的奥秘,極力尋求一條擺脱死亡的道路,他帶着這一目的,到各種解釋生死問題的唯心主義意識形態中去尋找回答。然而,他的求生欲望如此之迫切,促使他對待各種唯心主義的意識形態,都要放到是否真正實現長生這個前提下來考慮。這樣思索衡量的結果,並没有使他從中找到任何精神支持,相反導致他對這些唯心主義説教産生越來越多的懷疑,意識到它們在解決生死問題上,畢竟是無能爲力的。他這樣愛讀《楞伽經》,却絶不願意皈依涅槃;他醉心於道家神仙之説,最終還是感到這一幻想的破滅。儘管李賀的世界觀自始至終没有越出唯心主義的閫域,他不可能站在唯物主義的立場上來批判宗教迷信,但是在其思想矛盾的發展過程中,對於某些唯心主義意識形態所産生的懷疑和幻滅,就在一定程度上揭穿了它們的虚假性,事實上也包含着某種否定的因素。例如他在《苦晝短》中發出"神君何在,太一安有"的疑問,《官街鼓》中聲稱"幾回天上葬神仙,漏聲相將無斷絶",《拂舞歌辭》云"樽有烏程酒,勸君千萬壽。全勝漢武錦樓上,曉望晴寒飲花露"。這些作品極言神仙恍惚難求,悲嘆死亡之不可避免,作爲詩人世界觀自身矛盾發展到一定階段的產物,在濃重的幻滅和感傷情緒之中,在客觀上也體現出懷疑和否定神仙迷信的意義。

第二,李賀對各種傳統的意識形態敢於懷疑的態度,不啻表現在對自然現象的看法上面,而且也反映到他的歷史觀念中間。他觀察世界事物和人生現象,由看到宇宙無限與人生有限這一矛盾,深感人生猶如曇花朝露,進而認爲世界上任何具體事物,都没有長遠的意義。這種相對主義的觀點,貫串到他的宇宙論和人生觀中,所得出的結論當然是非常消極悲觀的。但是,當詩人用這種思想去看待歷史現象時,却從他身上閃爍出一些令人注目的思想光彩。在《李長吉歌詩》裏,寫到歷史上許多著名人物,他們在作者的眼裏,幾乎無不都是匆匆來去的過客,"堯舜至今萬萬歲,數子將爲傾蓋間"(《相勸酒》),"漢城黄柳映新帘,柏陵飛燕埋香骨"(《官街鼓》),對那些被統治階級奉爲神聖莊嚴、風流顯貴的東西,也一概採取某種輕蔑和藐視的態度。他的《秦王飲酒》、《白虎行》、《官街鼓》、《苦晝短》、《金銅仙人辭漢歌》等篇,多次寫到秦始皇和漢武帝。作者寫這兩個歷史人物,反映出他的宇宙論和人生觀,意在表現他們縱然功業輝煌,顯赫一時,爲了追求長生無所不用其極,但時間的流逝畢竟是無情的,結果還是"劉徹茂陵多滯骨,嬴政梓棺費鮑魚"。就如漢武帝建造金銅仙人承露盤,幻想服食雲表之露以求仙道,然其在世能有幾何,死後金銅仙人亦歸他人所有,處在悠悠無盡的歷史長河中,其生命恍如秋風中之過客,同樣也是顯得微不足道的。所以在李賀的心目之中,對於秦皇漢武並不懷有特别的敬意,而是乾脆直呼其名,甚至用"劉郎"來稱呼漢武帝,這無疑是一種對於封建帝王尊嚴的褻瀆。再如《楊生青花紫石硯歌》一詩,作者在稱贊楊生石硯之後,筆鋒一轉又云"孔硯寬頑何足云",隨意貶斥孔子的遺物,明顯地同當時世俗的常見不能相容,致使王琦也認爲他"太無忌憚"。從這些作品裏面,都能使我們看出李賀身上的反傳統思想。

第三,李賀消極的宇宙論和人生觀,出現在中唐這個時代,有其特定的現實社會原因。安史之亂後,唐帝國急劇地由盛轉衰,社會動蕩,戰亂頻仍,生民大量死亡造成人口鋭減,政治的黑暗又更加使人感到窒息苦悶,地主階級知識分子在盛唐時期那種熱烈而自信的情緒,正在日益地消褪,一部分人的精神狀態開始崩潰,感到前途的渺茫和悲哀。在這種情况下,特别容易滋長光陰飄忽和人生無常的感情。因此歸根結柢地説,李賀詩歌中所反映出來的精神面貌,仍然可以在當時的社會生活中找到它的現實依據。綜觀李賀的詩作,其中所表現的人生在世奄忽無常之感,一般都是同仕途不遇的侘傺牢騷結合在一起的。正如陳貽焮先生《論李賀的詩》一文中所説:"時間的無限和生命的有限之間的矛盾是永遠無法克服的。但是,衹有那些懷才不遇、處於潦倒落魄之中而讓時光虚耗其有涯之生的人們,纔最易爲這一永難克服的矛盾深感悲痛。"李賀抒發仕途落寞的沉淪之感,很自然地會聯想到生死問題;在他追索冥搜陷於困惑迷惘的時候,又往往企望及早建立功名,如古詩《今日良宴會》所云:"人生寄一世,奄忽若飆塵。何不策高足,先據要路津。"就從這點來看,説明在李賀的思想當中,"出世"和"入世"的矛盾是顯得十分尖鋭的。他有時超氛絶埃,寄情浩茫的天際,有時又眷念塵世而關情現實生活,爲其困頓厄塞的境遇憤激一呼,對於當時一些社會問題也並未完全忘情。在他集中諸如《老夫採玉歌》、《送韋仁實兄弟入關》、《感諷》之一、《黄家洞》、《雁門太守行》、《送秦光禄北征》、《吕將軍歌》、《馬詩》、《南園》等一系列作品,或真實地描繪社會現實面貌,或表達自己的用世之志和愛國熱情,其中體現的積極的思想意義,也是必須予以充分肯定的。

1981年3月

附記: 關於《楞伽經》的譯本,存者計有三種:一爲劉宋時代天竺僧人求那跋陀羅譯,稱《楞伽阿跋多羅寶經》,共四卷;二爲北魏菩提流支譯,稱《入楞伽經》,共十卷;三爲唐代實叉難陀譯,稱《大乘入楞伽經》,共七卷。這三種譯本,以求那跋陀羅所譯四卷本在歷史上最爲通行。《續高僧傳·慧可傳》云:"初,達摩禪師以四卷《楞伽》授可曰:'我觀漢地,惟有此經,仁者依行,自得度世。'"又《續高僧傳》記載慧滿等人事迹,稱其"常賫四卷《楞伽》,以爲心要,隨説隨行,不爽遺委"。唐代净覺的《楞伽師資記》,稱求那跋陀羅爲楞伽宗(早期禪宗)第一祖,達摩爲第二祖,可見四卷本影響之廣。本文所引《楞伽》經文,均據求那跋陀羅譯的四卷本。

《楞伽經》還有北凉曇無讖所譯的四卷本一種,不傳。

《夢天》的游仙思想與李賀的精神世界

李賀《夢天》一詩，想象超忽奇恢，描繪了一個氣勢充溢寥廓的境界，藝術水平之高，屢被讀者嘆爲觀止，卓然成爲最能代表詩人創作成就的一篇傑作。關於這首詩的思想内容，歷代注家語焉不詳，顯得頗難理解，唯清人方扶南《李長吉詩集批注》云："此變郭景純（郭璞）《游仙》之格，並變其題，其爲游仙則同。"方氏這一論述雖然講得很簡括，但明確指出《夢天》是一首游仙詩，這就觸及到了作品的實質問題，對於揭示這首詩作隱括的思想寓意，實事求是地評論李賀，都有一定的啓發意義。本文擬從《夢天》本身呈現的藝術形象出發，兼及李賀其他有關作品中所顯示的詩人主觀精神世界的某些特徵，對這首詩中的游仙思想作一初步的探討。

一

提起游仙詩，人們就很自然地會想到郭璞，這位晉代詩人就是因爲寫作游仙詩，由此在中國文學史上負有盛名。但是游仙詩的産生，並非始於郭璞，它作爲中國古詩傳統當中一個特殊的現象，反映着古代人對於宇宙人生一種相當普遍的看法，其最直接的淵源，至遲可以追溯到東漢末年，而在以後封建社會各個階段的詩歌領域，幾乎都能找到這樣一類作品。這些在不同時期出現的游仙之作，内容大要不離感慨人生短促，表現作者企圖從時間上和空間上超脱現實世界，到幻想中的仙境靈域去追求長生，因此它們的思想理藴，有着比較嚴格的規定範圍。但是這些詩歌的藝術特點和具體的構思形式，却經常會有一些不同，並不都是完全摹仿郭璞等人的作品。例如唐代王勃的《忽夢游仙》，白居易的《夢仙》，祝元膺的《夢仙謡》，項斯的《夢游仙》，都是借助於述寫夢中之境，來寄託作者的游仙思想。這些作品同郭璞的《游仙詩》相比，題目小有變化，表現手法上亦"稍變其格"，但實質上也是反映了一般游仙詩所寫的内容。

我們讀《夢天》一詩，首先接觸到的東西，同樣也是詩人通過記夢的方式，描繪出一幅夢幻中的神異美麗的天國圖景。詩的前半首寫道：

> 老兔寒蟾泣天色，雲樓半開壁斜白。玉輪軋露濕團光，鸞珮相逢桂香陌。

關於這四句詩的解釋，各家注本大同小異，方扶南《李長吉詩集批注》及陳貽焮《詩人李賀》所解，各有精當之處。從詩的首句來看，似乎不免有點幽冷陰沉的意味，但到"雲樓半開壁斜白"一句，就隨即呈現出一片明朗歡樂的氣氛。王琦《李長吉歌詩彙解》認爲前面四句詩"似專指月宫之景而言"，這一結論大體可信。詩人在這裏，運用了許多巧妙的譬喻和象徵的手法，以聯翩迭現的浮想，把各種生動優美的藝術形象，組合在精煉的語句之中，從字裏行間到處溢露出他卓越的才華。李賀極意抒寫這個天上的神仙世界，不僅儼然如真地把月宫的美景展現在人們的面前，而且每著一筆，都無不寄寓着他對這一境界的嚮往之情。如果我們推究一下這幾句詩的構思脉絡，順着詩人馳騁的想象去追索其中包含着的理念性的東西，就不難發現它真正的意藴所在。

李賀是神仙境界天真的夢幻者。他在這幾句詩裏，懷着如此深摯的感情，特意創造了一個絢麗多采的氛圍，去描寫月宫中的所謂“老兔寒蟾”和嫦娥仙子，這一現象就很值得注意。這是因爲，他所屬意描繪的這些仙境神靈，在中國古代長期流傳的神話中，很早就被賦予特定的意義，文學史上許多作家在詩歌中間寫到它(她)們，通常總是同企求長生的熱望緊密地聯繫在一起的。例如傅玄的《擬天問》云：“月中何有？白兔擣藥。”古詩《董逃行》云：“白兔長跪擣藥蝦蟆丸，奉上陛下一玉柈，服此藥可得神仙。”李白《飛龍引》云：“紫皇乃賜白兔所擣之藥方，後天而老凋三光。”杜甫《月詩》云：“入河蟾不没，擣藥兔長生。”細按這些詩句所託的含意，無一不與希慕長生有關。至於嫦娥，更是因爲她偷吃了羿的不死之藥，而後飛升月中長生不老，這個美麗的神話，千百年來曾經激起無數人們對於生命問題的遐想，希望在這緲茫的天際會有一個解脱生死的地方。朱自清《李賀年譜》引洪爲法云：“(李)賀惟畏死，不同於衆，時復道及死，不能去懷；然又厭苦人世，故復常作天上想。”他在這裏幻想自己親歷天上月宫，與“老兔寒蟾”及嫦娥仙子邂逅游處，這同他自身對長生的艷羡和神往，誠然有着密切的關係。明代曾益《昌谷詩解》解釋《夢天》一詩，談到“老兔寒蟾”時説：“兔長生曰老，蟾居廣寒曰寒。”指出李賀刻意描繪這些藝術形象，其旨趣都是爲了肯定這些仙境靈物，它們的生命可以無限地延伸而具有永恒的意義。

李賀又是一個企羡離絶現世的臆想者。他在這首詩中展示的神仙境界，是要通過藝術形象來説明，到達此間的人們可以擺脱自然規律的限制，没有衰竭和死亡的脅迫，一切都是充滿着青春的活力和美的和諧。然而這樣一個圓滿地體現着作者人生憧憬的境界，在實際生活中是根本不存在的，即使是在神話中間，也祇能作爲一個彼岸世界虚幻縹緲的影子，在不斷地引發起現世的人們超塵絶世的意想。像李賀《夢天》等一類詩歌，從中表現出各種超絶人間的幻想，企慕從現實中得到解脱而輕舉升天，就其思想實質而論，恰恰就是反映出這種對於超世的天國所激起的非非之想。明代焦竑《李賀詩解序》説：李賀的詩作“所操者異，而總非食烟火人所能辨”。錢鍾書先生《談藝録》也指出：李賀作品的精神面貌，“遠塵氛而超世網，其心目間離奇俶詭，匙人間事”。他們兩家所作的論述，不啻從藝術上指出了李賀詩歌一個鮮明的特徵，而且還從詩人的世界觀和精神意念活動方面，揭示出像《夢天》這樣一些詩歌，在思想上帶有明顯的超世間的傾向。

從上所述，我們認爲《夢天》這一首詩，在它的前面四句中間，已經明確不過地顯示出作品最主要的理藴，這就是由於作者感念現實人生的短促，因而夢想自己超脱塵世，到天國靈境當中去追求生命的永恒。在這首詩神異恍惚的形象描繪中，體現着封建時代一部分知識分子在生命問題上的理性要求。

然而我們所作的這一評斷，目前大概會有很多人感到不能接受。因爲按照近幾年來廣泛流行的觀點，李賀被稱爲一個“政治詩人”，他的作品也被説成“反映了深刻的現實社會内容”，“其命辭、命意、命題，皆深刺當世之弊，深中當世之隱”，可以拿來同中唐的史實一一比附，一概寄託某種具體的政治含意。像《夢天》這樣一首傑出的作品，怎麽可能不去反映當時重大的政治事件，而是在表現什麽虚缈荒幻的生死問題呢？很顯然，在這裏所牽涉到的問題，就不單衹是《夢天》一首作品應該怎樣去分析和評價，而且還説明在李賀的研究和評論中間，對於如何看待李賀的創作個性，以及怎樣估量整個《李長吉歌詩》所包含的思想意義，也存在着很不相同的理解。

李賀生活在中唐時期，作爲一個景况日趨没落的唐諸王孫，他同當時社會政治現實的關係固然不容否認，但是由於他獨特的生活遭遇和思想性格，使李賀與文學史上一般的現實主義作家相比，確實有着明顯的不同。李賀是一個感情遠勝於理智的詩人，才華卓犖而閲歷短淺，鑒於他多病早衰，心中愁緒鬱結不舒，在他短短二十七年的生命途程之中，始終没有冲破比較狹窄的生活圈子。加上他的仕宦境遇牢落慘淡，處在大唐帝國急遽衰落的時代氣氛下面，詩人對於現實生活的落寞和不幸之感，很容易使他把更多的注意轉向個人和心靈。雖然他有一小部分作品，也對社會現實作過一些真實的描寫，但是他的大多數詩作，顯然不能像杜詩那樣當作"詩史"來讀，而是這位青年詩人一顆震蕩着的心靈的記録，向讀者曲折地透露出自己内傾的精神世界。明人王思任《昌谷詩解序》，稱李賀"僻性高才，拗腸盱眼"，這種不同於一般常人的性格特點和精神狀態，不言而喻地會在他的作品中間打上深刻的烙印。

我們綜觀《李長吉歌詩》，從整體上去把握它的内容特徵，可以看到它有一個相當普遍的主題，這就是詩人從他個人的地位去觀察世界，經常感觸宇宙變化悠遠無窮，人的生命短促無常，由此在他靈魂深處引起劇烈的冲突。他詩集中有一系列作品，就像錢鍾書《談藝録》所説的那樣，"其於光陰之速，年命之短，世變無涯，人生有盡，每感愴低徊，長言永嘆"。如《浩歌》、《秋來》、《苦晝短》、《日出行》、《相勸酒》、《銅駝悲》、《官街鼓》、《古悠悠行》、《拂舞歌辭》、《梁臺古意》、《秦王飲酒》、《金銅仙人辭漢歌》，它們無一不是爲生命問題而發，從中表現出作者對於死的極度憎惡與生的百無聊賴，充滿着宿命的惶惑和失望的痛苦。正是他在現實生活中找不到開釋愁悶的出路，就祇能在自己的主觀精神世界裏馳騁色彩繽紛斑斕的幻想。詩人嘗稱"筆補造化天無功"，這句話的準確含意，並不僅僅限於説明一種具體的創作方法，而是包括着這位面向内心的詩人對待宇宙人生以及藝術創作的一種特殊的心理狀態。他在窘困枯槁的實際生活中間，没有任何可資憑借的精神支柱，就祇能發揮自己想象的創造才能，用豐富多采的藝術形象來補償現實世界的缺陷，以此取得某種精神生活的平衡。李賀寫了大量的以神仙爲題的詩，就是這種精神活動的産物，它們的作意並不是什麽諷刺統治階級"妄求神仙"，而是把他自己内心世界的冲突加以升華，在描繪幻想的天國中寄寓着作者的求生意志。

李賀所寫的游仙詩，在表現形態方面有代表性的，除了《夢天》這一首外，還有《天上謡》、《神仙曲》、《瑶華樂》等篇，其中以《天上謡》一篇，無論在構思立意及具體的表現手法上面，與《夢天》顯得尤爲相同。它們共同的特點，是作者在想象中把自己置身於超世的天國，把虚無縹緲的彼岸世界形容得無比美好，其中表現出來的各種幽渺的情思和離奇的遐想，實則都離不開作者這種特定的心理狀態。我們聯繫詩人的世界觀，來探討《夢天》這首詩的思想内容和藝術特徵，首先應該牢牢地把握住這一點。

二

但是僅此一點，還不能概括這首詩全部的思想意義。我們必須看到，像《夢天》這樣的游仙詩，不管它們所寫的内容與人們的實際生活隔得多麼遥遠，它們終究又是人類現實社會中的産物，作爲一種觀念形態的東西，有其賴以形成和存在的現實基礎。這些以超世間形式出現的作品，縱然不大可能充分灌注具有深刻社會意義的感受，却仍然能够在某些方面保持着生活的氣息，用它們特有的方式反映出現世人們各種生活的願望。在《夢天》這一首詩裏，所謂的“鸞珮相逢桂香陌”，這一描寫詩人與仙女相逢的形象之筆，就不但衹是顯現了作者强烈的求生之欲，并且也在一定程度上，流露出他在男女愛情方面的一種想入非非的意念。

我們提出這個問題，絶對不是爲了標新立異而對作品進行牽强附會的纂解。這是因爲李賀在詩中寫的這一“遇合仙姝”的情節，既不是作者偶爾靈心一動的産物，也不是文學史上絶無僅有的現象，而是作爲一種超世間的意識形態所固有的特徵，同中國古代描寫游仙題材作品的歷史傳統有着内在的聯繫。

古代的許多描述神仙生活之作,有一個現象是相當普遍的,這就是它們的作者一方面極言自己睥睨一切世間的俗情,另一方面對塵世的各種享受却始終未能忘懷。在這些人的心目之中,所謂的天國神境與塵寰凡世之間,實際上並没有什麽嚴格的界限,他們總是設想現實生活中的賞心樂事,同樣也能够在神仙世界得到通融。所以一般游仙之作反映出來的人生理想,經常會把生死問題和男女問題聯結在一起。錢鍾書先生的《管錐編》,談到阮籍《大人先生傳》"局大人微而勿復兮,揚雲氣而上陳,召大幽之玉女兮,接上王之美人"這幾句時,即徵引文學史上許多例子,指出這些寄情輕舉遐齡的名篇,大抵都有"遇合仙姝"一類情節。他説:

> (阮籍)所道與張衡《思玄賦》、曹植《洛神賦》等中情事無異。"大人先生"超塵陟天,"仙化騰上",乃亦未免俗情耶?皇甫湜《出世篇》:"生當爲大丈夫,斷羈羅,出泥塗。……上括天之門,直指帝所居。……旦旦狎玉皇,夜夜御天姝,當御者幾人,百千爲番宛宛舒。……下顧人間,溷糞蠅蛆。"即此意充之至盡而言之無怍耳。《日知録》卷二五考《湘君》,嘗嘆"甚矣人之好言色也",舉世俗於星辰山水皆强加女名或妄配妻室爲例。竊謂張衡"軼無形而上浮",阮籍"揚雲氣而上陳",一則"召"見"嫮眼蛾眉",一則"召"見"華姿采色",亦徵"人之好言色",夫"好言色"即好色耳。

《管錐編》的這一論證,剖析古代神仙思想透闢入裏,如張衡、曹植、阮籍、皇甫湜,他們在誇陳自身"超塵陟天"之際,尚且未能擺脱世俗的感情,清楚地顯示出古代封建士大夫"愛好言色"的性格特徵。這樣一種帶有普遍性的思潮,對於文學史上出現的游仙詩,不論在作品所表現的審美理想,還是塑造形象的具體特點上面,無疑都會産生比較直接的影響。

我們衹要考察一下漢末以來的游仙詩,其間類似《夢天》這種

“遇合仙姝”的描寫,真是多得不勝枚舉,它們前後傳遞效仿,幾乎形成了一套固定的格局。譬如曹操《氣出唱》云:“乘雲而行,行四海外。東到泰山,仙人玉女,下來遨游。”張華《游仙詩》云:“亹亹陟高陵,遂升玉巒陽。雲娥薦瓊石,神妃侍衣裳。”陸機《前緩聲歌》云:“北徵瑶臺女,南要湘川娥。”郭璞《游仙詩》云:“靈妃顧我笑,粲然啓玉齒。”又云:“姮娥揚妙音,洪崖頷其頤。”鮑照《白雲詩》云:“命娥雙月際,要媛兩星間。”王融《游仙詩》云:“命駕瑶池隈,過息嬴女臺。”陸慧曉《游仙詩》云:“旌翻玉華晦,神轉雲光移。襲舄黄山下,投佩朱路歧。”這一連串詩句中所涉及的事情,一概都是敘稱作者在幻想的仙境靈域中,遇見形形色色美麗的仙姝,如果把它們和《夢天》一詩中“鸞珮相逢桂香陌”的描寫互相比較,即可看出内中一脉相承的關係。

儘管《夢天》這首詩的篇幅很短,但其内容却高度的濃縮,它在體現游仙詩的思想特徵方面,是顯得非常典型的。它在前半首的四句詩中,就概括了作者人生理想的兩個方面,即追求生命的永恒和男女的愛情,在經過特意渲染的撲朔迷離的意境中,非常含蓄而自然地透露出潛藏在詩人内心深處的感情。李賀於此夢想追求的月宫天國,是一個通過神光折射了的充滿欲望的世俗人間,也是基於他煩厭現實生活而幻想出來的精神樂園。這裏可以摒絶現實生活中無法回避的一切缺憾,又隨時都能得到凡俗人生中間各種樂趣和享受,凡是置身於塵寰所希求而不能實現的東西,到此一概都會如願畢償。正是因爲詩人的人生理想和現實環境存在着尖鋭的矛盾,他衹能够把希望寄託在這個實際上並不存在的境界,以此在苦悶中尋求曇花一現的歡樂,向荒誕裏追索異乎尋常的美麗。李賀在這首詩中,所以如此傾心嚮往這個虚假的樂園,顯然並非僅僅是由於前代的游仙作品對他的影響,而是他把自己的主觀精神世界,同這一類作品的思想傳統最爲密切地交織在一起,這從他個人的思想性格來看,也有着極其深刻的原因。

李賀一生短暫的經歷,無異是一個可慘的悲劇,他不單備受生活環境的折磨,内心世界也是極不平静,處在這種困厄抑鬱的遭際下面,極易使他陷入無法自解的沉淪。雖然他有一些作品表明,詩人處在苦悶之中還是試圖强振精神,時常奮身一呼而要求有所作爲,但是他過分敏感和脆弱的性格,終於使他没有從根本上擺脱消極情緒的蔽塞和包圍。作爲一個性格内向而又才華富贍的詩人,他没有把最主要的精力去注意現實社會的問題,也不可能用積極的處世態度去洞悉人生的真正意義,而讓他對於功名、長生、衣食、情愛等各種願望的追求,不斷地占據着他的靈魂。就在感性現實的世界遭到封閉隘限的情況下,從而把他大部分的興趣和精力,轉移到他所冀求的幻想生活的創造中去。在《李長吉歌詩》中間,就有《惱公》、《馮小憐》、《蝴蝶舞》、《屏風曲》、《夜來樂》、《花游曲》、《宫娃歌》、《河陽歌》、《石城曉》、《洛姝真珠》、《美人梳頭歌》、《夜飲朝眠曲》等一批作品,有的在樂府艷辭的基礎上别創新題,有的採掇歷史故事極意鋪陳,注重描寫女性的容色情態。這些詩歌大抵設色穠麗,着筆輕褻,繼承了梁陳宫體的餘緒,其中描繪的各種身份的女性形象,她們的神采風度常和作者主觀的感情融成一片。這正是詩人思緒糾結而凝想出神,在枯寂與沉淪之中“泄其隱情,償其潛願”,由渴望情愛的苦悶而在精神上唤起的一種幻覺。

李賀的這一類詩作,包涵着作者十分複雜的思想感情,也在一定程度上顯示出他對婦女命運的關切和同情,它們出現在封建社會倫理觀念有其嚴格規範的禁錮下,誠然表現了一種大膽的反傳統思想。但又必須注意,他在那種特定的生活環境中創作這些詩歌,正是他内心本能冲突在扭曲狀態下的顯現,他在詩中所抒發的主觀感情,完全沉溺於一片傾炫心魄的激蕩之中,甚至想象自己被壓抑了的情緒在幻覺中得到具體的實現。問題恰恰在於,李賀於此意想神往的東西,同他的實際生活中間存在着一道無可逾越的屏障，他要把自己很隱蔽的思想在虚幻的藝術境界中得到儘可能充分的宣露，這就不能不使他的這些作品所表現的審美理想，經常會帶有濃厚的悲劇情味和乖戾的病態色調。

毫無疑問，李賀的精神狀態確實是反映出某種病態特徵，而這種病態心理，又激發起他對男女愛悦的偏執的追求，由此滲透到《李長吉歌詩》的許多作品之中。他所寫的表現游仙題材的篇什，就普遍地體現着十分明顯的宫體特點。我們衹要看一看李賀筆下用濃重的色彩描繪的神仙，其中絶大多數都是女性，有如弄玉、青琴、瑶姬、嫦娥、西王母、萼緑華，以及貝宫夫人和蘭香神女，一概都被詩人搜羅編採入章。在詩人的心目中，這些青春和華顔永不衰謝的仙女，她們不但具有美麗窈窅的丰姿，而且帶有親切的人情味，時常能够引起他的愛戀和知己之感，隔着一層雲烟迷茫的帷幕，更可以使他得到變態心理的滿足。因此在李賀的游仙詩裏，經常夾雜着男女愛情方面的内容，那種表現“遇合仙姝”的情節是屢見不鮮的。例如《蘭香神女廟》云：“看雨逢瑶姬，乘船值江君。吹簫飲酒醉，結綬金絲裙。”《天上謡》云：“玉宫桂樹花未落，仙妾採香垂珮纓。秦妃卷帘北窗曉，窗前植桐青鳳小。”在《神仙曲》一詩中，詩人更是異想天開，竟至於描寫他“春羅書字”投柬邀請西王母，同她一起在“紅樓最深處”舉行密宴。這些被李賀津津樂道的情事，同《夢天》中的“鸞珮相逢桂香陌”一樣，都是作者某種潛意識的形象顯現，它們十分真實地透示出詩人那個畸形的精神世界。

三

《夢天》一詩最受人們交口贊譽的地方，是詩的後面四句：

黄塵清水三山下，更變千年如走馬。遥望齊州九點烟，一泓海水杯中瀉。

這是詩人在描繪月宫瑰麗的景色之後，轉而設想自己回顧塵寰，俯視人間世界局促渺小，海生陸沉遞相更代，以其氣魄宏大的筆觸，展現了霄壤之間寥廓壯闊的奇觀。這一些生動形象的詩筆，囊括天上和人間兩個世界，出入於時間與空間的範疇，其中究竟體現着作者什麽樣的思想寓意，尤其引起讀者的注意和思索。

近幾年來報刊所登載的評論李賀的文章談到《夢天》這一首詩，有許多作者都要摘取"黄塵清水三山下，更變千年如走馬"這兩句，説它描繪了自然界"滄海桑田"的變化，以此斷定李賀，"對於自然運動的規律有着比較清晰的認識"，"闡明了一種世界事物不斷向前發展的觀點"，具有"樸素辯證法的思想"，或者説"與樸素的辯證法暗合"。這樣一種實則並未經過深思熟慮的説法，在前幾年居然被當作一個文學史研究中的新的發現，在社會上得到廣泛的傳播和宣揚，這不僅使得《夢天》一詩頓時倍受頌揚，而且李賀這位思想並不很成熟的青年詩人，也隨之變爲一個"辯證法"的哲人矗立在讀者的面前。

《夢天》詩中關於"滄海桑田"的描述，到底是不是體現着什麽"辯證法思想"，這是一個必須認真弄清楚的問題，否則我們就無從準確判斷這首詩所表現的思想傾向。在這裏應該説明的是，"滄海桑田"作爲自然界客觀存在的普遍現象，在人類祖輩相傳長期積累的生活經驗中，是一個很早就被認識的問題，幾乎得到所有的思想哲學流派的承認。唯物主義、辯證法與唯心主義、形而上學在這個問題上的區别，並不在於是否承認"滄海桑田"這一現象，而是在於用什麽觀點去看待和解釋這種現象。因此僅僅認識到世界有"滄海桑田"等一類變化，還不足以表明這一看法已經在思想上走進了唯物主義和辯證法的領域。中國歷史上一些唯心主義和形而上學的思想流派，包括道家和佛家，它們在表面上並不否認自然界有“滄海桑田”和其他各種形式的變化，然而它們在解釋這些變化的原因和本質時，却在理論上得出與唯物主義和辯證法完全相反的結論。這種情況反映到文學領域中間，就有一部分詩文作品寫到“滄海桑田”，通常都與表現歲月易逝、光景無常的消極思想有着密切的聯繫，而不是旨在揭示一種進步的哲學思想。由此可見，那種一看到某些古詩裏有幾句“滄海桑田”的描寫，就不問青紅皂白，遽然宣布它們具有什麽“樸素辯證法思想”的做法，這衹能是對古代思想意識領域中兩種不同的認識論簡單化的理解，不可能中肯地指出這些作品所帶有的哲理意味。

如果我們作點歷史的回溯，可知“滄海桑田”這一成語的來源，最早還是出於《神仙傳》，這部道書描述仙人麻姑三見東海變爲桑田的故事，它的本原意義是企圖説明，在滄桑迭相更代，人有生老病死的塵寰之上，還存在着一個永遠没有什麽變化的神仙世界，這裏不僅空間廣大無限，而且没有塵世那種時間的流注遷移，人們衹要超脱現世到達這一境界，隨即不復受到光陰消逝的脅迫，能够永駐華年而無須再有死亡的憂慮。《神仙傳》宣揚的這個神秘的傳説，常爲後世企羡神仙者所樂道。梁簡文帝《招真館碑》云：“夫東瀛渌水，三變成田；西岳靈桃，千年未子。”徐陵《天台仙館徐則法師碑》云：“夫海水揚塵，幾千年而可見；天衣拂石，幾萬歲而應平。至人者，譬彼晨昏，方乎晷刻，固非俗士之所能言，寰中之所能量者也。”文學史上出現的一些游仙詩，也常會有“滄海桑田”一類的描寫。如隋煬帝的《步虚詞》：“南巢息雲馬，東海戲桑田。”魯范的《神仙篇》：“乍應觀海變，誰肯畏年頽？”鮑溶的《懷仙》：“乃知東海水，清淺誰能問？”曹唐的《小游仙詩》：“滄海成塵等閑事，且乘龍鶴看花來。”沈彬的《憶仙謡》：“日月漸長雙鳳睡，桑田欲變六鰲愁。”其間的旨趣都是企圖表明，那些能够輕舉升天、超絶於世間之上的“至人”，可以完全不受現世種種變化的束縛，他們在天國俯瞰塵寰，感到人間如同“滄海桑田”這樣一類漫長的自然變遷過程,仿佛晨昏晷刻之間那樣迅速異常。這正是俗諺所謂的“仙界方七日,世上已千年”,説明神仙根本没有塵世的時間觀念,任憑寰中一切事物變遷生滅層出不窮,他們自己在仙境靈域却可以“更天地而彌固,終逍遥以長生”(見陶弘景《水仙賦》),在生命問題上享受最充分的自由。

李賀在《夢天》詩中描寫“滄海桑田”,同神仙家的這種超時間觀念,有着非常直接的思想聯繫。他的另一首游仙傑作《天上謡》,亦謂“東指羲和能走馬,海塵新生石山下”,論其構思造境及形象特點,與《夢天》“黄塵”兩句絶爲雷同,曾益《昌谷集解》箋釋此詩,云:“東指、新生,言歲月之疾,塵世之幻,自天上視之,直等閑耳,甚言天上之樂差勝而永久也。”曾氏的這一箋解,可説是最得李賀的真意,揭出了《天上謡》、《夢天》兩詩述及“滄海桑田”,在於表現作者超時間的幻想。與此相緊密聯繫着的,《夢天》末後“遥望齊州九點烟,一泓海水杯中瀉”兩句,則是着重在表現從空間方面超絶現實世界。雖然這兩句詩寫來氣象雄闊,乃至被一些評論者稱爲空前之筆,其實這樣的一種具體描寫方式,在前此出現的一些游仙詩中早已濫觴於先。譬如郭璞的《游仙詩》:“四瀆流如淚,五岳羅若垤。”庾闡的《游仙詩》:“三山羅如粟,巨壑不容刀。”梁簡文帝《仙客詩》:“高翔五岳小,低望九河微。”韋應物《王母歌》:“上游玄極杳冥中,下看東海一杯水。”我們注意一下韋應物詩中“下看東海一杯水”這句,同《夢天》“一泓海水杯中瀉”在具體寫法上也是十分相似的。而與李賀差不多同時代的白居易《夢仙》詩云:“東海一片白,列岳五點青。”元代阮孝思《玉仙謡》則云:“齊州九點春微茫,六龍騰駕催晨光。”它們在超空間思想方面同《夢天》“遥望”兩句之間的内在聯繫,是顯得十分明晰可按的。從上述兩個方面概括起來説,《夢天》這後半首四句詩,其要旨在於抒發一般游仙詩所通常具有的那種超時空思想。而我們要透徹地瞭解這一思想在李賀身上的特定含義,就必須聯繫詩人其他的作品一並進行研究。

李賀在詩中描寫“滄海桑田”之多,在唐人中間最可注目,這一看來奇怪的現象,實際上却很能顯示出他的精神世界。如他在《苦晝短》中云:“飛光飛光,勸爾一杯酒。吾不識青天高,黄地厚,唯見月寒日暖,來煎人壽。”在《浩歌》中云:“南風吹山作平地,帝遣天吴移海水。王母桃花千遍紅,彭祖巫咸幾回死。”在《官街鼓》中云:“曉聲隆隆催轉日,暮聲隆隆催月出。漢城黄柳映新帘,柏陵飛燕埋香骨。磓碎千年日長白,孝武秦皇聽不得。”在《古悠悠行》中又云:“海沙變成石,魚沫吹秦橋。空光遠流浪,銅柱從年消。”總括這一系列詩句的寓意,實質上是寫了天長地久和人生短促這一矛盾,這就是錢鍾書《談藝録》在談到這些詩歌時所説的:“皆深有感於日月逾邁,滄桑改换,而人事之代謝不與焉。”詩人感到,由於時光無情地飛馳,現實世界中存在着滄海桑田,日月遞嬗,海生陸沉,春秋代謝,使得任何東西都經不起時間的消磨,人的生命處於無盡的光陰流波之中不斷地受到銷鑠,時間的作用衹是毁滅人生和一切美好的事物。因此他的詩歌描述自然界的各種變化,經常伴隨着他感念衰老與死亡的悲戚,透露出極其濃重的虚無主義情緒。

由此可見,詩人表現“滄海桑田”,並非意在肯定物質世界本身不斷運動變化的客觀規律,而是把它作爲一種人的生命的否定力量,在詩歌中來加以詛咒和悲嘆的。而他對現實生活中所遇到的各種變化,也談不上有什麽“清晰的認識”,而是認爲有一種超越於自然之上的“元化之心”,作爲神秘的精神力量在主宰着世界萬物的生滅變異。他在《浩歌》中説:“箏人勸我金屈巵,神血未凝身問誰?”在《相勸酒》中又説:“人之得意且如此,何用强知元化心。”他感到宇宙之間創造和毁滅萬物主宰的意志奥秘莫測,人之生命處於不停的變化而無法保持常恒,衹能痛飲美酒來暫時麻醉一下自己的靈魂。這就表明李賀之看待世界的運動變化,總是懷着惶恐不安和迷惘疑惑的心情，極力思索其原委而終於不得其解，最後不但没有在思想上走向唯物主義和辯證法，倒是明顯地反映出他不可知論和神秘主義的精神特徵。

李賀觀察世界的運動變化，始終不離開對自己生命的關切，所謂"滄海桑田"與"人生短促"，是他思索宇宙人生一條鏈帶之上扣着的兩個命題。他的《嘲少年》詩説："少年安得長少年，海波尚變爲桑田。"正是準確地顯示出他考慮天道年命問題的思想邏輯。他以爲人之有衰老和死亡，就同自然界"滄海桑田"的變化一樣，歸根結柢是因爲人們生活在現世的環境中，不可避免地要受到時間的制約，人的生命也要隨着世界萬物的變遷而最終歸於泯滅。在這種情況下，愈加使他感到現世的狹隘與光陰的飛逝，而神仙家所宣揚的那種超時空思想，就對他特别富有吸引力和慰安作用。詩人在迫促厄塞的現實環境中嚮往輕舉，有感於生命的短暫而希慕長生，幻想自己能够飛升到一個擺脱塵世滄桑變化的天國，讓時間的無限與人生有盡這一永遠不可克服的矛盾，在其混亂而秘譎的幻覺中得到片刻的調和。《夢天》後面四句極度形容作者高蹈游蕩天國，俯視人間世界滄桑塵水變化無窮，而他自己則爲擺脱了這些變化的影響而感到十分快樂逍遥，想象力非常豐富。但是究其思想實質，還是表現了李賀以超塵絶世的神仙自比，從時間和空間兩個方面掙脱了現實世界對他的羈絆，由是可以在無限的宇宙中追求生命絶對的自由。這首詩中寫到的"滄海桑田"，正是作者所憎恨的東西，於此被他當作不符合他人生意願和美學理想的缺陷，在其夢幻中的月宫神境裏一筆隔絶了，詩人傾注其全部感情熱切嚮往的理想樂園，却是一個絶對永恒而没有矛盾變化的世界。而這，從它所顯示的哲學思想的精神面貌來看，是屬於唯心主義和形而上學的。

1983 年 1 月

柳宗元寓言的佛經影響及《黔之驢》故事的淵源和由來

柳宗元生活着的唐代中葉，正值社會文藝思潮發生急遽變遷時期。這一代人的意識形態充滿着矛盾和不調和，恍惚的感性追求與沉重的理性思索同時並存，演爲當時文學創作中表露出來的兩個極端。浪漫情調消退導致了部分作家對現實人生的關切，與標榜藝術至上相對立着的是儒家功利文藝觀的抬頭。此時美刺比興已經跳出了一般抒情詩的界限，正在進入那些叙事性很强的作品，而諷刺文學的發展又進一步激起人們結構故事的熱情。

歷史真是天才的能工巧匠，它可以把好多極有意思的文學現象交織在一起。自魏晉以來久已沉寂的寓言，亦至此勃然獲得復興，大曆、貞元、元和間寓言作者人才輩出，衆多優秀作品璀燦奪目。這一態勢包融了現實、傳統和外來事物多方面的刺激，又同當時正在開展的古文運動關係非常密切。近人林紓《韓柳文研究法》嘗指出柳宗元文集中"率多寓言"，劉大杰先生《中國文學發展史》也把柳氏的寓言列在其散文作品的首位。這説明在柳宗元整個文學創作中，寓言是極其重要的一部分。對這些作品進行認真考察研究，探尋其中各種思想藝術特徵的生成由來，可以幫助我們把握到這類特殊文學樣式在中唐時代的發展動向，以及其間諸種因素交互作用的複雜關連。

一

"寓言是比喻的高級形態",又寓教育於形象化的故事之中,它兼備叙事和説理兩者之長。根據陳蒲清同志《中國古代寓言史》的區劃,載録於《柳河東集》中的寓言作品,最主要的有《三戒》、《羆説》、《鶻説》、《鞭賈》、《蝜蝂傳》、《哀溺文》、《謫龍説》、《東海若》、《憎王孫文》、《罵尸蟲文》、《宥蝮蛇文》等。上述這些篇章故事精煉,藝術性很高,極能給人以道理上的啓悟,是典型的諷刺寓言。其餘如《種樹郭橐駝傳》、《梓人傳》、《永州鐵爐步志》、《設漁者對智伯》、《李赤傳》、《河間傳》、《劉叟傳》、《辨伏神文》諸作,其文體近乎傳記和一般雜文,但放寬一些也可納入寓言的範圍。這兩部分作品的共同特點,都是"幻設爲文",在虛構的故事中寓託着一定的喻意,程度不一地體現了諷刺性和哲理性的結合。例如《三戒》之一的《黔之驢》,就講了一個意味深長的故事,千百年來盛傳不衰,直到今天還保持着它很强的藝術生命力。

文學藝術貴在創造,文學史上出現過的一切有價值的作品,總是因爲它們曾經提供了一些在這以前所没有具備的東西。《黔之驢》産生於中唐元和年間,同樣反映了柳宗元在藝術上的追求和創新。這篇諷刺小品除了具有一個首尾連貫的故事情節外,尚有兩處顯著特徵宜加注意:第一,《黔之驢》爲純粹的動物寓言,以一條驢和一隻老虎擔任寓言裏的角色,它的想象新奇出俗,多少帶有一點荒幻的原始色彩;第二,這一作品有自己的題名,正文前面大部分用來叙説故事,説完故事之後則有一段話點明寓意。自寓言形式結構的完整性上看,《黔之驢》一文達到了"題名"、"喻體"、"喻意"三者的配合。像這種結構完備的動物寓言出現在叙事文學大放光彩的中唐時代,有它深廣的文化背景和不尋常的歷史意義。

衆所周知,我國是世界上寓言創作極爲發達的國家之一。中國寓言早在先秦時代就結出豐滿的碩果,並由此經秦漢魏晉綿延起伏而至唐世,又從唐代經宋元而延續到明清,蔚爲人類精神文明寶庫中的一宗珍品。張志岳先生《先秦文學簡史》指出,先秦時代的寓言故事,"是構成先秦散文豐富多彩的一種時代特色"。就其總體而言,我國早期寓言是散文的有機組成部分,也是倫理判斷和邏輯推理訴諸形象的輔助手段。先秦兩漢的寓言没有自己的題名,而且幾乎無一例外地都是依附於歷史、政治、哲學著作之中。即使像《莊子》、《韓非子》裏出現的一些寓言故事群,往往把許多譬喻故事連綴在一起,但其目的一樣也是服從於論辯説理的需要,它們本身並無獨立成篇的價值。而貫穿在這些作品裏面的一條思想主綫,是對於經世致用的强調和現實效益的追求,不管它們寄託的理致何等深刻,被注入的感情和氣勢多麽充沛,在根本上還是極充分地顯示出一種華夏民族早熟的理性氣質。與這種崇實早熟的思想特徵相通一致的是,中國寓言自古以來一直是以寫人物爲主,採擇動物題材的作品却爲數不多。就譬如"狐假虎威"、"涸澤之蛇"、"鷸蚌相争"等動物故事,在我國寓言史上未嘗不負盛名,但與大量人物故事相比較,它們終究是很小的一部分。然而這種情况遷延到安史亂後的中唐,却突然發生了令人矚目的變化。

差不多是在古文運動風起雲湧的同時,中國寓言亦進入了獨立擬名階段。它們雖然還是散文的一部分,但已擺脱了説理著作的附庸地位,過渡成爲具備自己題名而獨立完整的文學篇章,寓言創作一時又趨向繁榮。表現爲人類早期文化某些幼拙特點的復歸,動物題材在這一階段的寓言中的比重亦顯著增加。寓言的源泉首先是民間生活,這種變革也許存在着衆多不易覺察的潛流,但是從書面材料上看,則主要是由當時一批古文家來完成的。例如元結的《丐論》、《惡圓》、《化虎論》,顯示了一種新的"比興體制”,可稱這個時期寓言創作獲得的第一批成果。另一位古文家李華寫的《材之大小》,則是中唐出現較早的一篇動物寓言。韓愈《雜説》四篇實質上也是寓言作品,其中《龍説》、《馬説》兩文採用的是動物題材。劉禹錫文集中《因論》七篇,深受佛家因果緣起説的影響,意在通過叙事闡明人生禍福之理,看來亦應列入寓言體裁,涉及動物題材的則有《嘆牛》、《説驥》兩篇。更有甚者,如韓愈的名篇《毛穎傳》,就乾脆擇取無生命的毛筆來做作品主角,這種毫無忌憚的游戲筆墨曾招致世俗輿論的譏彈,却得到李肇和柳宗元的高度評價。在這段時間内,韓愈和柳宗元對於這類“俳諧”之文的提倡,反映了由於寓言創作的興盛而在審美問題上獲得的一種新認識。

中唐寓言復興運動的傑出代表,當然要首推柳宗元。比較起來,柳宗元在寓言創作方面所注的心力最多,不獨其結構故事的能力遠勝於韓愈、劉禹錫諸人,而且他的思想特别尖鋭,實際成就亦最可觀。萊辛有一句名言説得好:“簡短是寓言的靈魂。”柳宗元寓言最醒目的特色就是簡短,在極小篇幅中藴藏着豐富的内涵。他有不少短小警策的作品,表現了一位思想家對現實人生深摯的思考,在冷峻的叙述語言裹透射出睿智的光輝。我們還找不出另一個同時代的寓言作家的作品能與柳宗元的寓言相媲美。鄭振鐸先生在《寓言的復興》一文中説,柳宗元的寓言,出現於這類文體經過長時間的荒寂之後,就好像“翠柳緑竹臨風摇擺”,給人以至可珍異的新鮮事物感。諸如《三戒》、《鞭賈》、《羆説》、《哀溺文》、《蝜蝂傳》等傑作,都以很强的表現力度去觸及社會生活的本質和人類靈魂深處,深刻的思想内容和精美的藝術形式融合無間。它們不但是這一階段寓言的最上乘之作,也足以樹立於世界優秀寓言之林而毫不遜色。

在談到柳宗元寓言的淵源繼承關係時,當然毋庸懷疑他是一位民族文化的發揚光大者。一個必須肯定的基本事實是,他的寓言能達到如此精美純熟的境地，首先離不開他對先秦以來本國寓言創作經驗的運用和吸收。正如他的古文曾極大地受益於先秦、兩漢散文一樣，他的寓言同樣也是順隨着先秦兩漢寓言這一傳統發展而來的。特別是先秦寓言，在題材、思想、語言、風格等方面，都給予他的作品最顯著的影響。我們從柳宗元一系列觸及時事的諷刺文裏，尚能依稀見到先秦諸子和漢代政治家那種機智的論辯風采，此中顯露作者的犀利見識和成熟思想，在明顯程度上還保留着我國古代許多鋭意進取的傑出人物所共有的氣派。他還有一部分寓言如《憎王孫文》、《宥蝮蛇文》、《哀溺文》中呈現出來的幽深奇譎特點，則主要是來源於以《離騷》爲代表的南方楚文化系統。柳宗元在永貞革新失敗後，竄斥荒厲長達十五年之久，深受南方自然環境和文化氣氛的潤益，幽鬱的心情使他尤其嚮往屈原、賈誼作品中的境界。有這些歷史文化積澱對他的哺育，使作者有可能糅合中國南、北兩大文化體系的優點，經過他本人的融會和獨特創造，建立起一種爲我國讀者樂於接受的文學寓言風範。但在此同時，我們還不能絲毫忽略，在唐人所處的文化環境中又有另外一些情況，即當時已經翻譯入中國的大量佛經寓言，也正在日益深入地干預着士大夫和下層群衆的精神生活。這些新鮮别致的外來寓言，在許多讀者中間暢通無阻地流傳，事實上也對柳宗元的寓言産生過不可磨滅的影響。

由於地理位置接近和佛教傳播等原因，中國文學從魏晉開始，就不斷受到印度文化藝術的浸益，其被覆之廣遍及於詩歌、小説、民間講唱和其他一些文學體裁。與中國的情况有些相似，印度亦是世界寓言的一大發軔地，遠在歲月悠邈的印度文學破曉時代，就有數不清的民間故事在這塊土地上滋生和衍傳。它們經過了極其漫長的口傳階段，在一代又一代的説故事人篩選、加工中成長，到後來方始在書面文獻當中得到記載。印度有很多收集、記録古代寓言的專書，其中最著名的有《五卷書》、《故事海》、《大故事花簇》、《益世嘉言集》等。這些專書的結集是一件複雜的工作，其中最早的傳本可以追溯到公元二、三世紀，在這以後則有一個很長的豐富和訂正的過程。於此亟應指出的是，比這些寓言故事結集成書更早的一部分佛教典籍，在保存、彙集印度民間故事方面，所起的作用尤可稱道。例如著名的巴利文《佛本生經》(Jātaka)，就收録、加工了五百四十七個古印度寓言故事，久已成爲印度和東南亞地區一種極受歡迎的文學讀本。其他如在我國已有譯本的《生經》、《出曜經》、《大莊嚴論經》、《六度集經》、《賢愚經》、《撰集百緣經》、《雜寶藏經》、《百喻經》、《雜譬喻經》、《舊雜譬喻經》、《十誦律》、《根本説一切有部毗奈耶》等等，寓言故事均極繁富。這些故事宛如恒河無數的閃光沙粒，諸天撒播的繽紛花雨，跟着印度與境外的文化往還傳到波斯和歐洲，亦以佛經傳譯爲媒介進入震旦大地。整個魏晉南北朝及初盛唐時期，卷帙浩繁的佛經源源不斷地譯入中土，那些經過華語轉譯的佛典寓言，也與此方人士頻繁地接觸，隨時都有可能對本地的文學創作産生潛移默化的影響。魯迅先生《〈癡華鬘〉題記》談到這種情形時説："嘗聞天竺寓言之富，如大林深泉，他國藝文，往往蒙其影響。即翻爲華言之佛經中，亦隨在可見。"它們對於這個時期中國寓言的演變發展，誠然是一股不可小視的助力。

佛教在我國流播的時間極長，而與之相關的各種宗教文化藝術，也需經過較長時間的熏習感染後，纔能爲本土文化慢慢地消化吸收。要而言之，自魏晉南北朝迄於初盛唐，中國寓言演變進程殊爲緩慢，總的來説尚不脱先秦兩漢寓言的固定格局，衹有極少數作品呈現出某些過渡性的迹象。況且在這幾百年中，寓言創作本身並不怎麽景氣，故外來文化因素的催化刺激，也很難充分顯示出其效力。但到公元八世紀"安史之亂"後，唐王朝由極盛轉向驟衰，知識分子的靈魂經受了一場巨大震蕩，憫時傷亂的情緒彌漫朝野，關注社會現實使他們更易接受儒家的文藝主張。像寓言這樣把叙事和説理結合起來，就被古文家們認爲是一種“文以明道”的方式，佛教的高度發展又造成大量融合異民族文化的契機。中唐寓言創作能够獲得復興，關鍵在於印度佛經寓言的影響與中國文學崇尚諷喻這一傳統成功的結合。此時佛典寓言從内容到形式已爲此方士人所習見，諷刺文學具有的詼諧幽默感已受到韓、柳等人的肯定，人們叙説故事往往自覺不自覺地同因果説挂上關係，有的作家則巧妙地把佛理移植在自己作品裏面。這些現象在各個作家身上重疊復出而互有關連，確乎反映了一種時代創作風氣的轉移。而柳宗元，作爲這一時期社會審美理想遷異的敏鋭感受者，其寓言創作多側面地映現了時風的動蕩。他站在民族文化本位上積極吸收外來文化的滋養，使中國寓言發展到他手裏，真正成爲具有獨立價值的文學作品，在廣大讀者面前呈現出一種新生態。他的創作實踐至少在兩個重要方面，爲中國寓言吸收、融合佛經寓言的長處提供了卓越的範例。

第一，題材内容方面。

柳宗元的寓言是對社會病態尖鋭的揭露，飽藴着作者憤世嫉俗的激情，然而其筆調却十分深沉含蓄。今檢《柳河東集》中寓言的一些代表作，約有半數以上寫的是動物題材。例如《臨江之麋》、《黔之驢》、《永某氏之鼠》、《羆説》、《鶻説》、《蝜蝂傳》等篇，在體現動物寓言特徵方面均極典型。作者通過他一支靈巧的筆，讓鹿、猴、虎、牛、犬、驢、蛇、鼠、鳥、小蟲子紛紛出場，它們個性各異而且善惡分明，演出了一齣齣感動人心的喜劇與悲劇，其藝術魅力真能使讀者爲之傾倒。我們不能説動物寓言一定比人物寓言好，人物寓言同樣也有自己的優越之處，動物寓言則在更多意義上是對人類早年生活的返顧，總難免有些幼稚粗拙的缺憾。不過藉助於動物寓言來觸及現實問題，就能較好地實現寓言藝術形象與生活原型的隔離。柳宗元介入了中唐政治鬥争的漩渦，遭貶後處境更爲惡劣，利用動物寓言來達到刺世的目的，無疑是一種很明智的選擇。但這種選擇有賴於客觀條件提供可能性,並非完全取决於個人意願。否則就難以解釋,中國寓言自古而來一向都以寫人物爲主,緣何至中唐柳宗元、劉禹錫、韓愈等人的作品裏,竟有這麼多的動物角色不約而同地一齊出現?諸如此類問題放到中唐特定文化氛圍中來審視,恐怕還得要從佛經寓言的影響這方面去尋找答案。

古印度寓言同中國早期寓言相比,雖然思想不如中國先秦兩漢寓言那樣老到深刻,但想象力却出奇的豐富,普遍地具有一種童話意味。也許是熱帶森林賜給了這裏衆多無名文學家特殊的恩惠,印度寓言中以動物擔任角色的故事數量甚多。這一點恰恰有别於中國寓言,而與希臘的《伊索寓言》顯得比較一致。如在《五卷書》裏,就記載着大量的動物寓言故事。另外巴利文《佛本生經》五百四十七個故事中,則有四分之一以上描述的是動物題材。古印度寓言所具的這一徵候,在大史詩《摩訶婆羅多》演述的譬喻故事中已見端倪,又同樣鮮明地體現在收入各種佛經的文學故事裏。如《六度集經》、《出曜經》、《大莊嚴論經》、《生經》、《佛本行集經》、《撰集百緣經》、《雜寶藏經》、《百喻經》、《雜譬喻經》等,其中動物故事之多,真使讀者感到眼花繚亂而不暇應接。這些故事集和佛經記述的寓言傳説,刻畫的動物多種多樣,如鹿、猴、象、牛、獅、虎、豹、狼、馬、驢、犬、羊、猫、兔、鼠、鷄、鳥、魚、鱉、蒼蠅、蚊子等應有盡有。它們在故事裏被描繪得活靈活現,並具有明確的人類性格特徵,每個動物角色都代表着一定的人物類型。而由寓言作者虛構出來的種種有趣的故事情節,亦頗能饜切人們欣賞心理而具有特殊的吸引力。

這許多天竺産生的動物寓言,伴隨着佛教的弘揚在中國到處傳播,於盛唐時代促成了敦煌卷子中《燕子賦》這樣的作品生成,及至安史亂後則有《西凉伎》這一著名諷刺戲劇問世。處在中唐華梵文化交合收穫季節的柳宗元,一定也從佛典記載的動物寓言中得到過啓迪。柳宗元的詩好用禽鳥自況,如《跂鳥詞》、《籠鷹詞》、《放鷓鴣詞》等,似乎就是受到這種風氣浸習感染後的産物。至於他對開拓寓言題材所作的貢獻,意義又更勝於前者。外來文化影響經過他的消化,使柳宗元創作出衆多優秀動物寓言來揭示當時的人間世相。整整八、九兩個世紀,中國諷刺文學描寫動物題材的勢頭持續了很長時間。如果説柳宗元在他貶謫的荒野向這些大自然的驕子發出了有力的召唤,那麽人們從晚唐五代皮日休、陸龜蒙、羅隱再現的"泥塘"裏仍然可以聽到清醒的回音。他們和其他幾位古文家在這方面的不懈努力,從很大程度上改變了中國寓言創作題材的傾向。

綜觀柳宗元寫的動物寓言,題材内容深受印度佛經寓言的沾溉,其中形迹昭著宛然者亦不乏其例。柳氏在他作品裏寫到過一連串動物,其中大多數就是印度寓言時常刻畫的角色形象。例如《臨江之麋》、《羆説》、《憎王孫文》三篇中描寫的鹿與猴,即是跳踉出没於佛經寓言中最活躍的生靈。凡是對於佛典稍有涉獵的人,衹要接觸到這兩個熟悉的角色,就會馬上聯想起《睒子》、《鹿母》、《九色鹿》、《猴王》、《虬與獼猴》等一些著名的佛經故事。與這種情况相類似的還有《黔之驢》中的驢,它在古天竺寓言中亦是頻頻出現的主顧,而且印度大陸本來就是世界各地驢的故鄉。這種寓言内容題材的輾轉影響,最主要的還表現在作品的具體情節上面。孫昌武同志《唐代文學與佛教》一書曾經指出,柳宗元所演繹的《蝜蝂傳》這個無聲悲劇,與《舊雜譬喻經》第二十一則故事,"見蛾緣壁相逢,諍鬥共墮地"之命意極相近似。另外如《羆説》這一諷刺短篇,其所演述的故事亦帶有濃重的印度色彩。因爲述説熱帶森林中獵師與各種動物之間的關係,原是南亞大陸寓言屢見不鮮的題材。出於佛教徒和當地一般修行者奉持的道德觀念,這些故事對獵師的殘殺生靈和貪得無厭總抱着憎惡的態度,演述到故事終了,不外乎是像《羆説》中的獵人那樣得到自食惡果的結局。

至於這一篇動物寓言當中提到的“羆”,亦稱人熊,即能够直立行走而體格特大之熊類,求其語源當然是出在中國本土的典籍裏。但細心去翻檢一下漢譯大藏經就能知道,它確確實實是此中常説的“虎豹熊羆”等幾種最凶猛的惡獸之一。

第二,形式結構方面。

作品外在形式的日臻完善,是中唐叙事文學演變進步之大勢所趨,如傳奇、變文、戲弄、新樂府之類莫不如此。而我國的寓言發展到這一階段,亦經過變革改創確立起自己形式結構上的新特點。這個過程概括起來説,是由於柳宗元等一批古文家的大力嘗試實踐,使我國的寓言從簡單的説理譬喻、或多個小故事串連一起的“叢殘小語”,一躍而演爲故事有頭有尾、形式上獨立完整的文學篇章。隨着文體結構的成熟,寓言創作的地位亦隨之提高。這一體制改革之所以能獲成功,其中一個很重要的原因,是同這些作家有意識地借鑒佛經寓言的結構章法,藉此努力從事本土寓言形式上的增益完善分不開的。

古印度寓言叙説故事講求首尾連貫,每一個故事大體都能獨自成篇,與我國早期寓言完全從屬於説理著作頗不相同。但根據《五卷書》的編輯體例來推考,這些民間故事在早先口頭流傳的階段,大概也未必每個故事都有自己確定的題名。説故事人有時要一連説好幾個故事,前一個故事與後一個故事中間的界限亦不甚嚴格。印度寓言在形式結構上抵達完善,尤應歸功於佛經結集者們的整理加工。大批民間故事爲佛教典籍所吸收集録,不啻在語言文字上經過細緻的潤色,並且還按照佛書通行的品目體例進行統一的安排。這種整理過程使它們以規範的書面形式保存下來,而佛經寓言的標準體制亦隨之約定俗成。現在我們所見到的巴利文《佛本生經》,以及漢譯大藏經《本緣部》中的一些經典,其間記載之每個結構較爲完整的寓言,一般都由以下三部分組成:一題名,有一個標明故事内容的題目;二喻體,正文前面大部用來叙述故事;三喻意,説完故事後點明寓意。佛經寓言這一格局的雛形,形成的時間大約不會遲於公元一世紀,此後則逐益趨向劃一均整。在唐世中葉以前翻譯入中華的衆多釋典中,配有這類形式結構的寓言數量甚夥,它們與本地一般説理著作中的譬喻故事相比,無疑顯得更加醒目可愛。例如由古天竺僧伽斯那輯録、南齊永明間梵僧求那毗地翻譯的《百喻經》,就是一部精美絶倫的寓言故事集。《百喻經》中的寓言不但饒有情趣,篇幅亦不算長,其行文結構最可注意的地方,是每個故事都做到了上述三個方面的完好的結合,形式上亦堪稱佛經寓言的典範。這些外來寓言帶來一股新鮮氣息,足以興發感動此方許多士人,其精巧完整的章法結構亦成爲他們心目中的理想型範。我國寓言自中唐進入獨立擬名階段,根本職誌乃是在每篇作品裏達成題名、喻體、喻意三者的組合。這一形式結構的改造,以佛經寓言爲主要參照對象,目的是爲了更好地發揮寓言叙事與説理兼備的功能,在數十年的時間裏有一個逐步靠攏的過程,至柳宗元則成功地加以定型化。柳氏創作的寓言體制整一,形式結構上同樣具有典範意義。他的每一篇諷刺作品,三個部分非常分明,其内在聯繫則緊凑嚴密,真可與《百喻經》的故事並肩比美。我們衹要把《三戒》、《羆説》、《蝜蝂傳》的結構略作分析,就不難體會到,作者對佛經寓言形式的借鑒運用,是顯得多麽的自覺和嫻熟了。

如果以柳宗元寓言裏後面的説理文字,與佛經寓言喻意部分作一比較,兩方面影合仿同的迹象就愈加明顯。譬如在《百喻經》輯録的九十八個寓言故事中,每至一個故事敷演完畢,接下去必有一段議論譏斥世間凡夫的愚妄行爲。這一段話順隨着前面叙述的故事情節而發,扼要闡明寓言的儆戒意義,而在作品喻體和喻意兩個部分相接的地方,一般都是由"世間愚人,亦復如是"、"凡夫之人,亦復如是"這一類話來做轉折。我們看到柳宗元的寓言寫到最後申述教訓意義,所採用的方法與此極相類似。如《蝜蝂傳》這個故事,叙説一個小蟲子不自量力,喜歡負重爬高卒至墜地而死,作者在講完故事後發了一段議論,其中有云:“今世之嗜取者,遇貨不避,以厚其室,不知爲己累也。”又如在《羆説》一文的故事後面,亦有兩句説理的話爲全篇作結:“今夫不善内而恃外者,未有不爲羆之食也。”這兩處結尾之語畫龍點睛,具有警動人心的力量。寓言作品是人類生活的哈哈鏡,讓世人從虚擬和誇張的故事中得到實際的教益,其喻意部分通過作者直接説理,有助於加深作品的感染效果。上面所引的這兩段話,不單是使用的語句與佛典寓言多有重合,而且在表達思想的邏輯順序上也頗相一致。顯而易見,柳氏這兩篇寓言所謂的“今世之嗜取者”和“今夫不善内而恃外者”云云,其於作品整體結構中的地位、作用,與佛經寓言喻意開頭宣説的“世間愚人”之類殆亦大體相當。它們指斥和針砭的鋒芒,無疑也是指向現實生活裹的那些貪求愚妄之輩。林紓《韓柳文研究法》論及《蝜蝂傳》云:“然柳州每於一篇文之中,必有一句最有力量、最透辟者鎮之。”章士釗《柳文指要》評述至《羆説》時亦云:“子厚善爲小文,每一文必提數字結穴,使人知儆,《三戒》其著例也,而《羆説》則重在‘不善内而恃外’一語。”這兩位學者俱深於柳文,他們的體察未嘗不爲細緻精到。但欲知其中之宎奥所在,還必須補充説明一下,柳宗元寓言這一重要特色,正是他積極參照、效法佛經寓言形式結構的產物。

從整體上看,柳宗元寓言所受到的佛經影響,歸納起來主要表現在上述兩大方面。這裹既有題材内容的感觸相通,又有作品形式體制上的摹仿借取,由此還牽涉到寓言角色的性格描繪,作品的美學特徵、語言運用及構思方式等一系列問題。我們在這裹僅能指出一個輪廓,許多現象可以列爲專題繼續研究。文學藝術演進過程中呈現的各種態勢,離不開上述這幾項因素的交互作用。内容的遞變一般先於形式,一定的形式又反過來制約作品的内容。哪怕是其中任何一個細小因素發生了變化,都有可能引出一連串持續的連鎖反應,這樣便在文學史上展現出層瀾迭起的奇觀。大量佛經故事在唐世贏得人們審美心理的認同,對促進中國寓言成長發展及重趨繁榮關係至鉅。柳宗元生世適逢其時,他順應中印文化交融這一熱烈潮流,學習佛經寓言的經驗應用於自己的創作,取得圓滿具足的成就,在中國寓言史上開創了一個新紀元。可以毫不誇張地説,柳宗元文集中那些爲我們熟悉的諷刺小品,都曾受到過佛經寓言傳播的某些波及影響。特別有意思的是,就連本文最先提到的《三戒・黔之驢》,關於它的題材來源問題即應作如是觀。雖然這個故事在中國家喻户曉,久已與本土民衆士子之精神生活融爲一體,但要是徹查一下這個寓言的祖宗譜牒,其實它就是從古印度寓言傳説中脱胎演化而來的。

二

涉及到《黔之驢》故事的淵源由來,這個論題首先是由我國著名學者季羨林先生提出並加以研究的。早在一九四八年,季先生就在當時的《文藝復興》雜志《中國文學研究號》上,發表了一篇題爲《柳宗元〈黔之驢〉取材來源考》的論文,明確地指出,柳宗元在此篇寓言中演繹的這個"黔驢技窮"的故事,是來源於一個在古印度廣爲傳播的關於驢的物語。季先生的論文告訴讀者,這一個印度傳説最初流行於民間,其衍播到達的地域範圍甚廣,後來記載入《五卷書》、《故事海》、《益世嘉言集》及巴利文《佛本生經》等故事集。這些故事記載呈現的具體形態,則顯得大同小異。而且這個傳説又很早輸入歐洲大陸,以至在希臘《伊索寓言》裏也留下它傳播的足迹,其影響之深遠還波及到十七世紀法國的《拉・封丹寓言》。基於唐世中印文化藝術頻繁地交感融合,柳宗元可能在某種場合接觸到這個外來傳説,因受到它題材内容與故事情節的啓發,於是乃有《黔之驢》這篇著名寓言的再創作。

按季羨林先生所説的這一印度傳説,《五卷書》輯爲第四卷第七個故事。這個故事的大意是講:某城市有個洗衣匠名叫叔陀鉢吒,他養了一條驢,由於缺少食物而瘦得不成樣子。有一天,當洗衣匠到樹林子裏去閑蕩的時候,碰巧見到一隻死老虎,他就把死老虎的皮剥下來,拿回家去蒙在自己那條驢的身上,夜晚將它牽到農田裏去吃大麥。看守田地的人以爲它是真的老虎,嚇得不敢把它趕走。就這樣,驢每天晚上照例都在田裏盡興地吃麥,身體也漸漸變得胖起來,得費很大的勁纔能牽着它回到圈裏。某日晚上,剛好驢在吃麥時,遠處傳來了母驢的叫聲,它高興得自己也跟着叫起來。這些看地人纔知道,它不過是一條僞裝起來的驢,就用棍子、石頭、弓箭把它打死了。

見諸《益世嘉言集》裏的這個傳説,則是該書第三卷第三個故事。故事叙説在訶悉底那補羅城中,有個洗衣人名叫波羅毗朧隆,他養着一條驢子,因馱物過重而顯得瘦弱不堪。洗衣人就給它蒙上一張老虎皮,然後牽它到地裏去吃莊稼。有個看莊稼的人見到了它,以爲來了一隻真老虎,就穿上灰色的衣服,攜帶了弓箭,彎着腰隱藏在一旁。驢從遠處望見,誤認爲這是一條母驢,便大聲叫唤,冲着他奔跑過去。看莊稼的人識破了它的僞裝,就把驢殺死了。在《故事海》中所記載的這一傳説,則謂洗衣人給驢蒙上一張豹皮(季羨林先生在論文中注明,豹的梵文 dvipin,也含有"虎"的意思),將它放到鄰人的地裏去吃莊稼。一個手拿弓箭的農民看見了它,以爲是一隻真的豹子,急忙彎着腰在地上爬行。這頭蠢貨以爲他也是一條驢,便自鳴得意地大叫起來。那個農民知道它是驢,就張弓一箭把它射死。

除了上面所説的三處記載,另在巴利文《佛本生經》中,這個傳説還被附會成釋迦牟尼的本生故事,其題名曰《獅子皮本生》。這一本生故事,與《五卷書》、《故事海》、《益世嘉言集》的記載表現出較多的不同,其中最顯著的地方是把"洗衣匠"改爲"商人",驢子身上所披的東西不是“老虎皮”而是“獅子皮”。《佛本生經》演述的故事謂：某個商人有一條驢，讓它馱着貨物到各地去做買賣。商人每到一處，就從驢背上卸掉貨，給驢蒙上一張獅子皮，然後放它到農田裏去吃莊稼。有天這商人在某個村口住下，又給驢蒙上了獅子皮放到麥田裏去。看守麥田的人以爲它是獅子，誰也不敢走近它，趕緊回家去報告，於是全村居民手拿武器，吹起螺號，敲鑼打鼓鬧嚷嚷地來到田邊。驢害怕得要死，慌亂中發出一聲驢叫。村民們一下子識破了它的僞裝，就打斷了它的脊梁骨，連那張獅子皮也被他們取走了。

這個關於驢的傳説非常風趣，分别記載於多本印度文學故事集中。雖然它們在細節描摹上有若干歧異，從驢子身上所披的僞裝來區分，亦有“老虎皮”和“獅子皮”兩個系統。但論及構成這個傳説的一些最基本的情節，這幾方面的記載却並無多大出入，可確定它們是共屬於一個故事母源。古代印度寓言故事的傳播，在極長的時間裏完全是依靠群衆的交口授受。這麽多的民間口頭創作，從一個地方轉移到另一個地方，由年長的一輩傳授給年青一輩，出於各種不同的具體情况，説故事人經常會對它們的内容進行修改加工，這些故事的情節構成本身就不是固定不變的。像這樣從某一個物語中繁衍出很多種講法的事實，正好説明這個傳説的生命力很强，流傳的地域至爲廣大。尤其令人感到驚訝的，在於這個故事還跨越中亞、西亞大陸而抵達歐洲，給當地的諷刺文學施加過有力的影響。在希臘《伊索寓言》中就有一個故事，是説驢蒙上了一張獅子皮，在樹林子裏跑來跑去，許多蠢笨的野獸都被它嚇走了，它自己也很高興。最後，一隻狐狸碰到了它，它又想把狐狸嚇跑。但狐狸聽到了它的叫聲，就立刻對它説：“我也會讓你嚇跑的，倘若我没有聽到你的叫聲。”《拉・封丹寓言》裏亦有一則《驢蒙獅皮》的故事，講一條驢蒙上了獅子皮，所到之處都引起恐怖，縱然它本來是個膽怯的畜生，却讓全世界受到震動。

《拉·封丹寓言》敘述的這一物語,其故事主體取材於上面所説的印度傳説,關於驢耳朵的細節則是歐洲觀念的産物,這樣的描寫較早見於奥維德的《變形記》,以後則一直影響到克雷洛夫的寓言和海涅的詩歌。以上兩處歐洲的寓言記載,具有特殊的輕鬆幽默感,驢没有像印度故事中講的那樣被活活打死,它所受到的懲罰衹是一通嘲謔而已。但其題材之成立,則明顯地受影響於上述古印度寓言。這些現象引人入勝,爲研究印度文學和世界文學的感通交流提供了重要綫索。實際情況誠如季羡林先生的論文中所説,上述這一關於驢的古老傳説,它最初一定是産生在印度某地,而後就由這個地方逐漸傳播擴散開來,終至成爲一個具有世界性的文學寓言。

瞭然於上述古印度寓言傳播之廣,我們再回過頭來考察一下《黔之驢》所述的故事,光憑直觀印象就能發現,它和這個印度傳説確實非常相像。它們均由一頭蠢驢擔任寓言主角,貫串在故事中間的情節主綫又大致吻合:生性怯懦軟弱的驢,居然冒充龐然大物,憑其假象一度使得對方信以爲真,但由於偶然的不慎而露了本相,終於引致一場毁滅自己的災禍。至於寄託在這兩個故事裏的教訓意義,亦顯得旨趣相同而可供那些喜好作僞和虚張聲勢者引爲戒鑒。當然世界上的寓言多如繁星,有時難免會出現一些故事情節上的巧合,但如以上所述的那種多方面的影似雷同,就不能認爲是什麽偶然現象。這兩個産生在毗鄰國家的動物寓言,貫注着一種彼此相通的創作思想,不管是從題材、主角、情節、儆戒意義哪一方面看,《黔之驢》均明晰地保留着上述印度傳説對它濡染灼烙的印記。因此在它的生成創作過程中,曾受到這一印度寓言傳説的影響是毋庸置疑的。季羡林先生正是基於他對中印文學的透徹瞭解,敏鋭地體察到了存在於這兩個不同國家寓言之間的親緣關係,在經過他的研究論證後指出:印度《五卷書》、《益世嘉言集》、《故事海》、《佛本生經》記載的這一驢的傳説,即爲柳宗元寫作《黔之驢》時吸取素材的原型。“黔驢技窮”這個著名的中國故事,並非完全屬於柳宗元的創造,它的最早淵源是在遥遠的南亞次大陸。

季羡林先生在這個問題上所作的探索,是中印文學比較研究的一項重要突破,其意義誠不限於爲一篇本土寓言找到它的境外淵源,而且亦在歷時悠久的中印文化交流史上填補了一塊空白。此項旨在溝通中國和印度雙方文學關係的專題研究,建立在兩國文學系統異同與歷史演變整體把握的基礎之上,十分重視客觀材料的辨析和文學影響實際軌迹的考求。論文作者並没有以專事發現規律自居,相反在具體作品的鑽研上甚花功夫,其方法做到了融通觀照和切實論證的結合。而通過實事求是的分析比較後得出的結論,也顯得確鑿可信而能給人以啓益。與近世曾流行的那種以屈原比荷馬、以孔子比歌德等等牽强附會的攀比不同,季先生顯然是把注意力放在解決實際問題上面,從立論到推導都體現着一種科學態度。正由於此,季先生這篇論文自發表至現在四十餘年來,得到過不少學者的肯定,其結論爲許多著作所援引,並一直在激發着研究者們進一步探討的興趣,其學術價值之高是無待煩言的。

然而,就《黔之驢》故事接受印度寓言影響的源流、過程看,季羡林先生在他文章裏所作的這些論述,還不能説已經把所有的問題都談到了。因爲,揭示出一個本國寓言的域外淵源,並不等於探明了它和這個域外故事原型之間多重複雜的糾葛。中外文學藝術交流互融的大量事實證明,某一個在國外傳播很廣的故事對本土文學發生的影響,往往需經多次的轉遞傳送纔能達成,這裏面翻譯所起的作用是至關緊要的。没有翻譯把作品從一國文字轉變爲另一國的文字,那麽作品之傳入對接受國家的讀者來説就缺乏實際意義,更不用説它會對當地的文學創作産生什麽影響了。柳宗元生在九世紀的中國,本人又未習梵字音義之學,他斷然無法直接去掌握《五卷書》、《故事海》、《益世嘉言集》和巴利文《佛本生經》等天竺原典,除去已經翻譯入此方的佛教典籍,没有其他途徑可以幫助他接觸到這個古印度的寓言傳説。

另外,我們從《黔之驢》故事的具體表現形態看,雖與天竺原典有種種承合相似,但兩者細加比較,所見的差别仍很明顯。這首先表現在,《黔之驢》係一純粹動物寓言,故事中兩個角色均爲動物。驢最後是被老虎吃掉的,不像印度文學故事集中敘述的那樣,死於看地人的棍棒、石頭、弓箭之下。其次,《五卷書》、《益世嘉言集》等故事集中講驢子披上獸皮虚張聲勢,完全是由它主人策劃擺布,驢在寓言裹始終處於被動的地位。柳宗元筆下刻畫的黔驢則不然,它之招來禍殃主要不是因爲叫了一聲,而是由其不勝忿怒而踢了老虎一脚,讓老虎摸到了它的底細,它的倒霉就多少有點自取其咎的性質。就像林紓在《韓柳文研究法》中所説的:"驢果安其爲驢,尚無死法,惟其妄怒而蹄,去死始近。"這些寓言故事内容上的距離和差别,放到這兩個産生於不同國家的文學作品轉遞影響流程中來考察,也頗能説明柳宗元氏在撰作構思《黔之驢》一文時,所依據的藍本未必就是《五卷書》、《益世嘉言集》、《故事海》、《佛本生經》等天竺原典敘述的故事形態,更有可能他掌握到的是一個經過了翻譯的本子。這個本子似宜見存於漢譯藏經之中,論其故事情節之構成,則要比天竺原典的記載愈加接近於《黔之驢》的樣子。它在上述古印度傳説與柳宗元之間,起着中介和傳導的作用,使柳宗元有可能利用它提供的素材,去進行重新構思和再創作。

歷史上的實際情况表明,我國古代翻譯的天竺文書主要是梵文佛典,這種傳譯是兩國文化交流的一條暢通渠道。諸多本來風行於南亞大陸的寓言故事,基本上都是藉助於佛經翻譯進入中國而爲此方人士所熟稔的。包括《五卷書》、《益世嘉言集》等演述的這個驢的傳説,在漢譯佛典之中亦未嘗没有涉及它的記載。例如張友鸞先生選注的《古譯佛經寓言選》,專門選編漢魏兩晉南北朝初唐時期譯入中土的寓言故事,其中就有兩條材料與這一古印度傳説直接有關。其一,是據明人徐元太撰述之《喻林》引《大集地藏十輪經》云:“有驢被師子皮,而便自謂,以爲師子。有人遥見,謂真師子,及至鳴已,皆識是驢。”其二,又引《衆經撰雜譬喻》云:“師子皮被驢,雖形似師子,而心是驢。”按《衆經撰雜譬喻》爲天竺沙門道略所集、十六國時代姚秦鳩摩羅什翻譯;《大集地藏十輪經》則出譯於初唐玄奘法師,其異譯《方廣十輪經》則早見於北凉經録。從翻譯的時間來看,都在張友鸞先生這個選本劃定的範圍以内。這兩條古譯佛經的寓言記載都很簡單,第二條僅摭取片言隻語,算不上完整的故事,但其中所涉及之物語顯與印度故事集記叙的傳説同屬一個故事,且演述之情節與巴利文《佛本生經·獅子皮本生》重合較多。用它們來證明上述古天竺寓言在柳宗元之前早已進入華夏,這是決無問題的。而有唐一代士大夫酷好内典,衆多經本暢行於士庶社會,柳宗元完全有可能在當時已經轉譯的佛典中,讀到另外一種有關這個古印度寓言的記載。這一記載不啻故事内容較爲詳備,同時與其本人所撰作之《黔之驢》在具體故事形態上,也應該是有更多的共同點而顯得最爲接近、相像的。

尋找這一故事記載,是很具體的材料考索工作,但中外文學的比較研究一樣離不開客觀材料。事實恰好證明,這個我們需要尋覓的寓言故事記載,在中唐以前譯入我國的佛經當中確實是有。今《大藏經》所存之西晉沙門法炬翻譯的《佛説群牛譬經》一篇,其中就叙述了一個有關驢的故事傳説,這個故事十分風趣,并且在情節上極能够引起我們的聯想。《佛説群牛譬經》也很簡短,同樣被選入張友鸞先生《古譯佛經寓言選》,其原經譯文云:

> 譬如群牛,志性調良,所至到處,擇軟草食,飲清凉水。

> 時有一驢,便作是念:此諸群牛,志性調良,所至到處,擇軟草食,飲清凉水。我今亦可效彼,擇軟草食,飲清凉水。時彼驢,入群牛中,前脚跑土,觸嬈彼群牛,亦效群牛鳴吼,然不能改其聲:"我亦是牛,我亦是牛!"然彼群牛,以角觝殺,而捨之去。

此經名曰"群牛譬經",但牛在裏面僅起陪襯作用,驢無疑是故事的主角。這條驢也非常愚蠢,但自我感覺極爲良好。它明明是猥瑣闒茸的傢伙,偏要裝模作樣去攀附高親,似乎這樣一來它的身份就比同輩高出一等。不過這個佛經故事叙述驢冒充强者,並非因爲它披上了一張老虎皮和獅子皮,而是闖入牛群之中去"干其非類",并且還用自己的脚去觸惹那些牛。它爲了表白自己的高貴身份,還裝腔作勢地聲稱自己也是一頭牛,但發出的還是驢的聲音,冒牌貨終於露了餡,卒爲群牛以角觝殺。

幾乎不必細加辨認,我們一讀到這個故事,就感覺到它和《五卷書》、《益世嘉言集》等記載的傳説,一定有着某種親緣關係,衹是具體故事情節已經作了不少的改易。這種情節上的改動可以舉出多處,但從民間故事的特徵來考察是很容易理解的。世界上許多著名的寓言傳説,惟因其流播之熾盛廣泛,其故事形態亦常在隨着傳播時世與地域之遷徙不斷地變演,就好像從一棵樹幹上長出好多枝丫,它們的講述方法越到後來越加紛繁。季羡林先生曾在《〈五卷書〉譯本序》中説:"這些寓言和童話大概都是口頭創作,長期流傳在人民中間。人民喜愛這些東西,輾轉講述,難免有一些增減,因而産生了分化。"陳寅恪先生《〈西游記〉玄奘弟子故事之演變》談到佛經故事之變演情形,亦云:"夫説經多引故事,而故事一經演講,不得不隨其説者聽者本身之程度及環境,而生變易。"《佛説群牛譬經》演繹的這一個故事,應當就是《五卷書》等故事集共同記載的蠢驢物語分化出來的一種變演形態。這一故事形態業已與其原型的内容發生了較多偏離，但是在取材、主題以及主要情節等方面，還相當清晰地保留着它承受自其母胎的痕記。

《群牛譬經》唐代以前早已翻譯入中土，它在故事情節上與其母體存在的差别亦毋庸諱言。但耐人尋味的是，如果拿這些差别來和柳宗元寫的《黔之驢》故事相對照，則恰好就轉變成爲《黔之驢》和它之間的相似共同點。第一，《佛説群牛譬經》和《黔之驢》一樣，均屬純粹的動物寓言，主角驢的對方分别爲牛和虎，兩篇作品中均無人物形象出現，驢最後都是被動物角色結果了性命。第二，這兩篇動物寓言中描述的驢，與天竺原典的記載頗有不同，它們扮演龐然大物，主要病根在缺乏自知之明，而不是因爲被人加上了一張老虎皮或者獅子皮。這種變化很重要，正因爲《佛説群牛譬經》甩開了那張獸皮，它就在寓言故事情節上向《黔之驢》的形態靠近了一大步。第三，《佛説群牛譬經》故事交代驢致死的原因，不止説它因爲"效群牛鳴吼"而露了餡，還講到它用自己的脚去"觸嬈彼群牛"。這種讓人發笑的喜劇動作，無疑是在主動惹惱對方，與彼黔驢之怒向老虎奮蹄一踢有相似之處，即柳宗元《三戒序》中所謂的"出技以怒强"是也。第四，《佛説群牛譬經》演述故事將畢，即以如下數語了結："然彼群牛，以角觝殺，而捨之去。"意思是説，群牛用角將驢子觸撞致死，便丢下它徑自走開了。一個可嗤的角色就此完蛋，雖然死得很慘，但對大家來説顯得無足輕重。無獨有偶，《黔之驢》故事演至末尾，亦是寫老虎置黔驢於死地後，即飽食一餐揚長而去。"斷其喉，盡其肉，乃去。"觀其事狀情態之描摹，與《佛説群牛譬經》的結尾如出一轍。

綜合以上數點研究，可知《佛説群牛譬經》這一漢譯佛典寓言，不但由於經過翻譯消除了語言障礙而易爲柳宗元所閲讀，就從具體的故事情節上來推考，其多數地方與《黔之驢》的相似重合也比天竺原典的記載要更進一步。這個佛經寓言故事自古天竺的民間傳説演變而來，其文本藉沙門法炬之翻譯而在中華得到流傳，越數百年後終於促成了一篇中國寓言傑作的誕生。要是我們以《五卷書》、《益世嘉言集》、《故事海》、《佛本生經》記載的民間傳説爲上源，經由《佛説群牛譬經》這個中介層次，進而下貫至柳宗元的《黔之驢》故事，就能大致清理出一條它們之間逐次影響遞變的軌迹。《佛説群牛譬經》在這條時空跨度都很大的傳送帶上，無疑具有承上啓下的關捩意義。柳宗元撰作《黔之驢》這個寓言故事，與其説是對天竺原典傳説之遥遠仿襲，還不如説是受了《佛説群牛譬經》譯文直接的啓發影響。

一般地講，考慮到唐代士子奉佛風習及柳氏本人的遭遇經歷，推想他曾讀到過《群牛譬經》這一釋典寓言是合理的。在唐代許多傑出作家中間，柳宗元亦以與佛教關係密切著稱。他早歲即受内典熏陶，及至中年謫貶永州後，則益發嗜好浮屠之言。經過一場政治命運的劇變，柳宗元的思想十分苦悶，遂有意到佛教中去尋找精神寄託。他撰於永州的《送琛上人南游序》，就是一篇討論如何研習佛經的述作。其《永州龍興寺西軒記》又云："因悟夫佛之道，可以轉惑見爲真智，即群迷爲正覺，捨大闇爲光明。"另在《送巽上人赴中丞叔父召序》一篇中，作者明白聲稱："吾自幼好佛，求其道積三十年，世之言者罕能通其説，於零陵（即永州）吾獨有得焉！"這些都證明作者竄居永荒十年之間，閲讀、研習的佛經數量一定甚多。在他接觸的佛書中，當然有《般若》、《法華》、《涅槃》諸部闡發佛教哲學義理的典籍。此外如《百喻經》、《雜譬喻經》、《佛説群牛譬經》等一些寓言短篇，對他這樣一位重視叙事諷刺文學的散文家來説，思想感情上自然極易與之投合，能够將它們的故事情節留下深刻印象是不奇怪的。而且，柳宗元傾心沉溺佛典的這一段時間，恰好又是他寓言創作最豐盛的階段。包括《三戒》、《哀溺文》、《謫龍説》、《罵尸蟲文》、《宥蝮蛇文》等在内的不少諷刺精品，均可確定創作於他斥逐永州之際。《舊唐書》本傳謂宗元“既罹竄逐,涉履蠻瘴”,“寫情叙事,動必以文”。遭貶的柳宗元精神上承擔着巨大痛苦,無論其寄感慨於諷刺寓言,或者藉佛典以排解憂憤,都是他不滿現實但又無力改變現狀的表現,他衹能如此不斷地用理智的探索來尋找安慰。僅從這層關係,即透露出了他的寓言作品與佛經内容互相交涉的一些消息,如《黔之驢》亦不能例外。

特殊地説,柳宗元在這段時間内,確實看到過《佛説群牛譬經》這個漢譯佛典寓言,這從他自己的文集裏就能找到有力的證據。今檢《柳河東集》中,即有一篇《牛賦》。此賦寫作年代與《黔之驢》大略相當,亦是柳宗元貶斥永州精神壓抑下的産物,其間叙事狀物皆有所託,何焯《義門讀書記》即稱其爲“譏切當世用事者”之作。這篇作品最引人注目的地方,是賦中描述的兩個角色,同《佛説群牛譬經》一樣是驢和牛。作者首先贊美了一通牛的勤勞和善良,但又感嘆它到最後不免成爲犧牲品。接着就滿懷憎厭之情,備寫驢的種種醜態:

> 不如羸驢,服逐駑馬,曲意隨勢,不擇處所。不耕不駕,藿菽自與,騰踏康莊,出入輕舉。喜則齊鼻,怒則奮躑,當道長鳴,聞者驚辟。

柳宗元似乎對驢有一種特殊的反感,不管是《黔之驢》或《牛賦》寫到這類動物,總貫注着作者極度鄙夷的感情。這些不愉快的經驗也許部分地植因於他生活中的某些事件,但與《佛説群牛譬經》對他的熏習亦有很大關係。這不僅因爲《牛賦》和《群牛譬經》的角色配置相同,而且兩者對於牛和驢所持愛憎褒貶,也有着前後的影響承繼關係。可以説《牛賦》是完全秉承了《群牛譬經》的審美感情態度,並以佛經寓言的判别標準賦予角色以特定品格,在作品中形成真善美和假惡醜的對比。我們無妨注意一下,《佛説群牛譬經》稱贊牛時有謂“所至到處,擇軟草食,飲清涼水”,而在《牛賦》中貶斥驢則謂其“曲意隨勢,不擇處所”,這一迹象本身就説明了兩篇作品在賦物造語方面的關聯。《佛説群牛譬經》這種倫理與審美觀念的感觸相通,不啻波及《牛賦》,同時也影響到了《黔之驢》。《黔之驢》與《牛賦》,狀驢之妙直可頡頏比肩。其實《牛賦》中所謂的“怒則奮躑”,即《黔之驢》寫的“驢不勝怒,蹄之”;而《黔之驢》有關“驢一鳴,虎大駭遠遁”的描述,與《牛賦》“當道長鳴,聞者驚辟”事狀殊相仿佛。至此我們就有充分的理由肯定,《牛賦》和《黔之驢》這兩篇同出於作者遭斥永州時期的作品,應即屬於柳宗元接觸到了《佛説群牛譬經》以後而撰作的姊妹篇。

與《佛説群牛譬經》顯著不同的一點,《黔之驢》主角驢的對方是虎而不是牛。這種寓言角色的變更,反映了兩篇作品故事内涵的不盡一致,説到底是取決於《黔之驢》本身所概括的社會生活内容。在季羡林先生的論文裏,曾以爲《黔之驢》的老虎形象,就是來源於《五卷書》、《益世嘉言集》裏講到的那張老虎皮。這作爲一種推想未嘗不可,但細究其實情恐怕未必如此。因爲出現在寓言作品中的動物角色,畢竟是人類生活的某些力量和性格類型的再現,作者選擇什麽樣的動物來擔任角色,必須根據作品反映的社會生活内容而確定。至於《五卷書》、《益世嘉言集》中提到的那一張老虎皮,不過是洗衣匠蒙在驢身上的一件弄虚作假的標誌而已,很難説它與吃掉黔驢的老虎有什麽必然聯繫。柳宗元的諷刺寓言,絶大多數寫成於他身負沉重壓力之際,他深感現實社會的黑闇與善惡是非的顛倒,對人世間種種暴虐不仁的現象充滿着反感。《黔之驢》中所刻畫的那隻老虎,準確地講是代表着當時社會上一股强大而暴戾的邪惡勢力。這一勢力具有的品格,在中國人的觀念裏,本來就很容易同老虎聯繫在一起的。柳宗元敢於直面慘淡的人生,在《黔之驢》裏塑造了老虎這一形象,並深含着憤恨對它進行嚴峻的鞭撻。儘管驢是這篇作品諷刺的主要對象,但作者對於老虎的揭露却並無半點寬貸,相反他對驢的鄙薄嘲誚,到最後還多少流露出一些“哀其不幸”的意味。如這種角色感情評價上顯示出來的差别,乃是導源於作者對現實生活裏各類不同人物的不同態度。清人欽善—《吉堂黔驢説》談到這兩個角色,至謂柳子厚“不敢怒虎,乃誚黔驢”,這顯然是對本篇寓言思想面貌的絶大歪曲,也不符合柳宗元在他生活和創作中表現出來的一貫精神。

通過以上論證,我們對柳宗元《黔之驢》故事的取材來源問題,業已獲得了更明確具體的認識。季羡林先生指出的《五卷書》等記載的古印度傳説是爲《黔之驢》之取材淵源,這一點已有充分的論據加以證實。但是,這種關涉到兩個不同國家之間的文學故事之傳遞影響所以能够實現,離不開佛經翻譯這一媒介,事實説明在上述這個古印度寓言衆多的記載中間,與柳宗元發生接觸的並不是那些天竺原典的故事記述,而恰恰是經過了漢語翻譯的《佛説群牛譬經》。《佛説群牛譬經》作爲這個古印度傳説的變演形態之一,自天竺越過崇山峻嶺譯入中國,在這一傳播遞送過程當中充當了積極的傳導者。以上這篇漢譯佛典寓言,把一個古印度著名傳説的創作經驗,帶給了柳宗元這位中國諷刺文學家,同時又以它自己的特殊面貌施加給《黔之驢》最深刻的影響。正是從這個意義上説,《佛説群牛譬經》即是《黔之驢》創作的主要藍本,柳宗元構思結撰“黔驢技窮”故事取得成功,確實在很大程度上直接得益於它的感染和啓發。

然而,談到現在爲止,我們在《黔之驢》取材來源問題上得到的認識,還不能説已經包括了本篇作品與印度寓言故事之間多重的關係。歷史上中印兩國文學的交感影響,呈現出錯綜複雜的情況,有時某一外來物語能同時或連續影響好幾個本土故事,也有在一篇中國作品裏包融着多個印度傳説的成分。我們説《佛説群牛譬經》是《黔之驢》創作的藍本,這主要是指影響到《黔之驢》故事主體部分的構成而言的,並不意味着由此就可以斷認,這篇中國寓言僅僅祇是受到一個天竺傳説的沾溉。從"黔驢技窮"這一故事所展現的具體形態看，固然和《佛説群牛譬經》最爲相像，但它開頭部分描述之老虎因不識驢而產生的誤會和疑懼，則與《群牛譬經》尚有明顯距離反而較接近於印度傳説原型。這種局部性的問題，向我們表明柳宗元在創作《黔之驢》時，也許還曾接觸過《大集地藏十輪經》、《衆經撰雜譬喻》等漢譯佛典的故事記載，更有可能他從另一個佛經故事當中吸取了素材。要是我們能對譯入中國的佛教譬喻經典多做些熟悉瞭解，那就未嘗不可在季羨林先生既有論述的基礎上進一步發現，《黔之驢》這個故事開頭一部分的情節配置，顯然又受到了另一個關於驢的古印度傳説的交叉影響。

這個關於驢的古印度寓言，同樣存在於漢譯大藏經中，即《百喻經》第七十七個故事《搆驢乳喻》。寓言開頭部分的譯文是這樣説的：

> 昔邊國人不識於驢，聞他説言驢乳甚美，都無識者。爾時諸人得一父驢，欲搆其乳，諍共捉之。其中有捉頭者，有捉耳者，有捉尾者，有捉脚者，……

《搆驢乳喻》載入當時極流行的《百喻經》中，有更多機會引起柳宗元的注意。故事敘述偏遠的邊地本來没有驢，這裏的人對驢亦無所知識，祇聽説驢的乳汁鮮美無比。有一次，他們自外地得到一條公驢，居然就把它當作母驢來擠乳汁。大家亂哄哄地瞎忙一陣，結果"徒自勞苦"而"空無所獲"。這個寓言主旨諷刺見識仄陋者的可笑，教訓意義與《黔之驢》並不一樣。但我們注意到，如《搆驢乳喻》這樣利用角色的誤會來鈎貫結撰情節的構思方式，實則也很明晰地貫穿在《黔之驢》開頭一部分的故事架構之中。試觀《黔之驢》裏那隻老虎，它的愚昧與孤陋寡聞，也簡直活像個從未見過世面的鄉巴佬。因爲黔這個地方原來無驢，故它連驢之爲何物亦屬罔然，以至碰到一條從外面進來的驢，竟對它疑畏萬分，“蔽林間窺之，稍出近之，慭慭然莫相知”，“他日，驢一鳴，虎大駭遠遁，以爲且噬己也”，在一段時間内出盡了洋相。儘管《黔之驢》故事的後半部分，極寫老虎搏食驢時的凶猛，但這仍未掩蓋掉它從佛經寓言角色那裏承襲而來的氣質上的弱點。我們細讀作品可以發現，這兩個寓言故事的有關情節，均圍繞着一條驢來展開，而驢的對方在這過程中對它産生的一切誤會，亦都是因爲角色生長在窮鄉僻壤而“不識於驢”。相似的行爲出於相同的原委，故事的笑料總離不開一條外來的驢，要説其間傳遞影響之痕迹，那是最清楚不過的了。而且，在這裏頭最引人注目的地方，爲《黔之驢》全文發端“黔無驢”這句話，即明明白白地是從《搆驢乳喻》首句“昔邊國人不識於驢”一語套用轉變過來的。

按我國古代所謂的“黔”，其地即指今貴州省及湖南西部一帶，柳氏謫居的永州就在這個範圍之内。這裏唐代尚屬蠻荒之區，而且與長安、洛陽相距甚遠，在柳宗元看來當然是名副其實的邊地，憑這一點就很容易和《搆驢乳喻》裏所説的“邊國”發生聯想。柳宗元本人博學高才，精神境界超脱凡俗，革新失敗後放逐到這裏做一個小官，生活中找不到趣味投合的知音，心情常受壓抑感和失落感的支配，與當地一班鄉愿俗士格格不入。他在這段時間裏創作的另一篇寓言《謫龍説》，就是作者這種精神狀態的自我寫照。閉塞的環境是滋生愚昧最佳的土壤，平庸的生活會養成可怕的惰性，如果有什麽陌生的事物進入這塊狹小的天地，很可能就會鬧出許多笑話。不管是《搆驢乳喻》中邊國人那種盲目的輕信，還是《黔之驢》裏老虎的莫名疑畏，都能在這一地區士人的病態心理中找到類似的表現。柳宗元在永州生活了十年，對此間人士之偏執狹隘深有體驗，《黔之驢》這個寓言主要是諷刺上層統治者，但也融合着作者在貶地觀察風土人情得來的若干體驗。鑒於柳氏的這一特殊心境，當他一旦接觸到《百喻經・搆驢乳喻》的諷刺内容,就很自然地在他的情智活動中引起共鳴和反響。而有關這方面的感觸,的確亦在顯著程度上影響到了《黔之驢》的故事形態。

1989 年 5 月

附注: 關於《佛説群牛譬經》的故事,在漢譯藏經中亦見於《增一阿含經》卷二十,並爲梁僧旻、寶唱撰集之《經律異相》所載録。

《詩序》作者考辨

今吾人所見之《毛詩序》,其作者究屬何人,争論由來已久,百千年間,異説紛紜,猶如聚訟,四庫館臣稱之爲治經者第一争詬之端,良有以也。觀乎衆説,各布方圓,所得有淺有深,持論或然或否,推之者尊爲聖人不刊之言,抑之者詆爲村野妄人所作。乃至採摭片語,立異求勝,管中窺天,難睹全豹,徒使後之讀者,愈增困惑迷離。予之於《詩》,無所知識,蓋讀有關《詩序》作者之衆説,較其得失疑似,於糾葛紛煩之中,稍具一得之見,不敢以發明自期,特聊申一説以俟博達者鑒焉。故稽索其争論始末,詮次其有關論述,作一考辨云爾。

一、兩種不同記載及争論之引起

尋本溯源,關於《詩序》作者之記載,有史可徵者,始自鄭玄,其《詩箋》釋《南陔》云:"孔子論《詩》,雅頌各得其所,時俱在耳,篇第當在於此,遭戰國及秦之世而亡之,其義則與衆篇之義合編,故存,至毛公爲《詁訓傳》,乃分衆篇之義各置其篇端云。"又梁代沈重按鄭玄《詩譜》義云:"《大序》是子夏作,《小序》是子夏毛公合作,卜商意有不盡,毛更足成之。"鄭氏此説,今未見漢代其他資料足以佐證。班固《漢書》論及《毛詩》,謂其"自云子夏所傳",可見《毛詩》子夏所傳一説,班固尚且存疑,則子夏作《序》云云固不待論矣。其後王肅《孔子家語》注,亦云《詩序》爲子夏所作。迨至梁代,蕭統編纂《文選》,以《毛詩序》一篇,題爲子夏作。然而"毛詩"

之名，始於漢河間獻王時，子夏生當東周，《詩》無齊魯韓毛之分，即令此序真爲子夏所作，何得名之謂"毛詩序"乎？觀其所題，已見其牴牾之迹矣。

衛宏作《毛詩序》一説，論者多援《後漢書·儒林傳》爲本，《范書》云："衛宏字敬仲，……少與河南鄭興俱好古學。初，九江謝曼卿善《毛詩》，乃爲其訓。宏從曼卿受學，因作《毛詩序》，善得風雅之旨，於今傳於世。"其實有關衛宏作《序》之記載，並非始於范曄，三國吴人所撰《毛詩草木鳥獸蟲魚疏》早有詳述，前人於此多見疏略。（《陸疏》一書，未爲争訴者所援引，此處暫且不論，將於後篇詳談。）今觀《後漢書·儒林傳》所言，至爲簡單，衛宏所作之《毛詩序》，果即鄭玄所箋之《詩序》乎？蔚宗未嘗明言。大抵三國晉宋之間，謂子夏作《序》及衛宏作《序》兩種記載並存，本無互相駁詰争垢，云子夏作《序》者，未曾言衛宏作《序》之非；以衛宏作《序》者，亦無片詞駁子夏作《序》之論，兩種記載原不干犯。

洎於《隋書·經籍志》，始云："後漢有九江謝曼卿善《毛詩》，又爲之訓，東海衛敬仲受學於曼卿。先儒相承謂之《毛詩序》，子夏所創，毛公及敬仲又加潤益。"《隋志》所云敬仲潤益之詞，與《范書》所載衛宏作序明顯不合，徵引前代史料，更無確實根據。諒此輩於原無争論之兩説中，濫作調人，隨情分合，强以己意附會，遂將兩説串聯一處。《隋志》所説，本不可靠，鄭振鐸先生《讀毛詩序》已加指出，觀其所謂"先儒"之言，無慮梁陳間人所言。蓋八代之季，社會崩析，兵燹屢起，典籍蕩然，衛宏所作之《序》，固即鄭玄所言之《序》否，至此益發難明。一無資料可供查證，二有儒生牽混扯合之因，《詩序》作者之争訴，實始於此。

有唐中葉，韓愈以維護道統自任，然其見解，與漢儒並不一致，始疑《詩序》非子夏所作。其云："子夏不序《詩》有三焉。知不及，一也；暴揚中冓之私，《春秋》所不道，二也；諸侯猶世，不敢以云，三也。"又云："察夫《詩序》，其漢之學者欲自顯立其傳，因借之子夏。”上述兩語，見於宋代李樗、黄櫄之《毛詩集解》及明代楊慎《經説》之中，僅存片言殘語，未知其將《詩序》作者歸之衛宏否？韓愈以爲漢世治《詩》儒生，欲顯立其學，以《序》託名子夏借以自重，揭示根本，不失爲有識之見。然觀其列舉子夏不序《詩》理由者三，似亦未能切中要害，宋程大昌《考古編》及清范家相《詩瀋》，均謂其所持論據不足説明問題。

唐時論列《詩序》，韓愈而外，復有成伯璵《毛詩指説》，以爲整篇《大序》及各篇《小序》之首句均爲子夏所作。彼之議論頗詳，於兹撮要録之。言云：“今學者以爲《大序》皆是子夏所作，未能無惑。如《關雎》之序，首尾相結，冠束二南，故昭明太子亦云《大序》是子夏全制，編入文什。其餘衆篇之《小序》，子夏唯裁初句耳，至‘也’字而止。《葛覃》后妃之本也，《鴻雁》美宣王也，如此之類是也。其下皆是大毛(公)自以詩中之意而繫其辭也。”又云：“毛公作《傳》之日，漢興，已亡其六篇，但據亡篇之《小序》惟有一句，毛既不見詩體，無由得措其辭也。又高子是戰國時人，在子夏之後。當子夏之世，祭皆有尸，靈星之尸，子夏無爲取引，一句之下，多是毛公所加，非子夏明矣。”成氏以子夏作《序》，於《小序》僅止首句，而將《小序》首句與以下申續之詞分别論之，抉疑蘇隱，深有得矣，其後蘇轍、李樗、程大昌之論，實由成氏首發其端。成氏以《大序》全篇及《小序》首句歸屬子夏，拘泥成見，未能盡脱舊説藩籬，至於定《小序》首句以下申續之詞爲後人所作，可謂切中理實，見識自屬精到，此點擬於後篇再行論述，於兹不贅。

概而言之，關於《詩序》作者問題，自漢迄於三國晉宋間，原有兩種不同記載，一云子夏作，一云衛宏作，所云《序》者，未必專指一篇，當時兩説並行不悖，本無論争可言。至於《隋志》，乃取梁陳間人舊説，將兩説串聯一處，以調停者自居，强古人以就我。由是誤作羼厠，問題旋生，後世争訴，即此造端。此中情形，吾儕宜加留意焉。

二、宋代關於《詩序》作者之争論

爰及趙宋，時遷事異，統治階級力求改造經學，以適應其現實政治需要。是故宋世儒生，一變漢學舊風，習尚專守，漸見不同，時人論《詩》宗旨，多與漢儒乖異，簡而論之，乃一反《詩序》之潮流也。

北宋歐陽修負一代文宗之譽，所作《詩本義》，開始擺脱《詩序》之羈縻，專以己意求取詩義。唐五代間，尚不敢明白非議《傳》、《箋》，而至宋世，異説漸多，指斥漢學，蔚爲風尚，推其本源，實爲此書首先發難。歐陽修論《詩序》作者，未有明確判斷，以爲“子夏親受學於孔子，宜其得《詩》之大旨。其（指《詩序》）言風雅有變正，而論《關雎》、《鵲巢》，繫之周公、召公，使子夏而序《詩》，不爲此言也”。又云：“今考《毛詩》諸序，與孟子説《詩》多合。”推其論旨，大略以爲《詩序》出於孟子之後。

北宋論《詩序》之作者，其影響較著當推蘇轍。蘇氏以爲《小序》反覆繁重，類非一人之辭，惟發端之句，爲古之序也。以故蘇轍所撰《詩集傳》，於《序》祇存發端一語，其餘悉從删汰。其論《詩序》作者云：“今《毛詩》之《序》……世傳以爲出於子夏，予竊疑之。子夏嘗言《詩》於仲尼，仲尼稱之，故後世之爲《詩》者附之。要之豈必子夏爲之，其亦出於孔子或弟子之知《詩》者歟。然其誠出於孔氏也，則不若是詳矣。孔氏删《詩》三百十一篇，今其亡者六焉，詩之序未嘗詳也。《詩》之亡者，經師不得見矣，雖欲詳之而無由，其存者將以解之，故從而附益之，以自信其説，是以其言時有反覆煩重，類非一人之辭。凡此皆毛氏之學，而衛宏所集録也。”

蘇轍以《小序》發端一語出自古序，與成伯璵論旨可以互相證發。蓋蘇氏之前，丘光庭《兼明書》對此亦有涉及，指出《鄭風・出其東門》，《傳》意與《序》不同，足資補證《小序》首句當在毛公作

《傳》之前。蘇轍取成氏之説,因加發揮,具論更詳,按其論點,與鄭玄釋《南陔》所云,不無相合之處,厥後王得臣、李樗、程大昌輩,皆以轍説爲祖本。《四庫總目提要》言及蘇氏《詩集傳》,云:"案《禮記》曰,《騶虞》者樂官備也,《狸首》者樂會時也,《采蘋》者樂循法也,是足見古人言《詩》,率以一語括其旨。《小序》之體,實肇於斯。王應麟《韓詩考》所載,如《關雎》刺時也,《芣苢》傷夫有惡疾也,《漢廣》悦人也,《汝墳》辭家也,《蝃蝀》刺奔女也,《黍離》伯封作也,《賓之初筵》衛武公飲酒悔過也。劉安世《元城語録》亦曰,少年嘗記讀《韓詩》,有《雨無極》篇序云,正大夫刺幽王也,首云雨無其極,傷我稼穡云云,是《韓詩序》亦括以一語也。又蔡邕書石經悉本《魯詩》,所作《獨斷》,載《周頌序》三十一章,大致皆與《毛詩》同,而但有其首句,是《魯詩序》亦括以一語也。轍取《小序》首句爲毛公之學,不爲無見。"由此言之,蘇氏之論大致可信矣。然而蘇轍以《詩序》爲衛宏所集録,《四庫總目提要》亦贊同此説,《提要》云:"史傳言《詩序》者,以《後漢書》爲近古……轍以爲衛宏所集録,亦不爲無徵。"殊不知關於《詩序》作者問題,於《後漢書》之前百餘年,《毛詩草木鳥獸蟲魚疏》早有詳盡明確之記載,更不辨衛宏所作之《毛詩序》,果即爲鄭玄所箋之《毛詩序》否?而范曄所云"今傳於世",果至蘇轍當時亦傳於世間歟。凡此種種,四庫館臣不加考察,遽而信從,豈非失於偏乎!

迨及南宋,理學大行,統治階級意識形態改弦更張,當時儒生排斥漢學之風彌熾。王質《詩總聞》摒棄《詩序》,專以己意逆詩。鄭樵作《詩辨妄》,以爲《序》乃村野妄人所作,攻擊《詩序》不遺餘力。朱熹繼起,乃作《詩序辨説》,按《詩序》逐條指摘詰難。蓋南宋反對《詩序》思潮之中,鄭朱二人實爲最力者,而漁仲則尤甚。

鄭樵《詩辨妄》謂:"《詩》、《書》可信,然不必字字可信。"言《詩》力主不爲古説所泥,以爲"事無兩造之辭,則獄有偏聽之惑",詆斥《詩序》,鋒芒畢露。然細按其論,並非旨在真正擺脱儒學束縛，舉其大端言之，實乃迎合統治階級改造儒學之需要，故其持論，常多武斷之處。譬如其論《詩序》非子夏所作云："設如有子夏所傳之《序》，因何齊魯間先出，學者皆不傳，返出於趙也？《序》既晚出於趙，於何處而傳此學。"又云："諸風皆有言當代之某君者，惟魏檜二風無一篇指言某君者（'魏'疑當爲'曹'），以此二國《史記》世家年表書傳不見有所説，故二風無指言也。若《序》是春秋前人作，豈得無所一言？"樵謂《序》非出於子夏，其結論或是，而詳其論據，則甚爲偏頗。其謂《毛詩》不出於齊魯，由是以爲《詩序》必非出於子夏，然曷不可言子夏至於毛公，師相授受歷時甚久，人事變遷，殊難詳悉，安能以一方之地而限之？况子夏又嘗教授西河，爲魏文侯師，趙魏近鄰，《毛詩》之出於趙，未嘗不可，鄭氏以此詰難，豈非隔靴搔癢乎？復觀其以魏（曹）檜二風無言指某君，遽而斷定《詩序》出於《史記》之後，此亦似是而非之論。蓋曹檜二國，小國也，古史記載多所從略，《左傳》稱季札觀樂，至檜而無譏焉，《詩序》作者未詳其事，亦在情理之中。鄭樵必謂《詩序》附會《史記》而成，蓋自身失於偏從之惑，吾儕何嘗不可反唇相譏，而言《史記》參照《詩序》耶？

鄭樵《六經奥論》又曰："宏《序》作於東漢，故漢世文字未有引《詩序》者，惟黄初四年有曹共公遠君子、近小人之語，蓋魏後於漢，而宏之《序》至是而始行也。"鄭氏所詆村野妄人，大概即指衛宏。上引鄭氏此論，後世詆《序》學者常爲援用，乃不知此亦出於鄭氏一孔之見，徒造臆説也。王先謙《後漢書集解》引申惠棟《九經古義》駁之曰："棟案，《左傳》襄二十九年，季札見歌秦曰，美哉，此之謂夏聲。服虔《解誼》云，秦仲始有車馬禮樂之好，侍御之臣，戎車四牡田守之事，與諸夏同風，故曰夏聲。此《秦風・車鄰》序也。太尉楊震疏云，朝無《小明》之晦，此《小雅・小明》序也。李尤《漏刻銘》云，挈壺失職，刺流在詩，此《齊風・東方未明》序也。……當時已用《詩序》，何嘗至黄初時始行邪？"惠氏所用季札觀樂一條,誠如梁啓超云,乃是出於偶合,不足以爲援據,然以下諸條,可見東漢時已有用《詩序》之文,雖此未能證實《詩序》必非出於衛宏,然鄭氏臆説之不確,於此昭然可見矣。鄭樵極力排詆《詩序》,以爲《詩序》决非子夏所作,其論證雖多疏闊,然其批駁漢儒附會之説,自有可取之見,《詩序》至於鄭樵,尊奉之習日益廢弛矣。

周孚《非詩辨妄》一書,專與《詩辨妄》相詰難。周孚以鄭樵所謂《詩》、《書》未必字字可信,實非《六經》之福,斯論頗涉衛道。然而周氏立論,並非完全秉承漢儒,質其淵源,實多本於蘇轍。周孚駁難鄭樵之論,自身常有支吾之處,對於同題癥結所在,時而採取回避態度。顧頡剛先生《非詩辨妄跋》,於孚頗多批評。平心論之,《非詩辨妄》枝蔓雖多,然亦不乏可取之見。其論《詩序》之作者云:"鄭子之所疑者似矣,而説非也。吾以爲不若蘇子之言,曰是詩也,言是事也,昔孔氏之遺説也。其反覆煩重,類非一人之辭者,毛氏之學,而衛宏之所集録也。"可見孚於鄭樵並非一筆抹殺,以爲"鄭子之所疑者似矣",對於《詩序》全出子夏之手亦抱懷疑態度。然彼言《詩集》爲衛宏所集録,亦本於《隋志》與蘇轍《詩集傳》,未可以爲篤論也。

至於朱熹,集宋學論《詩》之大成。觀朱氏論《詩》之大要,一爲反對漢儒之説,一爲反對東萊吕祖謙之《吕氏家塾讀詩記》,極力將《詩經》納入其理學思想體系。其所作《詩序辨説》,受鄭樵影響頗深,黄震《黄氏日抄》云:"晦庵先生因鄭公之説,盡去美刺,探求古始,其説頗驚俗,雖東萊不能無疑焉。"《詩序辨説》於前人尊奉《詩序》之習,則竭盡其抨擊之能事,曰:"於是讀者轉相尊信,無敢擬議。至於有所不通,則必爲之委曲遷就,穿鑿而附合之。寧使經之本文繚戾破碎,不成文理。"

朱熹論《詩序》作者,云:"《詩序》之作,説者不同,或以爲孔子,或以爲子夏,或以爲國史,皆無明文可考。唯《後漢書·儒林傳》以爲衛宏作《毛詩序》，今傳於世，則《序》乃宏作明矣。然鄭氏（玄）又以爲諸《序》本自合爲一編，毛公始分以置諸篇之首。則毛公之前，其傳已久，宏特增廣而潤色之耳。故近世諸儒，多以《序》之首句爲毛公所分，而其下推説云云者，爲後人所益，理或有之。但今考其首句，則已有不得詩人之本意而肆爲妄説者矣，况沿襲云云之誤哉！”朱氏以《詩序》首句已不得詩人之本意，即謂首句亦非古序，此説無乃失於私斷歟？蓋古人之見解，與宋人不同，時隔千載，學風迴異，宋人心目中詩之本意，古人未必以爲如此也。况古人治《詩》，何能語語皆中？不得詩之本意，此亦常見之現象，何能以此即言首句非古序耶？《小序》首句爲秦火前語，斯時去詩人作詩之日亦已邈遠，《序》中所云有不合本意者，勢所難免，惡可由此斷定彼必出於漢人之手？朱熹論《詩序》作者，牴牾之迹頗多。《詩序辨説》云，《詩序》爲衛宏所作；而《朱子語類》又云：“某又看得亦不是衛宏一手作。”而范曄所云衛宏之《序》“於今傳於世”，指蔚宗當時也，朱氏漫無辨别，誤以爲趙宋時亦傳於世，觀其立論根據，已覺不甚周密矣。

鄭樵《詩辨妄》出，則周孚作《非詩辨妄》；朱熹《詩序辨説》問世，而後馬端臨《文獻通考》曾詳加詰難，以爲朱熹“惡《序》之意太過，而所引援指摘，似亦未能盡出於公平”。其論《詩序》作者，謂：“蓋作《序》之人，或以爲孔子，或以爲子夏，或以爲國史，皆無明文可考。然鄭氏（玄）謂毛公始以寘諸詩之首，則自漢以前，經師傳授，去其作詩之時蓋未甚遠也。”宋元之間，非議鄭樵、朱熹者，亦與漢儒之説不同，對於子夏作《序》舊説，一般都不信從，而以爲《詩序》非一人一時所作。顧及《詩經》師承流傳實際情況，吾以爲斯言亦近之矣。

程大昌《考古編》，有《詩論》十七篇，以爲《小序》不出於子夏，然《序》首發端之語，爲古序無疑，以下續綴之辭，出於衛宏。又云《關雎》序首以下之辭，與《論語》言《詩》之旨不類，當亦爲衛宏所作。其《詩論十》云:"謂序《詩》爲子夏者,毛公、鄭玄、蕭統輩也。謂子夏有不序《詩》之道三,而疑其爲漢儒附託者,韓愈氏也。《詩》之作,託興而不言其所從興,美刺雖有指著,而不斥其爲何人。子夏之生,去《詩》亡甚遠,安能臆度而補著之歟? 韓氏所謂知不及者,至理也。范曄之傳衛宏曰,九江謝曼卿善《毛詩》,宏從受學,作《毛詩序》,……於今傳於世。……則今傳之《序》,爲宏所作何疑哉。然以子夏而較衛宏,其上距古詩年歲遠近,又大不侔,既子夏不得追述,而宏何以能之? 曰,曄固明言所序者《毛傳》耳,則《詩》之古序非關宏也。古《序》之與宏《序》,今混並無别。然有可考者,凡詩發序兩語,如《關雎》后妃之德也,世人之謂《小序》者,古序也。兩語而外續而申之,世謂《大序》者,宏語也。"

又《詩論十三》云:"班固之傳毛也,曰,毛公之學自謂出於子夏,則亦以古《序》之來,不在秦後,故以子夏名之云耳。""若夫鄭玄直指古《序》以爲子夏,則實因仍毛語,無可疑也。子夏之在聖門,固嘗因言《詩》而得褒予矣,曰,起予者商也。則漢世共信古《序》之所由出者,必以此也。"程氏繼韓愈之後,指出漢儒以《詩序》託名子夏之原因,是可少補前人所未備言者歟。

程大昌之論《序》,大旨本於成伯璵、蘇轍。觀程氏《詩論》,其中思緒頗亂,時有模棱兩端之見,含糊苟且之處,不知其所從裁。其論《詩序》之作者,既如前語所云,又見其《詩論九》曰:"大抵疑其(指《詩序》)傳授,或出聖門焉耳,然則不能明辨著《序》者之主名,則雖博引曲喻,深見古詩底藴,學者亦無敢主信也矣。"其意晦而不顯,真令讀者無敢主信矣。《詩論十三》以班固之語隨意引申,以爲古《序》之來不在秦後,亦屬牽强附會。程氏又以子夏不序《詩》者,因其知不及。倘論衛宏不序首句,則誠如斯理,而其所云發端之古《序》,如爲"知及"之人所作,則斯人當出於子夏之前矣,可謂遇處亂説,至於大謬。蓋《詩經》齊魯韓毛,各自樹立,分道馳騄,四説互異,由此觀之,《詩序》定是子夏後世之人所作,豈能出於“知及”之人乎？程大昌以《序》首以下之詞爲宏語，大抵沿襲宋人之通病，前論已詳，毋用於此復辨矣。

宋世學者，處於社會思想變動時期，尤以好立己見爲尚，故兩宋之際論《詩序》之作者，意見紛紜不一，繁雜衆多。上所述舉，僅其大端而已。除此之外，王安石、程顥、王得臣、曹粹中、葉夢得、李樗、黄櫄、范處義諸家，各自爲説，其間亦頗有可採者。然宋人立説，時有根據不足之病。王安石以爲《詩序》爲詩人自作，不知根據何在。晁公武《郡齋讀書志》駁之云：“《序》若詩人所自製，《毛詩》猶《韓詩》也，不應不同若是。况文意繁雜，其不出一人之手甚明，不知介甫何以言之，殆臆論也。”又王得臣以爲《詩序》首句非孔子作不可，此論全然無據，更不足論辨矣。如是諸説，各持一孔之見，固爲平庸牽强之論耳。曹粹中《放齋詩説》、李樗《毛詩集解》，其説與蘇轍大同小異，中間不無可取之處，不復於此引録。

元明之間，理學盛行，士子科舉，必以《朱傳》爲準，關於《詩序》之作者問題，大多秉承朱熹之説。雖有楊升庵《經説》爲漢學張目，張次仲《待軒詩記》、朱朝瑛《讀詩略記》繼蘇轍、程大昌之餘蹤，然其間論争，大抵未能越出宋人門限，故略而不論。

三、清代《詩序》作者問題争論概況

爰及清代，處於封建社會末期，各種矛盾日益尖鋭，統治階級爲維護其統治，尤重尊崇儒術，倡言復古，經學與政治關係最爲密切，理學思想體現至此已不能適應需要，當時治經家學風習尚又爲之一變。至於晚清，改良思潮漸起，强調託古改制，上溯秦漢今文，尋找思想武器。故有清一代，關於《詩序》作者問題，論争復起，異説之多，益甚於宋。今以其議論大旨，歸納三派分别略而述之：（一）倡言反宋復古之漢學家；（二）經今文學家；（三）受鄭樵、朱熹影響之一派。

（一）清初諸儒治經，反宋之見漸見端倪，閻若璩《毛朱詩説》、毛奇齡《白鷺洲主客説詩》、陳啓源《毛詩稽古編》、惠棟《九經古義》接踵而起，倡言反宋復古。毛奇齡務與朱熹立異，陳啓源致力駁宋而申毛，攻擊宋學，尤爲激烈。後陳奂《詩毛氏傳疏》問世，集合清代漢學《詩》古文之大成，其論《詩》傾向，亦偏於復古，必欲將《詩經》一歸於《毛傳》，乃至鄭玄尚且有所非議，况於後世之學者哉？王鳴盛《蛾術編》、錢大昕《十駕齋養新録》、趙翼《陔餘叢考》，論及《詩序》之作者，大旨亦與之相同。清代漢學家論《詩》之旨，標榜追求古義，誠如翁方綱《范家相〈詩瀋〉序》云："言《詩》者，蘄合於聖人而已。"其間非宋之論，往往抱殘守闕，然於經史文辭，音韻訓詁，考訂縝密之處，實非宋儒所能及也。

清代漢學家論《詩序》之作者，多歸之於子夏。陳奂云："卜子子夏親受業於孔子之門，遂檃括詩人本志，爲三百十一篇作序，數傳至六國時，魯人毛公依《序》作《傳》，其《序》意有不盡者，《傳》乃補綴之，而於詁訓特詳。"

清儒將《詩序》歸之於子夏，意在重新確立《序》、《傳》權威，而其論據則不可靠。如錢大昕《十駕齋養新録》云："孟子説《北山》之詩云，勞於王事，而不得養父母，即《小序》説也。惟《小序》在孟子之前，故孟子得引之，漢儒謂子夏所作，殆非誣矣。"翁方綱《詩附記》因之而云："錢大昕引孟子，謂勞於王事，而不得養父母，用《北山》篇序語。愚按小雅《北山》序云，《北山》，大夫刺幽王也。役使不均，勞於從事，而不得養其父母焉。……孟子用《序》語無疑也。……錢氏援據孟子，以見此《序》在孟子前，足以證《詩序》是子夏作。"又有以爲孟子所云之高子，即徐整所云"子夏授高行子"之高行子。予以爲此事絶不足以證明《詩序》出於孟子之前，更不足以説明《詩序》爲子夏所作。殆錢氏云孟子論《詩》與《序》説相同，即謂孟子取引《序》説，安能言之成理乎！吾儕何以不可反言《詩序》引孟子之説乎？况孟子自云論《詩》之旨，乃"以意逆志”,未嘗言及本於《詩序》也。至於以高子爲子夏所授之高行子,其説尤爲不倫。借令子夏確曾手作《詩序》,高子果爲子夏所授,則高子言《詩》,諒必本於《詩序》矣,何於《小弁》一篇,竟稱之爲“小人之詩”,其説與《詩序》全然不同,而使孟子謂其論《詩》爲“固”哉?錢氏此論亦失之於固,可謂顯而易見。

清代漢學家爲子夏作《序》之論張目,大都失之於固,然咸以爲今傳之《詩序》决非衛宏所作,其論頗可參稽。朱彝尊治經雖不獨宗漢學,但生值清初,頗受時風影響,其《曝書亭集》云:“而論者多謂《序》作於衛宏,夫《毛詩》雖後出,亦在漢武時,《詩》必有《序》,而後可授受,韓魯皆有序,《毛詩》豈獨無序,直至東漢之世俟宏之《序》以爲序乎?”其《經義考》又云:“又按蔡邕書石經,悉本《魯詩》,今《獨斷》所載《周頌》三十一章,其序與《毛詩》雖繁簡微有不同,而其義則一。意者《魯詩》、《毛詩》風之序有别,而頌則同也。”誠哉是言,考陸璣《毛詩草木鳥獸蟲魚疏》云,毛亨受學於荀卿;又《漢書·儒林傳》云,浮丘伯受學於荀卿,蓋《詩經》魯、毛兩家初分之時,其意相乖必不甚遠,竹垞以此推訂《詩序》之出,必非遲至衛宏之時,斯爲是矣。

又翁方綱《詩附記》云:“《後漢書·儒林傳》,衛宏敬仲從九江謝曼卿受學,因作《毛詩序》,善得風雅之旨,今傳於世,故論者有謂《詩序》是衛宏作。……沈重謂《序》是卜子、毛公合作;陸德明謂卜子作《序》,毛公足成之。……而衛敬仲之《序》,在《後漢書》謂今傳於世,又豈得以今所讀《詩序》當之乎?”

翁氏以爲衛宏所作之《序》,非吾人今日所讀之《詩序》,《後漢書》所謂“今傳於世”之“今”,非後世讀者之“今”也。斯説於王鳴盛《蛾術編》中更有詳述,云:“《後漢書·儒林傳》言,衛宏作《毛詩序》。漢人解經,名稱甚繁,安知宏《序》非章句訓釋之書,而鄭樵輩據此,遂以爲宏序。……愚謂《序》若係宏所作,康成焉肯作《箋》?宏於康成雖云先進,然宏爲光武議郎,究係同代之人,輩行相望，相去不爲甚遠，宏若附益《小序》，康成亦必能辨。若云明知而姑徇之，康成一代大儒，名且出宏之上，即或推重而援引其言亦可矣，何至尊之與經相配，而退處於傳注之列？鄭於毛公尚多别異，未嘗專從，宏之去毛，地望卑矣，時代近矣，何反推以配經乎？”又云："若謝曼卿《訓》、衛宏《序》、馬融《傳》，皆已不傳，後人無由知其書爲何語，趙宋妄徒突指《序》爲出自衛宏。”

黄以周《經説略》云："《詩序》之作，紛紛不一，説厥《序》者曰，《序》係衛宏作，九江謝曼卿善《毛詩》，宏從受學，遂作《詩序》，……《鄭志》云，《緇衣》序高子之言，非毛公後人著之。據此，《詩序》在毛公之前其傳已久，而衛宏晚出，其《詩序》豈毛公所及見乎？抑鄭君與衛宏時代不甚遠，豈衛宏作《序》，鄭君有不及知，而妄爲斯説乎？……且《范書》言宏作《序》，别爲之《序》耳，非即今之《詩序》也。是猶鄭君序《易》，非即《十翼》之《序卦》；馬融《書序》，非即百篇序也。”

翁方綱等此論，雖未提出更加確鑿之證據，然比諸鄭樵、朱熹輩以《范書》不甚明確之一語，即斷言今存《詩序》爲衛宏所作者，較爲合於情理，此將在後文詳加論述。顧自梁、陳間人，暨《隋志》以來，將衛宏之《序》與鄭玄所箋之《序》混爲一談，渾而莫辨，而翁、王諸人，起而疑之，考其源流而不迷途徑，爲解决問題提供一條重要綫索。近世顧實所訂《重考古今僞書考》，駁姚際恒以《詩序》爲衛宏所作之論，全引《經説略》文字，不可不謂爲有見地也。

（二）清代經今文學家論《詩》，俱宗魯、齊、韓三家，動輒指斥《毛詩》，對於《詩序》，更是其非議之焦點。今文家論《詩序》之作者，可以魏源《詩古微》、康有爲《新學僞經考》、皮錫瑞《詩經通論》爲代表。

魏源《詩古微》，爲今文家論《詩》之重要著作，其中排詆《毛詩》殊爲激烈。魏源於清初漢學家，頗多抨擊，謂陳啓源《毛詩稽古編》爲"墨守帚享之學"；對宋儒鄭朱等輩亦有不滿之詞，觀其論旨,實乃處處爲三家《詩》張目。關於《詩序》之作者,魏源未嘗直接表示明確之結論,然《詩古微・毛詩傳授考》中引《後漢書》衛宏作《序》之説,而引《經典釋文》之時,則删去子夏作《序》之文,推究其意,大概主張《詩序》爲衛宏所作。

康有爲《新學僞經考》,以爲《序》之首句爲劉歆所作,其餘則爲衛宏所補。彼云:"《毛詩》僞作於歆,付囑於徐敖、陳俠,傳授於謝曼卿、衛宏,《序》作於宏,此傳(指《後漢書・儒林傳》)最爲實録。然首句實爲歆作,以其與《左傳》相合也。宏《序》蓋續廣歆意,然亦有時相矛盾者。"康氏論古文之僞,多出臆斷。其以《左傳》爲劉歆僞作,梁啓超尚且以爲失之太過,而論劉歆僞造《詩序》,更屬不可信從。大抵康氏以劉歆爲箭垛,每有問題糾結無法解釋之處,一皆歸咎於歆,蓋其立説自有政治意圖,非致力於史料考據也。而近人張西堂氏,一秉康氏遺説,於《詩經六論》中斷言劉歆作《序》自是鐵案,不容置疑。嗟夫!何其自信如此耶,何乃顓守門户若是耶?以他人觀之,則不知其所以矣。

皮錫瑞《詩經通論》雖亦排詆《詩序》,然能匯集諸説,廣徵博引,故其立論證據頗爲豐富,對子夏作《序》之説,辨疑極詳。顧皮氏以《詩序》爲衛宏所作,亦惟以《後漢書・儒林傳》一語爲依據。而今文學家斷《毛傳》、《詩序》爲僞,以爲《史記》記載不及於《毛詩》,故《毛傳》、《詩序》當是僞作無疑。其説貌若有理,細按則難於成立,章炳麟《春秋左傳讀叙録》嘗辨之曰:"案史公涉獵既廣,或有粗疏,不必爲諱。《三家詩》之先師,韓嬰於孝文帝時嘗爲博士,後至常山太傅,與董仲舒論於上前;申公嘗以弟子見高祖於魯南宫,至武帝時受聘爲大中大夫;轅固亦爲孝景博士,與黄生争論上前,後復拜爲清河太傅,此三人皆顯名漢朝。而大毛公則素未仕宦,小毛公亦僅爲河間博士,蹤迹既隱,漢廷未知其人。故史公著三家而不著毛公,直由隱顯使然,初無他故。《史記》所不見,而見於《漢書》者多矣,……悉可指爲班生妄造邪?"故今文學家論

《詩序》之作者,除辨子夏作《序》之非而外,其他論述則可取者鮮矣!

(三)清儒討論關於《詩序》作者問題,繼鄭樵、朱熹之軌轍,或受其影響較深者,可以姚際恒、崔述爲代表,觀其議論主旨,無非斷定《詩序》爲衛宏所作。

姚際恒《古今僞書考》云:"其謂子夏作者,徒以孔子有起予者商也一語,此明係附會,絶不可信。謂毛公作者亦妄也,毛公作《傳》,何嘗作《序》乎?鄭玄又謂《詩序》本一篇,毛公始分以置諸篇之首,則亦信《序》而爲此説,未必然也。世又謂'大序'(按:此處'大序'指首句下續申之詞)自是宏爲之,'小序'(序首發端之語)則係古序。案漢世未有引《序》一語,魏世始引之。及梁蕭統《文選》直以爲子夏作,固承前人之訛也。……大抵小大《序》皆出於東漢,范曄既明指衛宏,自必不謬。其'大序'固宏爲之,'小序'亦必漢人所爲。何以知之?《序》於《周頌·潛》詩曰,'季冬獻魚,春獻鮪',全本《月令》之文,故知爲漢人也。"姚氏以漢世文章未有用《詩序》者,不過拾宋人牙慧,前文已加駁正,於兹無復多辨。其又以《潛》序證《小序》首句亦非古序,而必出於衛宏,亦無根據。何則?古代典章制度,本爲客觀存在,《月令》可以載之,《詩序》何不可載?《序》語雖與《月令》同,但僅寥寥數言,詎可即以證實《詩序》必出於《月令》之後而至漢人始能爲之?姚氏採摭片言,冀以立説,鑿空架言,實不足數。

清代除今文學派之外,非薄《詩序》最力者當推崔述。彼以朱熹攻《序》之論尚不够痛快,遂從而加甚焉。崔氏之識力,自是姚際恒輩所不及,其論子夏作《序》之非是,頗爲精當。《讀風偶識》云:"嗟夫,《本草》、《内經》,世以爲神農、黄帝之所作矣;《六韜》,世以爲太公之所作矣;《山海經》明明載西漢之郡縣,而公然以爲出於禹益;《月令》明明載戰國之躔度,而公然以爲作自周公。彼術數之徒,淺學之士,苟欲尊其所傳以欺當世,亦不足多怪,不料儒者而亦蹈是習也。”崔氏此論，雖將後代竄入之詞與《山海經》原文混糅不分，然所云漢人好爲託古之病，實亦適中要害。《讀風偶識》進而論述《詩序》託古之社會根源，乃在朝廷敦重經術，設置學官，諸家角立，務期相勝，以致傅會時尚，盡力託古。崔氏指出此點，爲宋儒所未道。由此觀之，則《詩序》非子夏所作益明矣。

崔氏於成伯璵、蘇轍以《小序》首句爲古序之説，亦相非難。《讀風偶識》云：“余按《序》之首句，與下所言相爲首尾，斷無止作一句之理。至所云刺時刺亂者，語意未畢，尤不可無下文，則其出於一人之手無疑也。况宏果續前人之《序》，蔚宗豈得歸功於宏，而謂今所傳者爲宏作乎？”同書又云：“《詩序》乃後漢衛宏作，……惟《後漢書·儒林傳》稱謝曼卿善《毛詩》，乃爲其訓，宏從曼卿受學，因作《毛詩序》，善得風雅之旨，於今傳於世，則《序》爲宏所作，顯然無疑。其稱子夏毛公作者，特後人猜度言之，非果有所據也。記曰，無徵不信，不信民弗從。今衛宏作《詩序》，現有《後漢書》明文可據；如謂爲子夏毛公所作，則《史》、《漢》傳記，從無一言及之，不知説者何以不從其有徵者，而惟無徵之言之是從也。”

崔氏所言《小序》首尾一貫，不見續綴之迹，此説與事實不符。陳澧《東塾讀書記》云：“今讀《小序》，顯有續作之迹。如《載馳》序云，許穆夫人作也，閔其宗國顛覆，自傷不能救也。此已説其事矣。又云衛懿公爲狄人所滅，國人分散，露於漕邑，許穆夫人閔衛之亡，傷許之小，力不能救，思歸唁其兄，又義不得，故賦是詩也。此以上文三句簡略，故複説其事，顯然是續也。《有女同車》序云，刺忽也，鄭人刺忽之不婚於齊。此已説其事矣。又云，太子忽嘗有功於齊，齊侯請妻之，齊女賢而不娶，卒以無大國之助，至於見逐，故國人刺之。此以上文二句簡略，故亦複説其事，顯然是續也。”陳澧之論，對於《小序》原文與以下續申之詞，概念較爲混淆，但未始不可證明現存之《詩序》非一人所作也。康有爲《新學僞經考》云：《將仲子》、《椒聊》二篇，《序》首與以下之文互有牴牾，可見崔氏之論《序》語首尾一貫之不確。按《後漢書·儒林傳》之云衛宏作《詩序》,具體指意本不甚明,翁方綱、王鳴盛、黄以周等已疑其當别爲一篇。而早在《范書》之前,陸璣之《毛詩草木鳥獸蟲魚疏》,對《詩序》作者問題早有明確之記載。崔氏無暇顧及,惟取《范書》一語片面理解,顓固自信若是,吾人孰不可執其辭而返問曰,不知崔氏"何以不從其有徵者"乎?

四、區分《序》首與以下續申者之進一步論述

如上述三派而外,清代論《詩序》者,繼踵成伯璵、蘇轍、程大昌者頗多,大抵不專主漢宋,參酌諸説擇善而從,故其論較爲持平。今舉朱鶴齡、王崧、黄中松、范家相及《四庫總目提要》分别條具論列之。

朱鶴齡爲陳啓源莫逆之交,而治《詩》學風傾向於淹博通達,不若陳氏專主《毛傳》,頗有調和漢宋而兼採之旨。關於《詩序》作者,朱氏《〈詩經通義〉序》云:"大約首句爲詩根柢,以下則推而衍之,推衍者間出於漢儒,首句則最古不易,觀於《六亡詩》之序,止系以一言,則後序多漢儒所益明矣。"

王崧《説緯·詩大小序》云:"有一詩即有一序,以著作詩之由,程氏所謂古序是也。詩既見録,播之於樂,而復用以造士,其《序》與之並傳。孔子正樂,取而訂之,以授子夏,遞傳至毛公。惟其有序,始知指意之所歸,不然孔子距作者已遠,安能臆斷於數百載之下?然則發篇兩語爲古序,出於國史,確然無疑。鄭氏所謂古嘗合編,毛公分冠者,殆即此也。《關雎》一序或經孔子節裁,其餘各序續而申之者,由子夏以至毛公,又由毛公以至鄭氏,相傳解説,各有潤益。"此説實爲採掇諸説而成,彼所謂國史、孔子作《序》,則本於程顥、王得臣,其説誠不足據信。黄以周《經説略》

云:"如《詩序》出自國史、孔聖,則齊魯二家當與正經並傳,不應删削《序》説,韓序亦當與毛合一,不應别生異議。何以《關雎》一篇,《毛詩序》以爲美,而三家皆以爲刺乎?《芣苢》、《汝墳》諸篇,韓毛兩序説不歸於一乎?謂《詩序》出於國史、孔聖者,可以知其非矣。"復觀《關雎》序論《詩》之旨,與《論語》全然不類,宋時程大昌已加指出,故王崧所云《關雎》序經孔子删節之説,乃屬無稽之談。王崧又謂《詩序》自毛公直至鄭玄各有潤益,蓋亦出於推想,並無事實根據。

黄中松《詩疑辨證》,於《詩序》亦有論述,其云:"今觀《維天之命》序有孟仲子之言,《絲衣》序有高子之言,皆子夏後人,則《序》不全爲子夏作矣。若果太史所題,則變雅中刺厲刺幽之詩,家父凡伯輩當厲幽在位作耳。太史近在同朝,隨作隨可採,何由即稱厲幽乎?若在後王之時,太史追題,則方作時何所稱據乎?然使《序》至東漢時始有,則孔子教門人學《詩》,而未明《詩》所由作,渾然讀之,何由取益乎?孟子言頌(即'誦'字)《詩》讀《書》,必知人論世,則《詩》之有《序》久矣!《序》與《詩》同出,不可盡廢,但其中鄙淺附會者不少,則自漢以前經師傳授,所聞異詞,不免乖舛耳。"黄氏所論,謂孟子之時已有《詩序》,其誆誤正與錢大昕相同,前已辨之。至謂《序》、《詩》出於同時,更屬荒謬。然黄氏舉出《序》中高子、孟仲子之言,證明《序》必非子夏全作;又以變雅篇章,證明《序》非國史所記,頗爲有見。《詩疑辨證》對於《詩序》作者之論述,不免含混其詞,未嘗有明確之結論也。

范家相《詩瀋》於《詩序》作者,論述頗爲可觀。范氏受學於毛西河,而其説與西河殊不相同。顧鎮稱其説《詩》以《注疏》、《集傳》爲兩大樞紐,惟其合者從之,間出新義。關於《詩序》作者,范氏之論大要本諸成伯璵、蘇轍,而不盡相同。《詩瀋》以《漢書·藝文志》但言《毛詩》云出於子夏,未嘗言及子夏作《序》;即爲毛公,亦未睹其有子夏作《序》之論。以爲"其曰'傳'者,不過經師之遞相傳授云爾也。其間聞見異詞，記録舛誤，故得失時見，豈子夏筆之於書以授學者哉？如毛公謂是子夏所作，何不於《序》首明標子夏之名，如標孟仲子、高子之文乎？是非特《小序》非子夏所作，即《大序》亦非出於西河（指子夏）之手無疑”。又云：“蓋聖人述而不作，信而好古，……未聞有自作一書，自注一經以垂後世者。《論語》、《孝經》、《禮記》皆記述之言，又其門弟子之所録也。子夏在孔門年爲最少，晚而設教西河，其尊所聞以傳經於來學則有之矣，作《序》則未之聞也。”

范家相雖疑子夏作《序》之説，而又不蹈宋人之弊，未將《詩序》遽然歸於衛宏。《詩瀋》云：“《毛序》行於新莽之世，去敬仲已百數十年，立之學官流傳天下久矣。敬仲以一人之私見，起而更益之，其誰肯信？且漢時最重師傳，敬仲乃萇七傳之弟子，豈敢擅更古《序》乎？蓋孟喜傳《易》，詐言王孫之枕膝，而梁丘賀疾起以證之矣，宏烏能明目張膽以作僞哉？况毛公本古《序》以作傳，使宏僞《序》，寧不與《傳》相左？若云《傳》亦爲宏僞作，則《鄭箋》具在，何並不一字及宏乎？”觀范氏上述論列，於理甚愜，然其所作之結論，衹是指出一個大概輪廓，其云：“今詳其文義，牽合聯綴，實雜出於秦漢經師之手，非一人所作也。”

《四庫提要》參稽衆説，作出總結，比諸《詩瀋》，其論證更爲確實詳明。其云：“案《詩序》之説，紛如聚訟。以爲《大序》子夏作，《小序》子夏毛公合作者，鄭玄《詩譜》也。以爲子夏所序《詩》即今《毛詩序》者，王肅《家語注》也。以爲衛宏受學謝曼卿，作《詩序》者，《後漢書・儒林傳》也。以爲子夏所創，毛公及衛宏又加潤益者，《隋書・經籍志》也。以爲子夏不序《詩》者，韓愈也。以爲子夏惟裁初句，以下出於毛公者，成伯璵也。……自元明以至今日，越數百年，儒者尚各分左右袒也，豈非説經之家第一争詬之端乎？考鄭玄之釋《南陔》曰，子夏序《詩》，篇義各編。遭戰國至秦，而《南陔》六詩亡，毛公作《傳》，各引其序，冠之篇首，故詩雖亡而義猶在也。程大昌《考古編》亦曰,今六序兩語之下,明言有義無辭,知其爲秦火之後見序而不見詩者所爲。朱鶴齡《〈毛詩通義〉序》又舉《宛丘》篇序首句與《毛傳》異辭,其説皆足爲《小序》首句原在毛前之明證。丘光庭《兼明書》舉《鄭風·出其東門》篇,謂《毛傳》與《序》不符。曹粹中《放齋詩説》亦舉《召南·羔羊》、《曹風·鳲鳩》、《衛風·君子偕老》三篇,謂《傳》意《序》意不相應,《序》若出於毛,安得自相違戾?其説又足爲續申之語出於毛後之明證。觀蔡邕本治《魯詩》,而所作《獨斷》載《周頌》三十一篇之序,皆祇有首二句,與《毛序》文有詳略而大旨略同。……今參考諸説,定《序》首二語,爲毛萇以前經師所傳;以下續申之詞,爲毛萇以下弟子所附。"

《提要》承接成伯璵、蘇轍、程大昌、范家相之論,參合衆説,論證充實,其所作結論,大體可信。然將《序》首之語及以下續申之詞以毛萇爲分,則猶不免未達一間,竊以爲失諸疏略。何則?蓋《提要》以《毛傳》之作者較論《序》首及以下續申之詞,則論《詩序》之作者,無疑亦當以《毛傳》之作者爲分。關於《毛傳》之作者,班固惟言毛公,後人遂誤以爲毛萇,實爲傳訛。觀鄭玄《詩譜》云,大毛公作《詁訓傳》,小毛公傳其學,河間獻王立爲博士。大毛公者,毛亨也。陸璣《毛詩草木鳥獸蟲魚疏》明言毛亨作《詁訓傳》,以授趙國毛萇。徐整亦云大毛公作《詁訓傳》。皆未有毛萇作《傳》之説。果如《提要》所云以毛萇爲分,則《序》首之語,亦可能爲毛亨所作矣,俞正燮《癸巳類稿》雖有此説,然亦臆測之詞,與鄭玄釋《南陔》之論不合。若續申之詞爲毛萇以下經師所附,則無異排斥毛萇續《序》之可能,於理未安。故《提要》之結論,不若改成"《序》首二句爲毛亨以前經師所傳,以下續申之詞,爲毛亨以下弟子所附"。如此,則毛萇亦囊括於續申《序》説之弟子之列矣。

關於衛宏作《序》問題,《提要》於此未有明言,但蘇轍《詩集傳》之提要中云:"史傳言《詩序》者,以《後漢書》爲近古,而《儒林傳》稱謝曼卿善《毛詩》，乃爲其訓，衛宏從曼卿受學，因作《毛詩序》，輙以衛宏所集録，亦不爲無徵。"乃知《提要》所指毛萇以下子弟，實隱包衛宏於内，蓋四庫館臣對於《後漢書・儒林傳》之記載無法解釋，乃至調和折中，俯爲遷就，如此則何以使人抉别疑似哉！

五、考辨與結論

關於《詩序》作者之論争，反映出深刻之政治背景，其意義誠非一具體問題所能概括。顧自漢武排黜百家，獨尊儒術，二千年之中國封建社會，經學乃統治思想之重要組成部分。當是時也，君臣詔旨奏章，士庶行事進業，無不引用經義，依傍孔教，捨此而幾無以自立。至於歷朝替代，政情變化，風動波震，影響所及，意識形態，與世推移，而經學固首當其冲焉！綜觀歷代經義解釋，紛紜競繁，枝蔓滋多，各持極端，較衡異同，考據某一問題，竟成百世懸案，雖大體不離名教，亦軌迹時出殊途，推求其間原因，亦與當時政治之關係所致也。古人論《詩》，尊之爲經。而《詩序》者，蓋經古文家提挈三百篇之要旨，流傳千數載之舊籍，秦漢之際論《詩》之著作，詳具完整者所存唯此一編，故由來涉及《詩經》之評價看法，時以《詩序》爲其争訟焦點，論者或譽或毁，言貶言褒，自有其不同政治目的，體現出各種思潮特徵。由此言之，關於《詩序》作者問題之争，非特一純粹材料考據問題，實與時政風尚密切相關，此乃治《詩》者誠不宜忽視者也。

既如前文論列，所謂《詩序》爲子夏所作者，駁斥之論甚多，實屬不可據信，良由漢儒欲崇其學，託名子夏所致。按漢儒託古之習，爲一種社會現象，非惟某人偶爾妄言而成。漢世統治者尊崇儒術，欲興經學，則非導以利禄不可，治經之務，成爲博取名利之捷徑。《漢書・韋賢傳》載，當時鄒魯諺語云："遺子黄金滿籯，不如一經。”又《漢書・夏侯勝傳》云:“始勝每講授,常謂諸生曰,士病不明經術,經術苟明,其取青紫如俯拾地芥耳。”是以通曉經義,致身顯貴,即爲當時儒生群趨之鵠的。諸儒所傳之學,苟得立於學官,則黄金紫綬,何須更言?而漢時之争請立學者,各懷其私,一家增置,餘家怨望,故求名期利之儒生,常託其所治之學爲古之某“聖賢”所作,以此抬高身價,排斥異己。漢人最重師法,師之所傳,弟之所受,一字無敢出入,於本師之言,必宗信無疑,遂使謬種流傳,託古之風,盛行當世,甚至託言《易卦》爲文王所演,《爾雅》爲周公所作,古代僞書之多,殆先由此。觀夫當時以《毛詩序》爲子夏所作者,與曩時熟肉鋪自號“陸稿薦”,剪刀鋪託名“張小泉”,可以相爲比喻,斯説之不足信從,此不待煩言而可解者。然而漢儒託古之風,斷非一二人巧施小慧,信口雌黄,實反映出政治經濟於學術思想之制約關係,學風習尚既成,乃至籠罩一切,於儒生中鮮能有例外者,故自大小毛公以來,終於漢世,云《詩序》出於子夏,綿世授受,主信不疑,雖云鄭玄之類“鴻儒耆碩”,亦不能覺其爲妄也。

漢魏晉宋之間,迄數百年,治《毛詩》者於子夏作《序》之説,未見敢以爲疑者。俟至有唐,韓昌黎、成伯璵以異論辨難,對《詩序》作者問題乃獨抒己見,固以時隔邈遠,舊學形勢衰微,唐時政治對學術影響之表現方式特點,比諸漢世,亦漸有異。逮於趙宋,風習變古,自慶曆年間始,經學出現一大轉折,當時儒士,議論横生,撥棄傳注,標新立異,漢學之權威至此而完全動摇。蓋宋儒心目中之《詩序》,已非漢儒心目中之《詩序》,是以歐陽修斷《詩》間出己意,晁補之於《序》屢加貶黜,而後鄭樵、朱熹之輩,競起詆斥《詩序》。而蘇轍、程大昌等議論雖較持平,然其論旨亦與漢人迥異。以此可見,宋人對於子夏作《序》之説多加否定,實乃時勢所必然也。由是指摘其疑竇,揭示其矯訛,天下翕然,舊説漸廢。雖云清代陳奂、錢大昕等,於材料考據號稱精嚴,標榜尋墜緒而繼宗風,力圖恢復漢學地位，以先入之見，重新主張《詩序》爲子夏所作，觀其立論所據，則殊不足稱道，而響應者已寥寥無幾矣。

於此返顧本文前列諸家之論，則《詩序》非出於子夏之手，已無疑問。但《詩序》非爲子夏所作，未必即可歸之衛宏。鄭樵、朱熹直至姚際恒、崔述及今文諸家，論及《詩序》作者，皆以爲出於衛宏無疑，乃至呰罵有異此論者俱爲“妄信”。按其所據，惟《後漢書・儒林傳》一語耳，對於《范書》所記之具休指意，彼亦不甚了了，其呰人“妄信”，己亦何能免於妄信哉！蓋《詩序》作者一案，争紛延續千祀，論者或指子夏，或歸衛宏，互相論難，各持一端，考察兩造之辭，俱難自圓其説，實由問題本來複雜，非二者擇一即可解决也。極可注意者，翁方綱、黄以周等，已懷疑衛宏所作之《序》，當是别成一篇，與見存之《毛詩序》不應牽混。予以爲彼實指出問題關鍵，自是獨到之見，請略作辨析，證明於下。

觀乎漢魏晉宋之間，未嘗有所謂《詩序》作者之争。鄭玄謂《詩序》爲子夏、毛公所作，未嘗言衛宏不作《毛詩序》；而范曄云衛宏作《毛詩序》，亦無隻字辨子夏作《序》之非是。倘鄭玄所箋之《序》與衛宏所作之《毛詩序》並非各自爲篇，豈能若此兩説並行不悖，互不攻訐，而待數百年之後始争訟蜂起乎？可見傳云子夏所作之《序》，與衛宏所作之《序》，當爲不同之兩篇，曩時本無争執。此爲今存《毛詩序》與衛宏所作之《毛詩序》無關之一證也。

若鄭玄所箋之《詩序》果爲衛宏所作，鄭玄將宏《序》尊之爲子夏所作，范曄能知之，當時人諒必亦有能知之者。况漢之末世，宗法廢弛，經師説《毛詩》者異論漸多，何故當時士人，於此咸守緘默，乃無一詞與之争辯，必待百餘年而後范蔚宗始能規正之耶？又王肅説《詩》，旨在申毛駁鄭，專以攻詆鄭玄爲事，視之幾若讎敵。倘鄭玄所箋之《序》爲衛宏所作，則毛亨以及西漢經師，時出宏前，是時既無《詩序》存在，當亦無所謂子夏作《序》云云，而鄭玄以爲《詩序》作於子夏，何王肅亦不發一詞，反而翕然從之，以爲子夏作《序》耶？此見存鄭玄所箋之《序》與衛宏無關之二證也。

又范曄所云之《毛詩序》，若即鄭玄所箋自云子夏所作之《序》，范曄必能知之，何以未發一言加以辨正？若曄明知玄以宏《序》歸於子夏，於玄豈能不置微詞？觀《後漢書·鄭玄傳》，稱玄經傳洽孰，以爲純儒。其傳論又云："鄭玄括囊大典，網羅衆家，删裁繁誣，刊改漏失，自是學者略知所歸。王父豫章君每考先儒經訓，而長於玄，常以爲仲尼之門不能過也，及傳授生徒，並專以鄭氏家法云。"可見蔚宗於玄，深爲推挹。若鄭玄所尊爲子夏所作之《序》，果是衛宏所作，蔚宗何能稱其"删裁繁誣，刊改漏失"，而推崇如是乎？况范曄《後漢書》品評人物，頗少溢美之辭。以其所傳儒生而論，賈逵不拘小節，好爲附會，馬融阿附梁冀，驕貴自恣，蔚宗尚且不滿，豈獨諒解於鄭玄乎！此鄭玄所箋之《序》與宏《序》無關之三證也。

所謂"序"者，即釋題之義也。隋唐以前，解釋《詩》題之作頗多，《經典釋文·叙録》載，宋徵士雁門周續之、豫章雷次宗、齊沛國劉瓛並爲《詩義序》，此類均以"序"名之。《漢魏遺書鈔》中輯録周續之《詩義序》數條，論旨與今所見存《毛詩序》絶不相類，由此可以推想，當時《詩序》一類著作，决不止於吾人今日所見之《詩序》一編也。黄以周《經説略》，嘗言鄭君序《易》，非即《十翼》之《序卦》；馬融《書序》，非即百篇序也。斯論是已。譬如馬融所作之《毛詩傳》，自是不能與今所見之《毛傳》相混，惡可一見"毛詩序"三字，即遽然斷定必出於衛宏之手無疑。唐以後人一見"詩序"之稱，多即以爲所見之《詩序》即出於衛宏，張冠李戴，渾漫無辨，反而振振有辭，動輒詆人爲妄，其不達事理如此！由此可知，衛宏之《序》自是别爲一編。此爲鄭玄所箋之《序》與宏《序》無關之四證也。

《後漢書·儒林傳》嘗明言，九江謝曼卿善《毛詩》，乃爲其訓，衛宏從曼卿受學，因作《毛詩序》。乃知宏《序》實因曼卿之學所作,衛宏之《毛詩序》,當與謝曼卿之《毛詩訓》有密切關係。謝曼卿之《訓》,於今渺不可考,所能肯定者,當與吾人所見之《毛傳》各自爲編,並無糾葛。按理推之,衛宏所作之《序》,理當與鄭玄所箋之《序》有别。此鄭箋之《序》與宏《序》無關之五證也。(按廖平《古學考》,以今存《毛傳》,即是謝曼卿之《訓》,此説實屬無稽,比諸何焯以《毛傳》即馬融之《毛詩傳》更其荒誕,章炳麟已加駁斥,故兹文不再旁及。)

又崔述《讀風偶識》云,漢世朝廷敦尚儒術,經學益重,於是諸家樹立,務期相勝,此言是也。西漢之時,《毛詩》未得立於學官,立學者止有魯、齊、韓三家,考《魯詩》、《韓詩》,當時咸有兩語檃括題意,即所謂"序"者也。而《毛詩》立學最晚,治《毛詩》者欲期勝於三家,師徒授受,自當有序,非惟有序,猶比三家抑或加詳,豈可傳授歷世而無序,而於立爲學官之後,俟衛宏爲之序乎? 倘如崔述所謂《序》爲衛宏始作,西漢之時原無《序》文,則《毛詩》何以期勝於三家? 何得於西漢之末立於學官? 崔述此論,實乃自相矛盾而不自察。《毛詩》於平帝時立爲學官之前,自當有《序》,即鄭玄所箋之《序》。此鄭箋之《序》與宏《序》無關之六證也。

《毛詩》一家,於西漢平帝時列於學官之後,乃爲顯學,其學説自當公開於世,流傳經傳文字,亦當有明文可據,而爲世人所共知者。衛宏之學,顯於東漢之初,與《毛詩》立學之時,年代相距殊近,衛宏豈能以其所作之《序》,遮掩世人耳目,厠於經傳文字之間與之并存,而爲其後學者據爲典要哉? 此鄭箋之《序》與宏《序》無關之七證也。

根據以上七證,及前文之所論列,愚以爲鄭玄所箋之《序》,即今見存之《毛詩序》,與衛宏所作之《序》,本係不同之兩篇。衛宏所作之《毛詩序》,雖見稱於范曄當時,然已亡佚於南北朝季世,至今流傳於世之《毛詩序》,决非衛宏所作。關於衛宏之《序》自爲别編,於陸璣《毛詩草木鳥獸蟲魚疏》中更有明文可足依據。

陸氏《毛詩草木鳥獸蟲魚疏》，嘗條辨《毛詩》師承授受源流，其云："孔子删《詩》，授卜商，商爲之《序》，以授魯人曾申。申授魏人李克，克授魯人孟仲子，仲子授根牟子，根牟子授趙人荀卿，荀卿授魯國毛亨，亨作《詁訓傳》，以授趙國毛萇，時人謂亨爲大毛公，萇爲小毛公，以其所傳故，名其《詩》曰《毛詩》。萇爲河間獻王博士，授同國貫長卿，長卿授阿武令解延年，延年授徐敖，敖授九江陳俠，爲新莽講學大夫，由是言《毛詩》者本之徐敖。時九江謝曼卿亦善《毛詩》，乃爲其訓，東海衛宏從曼卿受學，因作《毛詩序》，得風雅之旨，世祖以爲議郎。"陸璣字元恪，三國時爲吴太子中庶子、烏程令，今所能見言衛宏作《序》之資料，當以此書爲最早，《范書》自在其後。《陸疏》所云授受源流，未必全部可信。然觀其所具列，既云子夏作《序》，又云衛宏作《毛詩序》，一段文字之中，兩説俱存，其爲不同之兩篇，昭昭然黑白分焉。傳云子夏所作之《序》，即吾人所見鄭玄所箋之《序》，衛宏所作之《序》，今已亡佚，蓋陸璣、范曄之時，必能兩《序》同見也。

《陸疏》一書，出於三國時，本無疑問。《隋書・經籍志》有《毛詩草木蟲魚疏》二卷，注云，烏程令陸璣撰。陸德明《經典釋文》及成伯璵《毛詩指説》，於此書均已援及，彰彰然有明文可考。然至宋時陳振孫《直齋書録解題》，乃稱《陸疏》有引《爾雅郭注》之文，於是認爲《陸疏》當出郭璞之後。明代毛晉以爲"璣"或作"機"字，言陸機本不治《詩》，斷言"此書爲唐人陸璣字元恪者所撰無疑"。《四庫提要》雖曰此書出於三國之時，而云原書已佚，現存之書爲後人從《毛詩正義》中輯録而成。陳直齋所提出之疑問，姚士粦已予澄清，姚氏云其所藏《陸疏》，並未引用郭璞之文。況《陸疏》果有與《爾雅郭注》雷同之處，曷不可云《郭注》引《陸疏》之文，而必云《陸疏》引《郭注》之文耶？再則，即如毛晉所言，《陸疏》之作者果名爲機，此"陸機"亦非陸平原也。以海内人口之衆，有姓名重復雷同，史籍屢見，事屬尋常。故兩漢之間，有兩張敞，皆知名於世;李唐一代,有兩韋應物,論《唐詩》者以爲疑案。何能以璣機一字之差,而信口斷言《陸疏》爲唐人所作耶?《陸疏》明爲《隋志》所載,而毛晉猶言出於唐人之手,疏闊如是,惟令人捧腹而已。《四庫提要》謂今存《陸疏》爲後人輯成,此説亦不可靠,余嘉錫《四庫提要辨證》已加指出。又丁晏、羅振玉於《陸疏》精加校訂,斷定此書爲三國時原作無疑。丁晏《毛詩草木鳥獸蟲魚疏叙》云:“《隋書·經籍志》:《毛詩草木蟲魚疏》二卷,烏程令吴郡陸璣撰。《唐書·藝文志》:陸璣《草木鳥獸蟲魚疏》二卷。……今所傳二卷,即璣之原書,後人疑爲掇拾之本,非也。《爾雅邢疏》引陸璣《義疏》;《齊民要術》、《太平御覽》並稱《義疏》,兹以《陸疏》之文證之諸書所引,仍以此《疏》爲詳。《疏》引劉歆、張奂諸説,皆古義之僅存者,故知其爲原本也。”至於書中所列四家《詩》授受源流,宋時王柏《詩疑》、王應麟《困學紀聞》已經提及,《四庫提要》亦云爲陸璣原文,惜乎歷代治《詩》諸公,於此未遑留意焉!故論争訩訩,歷世不絶,觀《陸疏》此文,豈非真相大白乎!近人蒙文通對《陸疏》此條記載有所涉及,然其自有先入之見,故其《經學抉原》云:“陸璣《疏》云,孔子删《詩》授卜商,商爲之《序》。又云東海衛宏從曼卿受學,因作《毛詩序》,得風雅之旨。陸説於此一篇之内,義有兩歧,知有一誤。……則陸之云衛宏作《序》,文之誤也。自范蔚宗不察,全襲陸氏之文,以入《儒林傳》,遂謬説流傳千載也。”蒙氏云“義有兩歧,知有一誤”,以爲取《詩序》爲名者,衹能一篇,不能有二,徒以主觀臆測,乃謂陸璣文誤,斯説拘矣。又張心徵《僞書通考》,以《詩序》歸於衛宏,認爲《疏》中子夏作序一句,係陸璣誤載,與蒙文通各持一端,其所共同者,在於對材料缺乏客觀分析之態度,乃從可靠之原始材料中得出錯誤之結論也。今以《陸疏》參證黄以周、王鳴盛、翁方綱之論,可知專據《後漢書·儒林傳》以今存《毛詩序》爲衛宏所作者誠不足信,衛宏所作之《序》,自當與見存鄭玄所箋之《序》分别而論,不可混爲一談。

今所見之《毛詩序》,既非子夏所作,又不出於衛宏,其作者究爲何人? 綜上所述,吾以爲《詩序》實非一人之作,乃秦漢間《毛詩》經師傳授聯綴而成。此説自成伯璵首揭其端,蘇轍、程大昌因而發揮,乃至范家相、四庫館臣進而完具,雖具體論述間有殊異,但謂《詩序》非一人一時之作,則大抵相同。觀其論據,可謂翔實,不惟符合三代兩漢舊籍,而亦深中歷史實狀委曲。《四庫提要》所作之總結,除將衛宏隱包於續申之列而外,餘者不爲無見。《小序》首句所出最早,以後續申之詞,爲後儒聯綴而成,當是確論。於此,關於《詩序》作者之争,可得出兩點結論:

(一)《詩序》非一人一時之作。論其大概:《序》首二語,爲毛亨以前經師所傳,以下續申之詞,爲其後治《毛詩》者補綴而成。於西漢末年平帝時《毛詩》立於學官之前,今所見《毛詩序》基本規模,大抵已具。

(二)衛宏所作之《毛詩序》,當爲另外一篇,已在南北朝後期亡佚,與見存鄭玄所箋之《毛詩序》無關。

一九六三年五月初稿
一九七三年三月二稿
一九七八年二月三稿

附記: 一九六二年我畢業留校,復旦中文系爲落實周揚同志搶救文化遺産的指示,決定派我去向陳子展先生學習《詩經》、《楚辭》,《〈詩序〉作者考辨》即是當時所寫的一份讀書報告。本文寫作過程中,得到陳子展先生的傾力扶持和精心閲改,陳先生又滙總其長期以來形成的看法,撰成《與友人論〈詩序〉作者書》一文供我研習參考;在其后修訂潤色時,又承蔣天樞先生及鮑正鵠、王運熙、章培恒諸師的熱忱指點,爲此心常感誦。

佛像之蹤迹與審美

爲佛教的創始人佛陀——即釋迦牟尼——造像,是佛教傳播和發展到一定階段的産物,也是東方藝術史上成就特異的一宗奇觀。古代世界上産生的造像藝術,不論是埃及的、希臘的、波斯的、中國的、印度的,都極少能脱離宗教而獨立地存在。印度作爲一個與宗教關係最密切的文明古國,其情况更是如此。近世許多文化史研究者曾指出,印度的民族心理特别喜愛宗教,在那裏可以説没有一種古代哲學思想游離於神學之外,也很難找到純粹是屬於世俗性的文學藝術。因此佛陀的造像在這塊土地上出現,當然首先是爲了適應宗教崇拜的需要。但既然有了按照一定造型特點塑造出來的佛像,也就不可避免地會涉及到藝術審美領域中的問題。故宗教崇拜和藝術審美,乃是體現在佛教造像及其瞻仰觀賞者情智活動中互有關聯的兩個方面。

一

佛像建造起源於印度,而後遍及於亞洲許多國家和地區,至今差不多有了兩千年的歷史,但在佛教創立之初,却不存在任何偶像崇拜。作爲佛教的創建者,釋迦牟尼一生所講的道理,重在宣説人們獲得解脱而達到清浄的涅槃境界,要靠自身的修持與思維證悟。佛陀否認有創造宇宙萬有及主宰一切的神,反對婆羅門教的祭祀和神明崇拜。他率領着一大批徒衆,在中印度的恒河流域不停地傳道,過着一種樸素的宗教倫理生活,根據這些弟子遇到的問題,隨時給予教誨和指點。佛陀對於他的弟子們來説,是一個具有具體人性的具體人物,大家把他當作智者和導師,誰也没有認爲他是神或者半神。即使是他逝世後的百餘年内,佛教這種原始形態尚未發生根本改變,當時的僧徒信衆們,還是依據佛陀的言教和他制定的戒律來指導自己的宗教實踐,並不感到需要建立佛像來加以頂禮膜拜。

現在佛教界人士撰寫的一些教史著作,一談到佛教藝術,往往徵引佛經中的個别材料,來證明釋迦在世時就有了他的造像。如《增一阿含經》卷二十八謂:因佛陀去忉利天爲其母親説法,人間四衆弟子非常渴念,於是憍賞彌國優填王即造了一尊高五尺的旃檀佛像,以後舍衛國的波斯匿王效仿此例,亦造了一尊同樣大小的金像。這個故事在印度流傳極廣,但把它當作一條史料來看却並不可信。由於佛去忉利天説法本非實事,所謂四衆弟子想念而建造佛像云云,就衹能把它視爲一種無可稽考的虚構之談了。况且從早期佛典結集傳世的過程來推考,《增一阿含經》在四"阿含"中形成書面文獻的時間最晚。釋聖嚴編述的《印度佛教史》云:"從四'阿含'的内容推定,《雜含》最先,其次《中含》,再次《長含》及《增一含》。"上述有關的記載,很可能是在世尊示滅既久、現實生活裏已經出現了佛像之後,纔由僧衆們附會出來的一種傳聞。

初期的佛教藝術,產生在公元前三世紀的印度阿育王時代,至公元前二世紀及前一世紀巽伽王朝時期得到進一步的發展。現存中印度波羅奈斯城外鹿野苑佛陀初轉法輪處所立的石柱,和南印山奇大塔欄楯上的雕刻,是這一長段時間裏印度佛教藝術的代表作。這些年代久遠的實物圖像,與佛教的關係甚爲密切,但它們的共同點是都没有佛陀本人形象的出現。鹿野苑石柱爲阿育王所建,其柱端刻有四隻各自背向而踞的雄獅半身像,柱體的綫盤和飾帶上雕鎸着大象、奔馬、瘤牛、老虎四様動物,彼此之間用象徵佛法的“輪寶”隔開。這一石柱的雕刻技法,曾明顯地受到亞述-波斯藝術傳統的影響,但主體風格還是屬於印度本土的,内容具有佛教的象徵意義。山奇大塔的雕刻時間較晚,但體現出濃郁的原始風味和自然主義色彩。從這裏反映了古印度雕刻家們奔放的想象力,他們用生動活潑的畫面來描繪佛陀修行成道的事迹,也表現充滿童話情調的本生故事。這中間有獅、虎、牛、馬、象、蛇、羚羊、天鵝、孔雀等動物和一般人體的造型,雕刻流麗優美,並洋溢着温情,世俗生活氣息相當濃厚,顯示着南印度人崇尚的藝術風格。然而這些作品一涉及到佛,都是毫無例外小心翼翼地予以回避,通常採用白象、菩提樹、法輪、寶塔、足迹、頭髮、佛鉢等事物來暗示和代替。這些象徵性的事物出現在雕刻裏,分别代表着某些故事内容和宗教寓意。山奇大塔雕刻表明,關於佛陀的事迹傳説,在當時人的心目中確已籠罩着一層神秘的色調,但至此還没有他本人的造像却是事實。就像英國學者查爾斯·埃里奥特在《印度教與佛教史綱》中所説的:“這和最早的基督教藝術一樣,雕刻家的意圖是説明有訓導意義的紀述,而不是提供崇拜的對象。”

印度佛教藝術中回避世尊的本像,顯示出人類早期宗教意識的某些特徵。這種禁忌在佛教、基督教中出於不盡相同的原因,但一樣都是更直接的偶像崇拜的前奏。黑格爾在《精神現象學》一書中談到宗教藝術,即指出這些現象衹是爲神聖形象的出現準備好場地而已。佛陀像在印度藝術中出現,大約要到公元一世紀,至二世紀貴霜王朝迦膩色迦王時期蔚爲大觀。釋迦牟尼創立的宗教從避忌佛像到雕刻禮拜佛像,是一個有深遠意義的轉折。如果從佛教内部來考察産生這一轉變的原因,很可能是同大乘思想的興起有關。印度前總理尼赫魯在他的著作《印度的發現》中説:“大乘佛教把佛當作神看待,而且開始把他當作一個具有人性的神來敬奉。”與小乘佛教相比,大乘提高了佛教修行的果位,强調應世入俗以廣泛化導衆生,同時也較多地接受了其他宗教及文化的影響,它的顯著標誌之一即是將佛陀更加神化,且具有多神崇拜的特色,以至主張佛教徒也可以通過對神像的瞻拜來體認自己的宗教感情。大乘佛教一變小乘在理論上漠視藝術的態度,在一定程度上認可了以聲色爲形式的藝術表現佛教精神的合理性。鑒於此,它就爲佛像在印度藝術中占據一席之地提供了思想上和教義上的根據。而大乘佛教的神像崇拜得到迅速推廣,也必然有力地促使小乘教在這一方面隨之而改變自己原來的形態。

公元前一世紀由大月氏人建立的貴霜王朝,其統治中心即在今巴基斯坦與阿富汗接壤地區。這裏處於“絲綢之路”中段,是東西方文明的十字路口,在歷史上曾多次遭到希臘人的入侵,居住着衆多亞歷山大遠征軍的後裔,有好幾代人連續地受到希臘文化熏陶。偉大的希臘雕像藝術,也把它的影響範圍擴展到這帕米爾高原的邊緣。當佛教傳入到這些習慣於希臘雕像人們的手中,大乘神祇崇拜主張與希臘“人神同形同性”觀念一拍即合,這無疑就加强了佛教崇拜固定人物及其固定形態的傾向。這些,終於導致這一帶的能工巧匠首先去創制釋迦牟尼佛及大乘佛教中菩薩的形象,到了信奉護持佛教的迦膩色迦王掌權時取得了愈加出色的成就。貴霜王朝雕刻的佛像,主要創始於犍陀羅(在今巴基斯坦白沙瓦一帶),通常被人們稱爲犍陀羅藝術。日人羽田亨所著的《西域文化史》説:“用佛像來表現釋尊和其門徒,實以犍陀羅美術爲嚆矢。”現在世界上的學者對於佛像起源問題的論述,大抵上就是如此。

犍陀羅藝術的主體是佛教藝術,從印度本土汲取題材,它吸取了古希臘、羅馬藝術的精華,在某種程度上還接受了近鄰波斯宗教藝術的感染。與其像某些西方學者那樣把它視爲希臘、羅馬藝術在東方的支流,毋寧説是印度藝術中最接近西方類型的一個特殊分支。要是把犍陀羅造像與印度早期佛教雕刻相比,那麼在這些藝術造型中顯示出來的一大變革,就在於它們把佛陀以及佛教其他聖者(如菩薩)的本像,在雕刻中直接地加以表現出來,而無須再用其他象徵性的事物來暗示和代替。這一變化是史無前例的,它不僅冲破了早期佛教藝術的禁區而成爲亞洲各地營造佛像的開端,並且在很大程度上決定着佛教在此後的精神面貌和發展方向。

早期犍陀羅雕刻的佛像,被稱爲"阿波羅頭型的希臘哲人式的佛像",保持着明顯的南歐風尚。這些藝術造型講究比例,體格健壯,具有希臘人的臉型和高鼻梁,有卷曲型的長髮,有些菩薩的造像甚至裹着頭巾,身上穿着厚實的毛織物披衣,表情顯得高傲而非温和慈祥。從它們示現出來的姿態神情中,似乎找不出多少印度式的宗教思想内涵,倒是在着力表現一種精明、機智的性格和對世界的現實感受。這不是喝過恒河聖水而思考着人生苦空無常的釋迦牟尼,而更像陽光普照的愛琴海岸成長起來的執着的論辯家。此期間雕刻的佛像,眉宇間已有白毫相,這是神明智慧的標誌,它和佛像身後的背光一樣是東方藝術的創造。犍陀羅藝術的創作,一直延續到公元三、四世紀,這裏後期製作的佛陀像,則表現出希臘影響的逐漸減褪,例如佛像的臉型、服裝、身材比例都有了改變,具有更多中亞當地人質樸剛强的情味。後期犍陀羅藝術最顯著的特徵,是佛像的形體粗壯,綫條簡練,神態嚴肅而給人沉重的威力感,具備一種質樸壯健與厚實渾成之美。唯有到了這個時候,犍陀羅藝術纔真正確立起自己的美學風格,並把它的雕刻技巧傳遞到印度以外的東方陸地國家。譬如我國雲岡石窟的北魏雕刻,莫高窟最先開鑿的一批洞窟中的塑像,都反映出犍陀羅藝術照射的回光。

二

從美學傾向上講,犍陀羅後期藝術雕刻的佛像,是屬於表現崇高和恢宏之美的;然而印度民族美術的主流,却更傾向於典雅流動、柔和優美。這種長時期來形成的審美愛好,歸根結柢是受到了印度地理環境、生産方式和民族精神的制約。在絶大多數印度人的審美意識中間,固然並不缺乏對恢宏剛健的激賞,但是即令在他們觀賞恢宏壯大的對象時,也經常喜歡用温柔優美的一面來與之調和,並在這裏找到自己精神上的歸宿。這正如偉大的詩人羅賓德拉納特·泰戈爾心靈中間充滿着對宇宙崇高無限的神往,但寫出來的詩章却總是那樣寧静、美麗與柔和。根據佛經上説,佛陀儀態優雅,説話悦耳動聽,在其所謂大悲智海中充滿着慈愛和憐憫,對有情衆生之解脱成就寄予極大的關懷。以此來衡量比較犍陀羅刻造的佛像,則非但不能從内在本質上很好地去體現佛教的精神,而且論其外在形相,亦顯得柔和慈愛不足,甚至連它們厚實的衣着也是同釋迦傳道的恒河流域炎熱的氣候不能相稱。無論從宗教崇拜還是藝術審美哪一方面看,總是和大多數印度人的心理存在着明顯的隔閡。

印度的民族雕刻家們,正是把消除這種隔閡作爲自己的使命。他們基於自己對於佛陀的理解,通過不斷地摸索和實踐,努力從佛像的刻畫中間召回本土的民族意識。這種努力當然不可能還原釋迦牟尼生前的具體長相,但完全能够塑造出符合印度人審美習慣的佛教世尊的藝術形象。約與後期犍陀羅藝術同時并存的中印秣菟羅藝術,就看不出多少希臘模式影響的痕迹,西方著名的佛教藝術研究者費契爾認爲,秣菟羅的佛像乃是將犍陀羅藝術加以印度式的變通。現代薩拉夫著《印度社會》一書,也認爲秣菟羅藝術主要是"强調了本土的傳統"。在這裏刻造出來的佛像,並没有希臘型的那種卷曲的長髮,而代之以沙門的光頭或螺形的髮髻,身後有背光,眉間的白毫相却不見了。非常值得注意的一點,是佛像衣着單薄而襞褶齊整,柔和的曲綫看起來好像衣裳剛在水裏浸濕的樣子。而其風氣震蕩所至,還波及到東土的佛像雕塑和曹仲達一派的繪畫,中國古代繪畫史上所説的“曹衣出水”實即淵源於此。秣菟羅的佛像右肩袒露,顯示豐滿的肌肉,雖有某些不適當的藝術夸張,但整體上看仍是均匀的,其風格在朝着穩練典雅的方向過渡。而在南印沿着山奇作風自由發展而來的阿瑪拉瓦提藝術,則一直保持着柔軟、靈活的傳統。阿瑪拉瓦提的人像雕刻注重肉體的表現,形象生動而富有活力,散發出芬芳的鄉土氣息,恒久地爲印度藝術發揚其民族特色而提供滋養。阿瑪拉瓦提藝術和秣菟羅藝術的結合,造成了在笈多時代佛教藝術的高度繁榮,並給佛陀形象的雕塑樹立了本民族愛好的典型風格。

笈多王朝建立於公元四世紀,至五世紀初超日王在位時達到極盛,其版圖籠括了整個北印度與中印的一部分,是印度封建社會發展到登峰造極的一個大帝國,尼赫魯在《印度的發現》一書中説:“在公元四世紀到六世紀的笈多時代,就是所謂印度的黄金時代。”笈多王朝有較長時間政局安定,意識形態相當活躍,“政治上的統一和良好的管理自然促進了貿易,由此産生的物質繁榮就培育了文學、科學和藝術的發展”(辛哈、班納吉《印度通史》)。從文化藝術内部來看,則多方面地表現出一種統合融會的趨勢。此時以無著、世親爲代表的大乘唯識學風靡王朝全境,作爲最高層次的佛教思辨哲學對整個佛學起了集大成的作用。在文學創作方面,也從燦若繁星的作家群裏涌現出迦梨陀娑這樣的巨擘,他的著名長詩《羅怙世系》、《雲使》,古典戲劇《沙恭達羅》和《廣延天女》,把梵語文學發展到了光輝的頂點。笈多時代的大師們充滿着信心,對自己的才智和創造能力毫不懷疑,他們熱心於構置體大思精的學説,也渴望通過藝術的創造來垂範後世。與這些情况相適應,雕刻藝術在當時統治者的提倡和保護下,亦發展到了印度歷史上空前的境地。我國東晉時代高僧法顯,西行取經到達天竺正值其時,在他回國後所撰的游記《法顯傳》中,就具體記述了當時印度各地佛像林立、“國王人民競興供養,懸繒幡蓋,散華燒香”的熱烈氣氛。笈多王朝的雕刻,匯合了秣菟羅和阿瑪拉瓦提兩條支流,它把秣菟羅的造像融入了更和諧柔潤的形式,同時又給阿瑪拉瓦提世俗而好動的造型以一種嚴肅的精神特色,從而在自己的模子裏鑄出了一個新的美學典範,以此去反映這個玄思和藝術並重的時代。笈多造像對於犍陀羅藝術的長處並非一概排斥,而是在堅持造像民族形式的前提下有選擇地吸收了其中某些積極因素,由此更加豐富和充實了自己。經過這種統攝、融會和揚棄,終於使笈多的佛像雕刻在整體上擺脱犍陀羅的影響而實現了印度的本位化。

正如印度著名畫家阿幫寧陀羅主・泰戈爾所説,笈多派藝術的造像習慣,不僅以對印度服裝及亞熱帶環境的知識爲基礎,還根據着對印度人體本身的瞭解。就笈多時代雕刻的一般人像來看,都是衣着單薄而近於裸露狀態,顯得柔軟和諧,洋溢着青春的生命力。這一時期塑造的男性和女性形象,分別採用方向相反的“三道彎”式,以流動的曲綫來展示人們的身段之美。這種造型方式在秣菟羅藝術當中已經出現,不過到這個時候遂賦予一種秀雅的特色。至於男性英雄人物形象的雕刻,也在挺拔英俊之中包含着某些柔和的氣質。笈多藝術所反映的印度式審美理想,在當時的佛教造像中獲得了極充分的表現。笈多王朝興盛時期雕刻的佛像,素以典雅精美而著稱於世,它們既寓有明晰的宗教意識,在藝術技巧上亦極其成熟,達到了内容與形式完美的統一。如現藏於印度鹿野苑博物館中的一尊佛陀跏坐説法像,和另一尊保存在秣菟羅博物館的佛陀立像,就是笈多時代雕刻的兩個精妙的樣品,藝術上具有典範意義。關於笈多佛像的特點和造型原則,在法國學者雷奈・格魯塞著的《印度的文明》,以及我國藝術史家常任俠先生編著的《印度與東南亞美術發展史》中,均有較詳細的闡述,今簡擇其要點歸納介紹於下。

（一）本時期雕刻的佛像，一般都以印度本土青年男子作爲範型，頭髮爲螺形且有肉髻，眉間呈白毫相，像背的光圈周圍有雕刻精美的藻飾，肌肉及四肢匀稱和諧，臉部表情肅穆慈祥，顯示出低眉沉思的神態。這些造型特徵，有相當一部分是來自秣菟羅藝術，而眉間白毫相和光圈四周的雕刻，則來自犍陀羅和波斯薩珊尼王朝的宗教藝術，其間傳遞、影響的痕迹實不難加以辨認。但是，笈多王朝的藝術家確實運用他們精湛的技巧，融會貫通一切，在刻畫佛陀的相好莊嚴同時，又把他寧静而含蘊深廣的内心世界極圓滿地表現了出來。這種薈萃衆長、獨出杼軸的氣派，體現着笈多王朝大一統的時代精神。

（二）此時佛像的衣着單薄，緊貼身體，看起來猶如透明裸露，兼以整齊而柔和的曲綫極均匀地顯示出衣裥的紋路。運用上述方法來描繪佛陀的衣着，是笈多派雕像對秣菟羅藝術的繼承和發揚，也比較符合印度本土人的生活習慣。問題在於笈多雕像衣着的質感是非常不明顯的，以致那些象徵着襞褶的曲綫就好像明净的水面上泛起的漪瀾，這無疑使衣内的胴體得到更有力的表現。雷奈・格魯塞《印度的文明》在談到一尊笈多雕刻的銅佛像時説："那是一個在透明薄紗下活着而且呼吸着的令人驚嘆的印度青年軀體。"這種藝術手法演變到後來更趨向於簡單化，就乾脆衹用有限的幾根長綫條，來象徵性地表示佛陀的衣着上面還有襞裥的痕迹了。

（三）笈多時代的雕刻家們，放棄了希臘型造像嚴格的幾何準則，而到大千世界紛繁的生命現象當中去尋找美和創造美的靈感。包括自然界衆多緑色植物的生長習性，與叢林中各種飛禽、走獸的生長形態，魚類靈活流動的曲綫，都可以成爲他們構思、刻畫人像時利用的原始材料和借鑒，而其中有一部分則運用到了佛像雕刻方面。諸如可以摹仿橢圓形的蛋來勾描佛的臉龐，參照芒果核的樣子來刻畫佛的下頦；佛的手指要如豐滿成熟的豆莢，頸項上稠密的紋路要如貝殼，小腿的腓部要像快産卵的魚，手與足像兩瓣盛開的蓮花。像這樣取各種生態的綫條融入佛像，自然而然地在形式上取得柔和輕鬆的效果，貫串着一種將自然美和人體美印合起來的夐沏無礙的觀照。這種巧妙的造型方法，誕生在氣候温熱、物産豐盛的南亞次大陸，是當地的地理、生態環境對印度雕刻家的特殊賜予，由此構成了笈多藝術民族風格重要特色之一。

（四）笈多王朝藝術對佛像的坐勢和手相，都作了宗教上和藝術上的規定。佛一般坐在雕刻着蓮花圖案的法座上面，兩腿交叉而把脚置於相對一腿的上面，這種結跏坐勢稱爲"蓮花座"，用以象徵佛陀悟道的寧静與説法的莊嚴。如果是將右腿放在左腿之上，則稱爲"勇健座"。另外還有一種姿式叫作"游戲座"或者"安逸座"，即以一腿彎曲，另一腿自然下垂，以表示佛在日常生活中寬鬆自在的一面。最優美的坐勢是"大王游戲座"或稱"大王安逸座"，以左邊一腿彎着，右膝屈起以支右臂，右臂則自膝部自然垂下，身體略向後仰，而以靠着寶座的左臂支持。這種坐勢綫條顯得更加柔軟隨意，我們通常看到的如意輪觀音像，很可能就是在這種姿式基礎上發展起來的。佛教造像的手相變化多端，其中最常見的有"禪定印"、"施與印"、"施無畏印"、"論辯印"、"轉法論印"、"指地印"、"合掌印"等，它們代表着佛教的慈悲和智力，是世尊傳法的無聲語言，形象地顯示出釋迦牟尼在禪定、施與、論辯、説法、悟道、行禮時的各種不同的情景。

以上四個方面結合起來，大體能説明笈多王朝時期爲佛教雕刻所樹立的美學準則。這些準則與規範産生於次大陸的鄉土，較完整地反映出印度古典主義美術所具有的一些基本特點。笈多的佛教造像無疑可以成爲印度的驕傲，它所取得的不朽藝術成就，足以與文學方面迦梨陀娑的詩歌、戲劇名作互相媲美。至於佛教思想方面，也祇有在當時盛行的大乘唯識學纔能與它相稱衡。笈多時代人們崇尚玄妙的思維，又善於塑造優美的藝術形象，這些同屬於時代思想文化整體的精神產品，它們彼此之間的關係亦是息息相通的。而縱觀佛像藝術在印度興起及演變之軌迹，也經過了開始主要接受了外來因素的刺激，繼而在數百年的時間之内逐步實現民族化這一歷史回環之後，到笈多時代而極臻於完美。至七世紀密教産生，印度的佛教藝術轉向於神秘和怪譎，並很快地趨於萎縮。密教牛鬼蛇神形象的充斥，以及爲了强調諸佛菩薩的神通廣大而賦予造像多頭手的特徵，這些草昧荒幻的想象重新出現在佛教藝術中，衹能説是一種倒退和美的損失。此後外來宗教勢力不斷從西北方面進入，在其盛傳的地方佛教設施幾被毁壞殆盡，這就更談不上什麽佛像藝術的進步和發展了。但是從亞洲的大範圍看，佛教藝術的興榮却並没有因此而終止。由於佛像在歷史上很早就越出了印度的界限，通過高山、大海和沙漠，傳到中國、朝鮮、日本和東南亞許多國家，它繁茂的花朵至此還在這些異國的土地上競相開放。

三

印度作爲佛像的發源地，它對於衆多亞洲國家佛教藝術所起的催發、推動作用，是顯得持久而强有力的。佛像之所以能够如此神奇地遍布這些地區，在極大程度上是依賴於佛教的傳播。從印度與境外文化交流的實際情況來看，這裏産生的文學作品曾較多地傳到歐洲，但佛像之旅却始終面向東方。它依靠佛法之弘揚而隨處找到自己的立足點，也隨順着這些國家政治、經濟、文化中心的轉移而遷徙。早在犍陀羅時期，佛像就傳至古天竺的境外，而與此地相毗連的西域則最先被其影響。洎於東晉、北魏，印度雕刻藝術跟着佛教一起深入震旦文化，接着就有雲岡、龍門、敦煌、炳靈寺、麥積山、天龍、响堂諸石窟的開鑿，在中國土地上掀起了持續甚久的造像熱潮。公元四世紀前秦苻堅派人將佛教經像送入朝鮮,至六世紀佛像到達了它東方旅程的最後一站日本。這一條路綫獨盛大乘,其造像規模尤爲宏壯。如阿富汗巴米羊的兩尊身高分别爲五十五公尺及三十八公尺的梵衍那大佛,敦煌莫高窟三十三公尺的北大佛和二十六公尺的南大佛,雲岡"曇曜五窟"的本尊像,陝西彬縣石窟高二十四公尺的本尊佛像,龍門奉先寺的盧舍那佛像,浙江剡溪石城寺大佛,四川樂山縣高七十一公尺的凌雲山大佛,四川潼南縣高二十七公尺的南禪寺大佛,韓國忠清南道灌燭寺高二十五公尺的彌勒佛像,日本的鐮倉大佛和奈良東大寺的盧舍那佛,均可推爲東方藝術史上巨佛的觀止。南邊這一路,最早接受佛教像法的國家是斯里蘭卡。歐洲的學者何卡特及格魯塞都指出,斯里蘭卡的雕刻史,始自阿瑪拉瓦提派,從藝術淵源上主要是受南印的熏染,這和北傳佛教國家早期雕刻多受犍陀羅與秣菟羅的影響不同。但到五、六世紀後,笈多派的造型風格就成爲東南亞和亞洲大陸諸國共同取法的模範。斯里蘭卡的海上交通十分發達,是印度和東南亞文化交往的樞紐,從這裹源源不斷地把佛像藝術輸送到印尼、柬埔寨、馬來亞、緬甸、泰國等佛教盛行的國家。

不同民族藝術上的交流,總是在一定文化背景下進行的。佛陀像的廣爲傳播,把印度的雕刻藝術推廣到亞洲大部分地區,同時又將表現這些國家、地區的民族精神納入了自己的範圍。而對承受印度造像藝術熏陶的各個國家來説,儘管佛像是一種外來藝術,但它能够在新的土地上扎根開花,爲當地群衆所喜聞樂見,畢竟是從本質上反映了它所在民族的生活感情和美的意識。倘若没有做到這一點,它就失去了賴以存在的條件。關於這個問題,藝術史家們曾經指出過很多極有趣的現象,例如柬埔寨吴哥寺那些高顴厚唇、表情生動的造像,温雅而浮現笑容,似乎已經進入了擺脱塵世的樂境,實際上却透露出高棉人强烈的世俗生活情味。

印尼爪哇島上婆羅浮屠所刻的釋迦牟尼，具有平滑的面龐和光潤圓滿的雙肩，處在壁龕當中“猶如這建築物含笑的靈魂”，其形象之秀麗簡直就是當地的英俊少年。中國雲岡“曇曜五窟”威嚴宏壯的幾尊大佛，據説是依照北魏道武帝以來五帝王的形象塑造的，代表着北方拓跋族理想中的英雄人物，從它們身上很容易使人聯想到塞外雄渾蒼茫的景象。日本的佛像不僅身材是本地型的，而且其面部工穩凝重的曲綫，也顯示出大和民族堅定沉摯的意志。這不單是在外部形態上印模本民族的長相，其實也是一種深層的文化思想滲透。富有才能的東亞、南亞各民族，正是根據自己的生活習慣和審美要求，對印度佛教藝術進行融化和改造，從而創造出佛像雕刻光彩各異的新風格，使民族形式在這一藝術領域當中占據了主導地位。

我國號稱“東亞佛教之母”，歷史上造像事業愈爲發達，目前留存下來的藝術品也遠比印度爲多。從時間上來劃分，中國佛教造像勃興於北魏，經東西魏、北齊、北周、隋代的過渡，至唐而發展到它的峰巔狀態。五代、北宋則逐漸走向繁瑣纖巧，日見其多的堆砌反而削弱了表現力，世俗性和裝飾性的增强使佛像失去了原有的光華，以後就很少再有氣度宏大的作品。自北魏至唐這數百年，中土的佛像藝術蒸蒸日上，表現技巧也日趨精熟。我們在雲岡“曇曜五窟”巍峨巨壯的大佛之後，還可以從龍門早期石窟中看到容長而巧緻的造型姿態。北齊、北周時代笈多藝術的影響逐漸加强，在天龍、响堂就出現了薄衲多肉、崇尚圓臉的“天响風格”，至敦煌隋代石窟再變而爲雍容厚重。而麥積山成熟期秀骨清相、衣裾飄曳的塑像，則表現出一種本土出世主義的理想美。雕刻家與塑匠們經過辛苦卓絶的勞動，沿時間順序布置了一條陳列着各種栩栩如生形象的展覽長廊。在此期間，中國塑造的佛像雖曾受到犍陀羅、秣菟羅和笈多風格的波及，但華夏文化的巨大包容性，終究將這種外來事物融進了本土的藝術結構，並且在其中越來越顯著地示現出本民族的優秀作風。唐王朝是中國封建社會的鼎盛時期,與印度笈多王朝性質上有某些相似之處,同樣擔負着實現文學藝術整體規範的歷史使命。而我國的佛教藝術,亦到此始脱離印度母胎而完成了民族化的過程。唐代的佛像雕塑,對於笈多派風格的吸收是很充分的,但更使人難忘的是它所顯出的創造力。與前代雕塑相比較,唐代的佛像固然已失去北魏石佛那種渾厚壯偉的氣象,但也克服了前者過於凝重樸訥的缺點,而注重揭示對象内心深處的感情,肌體的刻畫也更趨於細膩寫實,顯得温和、慈祥、莊重、豐滿,其藝術上的具足成就是毋庸置疑的。例如敦煌莫高窟 130 洞的南大佛,158 洞的涅槃佛像,龍門奉先寺的盧舍那佛,甘肅永靖炳靈寺 51 洞的三尊像,均體現出純粹的唐人風味,静謐安詳而文秀典雅,圓滿地把宗教内容寓於藝術的民族形式之中,應該説是達到了中國佛教造像爐火純青的境界。

在有唐所建衆多佛像中,最爲卓越的代表,當然要首推龍門奉先寺的盧舍那本尊。據《梵網經》説,盧舍那是三千大千世界的教主,而佛陀不過是他在這個世界教化衆生的應身。該佛像爲唐高宗李治發願而造,皇后武則天又獻納化妝料錢二萬貫協助,歷時三年九個月纔告完成。這尊大佛身高十三公尺,踞坐在唐王朝的中心地帶,似有統括宇内的氣魄,除宗教上和政治上的象徵意義外,亦是一個反映着時代審美觀念的藝術典型。它的整體造型匀稱,身材頎長豐約,肩背寬厚大方,胸腹富於生機,穿的是中國式的圓口衲衣而不是袈裟,穩重的坐勢與衣褶弧形曲綫構成的美妙流動感相配合,取得了一種動静結合、静中有動的效果。其面部最醒目之處,是史書所載的那種武則天式的"廣頤方額",半月形眉自由舒展,鋭長的眼睛裏溢露着無限清純的氣韻,鼻梁端正適度,口唇曲綫微妙清晰,神態怡和安詳,目光掃視下界,作静觀默想之狀,仿佛是在領悟追索着甚深甚妙的哲理底藴,在沉寂的殿窟裏放射出静穆的光輝,把古代中國人嚮往的崇高莊嚴之美表現到了極至。李澤厚同志《美的歷程》説,這尊盧舍那佛是“中國古代雕塑作品中的最高代表”。莊伯和先生《佛像之美》一書亦認爲:“可以説盧舍那佛的理想美立足於中國人的審美意識上,而構成千年難得一見的傑作。”唐高宗在位前後,恰值玄奘、窺基建立的中國法相唯識學熾盛昌行的階段,稍後華嚴宗、禪宗亦應運誕生。這時各個佛教理論派别,亦都在通過判教來組織自己的思想學説體系,唯心主義的思辨哲學在佛教當中得到了充分的發展。在文學藝術領域裏,當時“四傑”、沈宋創作的嚴格的律體已在詩壇嶄露頭角,其後陳子昂的慷慨絶唱也給唐詩灌注了新活力,從王楊至富吴工整華茂的駢體文,激起了社會普遍的愛好,正在擴大其波瀾,向着更有力量氣魄的“燕許大手筆”這個方向演進。包括印度音樂在内的胡樂被廣泛採用,迅速與内地音樂結合而開闢中國音樂史上的一個紀元。在舞蹈方面健舞與軟舞同時並存,也可見出這個時代人們藝術審美愛好的雙重性。其他如繪畫、建築、裝飾藝術等,皆無一不在對傳統與外來因素進行消化融合,逐漸形成了一種明朗、典麗、工整和剛柔相濟的藝術風範,以恢張的姿態去反映這個强盛時代的氣象,爲盛唐文化的繁榮準備了條件。這些時隱或現的動向,在一般情况下未必能爲人們充分地認識,然而却從各個側面交相映射到這一大佛的造型之上,於此呈現了當時整個文化環境中的演變勢態。從這個意義上説,龍門奉先寺盧舍那本尊是當之無愧的見證人和預告者,它在向世人昭示一個文化藝術高度發展的盛唐時代即將到來。

佛像的誕生適應了神祇崇拜的需要,帶有鮮明的出世神化意味。而雕塑佛像的諸多法則,也包含着確定的宗教要求,無論是恬静的儀容或莊嚴的形相,以至於某種手相與姿式,都可能同它的朝拜者發生靈魂感動的交流。自漫長的古代社會一直到現在,東方就有無以數計的善男信女,曾匍匐在佛像座下獲得了精神寄託和心靈的慰藉。他們仰視這些取材於岩石、金屬和泥土的雕塑，好像是在接受聖者溫情的撫慰，進而祈求濁世苦海的超拔，渴望人生意願的實現，最終導致身心完全的皈依。由於佛像是一種直接的觀照對象，它的感召力量和宣傳效果，往往爲一般玄妙難讀的佛教經典所不及，在歷史上確實起過甚爲消極的作用。但從另一方面看，佛像又是藝術作品，儘管它們被套上神靈的光圈，但雕塑的却是人體，而且是現實生活中人的肉體和感情升華了的表現，它們本質上具有的美學特性誠然不能忽視。我們今天懷着驚嘆的心情，來肯定和發掘這些作品的審美價值，並對它們進行學術上的研究，這就像一本介紹敦煌彩塑讀物中引用過的兩句詩所說的那樣："不是崇拜佛，而是崇拜人的創造。"

1987 年 5 月

中國古代文學理論批評研究中的新收穫

——評羅宗强《隋唐五代文學思想史》

自"五四"運動以來，對中國古代文學理論批評的研究作爲一門具有開拓性的學科吸引着衆多學者的密切關注。經過幾代人在這一領域的艱辛耕耘，已經取得了較顯著的成果。近數十年來，一些專著陸續問世，使這門學科有了較厚實的積累，並對以後的研究起了啓導的作用。

中國古代文學理論批評的研究要進一步向前發展，這些著作當然不是至善盡美的。特別是從研究方法上看，它們都在不同程度上表現了各自的局限性。例如，一些在一九四九年前後出版的著作，較多地采用傳統的研究方法，一般都注重詮釋、闡明和評價理論概念，於説明具體問題時顯得切實、周到，但相對地比較忽略從較廣闊的視角去探討事物的内部聯繫和發展規律。而近幾年問世的一些新作，注意到了克服這種局限，轉而側重於從宏觀上説明文學理論思想的演進規律，但由於忽視對具體材料的把握和鑽研，總讓人感到顯得大氣磅礴而空疏不實，由一種傾向掩蓋了另一種傾向。前人的經驗是後來者的財富。這些事實告訴我們，要深入、系統地研究古代文學理論思想，首先不能離開對大量具體材料的把握，當然，更重要的是在此基礎上用較科學的方法對它們進行融會貫通的研討。我們欣喜地看到，羅宗强同志的新著《隋唐五代文學思想史》在這兩者的結合上做出了成功的嘗試。作者從鑽研大量材料入手，努力開拓視野，鈎玄索隱，尋本逐變，藉以獲得對隋唐五代這一歷史時期文學思想總體面貌的認識。

這部著作在理論和方法上取得的進展,爲我們提供了很有價值的啓示。

羅宗强的《隋唐五代文學思想史》是一部斷代史,以隋唐五代的文學思想爲主要研究對象。它在方法上的一個顯著特色,是將古代作家在創作實踐中表現出來的思想傾向納入理論批評的領域,在文學思想史這一新的範疇中予以深入的考察,從而對古代文學理論批評範疇有所拓展。採用這種觀察問題的方法,其實也獲得了一個新的批評標準。這就是對於文學思想的闡述和評價,不是僅僅停留在理論和概念上面,而是聯繫實際創作傾向一並探討,這就有可能發現許多新問題,同時對舊有問題的理解也往往能够産生認識上的飛躍,促使古代文學理論批評的研究工作在現有的基礎上推進一步。

應該承認,從這一視角去研究文學理論批評,並非羅宗强同志首創,過去已有一些學者做過類似的工作。例如,國外的某些文學理論研究者就曾指出,文學理論、文學批評和文學史的研究不能割裂地進行,它們本來就是互相包容含納的。但羅宗强同志在具體探討隋唐五代文學思想的演進規律時,他對這種研究方法的意識更爲自覺清晰,并且由於他自身具備了扎實的理論、材料功底而能够純熟地加以運用,從而使《隋唐五代文學思想史》作爲一項新成果有了明顯的突破。從本書引言中的一段話,我們可以看到作者這種觀察問題的基本思路:

> 文學思想不僅僅反映在文學批評和文學理論著作裏,它還大量反映在文學創作中。作家對於文學的思考,例如,他對於文學的社會功能和它的藝術特質的認識,他的審美理想,他對文學遺産的態度和取舍,他對藝術技巧的追求,對藝術形式的探索,都可以在他的創作中反映出來。某種重要的文學思想的代表人物,有時可能並不是文學批評家或文學理

> 論家,有時甚至很少或竟至於没有理論上的明確表述,他的文學思想,僅僅在他的創作傾向裏反映出來。一個文學流派的文學思想,就常常反映在他們共同的創作傾向裏,而一個時代的文學思潮的發展與演變,大量的是在創作中反映出來的。因此,研究文學思想史,除了研究文學批評的發展史和文學理論的發展史之外,很重要的一個内容,便是研究文學創作中反映出來的文學思想傾向。離開了對文學創作中所反映的文學思想傾向的研究,僅只研究文學批評和文學理論的發展史,對於文學思想史來説,至少是不完全的。

這一段話表述得很明確,它説明作者對自己研究的範疇和方法有成熟的思考。早在一九七九年,羅宗强同志在《古典文學理論研究叢刊》第一輯上發表的一篇關於李白審美思想的論文,就提出研究古代文學思想,必須全面而廣泛地涉及各個時代的文學創作傾向。而《隋唐五代文學思想史》的完成,則是在一部很有規模的論著中深化和發展了他的這種研究。

本書作爲一部探討文學思想演進軌迹的著作,十分重視在每個時間斷面上結合具體作品闡明當時文學思潮的形態,爲讀者瞭解文學理論批評與創作實踐的關係提供了豐富的認識。這種觀察問題的方法,可以説貫串在本書所有的論述之中。反映在隋唐五代的文學領域裏,理論主張和創作實踐的關係是相當複雜的。羅宗强同志認爲,一種理論主張能否推動創作的發展,主要取决於這種理論主張是否具有實踐的品格和正確地反映了時代的創作風貌。如陳子昂提倡"風骨"説所以引起如此强烈而深刻的影響,最根本的原因在於,這一主張預示了行將到來的盛唐詩歌風貌,充分地反映了文學發展的必然趨勢。至於盛唐時期,作者認爲這是一個詩歌創作十分繁榮、但在理論上相對沉寂的時期。要清晰地認識這個時期文學思想的面貌,主要的還應該從詩人的創作實踐方面去加以探討。爲此,《隋唐五代文學思想史》引證了大量盛唐詩歌的代表作,經過細緻而充分的論述,歸納出盛唐文學思想的三個主要方面:崇尚風骨,追求興象玲瓏的詩境和追求自然的美。由於這一認識來源於豐富生動的創作實踐,能够非常敏鋭地把握這一時代文學思想發展的勢態,因此比一般的文學理論批評史對盛唐文學思潮的闡述更加充實和具體。例如,作者在分析了李白、高適、岑參、王昌齡、祖詠等人的許多作品後,指出從他們的詩中經常可以感受到一種强烈的自信心,而這種自信心特别在邊塞詩中找到了很好的表現方式,使他們的作品在整體上具有豪壯、明朗、雄渾的感情和氣勢,標誌着崇尚風骨的文學思潮已在創作實踐中形成。而殷璠《河岳英靈集》在天寶十二載就對盛唐詩人的追求風骨作出理論上的概括,這説明了當時的詩人們是有比較一致的追求。同樣,從王維、孟浩然、李白、賀知章、張旭等人的詩裏,可以極明晰地體察到他們對興象玲瓏的詩境和純真自然之美的追求,這種創作傾向已在實踐中達到完美之境,並對後代的文學思想發生了深遠的影響。然而相應的理論概括和表述,在當時却不過是做了一個發端的工作。與此緊相銜接,杜甫在天寶年間所寫的一些作品,其中表現出來的傾向,則標誌着唐代的文學思想開始發生轉變。正因爲羅宗强同志對這一時期創作和理論發展的不平衡有着深刻的認識,纔把目光主要地投向詩歌創作中呈現的審美理想和美學趣味,從而在錯綜複雜的現象中理清了盛唐文學思想的脉絡。

羅宗强同志結合創作和理論來探討文學思想,並不限於衹擷取文學創作現象與理論口號互相印證,它的另一個積極意義還在於,這樣做頗有利於我們較透徹地弄清某些理論概念在其發展過程中的含意。在中國古代的文學理論批評中有一種獨特的現象,即某些理論概念的内涵往往顯得較爲模糊,它們的使用,往往因時因人而异,歷代批評家對這些概念的解釋亦甚多歧義,這無疑地給後來的研究者造成很大的困難。如果要準確地指出這些理論概念在某個時代所顯示的特殊含意,光憑一些理論著作的材料是很難做出判斷的,而唯有廣泛聯繫這一時代具體的創作實踐中所表現出來的傾向,纔能從更切近的意義上對它們作出闡明和確認。例如,關於"風骨"的問題就是如此。

"風骨",是古代文學理論批評史上一個重要的理論概念,劉勰在《文心雕龍》中首次把它當作一個完整的理論範疇加以闡述和運用。在這以後,文學批評家們常把它作爲評判作品的標準及發揮見解的依據。對於從事理論批評方面的研究者來説,確切地弄清它的内涵是非常必要的。然而,由於"風骨"一詞固有的多義性,對它所包含的内容又很難作出概括性的指實,而現在一些研究者的解釋也各執一是,因而無法得到統一的認識。羅宗强同志針對這個情況,在歷史地考察這一概念的發生及演變的全過程時,同樣没有離開豐富具體的創作實踐。書中指出,劉勰對"風骨"問題除了在理論上闡述以外,還對什麽是文學作品的理想的風骨表露出明顯的傾向,他所説的"風骨"也就是"梗概多氣"的建安風骨。而盛唐詩人們所追求和表現出來的風骨,則與劉勰所推崇的建安風骨因時代不同而發生了明顯的變化。盛唐人對於"風骨"的理解,既有繼承前人成説的一面,也有他們作了通變、發展的一面,因此同六朝人所講的"風骨"這一美學要求在表現形態上反映出了同中有异。從創作實踐來看,魏晉詩歌與盛唐詩歌所體現出來對於風骨的追求,都在於表現濃烈壯大的感情和恢宏的氣勢力量。這是其相同之處。但是,在盛唐的詩歌中,那種構成建安詩歌重要特色的悲涼情調被揚棄了,而代之以昂揚、明朗的感情基調。這又是兩個時代的文士在作品中追求風骨所存在的顯著差别。這就决定了盛唐詩人對"風骨"這一概念的理解也會包含着一些新的意義。書中指出,"風骨"作爲一個理論概念,劉勰把它用來兼指詩文。他所説的"風",是强烈的感情的感染力、鼓動力,“骨”是指義理的邏輯力和説服力,因此“風骨”這一概念的涵義,既包括有對感情的要求,也包含着對義理的要求。而盛唐士人所標舉的“風骨”,其着眼點是放在詩上,并且爲詩的特徵所決定的,所以,其側重點在情而不在理。他們所言的“風骨”,實偏指“風”,所言的“骨氣”,實偏指“氣”。“風”“氣”二者,都屬於感情的範疇。這表明他們所説的風骨概念的涵義,與劉勰所闡釋的風骨概念的涵義已經有了不同。作者在這個問題上所作的探涉,雖不能説是最後的定論,但至少能使我們對“風骨”這一概念的理解比過去進了一層。

研究理論批評與文學創作的關係,必須顧及各種不同的情況。某一個時代提出的文學理論主張,在一般情況下,大都與創作實際是相適應的。然而,文學思想的演進又是一種複雜的運動,理論與創作之間有時也會有明顯的不一致,甚至發生矛盾衝突。有些文學家、藝術家在闡明自己的創作和理論主張時,很可能因受到同時代的倫理觀念和批評觀念的影響而講些套話,但從他們的創作裏所反映出來的真正傾向,却往往全部或部分地與其理論主張背道而馳。羅宗强同志很重視研究這些現象,並把它們作爲辯證地論述作家言行關係的重要綫索體現在他的著作裏面。例如,作者在書中指出,晚唐、五代時期社會動蕩不安,儒家傳統的倫理道德觀念已日趨式微,這種意識形態的變化反映到文學思想領域,便是功利主義的文學觀失去其現實意義。而這一時期的文學批評中雖然還出現功利主義的主張,却因其缺乏實踐的品格而很少體現在實際的創作中。如晚唐皮日休、陸龜蒙等在散文思想上提倡“剥非”、“補失”和指陳時病的儒家文學主張,但在他們的作品中所表現出來的感情傾向,却同儒家傳統的倫理道德觀念相去甚遠。他們抨擊現實時鋒芒畢露,顯示出一種與當權者不合作的態度,實際上是末世亂離中清醒者對於弊政澆俗的刻峭批評,這也並不符合儒家的中庸之道。書中還將這種情況與隋末王通的情况作比較,指出王通在隋末大亂中聚徒講學,空言明道,他的一套儒家功利主義的文學主張,對當時的創作實踐也幾乎没有發生過什麽影響。這與皮、陸的情况非常相似。而這種理論與實踐的分離,到了五代則發展得愈加明顯,功利主義的文學觀已流爲虚假和庸俗化。書中以花間詞人牛希濟爲例,指出他在《文章論》裏把儒家功利主義文學觀發展到了極端,倡言"退屈宋、徐庾之學,以通經之儒居燮理之任",似乎視緣情綺靡的文學作品若讎敵,對一切體裁的文學都作了否定,但是從他自己的詞作裏透露出來的消息,却是對閨閣情懷的體味和眷戀,這種空言明道就完全變成了説假話。

文學思想的發展都具有自身的軌迹。在文學思想發展的全過程中,往往會形成一定的時間段落。這些時間段落既有内在的銜接,也有各自的特點。各種文學思想的出現,必定有其現實背景和歷史基礎。而這些文學思想又常常不是以"純净"的面貌出現,往往體現出複雜的銜接現象。研究文學思想的演變,必須深刻揭示它的内在發展綫索,發掘其中的特殊規律。《隋唐五代文學思想史》就很注重梳理隋唐五代間文學思想的發展脈絡,努力闡明各種文學思想的獨特價值以及相互間的歷史關聯。

在編寫的體例上,此書也改變了歷來文學批評史著作習用的以人爲綱的框架,而採用以時間段落爲綱的體制。根據隋唐五代文學思想發展過程中自然形成的時間段落,把起自公元五八一年,止於公元九五九年的近三百八十年間的文學思想發展,作爲整個中國古代文學思想史的一個大斷面,劃分爲九個時間段,細緻地分析了各個時間段文學思想的特質和意義,並逐步整理出各階段因承轉接的綫索。大而言之,這段歷史表現爲文學思想的迴旋過程,即從隋朝開始反對六朝綺艷詩風文風,經整個唐朝直至五代,文學思想又出現綺艷傾向。但這種迴旋不是簡單的歷史重複,而是出現了新的内容,有了實質性的進展。作者認爲,在這個大迴旋中,關於詩歌思想的演變表現爲雙軌迹的運動。即同樣是從反六朝綺艷詩風開始,最後在某種程度上復歸綺艷。而其中的一條軌迹是從反綺艷,走向盛唐風骨,轉而追求高情、麗辭、遠韵,既而出現重主觀、尚怪奇的傾向,又發展爲追求細婉幽約的美,到五代則復歸綺艷、清麗。這一條軌迹始終没有離開緣情的道路,只是生活視野、反映的題材和追求的審美情趣、感情格調發生了深刻的變化。另一條軌迹是從反綺靡走向寫實,進一步演變爲諷諭説表現出來的工具論,最後又復歸綺艷、清麗。這一條軌迹在天寶中期並不明顯,而且在此之後它也是和前一條軌迹交相錯接的。散文思想的發展在歷史迴旋中只有一條軌迹,即從反綺靡文風和駢體開始,走向散體和以明道説表現出來的功利主義文學觀,最後又在某種程度上重新歸於駢體的綺艷。文學思想的演變和復歸是一個揚棄進步的過程,文學思想的精華在這個過程中以不同的形式積澱下來,并且不斷地豐富和推動着文學的發展。可以看到,作者在具體論述中發掘和運用了大量材料,很透徹地證明了自己的觀點。如本書對散文思想的發展演變,就是以歷史的眼光去審視和探討的。

書中第六章專門論述了中唐文學思想,其中又着重分析了韓愈和柳宗元對文體文風進行改革所具備的意義和取得的成就。但作者不是孤立地考察這一階段的散文思想,而是追溯了自先秦以迄中唐散文思想的演進軌迹,從散文思想的辯證發展過程中揭示中唐文體文風改革的歷史意義及其影響。作者從廣義的角度把散文分爲散體文和駢體文,指出先秦散體文的發展蓋出於實用的需要,從一開始就反映出功利主義的文學思想,并且在諸子百家的論辯争鳴中取得了輝煌的成就。在散體文得到很大發展的同時,駢句也早已開始出現,但是在諸子散文中出現的偶句也明顯地出於實用的目的。到了西漢,整篇的駢體文登上了歷史的舞臺,它大約“始於制詔,沿及表啓”。但這時的駢體文帶有自然的功利性，没有華飾，不事用典，是駢體文發展的雛形階段。魏初曹丕等人的駢文已開始追求詞采之華美，表現出對藝術技巧的自覺探索，這説明散文（乃至整個文學）在其發展過程中已不再滿足於充當政治的工具或作爲其他學科的附庸，它開始擺脱功利主義思想的束縛，逐漸向注重形式的方向發展。由魏晉至南朝齊梁，駢文發展到了極致，詞采極爲華麗，用事極爲繁富，并且嚴格要求聲韵之美。散文思想的這種傾向的出現，可以説是必然的。這是晉及六朝士族階層知識分子在極度的物質享受之外，追求高層次的精神享樂的結果。就在駢文高度發展的同時，它的局限性也日益嚴重地顯露出來，對形式的過分追求必然導致對内容的殘酷束縛，因此，對駢文的反動從文學思想的内部運動中漸漸興起。另一方面，社會生活發生了變化，駢文這種形式也不再適合作家表達感情、發抒見解的需要，散體文的復興便日益形成不可阻擋之勢。從隋朝直至初唐，對文體文風的改革主張一直有人提出，在創作實踐中已出現質實、自然的文風。但隋朝的反對駢文採取了極端的態度，無視文學發展中日益成熟的技巧和形式，甚至泯滅了文學的個性，這種改革必然走向失敗。初唐作家雖然也主張改革文體文風，但他們並没有提出明確的、與現實緊密結合的理論，在創作實踐上遠未擺脱駢文的影響，所以他們不能完成對文體文風的改造。到了中唐，散文改革取得了顯著的進展，元結、李華、蕭穎士、獨孤及等在創作中已爲韓、柳對文體文風的改革打好了相當充分的基礎，同時在理論上也相對活躍。但是，所有這些作家、理論家都没有完成對文體文風的徹底改造，其原因就在於他們的理論缺乏實踐性的品格，他們全盤否定駢文的主張違背了文學自身發展的規律，而他們的文章在藝術上缺乏獨創性，雖開風氣之先，而未别開生面。

正是在這樣的歷史背景下，韓愈、柳宗元擔負起徹底改革文體文風的重任。韓、柳把文體文風的改革同他們在政治上的改革主張和行爲聯繫起來了,給文體文風的改革加入了强烈的現實政治色彩,因此他們的改革有很强的實踐性品格。韓、柳進行散體文創作時,不廢緣情。韓愈提出“不平則鳴”説,柳宗元的許多文章有很深的怨激之情。他們兩人在創作上都有自己獨特的風格,並取得了很高的成就。《隋唐五代文學思想史》指出,韓、柳在理論和實踐上較之以前的文學家、理論家有了實質性的進展,順應了文學思想發展的内在規律,因而他們對文體文風的改革取得了比以前更徹底和富有意義的成就,對以後的散文創作發生了極大的影響。羅宗强同志從歷史延續的角度探討散文思想的演變,並以此爲基礎研究特定時期散文思想的特質,這就把對問題的認識加深了一層。

書中在分析文學思想的發展演變過程時,十分重視研究形成這種過程的内部及外部的複雜原因。作者聲明:“文學思想史研究的任務之一,便是研究影響着這個進程的種種原因,從中探索發展演變的規律。”作者深刻地認識到,文學思想的發展,作家的創作傾向固然受社會政治、經濟發展等其他外部因素的制約,但這種影響和制約往往不是直接發生作用的,在二者中間,時代精神狀態與作家個人的心理因素常常强烈地感染着作家的創作傾向和理論好尚。這種精神面貌和心理狀態體現了各種文化長期衝突融匯而産生的積澱,因此它甚至比其他社會因素更深刻地影響着作家的思想特徵。每個人所處的歷史地位、所受的教育和生活遭際都有不同,這種差异形成了各人獨特的心理狀態。藝術家的心理狀態的獨特性比一般人更强烈,有時顯得更離奇。心理狀態既可表現出群體性,即多數知識分子和士人階層所共具的;也會表現出單一性,即個别藝術家所獨具的。時代及藝術家個人的精神、心理狀態必然會以不同的程度折射到作家的創作過程和作品中來。因此,要確切地理解某種創作傾向何以産生以及它的實質意義所在,必須挖掘作家的内心深層因素,注視這種心理波瀾。

過去因爲多種原因忽視或回避了這種探索,在論述問題時往往不能講得很透闢。而羅宗强同志重視了這種探索,在《隋唐五代文學思想史》中論述各階段文學思想的發展時,差不多都探討了士人及作家的精神面貌、心理狀態同文學思想、創作傾向的聯繫。就以晚唐寶曆初至大中末的文學思想爲例,作者指出這時的知識分子的心理狀態較之前此的韓、柳等人發生了新的變化,他們失去了貞元末、元和年間前輩士人的那種改革鋭氣,而且,幾乎所有的重要作家都没有進入權力中心,在政治生活中他們處於無足輕重的地位,這也使得他們的心態更爲消沉。但這時的作家與後來唐王朝瀕臨没落時的知識分子又有不同,他們對生活畢竟還抱有希望,只是這種希望和抱負被現實中的失望深深地壓抑着,他們的内心充滿了迷惘和感傷。他們中不少人對政局的思索,表現出這個時期特有的抑鬱感。一時間,懷古、咏史之作大興,表現愛情的詩也以特有的面貌競相出現。懷古、咏史是這個時期士人對於唐王朝已經失去信心的心理狀態的曲折反映。其中既有向過去尋找虚幻慰藉的無可奈何的情緒,也有一種對人生哲理的體認。這時出現的寫愛情詩的傾向,則是由於詩人們在政治方面已感到很難有所作爲,便由失望的心境出發,把生活視野從廣闊的社會縮回到自己生活的狹窄圈子裹,沉湎於體驗個人的纏綿情懷。這些詩人在詩歌藝術上都傾心於細婉幽約的美,這實在也是一種被壓抑的美。

文學思想與精神狀態的變遷有時集中地體現在個别作家身上。一些著名詩人的獨特心理狀態非常强烈地支配着他們的創作傾向。我們在研究這些重要作家的文學思想時,决不能忽視他們的心理狀態。《隋唐五代文學思想史》注重了闡明這方面的聯繫,書中對韓愈、盧仝、李賀、李商隱等人的研究突出地表現了這種特色。作者指出,元和年間有一股尚怪的社會思潮,這種思潮與文學思想中出現的尚怪奇、重主觀的傾向有着深刻的聯繫。韓愈、盧仝等人一方面面臨着盛唐詩歌高峰過去之後盛極難繼的局面,因此企圖在詩歌創作上另辟蹊徑,再一方面由於他們本身心理狀態幽僻怪奇,所以在詩歌創作中形成了重主觀、尚怪奇的傾向。韓愈、盧仝、李賀的詩,有許多就是寫自己内心的情狀和心靈的歷程的。即使他們寫的是現實生活問題,也多通過自己心靈的歷程去反映,帶有很强的主觀色彩。他們所表現的世界,往往非世俗所常有,有時甚至是怪异的、變形的;加之他們所描繪的形象奇特,着色濃烈與對比鮮明,選辭怪僻和構詞异樣,他們所表現出的審美情趣也就大异於他們之前的唐代詩壇,而在詩歌思想上開闢了前此未有的領域。韓愈、盧仝、李賀、李商隱在表現自身獨特心理狀態上有共同的傾向,但又具有不同的特色,如韓愈常以光怪震蕩爲美;盧仝追求怪异之美達到近乎痴狂的境地;李賀更着重於表現主觀的幽奥隱約的心靈歷程;李商隱則注重表現朦朧意境和情思,他表現深隱的心靈歷程比李賀更具有自覺性。書中引證了上述詩人的一些代表作品,仔細地分析了從中體現出的文學思想與心理狀態的變遷,這種有意識的挖掘,顯然使本書對文學思想發展、演變的闡述更加透闢。

《隋唐五代文學思想史》自始至終都力求從宏觀的視野去觀察和闡明文學思想的産生、發展、變化的真實過程,作者總是運用聯繫的眼光,或是從歷史繼承的角度,或是從社會及精神心理的横向影響的角度探討具體問題,這樣就使讀者對文學思想的發展比較易於獲得較全面、深刻的認識。但作者的宏觀闡述又是建立在非常細密的微觀研究基礎上,在涉及到每一個較重要的文學思想時,常常是發掘大量材料進行細緻充分的比較研究,因此結論往往切實可信。例如對陳子昂、張若虚的文學思想和創作傾向的辨析,就是在深入細緻地分析他們的具體作品和理論主張的基礎上,將陳子昂與阮籍、陳子昂與張若虚的作品的不同傾向作出比較説明,進而指出初唐後三十年間(也即陳、張活躍於文壇的階段)的文學創作,已充分表現出爲盛唐文學的到來所作的思想上和藝術上的準備已臻完全成熟。這個結論是符合歷史實際的。又如作者對《詩格》、《詩式》的探討,也比以往的文學理論批評史著作更具體入微,並指出了皎然等人的文學思想在歷史上的地位和意義。正因爲有了微觀研究的厚實基礎,作者纔能在本書的結束語中扼要精審地提出了隋唐五代文學思想史發展的幾個重要理論問題。這些問題不僅切中了這一歷史階段文學思想演進規律的肯綮,而且有助於我們認識整個文學思想的發展規律。

《隋唐五代文學思想史》由於拓展了考察文學思想發展的研究領域,並運用了較正確的思想方法,因此在理論探討上取得了很大的進展。但一部著作畢竟不能窮盡文學思想的研究。本書對隋唐五代文學思想的探討也還有待進一步充實並從更多方面加以考察的地方。此外,也有些重要的文學思想和創作傾向在書中還没有論及。例如,在唐代,尤其是中唐以後,敘事文學、諷刺文學和俗文學有很大的發展,它們在各種體裁的文學作品中體現出蓬勃旺盛的生命力。唐代的傳奇、變文、敘事詩、寓言和戲劇等文學樣式已發展得相當成熟,從中表現出的内容也非常豐富。唐代敘事文學取得的成就是正統詩文所不能達到的;中唐以後諷刺文學的大行,正可與詩文中出現的諷諭傾向相發明;俗文學如變文和傳奇對士人、平民和作家的精神生活和行爲方式産生了重大影響,并且深刻地誘導着文學思想的轉變。敘事文學、諷刺文學和俗文學的蓬勃興起,實際上透露了文學和文學思想發展的一個重大趨向。即文學由雅變俗已漸漸形成了一股潮流,文學以詩歌和散文爲正統的觀念受到了越來越强烈的衝擊。這種趨向到宋以後就成了不可逆轉的主要潮流,俗文學最終取代了正統詩文的主導地位。過去曾有一些學者從不同角度探討了唐代敘事文學、諷刺文學和俗文學的發展特徵,但尚未有人聯繫整個唐代文學思想的發展對此作出系統的論述。《隋唐五代文學思想史》本來應該有條件來發掘和考察這些問題,但由於作者主要以詩文爲研究對象,而忽略了對上述問題的探究,這不能不説是一個缺憾。

綜觀整部《隋唐五代文學思想史》,作者以非常審慎和冷靜的態度探討了隋唐五代文學思想的發展規律,在研究方法上有獨到的特色,因此整個研究成果也比相應的文學理論批評著作更具體、全面。雖然本書還存在一定的缺陷,但我們對此不能過分苛求。我們應該做的努力,是在前人的基礎上爲後人提供更深刻、更真實的東西。《隋唐五代文學思想史》實踐了這一點。我們期待着作者在此基礎上對整個中國古典文學思想的發展規律作出更成熟的研究和闡發,同時也希望在文學思想研究者的共同努力下,對整個文學思想的研究能達到一個新的水平。

本文由我和盧强同志合作撰寫,原刊《中國社會科學》1987 年第 2 期。

2017 年 8 月陳允吉附記

十幾年來國内唐詩研究綜述

從七十年代後半期到現在的十幾年,是中國學術文化由絶境中獲得復蘇,轉而走向正常發展軌道的時期。對於唐代詩歌的研究,也在“文革”造成的荒漠邊緣重新起步,通過不斷的實踐,增强其自身活力,取得了很可觀的成績。

唐詩研究在大陸古典文學研究中向來占有舉足輕重的地位,同時,它也是國際漢學界最爲關注和投入的方面之一。這十幾年國内的唐詩研究與其他學科領域一樣,也存在着許多認識上的分歧,并且還承受過一些疑難問題的困擾,但是絶大多數研究者終究能够在“實事求是”這個原則上達成一致。在他們的共同努力下,唐詩研究終於形成了一種極有利於學術發展的可喜態勢。兹就五個方面,具體介紹這種新態勢的主要特點。

一、材料工作與文獻整理

材料工作爲學術建設之奠基部分,也是拓進研究廣度、深度的根本依據;如果離開最基本的材料建設,學術研究就失去了牢固的事實支撑。但一九五八年後,隨着政治氣候的變化,學術思想領域中的形而上學與主觀主義亦與日俱增,重視材料竟被當作一種資産階級學術觀點加以批判。此時所提出的一些口號,割裂了材料與觀點的依存統一關係,造成鑿空架言、亂貼標籤的風氣到處彌漫,演至“文革”,更趨極端。所以“文革”一結束,重新恢復對材料工作的重視,就成爲衆多學者的自發要求和一致呼聲。大家總結教訓，一致認識到：要確立實事求是的優良學風，必須尊重客觀事實，對長期來一直被忽視的文獻問題予以更多的關注；而加强基本材料的建設，則是克服主觀隨意性，提高古典文學研究素質的有效途徑，應投入較多力量來從事這一工作。

新時期唐詩領域的材料建設，爲許多學者所身體力行，涉及的方面、範圍亦相當寬廣。與"文革"前的情況相比較，取得的進步非常明顯。僅以詩集的整理、注釋一項來講，建國後的十七年内，國内所出版的今人注釋唐代詩家的别集，僅葉葱奇《李賀詩集》、錢仲聯《韓昌黎詩繫年集釋》兩種，其餘就只是出了一些名家的選本。但在近十多年中，已出版的唐詩别集新注就有四十餘種。如對孟浩然、高適、李商隱等重要作家，都出了兩種新的全集注本供讀者參考比較。而一些過去從未經過系統整理的集子，現在亦有質量較好的校注本行世。如任國緒的《盧照鄰集編年箋注》，陳鐵民、侯忠義的《岑參集校注》，王定璋的《錢起詩集校注》，劉初棠的《盧綸詩集校注》，瞿蜕園的《劉禹錫集箋证》，朱金城的《白居易集箋校》，嚴壽澂、黄明、趙昌平的《鄭谷詩集箋注》等。這些校注本，在有關别集的梳理方面，做了一些開創性的工作。其中朱金城的《白居易集箋校》編爲六册，規模最爲龐大，爲整理白集曾付出大量的徵證考核之功。另外如瞿蜕園、朱金城的《李白集校注》，葉葱奇的《李商隱詩集疏证》，劉學鍇、余恕誠的《李商隱詩歌集解》，則是對"二李"的詩重加爬梳詮釋，它們在匯總前人成説的基礎上多有新見，同樣受到唐詩研究者的注目。至於選集方面，霍松林等的《萬首唐人絶句校注》，也堪稱是近年校勘、注釋大型唐詩選本之一得。

關於唐詩工具書的編纂，建國十七年間收穫殊少，而近十幾年却有較好的成績。其成果可以分爲三類。其中版本、目録一類，主要有萬曼的《唐集叙録》，周采泉的《杜集書録》，鄭慶篤的《杜集書目提要》，陳伯海、朱易安的《唐詩書録》等。又陳伯海的

《唐詩學引論》則是一本通論性的著撰，與《唐詩書録》同爲作者企劃中“唐詩學系列研究”的階段性成果。索引一類，有傅璇琮、張忱石、許逸民的《唐五代人物傳記資料綜合索引》，張忱石的《全唐詩作者索引》，吴汝煜的《全唐詩人名考》，河南大學唐詩研究室的《全唐詩重篇索引》。在辭書這一類中，除了一些賞析性、知識性的讀物外，側重在學術方面的，有周祖譔主編的《中國文學家大辭典・隋唐五代卷》、周勛初主編的《唐詩大辭典》。前者對隋唐五代四千多位作家的研究進行了一次新的總結，後者則分門别類對唐詩研究的成果加以綜合的表述。還有一部辭書是王宏的《唐詩百科辭典》，其主要特點在於從多方面向讀者提供唐詩研究的學術信息。

本時期唐詩領域材料建設的成就，較突出地表現在對一些史料所作的系統整理和深入研討上面。如郁賢皓的《唐刺史考》、周勛初的《唐語林校注》、傅璇琮主編的《唐才子傳校箋》，均是殊見功力的經意述作。《唐刺史考》爲郁賢皓完成於八十年代前期的醒目成果，全書分爲十六編三百餘卷，在考訂唐代地方長官任職史實方面，比清人吴廷燮《唐方鎮年表》下了更綿密細緻的功夫。該書固然屬於史學著作，但對唐詩研究亦有重要意義。《唐語林校注》則是近期研討唐人筆記的新收穫，其中包含了豐富的文學創作資料，加上周勛初有很好的學養和識見，所作的校注又極精審，故亦爲衆多研習唐詩者所樂於借鑒。《唐才子傳校箋》與以上兩書相比，同唐詩研究的關係就更直接些。傅璇琮主持的本書校勘、箋证工作，有國内許多知名學者參加，内容大致包括探明材料出處，糾正史實錯誤、補考重要事迹三個方面，從較高層次上總結了唐代作家事迹考證已取得的新成就。在這方面可以注意的著述，尚有王仲鏞的《唐詩紀事校箋》、孫映逵的《唐才子傳校注》。另外吴企明的《唐音質疑録》，也是一部對唐詩材料進行考證、辨僞、闡釋的綜合性研究論著。

關於作品的甄别、輯佚,在這段時間内取得較顯著成績的,有任半塘的《敦煌歌辭總編》,任半塘、王昆吾的《隋唐五代雜言歌辭集》,陳尚君的《全唐詩補編》等。其中《全唐詩補編》輯入唐代佚詩 4 663 首,是陳尚君多年辛勤爬梳剔抉所得,亦標誌着他所做的材料工作日趨深廣和系統化。陳尚君的這一份獨特的貢獻,無疑對人們研究唐詩甚有裨益。此外,張錫厚的《王梵志詩校輯》在收集、整理梵志詩的過程中,亦有不可埋没的勞績;後來項楚的《王梵志詩校注》,在校勘、注釋、研究上都達到新的高度,其卓著成就足令中外學者刮目相看,但其輯集的作品大部分仍然是利用了張氏的基礎。關於作家專人研究資料的編輯,此期間所出的品種並不算多,就僅有的幾種來比較,以吴文治的《韓愈研究資料》搜羅最爲詳備豐富。上述出自不同年齡學者之手的成果,對有關材料廣搜博討,爲唐詩研究總體工程做了扎實的奠基性工作。

二、問題討論與作家研究

新時期唐詩研究之所以富有活力,得到材料工作的支持是原因之一,同時還需歸因於大環境的改善和自由探討風氣的形成。"文革"結束後最初幾年,大家曾對"四人幫"散佈的一些"左"的觀點進行批駁,澄清了一些認識上的是非問題,但觸及具體的學術内容不多。進入八十年代以後,唐詩的研究實踐所提出的一系列問題引起了人們普遍的關注,纔促使學術討論在這個領域内日益熱烈地開展起來。

這十幾年來,國内唐詩界就不少看法有分歧的問題進行過討論,其中涉及面較大的有:

(一)唐詩繁榮的原因及其分期;

(二)初唐宫廷詩歌的評價;

(三)盛唐氣象的含義;

（四）邊塞詩的思想内容和審美價值；

（五）與“永貞革新”關涉的一些詩人的政治評價和文學評價；

（六）“元和體”的概念及其在創作中的表現；

（七）白居易文學思想的是非得失；

（八）牛李黨争對中、晚唐詩人的影響。

有些問題則非常具體，例如王維的生年、李白的家世和出生地、李白入長安的次數、《蜀道難》的寓意、《長恨歌》的主題、李賀《秦王飲酒》中“秦王”之歸屬、許渾的生年、杜牧的卒年等。無論哪個問題，一經提出，即引起較多人的興趣，討論者各抒己見，時常呈現多種不同見解并存的局面，氣氛之活躍確爲前所未有。當然這些討論不能説都已達到很高水平，有的問題到後來亦没有達成各方面一致認可的結論。但是大家本着尊重事實的精神，一起尋找解决疑問的答案，總的來説確有助於認識的明確和深化。這種學術上不同見解的争鳴，又促進了一些專門研究的深入展開。譬如有關唐詩繁榮原因的討論，就導致一些學者去對唐代科舉與文學之關係作全面深入的研究；再如盛唐邊塞詩的討論，後來又擴展爲對唐代幕府與文學等多種關係的探索。

與“文革”前比較，這段時期唐詩研究的格局更趨多樣化，具體問題的考據、賞析性的文章固然很多，但作家研究仍然是其中最主要的模式。關於作家研究在整個文學研究中的地位，國内大多數古典文學工作者認爲：作家既是一個時代現實生活的敏鋭感受者，又是一定社會歷史條件下文學創作的主體，採用“知人論世”的方法對作家進行多方位的研究，就把握到了考察歷史文化意識滲入文學的途徑和關鍵，由此可以清晰地揭示出這個時代文學創作的複雜内容和藝術審美特徵。不妨這樣説，特别重視作爲一個實體對象的作家研究，已成爲大陸古典文學研究的一大特色。

八十年代至九十年代初,國内出版的唐代詩人研究專著,合起來大約有百種以上。年譜的編撰在這時期很受學人們的青睞,構成了對作家進行實證研究的一部分,如陳祖言的《張説年譜》、周勛初的《高適年譜》、卞孝萱的《元稹年譜》、傅璇琮的《李德裕年譜》,都是這一著述領域裏的上乘之作。而從力量投放的比重來看,似乎對大作家的研究依然同以前一樣占據着最顯赫的位置,並在幾個地方形成了集中較多人力研究某一位大作家的基點,如西北大學對李白的研究,山東大學對杜甫的研究,安徽師大對李商隱的研究。有關大作家論著,亦占本時期作家研究專書的大半。所不同的是,這些新著已擺脱了原先那種評論作家的固定模式,而注重第一手材料的引證和實事求是的論述,在著作體例上也愈加豐富多采。如韓理洲的《陳子昂研究》、陳鐵民的《王維新論》、郁賢皓的《李白叢考》、羅宗强的《李杜論略》、朱東潤的《杜甫叙論》、陳貽焮的《杜甫評傳》、朱金城的《白居易研究》、閻琦的《韓詩論稿》、高海夫的《柳宗元散論》、卞孝萱的《劉禹錫叢考》、楊其群的《李賀研究論集》、吴在慶的《杜牧論稿》、吴調公的《李商隱研究》、董乃斌的《李商隱的心靈世界》等,均寓有著者潛心研討的許多心得。雖然它們的側重點各有不同,但在反映本時期唐代大詩人研究的成就及著作多種風格方面,均不乏其自身的存在價值。如陳貽焮的《杜甫評傳》注重探索作家的生活變遷和内在情愫,以安史之亂前後宏大的歷史畫卷爲背景,塑造出傳主的真實形象和周圍許多人的複雜性格。該書體貌脱去凡近,筆意恣縱壯浪,體現着一種對傳記作品的獨特理解和新穎創造。

然而,不可忽略的一個新趨勢是,這些年來有關唐代詩人的研究,其層面正在不斷地擴展,對那些中小作家的探索研討,在此期間得到了明顯的加强。吴汝煜先生和周勛初先生在他們的文章裏談到這個問題,並提供統計數字:到一九九〇年,新時期凡有專文論及的唐代詩人達一百六十人,而“文革”以前十七年中僅爲六十一人。在一九九一、一九九二兩年裏,上述趨勢仍有一定延展。其中新進入探涉者論列範圍的,基本上都是些屬於中小作家的人物。如喬知之、王灣、祖詠、常建、王翰、綦毋潛、張仲素、劉方平、秦系、皎然、戎昱、包佶、戴叔倫、李端、靈一、靈澈、張泌、馬逢、劉叉、崔護、胡曾、李涉、許渾、馬乂、李群玉、張喬、許棠、曹唐、曹鄴、鄭谷、羅隱、薛濤、魚玄機諸家,他們在以往長期無人過問,但至本階段就逐漸變爲研究者們注目的對象。又如張説、元結、張籍三人,在詩歌創作上都不是第一流的大作家,近些年來却分别出版過關於他們的研究專著。與這種科研實踐相適應,在理論上强調開展中小作家研究的迫切性,也成了衆多唐詩研究者的共同主張。

重視和加强中小作家的研究,其意義並不止於因某些空白得到填補而導致研究層面的擴大,更重要的還在於它爲作家群體研究提供了有益的啓示。中小作家獲得比較透徹的研究,肯定會增進人們對一些作家群或某個時期詩人共同創作傾向的認識,可以從中發現一些原來不受注意的詩歌藝術流派,甚至在某些規律性問題的探討上取得一定突破,由此使研究者把握到各個不同時期詩歌運動的流向。這一思路及其所用的具體方法,曾較早地得力於傅璇琮的提倡。傅氏於一九八〇年出版的《唐代詩人叢考》一書,即是通過考證三十二位中小詩人的生平事迹,致力於觀察他們的群體活動和詩歌新特點,從而把許多"點"聯綴起來形成一個整體,在特定文化氛圍裏展示出了中唐大曆前後詩壇的人物行踪與創作風氣的轉變。此書被許多人認爲是本時期唐詩領域裏影響最大的著作之一,它在開拓治學門徑方面確起了一定帶頭作用。嗣後如陶敏對一些作家生平經歷的考訂,梁超然對曹唐、曹鄴的闡述,趙昌平對"吴中四士"和鄭谷的研究,賈晉華對皎然等詩人的探索,從學術思想的源流上來考察,可謂無一不受到傅璇琮這部著作的啓發。蔣寅於一九九二年出版的新著《大曆詩風》,

從多個視點對大曆時期詩歌創作的嬗變作了縱深透視,正是沿着這條研究途徑寫出的一部頗有力度的述作。

三、以文學爲主體的交叉研究

此期間國内唐詩研究呈現出來的另一重要趨勢,則是相當多的研究者注意拓寬自己的視野,增强歷史文化意識,從而使以文學爲主體的多門學科交叉研究獲得了較大的進展。

所謂交叉研究其實算不上是很新的東西。我國傳統學術一向主張文史兼治,研究文學通常離不開歷史,間而亦會牽涉到一些哲學、政治、倫理方面的問題,這就多少帶有一點文化史研究的性質。但古代學者進行上述工作,大體上還處於一種自爲狀態,對問題的探討也往往淺嘗即止。唯有到了近現代一些學術大師的手裏,原來那種文史結合的傳統習慣,纔真正轉變爲一種系統、科學的方法,並經由他們各自的創造而形成了個性鮮明的治學路子。像陳寅恪、岑仲勉、聞一多、向達等幾位學者,在從事多門學科相互滲透的綜合性研究方面,都有過很成功的實踐。他們有關唐代文史的一些高水平論著,迄今還是我們在方法上值得借鑒的範例。

不過迨至五十年代,綜合研究的方法好像就不那麽行時了。代之而起的,是各個學科的科研工作都大力强調自爲一體的局面,而文學研究和史學、哲學研究的關係,亦因减少了溝通而變得漸漸地疏遠。那段時間搞出來的成果,普遍的缺點是視野比較狹窄,由於缺少對事物多側面的觀察,探及問題的深度也受限制,這樣就難以使人們感到滿意。於是至六十年代初,當時的社會科學界萌動了研究方法問題的自覺,明確地提出要注意不同學科的交叉研究與邊緣學科的探索,在古史領域裏還提出過文獻與文物相結合的方法。儘管這些想法因“文革”很快開始而遭夭折,却直接啓發了後來的研究者們拓新方法的思緒,以至希望能把不同學科交叉起來進行專門的研討,在七十年代末期就差不多成爲學術界的共識。新時期唐詩領域在這方面所作的一些實踐,自覺性和目的性都比較强。從達到的成就來看,雖與陳寅恪、聞一多等先生那種縱逸自如、出神入化的境界尚有差距,但對論題本身掘進的深入程度却是相當可觀的。由於研究者的思維空間得到拓展,注意了同相鄰學科的聯繫,對科舉、宗教、音樂、舞蹈、文學思想等一些施與唐詩最大影響的歷史文化因素做過較詳盡的考核,故有多項研究實例可予介紹。

譬如唐代科舉制度與文學的關係,一直被人們當作瞭解唐詩發展的關鍵而予以重視,對此前人曾經發表過一些意見,但全面論列兩者來龍去脉的著作則尚付闕如。一九八〇年出版的程千帆《唐代進士行卷與文學》一書,始在此項專題研究中邁出了堅實的一步。該書搜集了較豐富的材料,注意探討唐代進士行卷這一風尚的由來和具體内容,並由此探及它對詩歌等各體文學産生的積極影響。由於這部著作論證明晰翔實,故對解決一些認識上的疑難問題極有啓益。此後,傅璇琮《唐代科舉與文學》一書在一九八六年問世,這是一部經過精心結構的系統性論著,其引證之富贍及論述面之廣都要超過前書。著者有意識地採用生動的描述方式,以便展示有唐一代詩人士子的精神生活與文化心態,通過一種契入式的研究來達到與唐詩創作的溝通,在著作體例上亦顯示出較多的獨創性。

宗教與唐代詩歌的關係,亦是老一輩學者時常關心的熱門話題,陳寅恪先生在這塊園地上就有過開拓墾殖之勞。而且,我們現今在這方面所做的工作,也仍然處於他們這一輩人成就的籠罩之下。有關道教與唐詩關係的研討,由於起步較遲,目前衹有個别的專題討論得較充分些,故本時期可列舉的系統成果不多。自佛教這一方面看,則主要有孫昌武的《唐代文學與佛教》和陳允吉的《唐音佛教辨思録》。前者觸涉論題的方面頗廣,並試圖通過某些典型事例的分析,展示出佛教對唐代文學影響的概貌。後者則是對一些具體問題的探索,力求在個别點上挖掘得深入一些,比較起來更注意考求此種影響和傳遞的實際軌迹。

唐世音樂、舞蹈高度發達,與詩歌形成共同繁榮的局面,而樂舞與詩歌之間的配合及感觸相通,亦是探索唐代詩歌史和藝術史必須打通的一大關節。近十餘年間,國内出版的這類書籍有三四種,其中獨受學術界人士交口稱譽的是任半塘的《唐聲詩》。此書與《唐戲弄》同爲任氏的學術專著,其始創於五十年代,一九八二年經校訂後正式出版。書中綜合辭、樂、歌、舞四者,加以融會貫通的研究,勾稽證核唐代詩樂及唐人歌詩實况,廣泛評論古今中外諸家見解得失,"其所追求體現者,不僅歌辭之文字,且在聲與容之製作與演奏",宗旨在建立"唐聲詩學"的理論和進行斷代的歷史表述,頗具有窮源盡委的特色。朱東潤先生談及此書時,就稱它是一部不朽的傳世之作。

在唐代的文學批評領域,將文學理論與文學創作結合起來進行研究,是羅宗强在本時期所作出的成功嘗試。他於一九八六年出版的《隋唐五代文學思想史》中,首次把唐代文學創作中反映出來的思想、審美傾向,引入了同時期的文學理論批評研究,從理論主張與創作實踐的結合上深化了對唐代詩論、文論的認識。本書另一個突出優點,是將細緻的材料工作與宏觀的規律審察融爲一體。著者取博用宏而不棄涓細,立論有堅實的材料基礎,分析問題條分脉辨,注意弄清衆多概念在其發展過程中的含義變化,努力闡明各種思潮傾向相互間的歷史關聯,從而在錯綜複雜的現象中理清了唐代文學思想的主要脈絡。

類似於上述綜博融會的方法,在這段時間唐詩的藝術研究方面也得到較多的運用。例如程千帆、霍松林、陳貽焮、安旗的一些論著,闡揚詩藝均能觸類旁通,聯繫文人的歷史感受、美學趣味和心理特徵進行深入剖析，時有達識精見發表。而將詩心辨索與文學史探討結合起來，給藝術批評以豐饒的歷史文化藴含，這一新特點反映在葛曉音的研究中則尤爲明晰。此外，一九八七年出版的袁行霈《中國詩歌藝術研究》，乃是顯示近期詩學研究成就的一部代表性論著，唐詩是其中主要的研究對象。該書探索古詩深入言、意、象、境和風格的範疇，又旁涉哲學、宗教、繪畫、音樂等領域，由具體分析入手而多方貫通，匯合而達成總體的觀照，熔藝術理論、藝術分析、藝術鑒賞於一爐，使人耳目一新。

四、對外交流與研究方法

現在國际上的漢學研究，按其地域、特點來分，主要有三個派别：一是包括大陸、臺、港在内中國學者的研究，二是日本學者的研究，三是歐美一些漢學家的研究。

這三大派探涉的問題各有側重，所用的研究方法亦不完全相同。自五十年代到"文革"時期，大陸的學術研究與外界處於隔絶狀態，此種局面在改革開放以後已有根本改觀。八十年代至今是大陸唐詩界對外聯繫非常活躍的時期，信息傳遞迅速，人員互訪頻繁，並通過講學、合作研究、國際學術會議等形式，不斷拓寬交流往還的渠道。由於人們超越了狹窄視野的局限，把眼光擴大到中國以外的世界，一個開放性的研究格局正在逐漸形成。

這段時間國内唐詩研究者對海外同行的成果表現出濃厚的興趣，凡數十年間在這個學術領域内獲得的重要進展，殆無一不屬於他們的關心、注意之列。像戴密微、斯蒂芬・歐文、吉川幸次郎、小川環樹、入矢義高、花房英樹、洪煨蓮、潘重規、饒宗頤、葉嘉瑩、王夢鷗、羅聯添、楊承祖、車柱環等一些著名學者的成就，大抵都是在這十幾年裏先後爲大家所接觸和瞭解的。與此相關，對國外唐詩研究論著的翻譯工作，這些年來也引起了人們的重視。一九八三年後國内在這方面出版的書，主要有松浦友久的《李白——詩歌及其内在心象》(張守惠譯)和《唐詩語彙意象論》(陳植鍔、王曉平譯)，丸山清子的《源氏物語與白氏文集》(申非譯)，斯蒂芬·歐文的《初唐詩》(賈晉華譯)，高友工、梅祖麟的《唐詩的魅力》(李世耀譯)等。它們經過翻譯的媒介在社會上流播，頗能給讀者以新鮮感。而大陸學者研究唐詩的大量論文著作，同樣在海外學者中間得到熱烈反饋。這種成果交流和信息溝通，是科研工作走向現代化的標誌之一，無論海内還是海外學者，皆能從中得到多方面的啓迪。特别是研究方法上的取長補短與相互借鑒，就更有利於學術水平的共同提高。日本的唐詩研究者森瀨壽三教授在談到這些情況時説："世界上漢學研究的三大派，它們各自形成的特點本來是很難改變的，但在近些年來的唐詩研究中，可以看出它們正在互相接近的傾向。"他的這些話，表明經過多年的溝通、切磋，中外學者已有了較多的共同語言。

拓新古典文學的研究方法，一直是這十餘年來比較敏感的問題。

自一九八五年起在部分青年學者中掀起的"新方法熱"，前後持續了數年時間，給學術界帶來不小的衝擊。面對着各種主張紛然雜陳的局面，國内大多數唐詩研究者認爲，拓新研究方法具有重要意義，對此應持積極的態度。從人類智慧和文明發展的歷史來看，研究新問題與探索新方法往往是科學進步的杠杆，用一種凝固不變的方法看待事物，只能導致學術事業的萎縮。但方法問題不僅僅是個理論問題，更主要的是個實踐的問題，而研究方法的拓新是否獲得成功，説到底還必須經過科研實踐的檢驗。爲了拓寬我們的研究途徑，借鑒和吸收一些外來的方法誠然是有必要的，然而外來的方法産生於异時异地，其賴以生成的學術文化背景與適合應用的方面均不一樣，並非所有的新方法對我們研究工作都具備實踐的品格。因此這種借鑒和吸收，決不應該是簡單的移植或依樣畫葫蘆的照搬，而必須從自己的需要出發，經過選擇消化，使之與我們的研究工作較好地結合起來。

我國的古典文學研究，依據衆多學者對自己民族文化遺産根本性質的理解，長時期來形成了一整套特徵鮮明的研究方法。

這套方法從廣義上去概括，可以説是一種對文學的歷史文化研究，其顯著特點在於十分重視揭示文學現象的歷史文化内涵。既然文學是一定社會歷史條件下的産物，那麽對於它的研究，就必須深深地進入中國的歷史社會，把它放到一定的時代環境與文化運動中來加以審視。正由於此，中國的古典文學研究歷來强調“知人論世”，注重探討作家這一文學創作主體與社會文化形態之間的聯繫，堅持科學的理性在學術探討中的主導作用，並將弄清客觀事實真相的考證方法作爲一項基本手段。這樣的研究是一種多方位的研究，其本身對外來事物有着較大的包容性。一切外來的研究方法，能不能被中國古典文學研究所採擇、吸取和利用，大率均以是否符合此種研究之目的要求來決定其取舍委納。中國近現代學術史上大量事例及最近十幾年來的科研實踐證明，那些適合於此種歷史文化研究的新方法，一般都比較容易爲本土學者所攝取；反之就缺乏實踐品格，殊難形成足够的氣候。

誠如前文所述，新時期唐詩研究在方法上的拓進，主要體現在作家群體研究和交叉研究兩大方面。這是在以唐詩爲對象的歷史文化研究中出現的兩個突破口，其成績之斐然可觀毋庸置疑。從時間上看，以上兩項研究的一些基本思想，大抵形成於六十年代前期甚至更早一些，而爲許多人嘗試和實踐，却是在近十多年裏。這一過程有好多東西值得總結，也提供了一些如何選擇、吸收外來方法的新經驗。本時期唐詩領域上述兩方面的研究實踐，在堅持中國學術傳統本位立場的同時，確實還攝取、融合了某些國外的研究方法。這些外來因素，可溯源至社會學、文化學、美學、心理學等一些最早在歐洲盛行過的方法，它們作爲被吸收的新成分,與傳統方法互相支持、結合一體,服從於實現整個論題研究目標的需要。例如運用某些國外心理學研究的成果來探索唐詩,就不僅給抉示當時詩人的文化心態和創作思想帶來明顯效益,而且還有利於我們認識像孟郊、韓愈、李賀、賈島、李商隱等一些作家的變异性格,以及造成他們作品諸種獨特風格的心理原因。這種借鑒、吸收、融會之所以取得成功,固然有研究者主觀上的原因,但從事情的客觀方面來説,亦與這些方法本身所具備的實踐品格密切相關。像社會學、文化學、美學、心理學等方法,所研究的對象、範疇雖有不同,但國外都經過高度發展,顯得比較成熟而具有較强的適應性,一樣可以包容含納在對文學的歷史文化研究之中。它們的介入爲研究者所綜合會通,能幫助人們從多個層面上認清事物之間的複雜關聯,從而有效地加深古典文學研究的探進尺度。

同上述的情况相反,是另外一些新方法,如結構主義、統計方法、語言學批評方法、原型批評方法等,在這段時間裏雖有人熱心提倡,却始終没有能真正進入國内唐詩研究者的治學領域。這些方法在國外一度風靡,其共同特點在於衹注意從某一角度去觀察文學現象,而缺乏一種融通而多方位的全面觀照,所謂"各照隅隙,鮮觀衢路",構成的格局基本上是屬於封閉型的。由於它們把社會、歷史的因素排斥在文學研究之外,眼界和適應面都非常狹窄,除了在少數場合可作爲輔助手段適當運用外,從總體上説對我國的古典文學研究並不具有多少實踐價值。儘管一些研究者曾對它們做過很用心的試驗,但終究拿不出一個完整而像樣的研究實例,當然更不用説在科研實踐中得到普遍而行之有效的推廣了。

五、研究隊伍的建設

唐詩是中國古典文學領域的一門顯學,中華人民共和國成立以來從事這方面研究的人員還比較齊整。“文革”期間社會動蕩，國内教學、科研陷入癱瘓，學術隊伍出現斷層，唐詩研究的人才亦一度面臨着青黄不接的問題。但經過最近十多年的培養、調整、充實，特别是大批新畢業的博士、碩士研究生走上教學、科研崗位，中年研究者在實踐中獲得較快提高而進入學術上的成熟階段，上述矛盾到現在已經基本消解。

這些年來不少老專家仍在堅持工作，多有學術專著問世。如劉開揚的《唐詩通論》、孫望的《蝸叟雜著》、王運熙的《漢魏六朝唐代文學論叢》、馬茂元的《晚照樓文集》、譚優學的《唐代詩人行年考》及《續編》、繆鉞的《冰繭庵叢稿》、王達津的《唐詩叢考》、林庚的《唐詩綜論》、施蟄存的《唐詩百話》等，都凝聚着老一輩學者執着而踏實的學術探索精神，爲本時期的唐詩研究增添了光彩。

中年學者克服了各種歷史原因造成的困難，已成爲這支隊伍的中堅力量，新時期的十幾年裏恰好是他們呈獻成果的高潮階段，正在起着承前啓後的作用。

現今在這個領域裏勤奮工作的青年人，大部分人經過名師的指點，具備熟悉文獻、外語水平好、知識結構合理的優勢，科研方面呈現出很好的勢頭。例如北京大學的葛曉音、復旦大學的陳尚君、上海古籍出版社的趙昌平、中國社會科學院的蔣寅、河南大學的佟培基、厦門大學的吴在慶和賈晉華，以及南京大學程千帆、周勛初指導下的一個青年群體，都在自己的研究範圍中取得了顯著成績。預計到了九十年代中期以後，這一輩人將逐漸成爲唐詩研究的主力。

由於中青年學者的成長和提高，已經形成了一個年齡結構比較合理的人才系列；無論在人數、素質和綜合研究能力等方面，均反映出這支學術隊伍在不斷壯大。

與此相適應的，是學術團體和研究機構的建立。這裏簡單介紹一下中國唐代文學學會。這個學術團體成立於一九八二年，先後由蕭滌非、程千帆、傅璇琮擔任會長,目前有會員近六百人。該學會自一九八二年起,與有關高校合作,在西安、蘭州、洛陽、太原、南京、厦門一共召開了六次年會,編輯、出版了《唐代文學》與《唐代文學研究年鑒》兩個刊物,在遼寧、甘肅等地還設有它的分會。類似於此有關唐詩的全國性學術組織,尚有李白研究會、李白學會和杜甫研究會,這三個學會也都有自己主辦的刊物,每隔一定時期舉辦學術討論會。另外在一九九一年還成立了王維研究會,作爲唐代文學學會隸屬下的一個學會開展工作。這些團體在匯合科研力量、總結交流經驗、推動學術研究等方面,都起到了很好的紐帶作用。

至於科研機構的設置,如陝西師大、西北大學、河南大學、蘇州大學等高校,均成立了以唐詩爲主要研究對象的研究室。在河北大學和山東大學,還分别設立了重新編輯、校注李白全集和杜甫全集的專門機構。新設置的研究機構人員配備較齊,經費亦有保證,便於組織一些人力、財力投入較多的集體項目,使科研工作更加有計劃的進行。如一九九〇年開始進行的重編《全唐詩》和《全唐文》等大型工程,就是以江蘇、河南、陝西一些高校的科研機構爲基點,在全國好多單位專家通力合作的情況下纔得以上馬的。以較快速度着手進行這些基本材料建設的大項目,成爲九十年代初期唐詩研究中令人矚目的重要現象。

由於在一個具體領域内聚集人才較多,所以這十幾年的唐詩研究在國内開展得相當熱烈,論文、著作的數量也比"文革"以前有成倍的增加。據《唐代文學研究年鑒》提供的材料統計,一九八四年一年之中,就出版了有關唐詩的專著五十種,發表論文七百九十餘篇。一九八五年,又出版專著四十餘種,發表的論文達到八百餘篇。如果把這十幾年裏所有的論文、著作累計起來,那數量一定極其可觀。

這十幾年來的唐詩研究,當然也有一些不足之處。這首先是專題研究和作家研究開展得比較充分,通論性的著作和斷代詩歌史則所見寥寥,整個研究領域的理論水平亦亟待提高。八十年代中後期進行的關於宏觀研究的討論,即表明我們在這方面的探討尚缺少堅實的理論支持。一九八五年以後,因受社會書刊市場的制約,各地出版的詩歌鑒賞一類辭書品種過多,且内容上屢有重複,學術性較强的著作出版和發行遇到了困難。一門學科的發展,誠然要考慮到它的普及基礎,但衡量其水準最主要的標誌,還是要看是否能寫出一批高質量的學術著作。在目前商品經濟活躍的情況下,如何保持學術研究發展的勢頭,這是一個必須認真探索的現實問題。對於學科現狀的跟踪研究,一直是我們的薄弱環節,新時期在這項工作上得到一定加强,但還不能適應建立一個開放性研究體制的需要。特别是在利用電腦進行信息儲存和文獻檢索方面,我們尚處於初步試驗階段,與日本等技術先進的國家相比差距甚大,需要改善研究條件,逐步趕上。

在拓新研究方法和加强綜合研究能力方面,應該繼續付出努力,同時要配備好一個合理的總體研究結構。爲此在人才問題上,就要着眼於多培養些能够貫通文、史、哲多個學科的"通才"。估計到二〇〇〇年,唐詩這個領域裏發現大量新材料的可能性甚小,因此如何整理、消化、提煉原有的資料,進一步擴大作家群體研究和交叉研究的範圍,利用專題研究的發現來進行理論上的深入闡釋,加强唐詩研究和唐代詩論研究之間的聯繫貫通,以便在若干具體領域内較早地進入唐代詩歌發展規律的研討,力争在前人成果基礎上有較多新的突破,將是二十一世紀到來以前國内唐詩工作者面對的主要課題。要解決這些問題,無疑應依靠大家一起動手,而八十年代成長起來的新一代研究者所起的作用如何,就愈爲衆多人士所拭目以待。

附記:本文的參考文獻,主要有中國唐代文學學會《唐代文學研究年鑒》、傅璇琮《唐詩論學叢稿》、周勛初《中國大陸唐代文學研究的回顧與展望》、黄約瑟《最近十年(1980—1989)來大陸唐代學術研究概況》。另外王運熙、王水照兩先生及友人陳尚君同志亦爲我提供不少學術信息,遇到疑難問題多所咨决。特加指出,一並致意。筆者因受王寬誠教育基金會的資助,於一九九一年十月赴香港中文大學中文系訪問,本文就是在當時所用的一篇講稿基礎上補充修改而成的,並刊載於《中國社會科學》一九九三年第五期。值今迻入《唐音佛教辨思録》一書,祈請廣大讀者批評指正。

附　　録

佛學對文學影響研究之我見

——訪復旦大學中文系陳允吉

中國社會科學《未定稿》雜志記者　程　健

記者前言: 第一度中外文化相交合——印度佛教文化與中國文化相交合對中國文學的發展起了深遠影響,回溯中國文學史上許多現象,便可見佛學與文學結下了不解之緣。但在這一很有潛力的研究領域中却是步入者屈指可數,究其原因是在於它至少需要有兩門學科的扎實基礎,而其中尤以佛學對一般有志於此的學人而言,難免有深不可測、不知從何方涉足之憾。就此記者采訪了從事這方面研究的復旦大學中文系陳允吉,請他談了自己的治學之道,希望有益於促進這一領域的研究工作。

問: 您認爲從事文學與佛學的影響關係研究的首要條件是什麽,能否談談您的治學經歷?

答: 從事這方面的研究,除了懂得文學外,還要懂得佛學。我這兩方面的基礎都不厚,在我開始從事這項研究之前,讀書經歷可分爲三個階段:大學讀書期間愛好詞章之學,畢業後始留意於經、史,到了"文革"期間參加點校二十四史,借閱圖書比較方便,有機會接觸一些佛典。就佛學而言,這段時間内除了看一些近人所寫的佛教史著作外,還讀了下面幾類書:

一、佛經:《妙法蓮華經》、《維摩詰所説經》、《楞伽經》、《金剛般若經》、《大般涅槃經》、《圓覺經》、《金光明經》、《思益梵天經》、《中論》、《大乘起信論》等。

二、禪宗典籍:《六祖壇經》、《景德傳燈録》、《五燈會元》、《神會語録》等。

三、僧傳及其他:《高僧傳》、《續高僧傳》、《宋高僧傳》、《弘明集》、《廣弘明集》、《法苑珠林》等。

還有一些佛經和著作,是我到後來纔去閲讀的。接觸以上這些資料,以讀佛經原著最重要,我自己常半開玩笑地説:"我的治學所有基礎,是大半部二十四史,一部全唐詩,一二十種佛經。"

問: 您的近作《從〈歡喜國王緣〉變文看〈長恨歌〉故事的構成》,被認爲是對《長恨歌》的研究有新見解的論作,請談一下您在佛學與文學關係這一領域中的研究實踐。

答: 研究中國文學,不可忽略佛學對文學的影響這一環節。對此一些現代學者已做了篳路籃縷的工作。其中陳寅恪先生的貢獻尤可稱道,他的論文《四聲三問》、《論韓愈》、《〈西游記〉玄奘弟子故事之演變》等,都是識見很高的力作。其他如沈曾植、梁啓超、魯迅、鄭振鐸、錢鍾書、錢仲聯、季羨林、金克木、向達、楊憲益、饒宗頤、周紹良等,也在這塊園地上作過辛勤耕耘。他們研究的課題,包括聲律論與佛經轉讀的關係,佛經故事對南北朝小説的影響,敦煌變文中的佛教影響,佛經翻譯文體對古代詩文的影響,當然也涉及到了中印兩國文學的比較研究。近年南開大學孫昌武同志探涉佛教與唐代文學的關係,今已有專著問世。至於在國外,有很多人進行過這種研究,如法國學者戴密微研究敦煌文學有卓著的成績,日本學者入矢義高也有很深的造詣,還有平野顯照,澳大利亞的華裔學者柳存仁,都值得引起我們的注意。

研究佛教與文學的關係,要注意佛教對文學的題材、形象、情節、語言及創作思想的影響,即抓住這兩者的内部聯繫。弄清這種聯繫,需要經過嚴密的科學論證。順着這條思路去進行求索,就能在我國古代文學創作領域中發現一個異常豐富的世界。過去有些學者,往往衹是去考證作家與佛僧的交游,或從作品中引出一些有佛教内容的詞句就了事。這好像我們去參觀一座寺院,結果僅繞着圍墻轉了一圈,而未能登堂入室。

我從事這方面的研究,最先注意的是王維。王維號稱“詩佛”,佛學造詣也高,他的作品無疑受過佛教思想的浸染。然而按當時一般看法,認爲這種影響主要表現在一些抽象説理之作中,很少注意到他的山水名篇。與之相反,我認爲王維所接受的那套佛教哲學思想,作爲一種理念性的東西,是滲透到他描繪的自然美形象中去的。從王維山水詩的感性形象中,可從内在意義上找到其哲學思想的根源。於是我寫了《論王維山水詩中的禪宗思想》一文(《文藝論叢》第十期),以詩人的一些寫景名篇爲例,多方面地分析了其中表現的哲理思辨和佛教觀念。在這以後,我又陸續寫出《王維“雪中芭蕉”寓意蠡測》(《復旦學報》一九七九年第一期)、《王維與華嚴宗詩僧道光》(《復旦學報》一九八一年第三期)、《王維與南北宗禪僧關係考略》(《文獻》第八期)、《略辨杜甫的禪學信仰》(《唐代文學》第二期)等幾篇習作,内容都不離開討論佛教與唐代文學關係這一範圍。

一九七九年後,我主要致力於李賀詩歌與佛教關係的研討,並寫成《李賀與〈楞伽經〉》一文。此文以李賀與《楞伽經》之間的關係爲主綫,從整體上去研究李賀的宇宙觀、人生觀和創作思想,探尋詩人思想的矛盾冲突及其在作品中的表現,後收入蔣孔陽先生主編的《中國古代美學藝術論文集》。李賀不是佛教徒,但亦受到佛經和佛教世俗觀念較多的影響,從這一角度去透視、發掘,可以把握到一些李賀研究中尚未涉及的問題。

一九八一、八二年之間,我寫了《論唐代寺廟壁畫對韓愈詩歌的影響》(《復旦學報》一九八三年第一期)、《韓愈的詩與佛經偈頌》(《古典文學叢考》第一期)兩文,主旨都是探索韓愈的文學創作和佛教的關係。韓愈反對佛教不遺餘力,但自己的作品却深受佛教傳播的影響,這是一個很有趣的現象。我前面那篇文章,主要研究韓愈愛好觀賞寺廟壁畫所産生的美感體驗對他詩歌的感通影響,結合韓詩具體例證,分析唐代壁畫所表現的“奇蹤異狀”、

“地獄變相”、“曼荼羅畫”的藝術形象在這些詩中濡染刻烙的痕迹，指出了寺廟壁畫與韓詩中雄桀險怪特色的聯繫。該文發表後，曾被《中國社會科學》摘要轉載，繼後《高校學報文摘》、《文藝理論研究》、《唐代文學研究年鑒》也作了摘載，是我自己感到比較滿意的一篇作品。

至於我近年發表的《從〈歡喜國王緣〉變文看〈長恨歌〉故事的構成》那一篇，寫作過程中曾遇到不少困難，結出的果實也是不圓滿的，文章之不足作者自己的體會最真切。我所以要去做這個題目，是因爲在敦煌文獻發現後，有很多學者注意到《長恨歌》與《目連變》的關係，但他們中的絶大多數，衹是從這兩篇作品詩句的語言格調上去考察，而我則懷疑它們在故事情節上有某種聯繫。這一想法，得到了我系朱東潤先生的鼓勵，我就去細心閲讀敦煌變文，並由《目連變》轉而注意到《歡喜國王緣》——即《有相夫人生天因緣變》。這個變文同《長恨歌》一樣，是講一對貴族夫婦“人天生死形魂離合”的故事，兩者都是描寫在女主人公縱情歡舞時出現悲劇的徵兆，而且變文還有“人間天上喜相逢”一句唱詞，與《長恨歌》中的詩句非常相像。以後我費了好大的勁，找到了這個變文故事的原型《雜寶藏經・優陀羡王緣》，發現其中還有女主人公有相夫人因恃寵而招致禍殃，以及她和國王一起立誓天上人間永不離棄的情節，這就進一步證明了我的推想。《長恨歌》一詩，本來就是對風行於當代的一個俚俗傳聞的加工和再創作，而俚俗傳聞在當時是很容易受到群衆熟悉的變文故事的感染影響的。我的這篇文章，寫成後發表在《復旦學報》校慶八十周年專輯上，文中指出《長恨歌》演繹的故事情節，大部分是摹襲、附會了《歡喜國王緣》這個藍本，而其中方士尋覓貴妃蹤迹的一段則是受到《目連變》的影響，其文學淵源可以追溯到印度佛經中的有相夫人生天緣起和有關目連的傳説。

問：能否大致談一下文學與佛學的關係，即佛學是如何影響文學的,具體通過哪些途徑?

答: 宗教和文學,好像一棵樹上長出的兩枝花,這兩者之間本來就存在着彼此互相含納的關係。早在佛教初創時期,它就和文學發生着密切的聯繫,就譬如釋迦牟尼所説的法,往往就是通過詩的形式來表述的。現在我們能够見到的佛典,有一部分如《佛本生經》、《佛所行贊》等本身就是文學作品。即使像《法華經》、《涅槃經》這樣注重闡發哲理的經典,其中也載有不少有趣的文學故事。從歷史上看,中印文化交流曾對我國文化的發展起過巨大的影響,而這種交流主要是通過佛教的傳播來作爲媒介的,我們從魏晉的文學作品當中就能看到佛教思想印染的痕迹。東晉以後佛教深入中華文化,對文學創作的影響尤其顯著。陳寅恪先生在《四聲三問》中論述了梵唄轉讀對聲律説形成的作用,頗受大家的重視,但是陳先生衹是講了許多問題中的一個。其實六朝時期佛教對文學的影響被及於詩歌、小説、駢文、寓言和通俗講唱,對文學史上一些新事物的出現起了催發作用。到了唐代以後,佛教發展到登峰造極,接着又向民間社會深入,文學創作的演變亦引人入勝,值得研究的課題就更多了。五十年代曾出現一種很片面的觀點,有人一提到外來文化的影響就被認爲是民族虛無主義,其實這是一種作繭自縛的做法。一個在文學藝術上有高度創造力的民族,也必然是善於吸收外來文化養料的民族,研究中國文學受到的佛教文化影響,有利於闡明中國文學的世界意義。

關於佛學對中國文學影響的途徑,我没有做過系統研究,但就個人見聞所及,覺得至少體現在以下幾方面:

(一)佛教的時空觀念、生死觀念和世界圖式的影響;

(二)大乘佛教的認識論和哲理思辨的影響;

(三)佛經的行文結構與文學體制的影響;

(四)佛經故事和佛經寓言的影響;

(五)佛傳文學和佛教叙事詩的影響;

（六）佛教人物和古印度神話人物的影響；

（七）佛教文化和美學思想的影響；

（八）佛經翻譯文字的語言風格産生的影響。

這八個方面，並未把所有的問題包括在内，不過僅就這些，已牽涉到許多學科領域的知識，還有語言問題，而目前在中國文學與佛學的影響關係研究這一範圍裏積累還不厚，需要大家共同努力。

問：一九八五年被稱爲方法論年，古典文學研究也面臨着方法論的問題，請結合您的研究實踐談談您的看法及今後的打算。

答：在方法問題上作些討論是有益的。研究新問題和探索新方法，是人類智慧和文明發展的杠杆，用一種凝固不變的方法看待事物，衹會導致學術事業的萎縮。我們應把學術思想搞得活躍一點，提倡各種研究方法共存並興。從目前古典文學研究這一領域來説，我認爲當務之急是要擴大思維空間，擺脱因襲的重擔，多搞一點横向研究和多門學科的交叉研究，多出一點深思敏悟、出神入化的學術論著。與此同時，也要注意吸收傳統方法中的長處，譬如中國傳統的研究方法很重視實證，主張立論要有證據，這一點就很值得我們繼承和吸收。宏觀的方法固然利於把握事物的整體，但搞得不好則易於變成空疏不實，所以宏觀的觀照與微觀的研究應該互相補充。在學術上，衹有那些經過切實論證而得來的東西，纔具有比較持久的價值。所以我的看法簡單地説，就是要兼取傳統方法和新方法兩者之長，在擴大思維空間的同時又重視實證。如果這也能算是一種方法，那我將向着這個目標去努力實踐。

談到今後的打算，無疑我要把目前所做的工作繼續下去，並在唐代與魏晉南北朝兩個階段選擇一些專題進一步探尋佛學對文學的影響。另外我對李賀這個詩人也有濃厚的興趣，因爲李賀其人性格怪僻，感情勝於理智，好作幽眇荒幻之想，通過他的詩可以看出一種病態心理對文學作品的滲透。這方面我在前些年曾寫過《李賀〈秦王飲酒〉辨析》、《李賀詩中的“仙”與“鬼”》、《〈夢天〉的游仙思想與李賀的精神世界》和《説李賀〈秦王飲酒〉中的“獰”》等幾篇文章,這僅是開了一個頭,想在日後沿着這條路子再做一些探討。讀李賀的詩,可以感受到詩人經常爲天道無窮和年命短促這一永難克服的矛盾感慨無限。確實,和變化無窮的大自然相比,人生就猶如木槿花朝榮夕謝,學術的進步要靠長期的積累,就我個人來説是微不足道的,不過是做點力所能及的工作罷了。

1986 年 3 月

後　記

兹書收輯論文十餘事，尋繹佛教唐音之交感影響，間涉華梵人文之遞轉形迹，皆緣會興至所作。其名“辨思録”者，非有特識創見可矜，但紀筆者一時執着耽玩之痴妄耳。蓋辨乃繫乎實證，思則期於融通。適今治學方法瞬息遷變，宏觀燭照諸説俱陳，常欲調合新舊，一如理事，納須彌入塵毛芥子，寓義理於考據文章。然而學殖淺蹇，所循無非音聲色相；思不周慮，説法或同世間戲論。况韶華易逝，枯蘭愁謝，久困痼疾之中，焉能窮事幽討。承上海古籍出版社同意裒成一集，敝帚姑充野芹之獻，幸博雅君子不吝賜教。

陳允吉

一九八七年六月二十七日

於海天之間維摩室内香積

飯後石榴花旁

修訂本跋

余自念爲學平生，率性未窺通論；凡曾草撰，會心衹在單篇。若兹書所輯，惟個案是咨，劬於辨思，繫乎實證，無考勤量化之功，固乘興隨緣之作。直由切對專題，因應具體，適可假寓形以鈎索，援常例而叩求。得蒙上海古籍不拋瑣屑，惠與槧刊；用顯幽微，尋加推奬。寶島千華，遂傍之改鎸爲繁體；鄰邦一指，俄即之翻譯爲韓文。奈何風流雲散，事過境遷，歲换塵封，影銷物舊。該書亦漸屏迹視區，久缺於坊鋪之插列；息聲釁舍，蔑聞於士友之談資也矣。復旦出版社宋文濤同志廣搜遺逸，許其整合重編；甘冒職勞，助其發揮剩熱。余則感佳意之殊隆，欣敝懷之獲踐，相共審詳梓稿，裁酌雕章。宜綴宜黜，乃删乃補，連月浸沉，垂將付印。謹置數言，述其顛末，以此奉誠，俾爲讀是書之諸君子告焉！

2017 年 12 月

陳允吉記於蕉葉梅花行館

圖書在版編目(CIP)數據

唐音佛教辨思録/陳允吉著. —修訂本. —上海：復旦大學出版社,2018.5
ISBN 978-7-309-13566-4

Ⅰ. 唐… Ⅱ. 陳… Ⅲ. 佛教文學-文學史研究-中國-唐代 Ⅳ. I207.99

中國版本圖書館 CIP 數據核字(2018)第 036606 號

唐音佛教辨思録(修訂本)
陳允吉 著
責任編輯/宋文濤

復旦大學出版社有限公司出版發行
上海市國權路 579 號 郵編：200433
網址：fupnet@fudanpress.com http://www.fudanpress.com
門市零售：86-21-65642857 團體訂購：86-21-65118853
外埠郵購：86-21-65109143 出版部電話：86-21-65642845
浙江新華數碼印務有限公司

開本 890×1240 1/32 印張 10 字數 230 千
2018 年 5 月第 1 版第 1 次印刷

ISBN 978-7-309-13566-4/I·1095
定價：45.00 圓